ALEXANDRA IVY | Guardians of Eternity

W0318516

Verlockung der Düsternis
Die schöne Halbhexe Juliet hat einen ganz besonderen Verehrer. Victor ist der Clanchef der Vampire in London und damit der mächtigste Dämon Englands. Er will sie um jeden Preis besitzen. Denn Victor weiß: Juliet ist nicht nur schön; mit ihren magischen Fähigkeiten wäre er unbesiegbar. Und als Clanchef ist er es gewohnt zu bekommen, was er will. Doch Juliet scheint den Verführungskünsten als einzige Frau widerstehen zu können …

Erwählte der Schatten
Fast zwei Jahrhunderte lang wurde die schöne Kata von einem Magier gefangen gehalten. Doch nun ist es ausgerechnet ein verfeindeter Vampir, Uriel, der ihr bei ihrer wichtigsten Aufgabe beisteht. Denn um sich aus ihrem Gefängnis zu befreien, muss sie ihre Zwillingsschwester Marika retten. Warum hilft ihr Uriel? Je näher die beiden ihrem Ziel kommen, desto schwieriger wird es für Kata, sich Uriels Anziehungskraft zu erwehren und ihre Gefühle zu kontrollieren …

Finstere Versuchung
Levet, der Gargyle, muss seinen ärgsten Feind bezwingen. In der schönen Nymphe Valla und dem Vampir Elijah findet er Verbündete. Während sich Levet in immer größere Gefahr begibt, stellen sich Valla und Elijah den Dämonen der Vergangenheit, die ihre tiefe Liebe zu zerstören drohen …

Die Autorin
Unter dem Pseudonym Alexandra Ivy veröffentlicht die bekannte Regency-Liebesroman-Autorin Deborah Raleigh ihre Vampir-Romane. Mit ihrer international erfolgreichen Mystery-Serie *Guardians of Eternity* ist sie regelmäßig auf der *SPIEGEL*-Bestsellerliste vertreten. Alexandra Ivy lebt mit ihrer Familie in Missouri. Die Kurzromane *Verlockung der Düsternis*, *Erwählte der Schatten* sowie *Finstere Versuchung* sind auch jeweils einzeln als E-Book erhältlich.

ALEXANDRA IVY

GUARDIANS OF ETERNITY

Verlockung der Düsternis
Erwählte der Schatten
Finstere Versuchung

Drei Kurzromane

Aus dem Amerikanischen von Kim Kerry

Diana Verlag

Die Originalausgabe von **Verlockung der Düsternis** erschien 2010
in der Anthologie *Yours for Eternity* unter dem Titel *Taken by Darkness*
bei Kensington Books, Kensington Publishing Corp., New York

Die Originalausgabe von **Erwählte der Schatten** erschien 2011
in der Anthologie *Supernatural* unter dem Titel *Darkness Eternal*
bei Kensington Books, Kensington Publishing Corp., New York

Die Originalausgabe von **Finstere Versuchung** erschien 2013
unter dem Titel *Levet* bei ZEBRA Books, Kensington
Publishing Corp., New York

MIX
Papier aus verantwortungsvollen Quellen
FSC® C014496
www.fsc.org

Verlagsgruppe Random House FSC®N001967
Das für dieses Buch verwendete
FSC®-zertifizierte Papier *Holmen Book Cream*
liefert Holmen Paper, Hallstavik, Schweden.

Taschenbuchausgabe 12/2014
Copyright © 2010, 2011 und 2013 der Originalausgaben by Debbie Raleigh
Published by arrangement with Kensington Publishing Corp.,
New York, NY, USA
Copyright © 2013 und 2014 der deutschsprachigen Ausgaben
sowie © 2014 dieser Gesamtausgabe by Diana Verlag, München,
in der Verlagsgruppe Random House GmbH
Redaktion | Vera Serafin
Umschlaggestaltung | t.mutzenbach design, München,
unter Verwendung von Motiven von © Shutterstock
Satz | Christine Roithner Verlagsservice, Breitenaich
Druck und Bindung | GGP Media GmbH, Pößneck
Printed in Germany
Alle Rechte vorbehalten

ISBN 978-3-453-35735-8

www.diana-verlag.de

Inhalt

GUARDIANS OF ETERNITY

GUARDIANS OF ETERNITY

Verlockung der Düsternis

KAPITEL 1

Das Stadthaus, das mitten in Mayfair in der Nähe des Hyde Parks stand, war erwartungsgemäß wunderschön.

Es verfügte über einen Säulenvorbau sowie eine großzügige Terrasse mit Blick auf einen gepflegten Garten mit einer Laube. Durch die hohen Bogenfenster fiel Licht auf die kopfsteingepflasterte Straße, die von edlen Kutschen blockiert wurde. Eine Reihe von Marmorstatuen blickte vom Dach auf die eintreffenden Gäste herab, gleichgültig gegenüber der Kälte, welche die Brise des späten Aprils erfüllte.

Das Innere des Hauses war nicht weniger elegant gestaltet.

Da gab es eine Unmenge an Marmor mit vergoldeten Zierleisten und karmesinroten Wandpaneelen. Und das Mobiliar wies unverkennbar ägyptischen Einfluss auf – eine unvorteilhafte Mode, die der Prinzregent eingeführt hatte. Die verschwenderische künstlerische Ausgestaltung war eher ausgewählt worden, um die Gesellschaft zu beeindrucken, weniger aus echter Wertschätzung.

Der Ballsaal im oberen Stockwerk erstrahlte im Lichterglanz, als die Gäste unter den leuchtenden Lüstern umherwirbelten, und der Raum war so überfüllt, dass es schien, als sei ganz England anwesend.

In Wahrheit läutete Lord Treadwells Frühlingsball den inoffiziellen Beginn der Londoner Saison ein, eine der begehrtesten

Einladungen des gesamten Jahres. Mütter drohten, sich in die Themse zu stürzen, wenn ihre Töchter sich nicht unter den glücklichen Debütantinnen der Gästeliste befanden, und es war bereits vorgekommen, dass politisch ambitionierte Herren diskrete Bestechungsgelder geboten hatten, nur um über diese Türschwelle treten zu dürfen.

Die elegantesten und mächtigsten Adligen in ganz England waren hier versammelt, aber sie alle hielten geschlossen atemlos inne, als plötzlich ein neuer Gast durch die Doppeltür gerauscht kam und die Menge mit einem gelangweilten Blick betrachtete.

Victor, Marquis DeRosa, war ihrer Aufmerksamkeit durchaus würdig.

Obgleich er kein überaus groß gewachsener Mann war, verfügte er über die Art von geschmeidigen, fein gemeißelten Muskeln, die von seiner maßgeschneiderten schwarzen Jacke und seiner weißen Kniebundhose aus Satin perfekt zur Geltung gebracht wurden.

Sein Antlitz trug edle Züge. Er besaß eine breite Stirn, eine Adlernase und volle Lippen, die sich grausam verhärten, aber auch einen verheißungsvollen, sinnlichen und sanften Ausdruck annehmen konnten. Sein Haar war so dunkel und glänzend wie eine Rabenschwinge und fiel ihm bis auf die Schultern, statt dass er einen Tituskopf trug wie viele der jungen Stutzer, was einen deutlichen Kontrast zu seiner blassen Haut bildete.

Aber es waren seine Augen, die die Aufmerksamkeit der meisten Leute auf sich zogen und festhielten.

Ihre Farbe war reines Silber. Sie verfügten über eine schwarze Umrandung sowie einen so durchdringenden Blick, dass es zahlreiche Leute nicht wagten, diesem zu begegnen. Es waren die Augen eines Raubtieres. Eines unbarmherzigen Jägers, der Menschen als seine Beute betrachtete. Und ein einziger Blick reichte aus, um arme Sterbliche erzittern zu lassen.

Einige vor Furcht.

Andere vor Verlangen.

Und alle vor Respekt.

Sie mochten vielleicht nicht begreifen, aus welchem Grund sie so stark auf den anspruchsvollen Marquis DeRosa reagierten, doch sie beugten sich instinktiv seinem Willen.

Ein kleines, spöttisches Lächeln kräuselte Victors Lippen, als er auf seinen Gastgeber und seine Gastgeberin zuschritt, die vor aufgeregtem Entzücken über sein unverhofftes Eintreffen völlig aus dem Häuschen waren.

Schließlich hatte sich Victor die vergangenen sechs Monate in Venedig aufgehalten und war erst am vergangenen Abend nach London zurückgekehrt. Niemand war sich seiner Anwesenheit in der Stadt bewusst gewesen. Darüber hinaus hatte er sich bereits, bevor er London verlassen hatte, nur selten dazu herabgelassen, derart ermüdende menschliche Partys zu besuchen.

Und weshalb sollte er das auch tun?

Als Clanchef der Vampire in London war er der mächtigste Dämon Englands. Er musste nur den kleinen Finger heben, und schon stand ein ganzer Harem, bestehend aus schönen Frauen, bereit, um seine Gelüste zu befriedigen, gleichgültig, ob es dabei um Blut oder Sex ging.

Und was die Unterhaltung betraf …

Nach sechs Jahrhunderten des Schwelgens in den exotischsten und rarsten Vergnügungen, die überall auf der Welt zu entdecken waren – angefangen damit, dass er der einzige Mann auf einer Insel voller weiblicher Waldgeister gewesen war, bis hin zu dem Kräftemessen mit dem tödlichen Yegni-Dämon –, war ein profaner Gesellschaftsball lächerlich langweilig.

Oder zumindest hätte dies eigentlich der Fall sein sollen.

Er verkniff sich seine reumütige Grimasse, während er den

Blick verstohlen über die Menge gleiten ließ, bis er die einzige Frau in ganz London, vielleicht sogar auf der ganzen Welt, entdeckt hatte, die imstande war, ihn in dieses stickige, überfüllte Stadthaus zu locken.

Sie war hier. Der Duft reifer Pfirsiche war ihm bereits in die Nase gestiegen. Ja. Da war sie. Miss Juliet Lawrence.

Sein nicht schlagendes Herz machte einen Satz, und er verspürte eine Erregung, für die er nicht unbedingt dankbar war.

Diese Frau war ungemein schön. Von ihrem Koboldvater hatte sie die fein geschnittenen Gesichtszüge und eine lange Lockenmähne in den leuchtenden Farben des Herbstlaubes geerbt. Außerdem war sie mit leicht schräg gestellten Augen in einem sehr hellen Grün gesegnet. Aber im Gegensatz zu den meisten Kobolden war sie eher schlank als üppig und besaß eine angeborene Anmut, die seine Aufmerksamkeit zum ersten Mal gefesselt hatte, als sie vor zwei Jahren in London eingetroffen war.

Ihre Schönheit allein vermochte jedoch nicht zu erklären, aus welchem Grund er so überaus fasziniert von dieser Frau war. Insbesondere, wenn man bedachte, dass ihre Mutter eine Hexe war.

Er hasste Hexen.

Nicht nur, weil Magie für ihn als Vampir eine ernst zu nehmende Bedrohung darstellte, sondern auch, weil sein Bruder Dante von einem Hexenzirkel entführt worden war und durch dessen Zauber bis in alle Ewigkeit gefesselt war.

Diese nichtswürdigen Huren.

Noch schlimmer war jedoch, dass Juliet derzeit unter dem Schutz eines mächtigen Magiers mit dem Namen Justin, Lord Hawthorne, stand.

Victor hasste Magier so gründlich, wie er Hexen hasste. Insbesondere, wenn es sich dabei um arrogante, aufgeblasene Magier handelte, die nicht genügend Verstand besaßen, sich jenen zu beugen, die ihnen überlegen waren.

Weshalb also war er zunehmend von dem wilden Drang erfüllt, Miss Lawrence für sich zu erobern?

Victor hatte sich einzureden versucht, es gehe um nicht mehr als die Tatsache, dass Juliet sich so hartnäckig weigerte, seinen Verführungsversuchen zu erliegen. Es war Jahrhunderte her, seit eine Frau Gleichgültigkeit gegenüber seinem Charme vorgetäuscht hatte. Was war verlockender als eine Beute, die geschickt genug war, Widerstand zu leisten?

Er war sogar nach Venedig gereist, um sich zu beweisen, dass die Tatsache, dass ihn diese Frau dermaßen bezauberte, nicht mehr war als ein vorübergehender Anflug von Irrsinn, den er mühelos aus seinen Gedanken verbannen konnte.

Bedauerlicherweise war er nur in der Lage gewesen zu beweisen, dass Miss Juliet Lawrence dazu ausersehen war, ihn zu quälen, ungeachtet der Distanz zwischen ihnen.

Er hatte sich die Zeit mit den faszinierendsten Frauen und den verschwenderischsten Beschäftigungen vertrieben, doch er war nicht in der Lage gewesen, sich von dem schmerzhaften Drang zu befreien, nach London zurückzukehren.

Und zu Juliet.

Er verzog die Lippen, als er beobachtete, wie sie erstarrte und sich langsam zu ihm umwandte, als sie mit einiger Verspätung seine Anwesenheit bemerkte. Ein vorhersehbarer Ausdruck der Bestürzung spielte über ihre wunderschönen Züge, bevor sie sich verstohlen durch die Menge drängte, offensichtlich, um zu fliehen.

Er bewegte sich auf sie zu, und Vorfreude flammte in ihm auf. Die Jagd war eröffnet, und sie würde ihm nicht entkommen.

Von dieser Nacht an würde Juliet dafür bezahlen, dass sie ihn zu einem Eunuchen degradierte.

»Mylord …« Lord Treadwell, der nicht bemerkte, wie nahe er damit einem raschen, blutigen Tode kam, stellte sich Victor direkt in den Weg und packte ihn am Arm. »Wir hätten niemals damit gerechnet … eine solche Freude …«

Victor bezähmte sein heftiges Bedürfnis, seinem Gastgeber die Kehle herauszureißen. Selbst wenn es Juliet gelang, sich fortzustehlen, gab es keinen Ort, an dem sie sich verbergen konnte.

Stattdessen starrte er auf die Wurstfinger hinab, die den Faltenwurf seiner Brüsseler Spitze zerknitterten, welche aus dem Saum seines Jackenärmels hervorlugte.

»Ich verstehe«, entgegnete er gedehnt mit kalter Stimme. »Mein lieber Charles, gebt Acht auf meine Spitze, wenn nicht sogar auf meinen armen, misshandelten Arm.«

Treadwell zog seine Hand mit einem Ruck zurück und griff in seine braunrote Jacke, um ein Taschentuch hervorzuziehen und damit den Schweiß von seinem geröteten Gesicht zu tupfen.

»Ich bitte tausendfach um Verzeihung.« Der Adelige räusperte sich nervös. Sein übliches Auftreten blasierter Überheblichkeit glänzte durch Abwesenheit. »Bitte gestattet mir, Euch meine Gattin vorzustellen.« Er deutete geistesabwesend mit der Hand auf eine pummelige Blondine, die weniger als halb so alt war wie er und hinter ihm stand. »Letty, dies ist Marquis DeRosa. DeRosa, meine Gattin, Lady Treadwell.«

Victor vollführte eine anmutige Verneigung. »Ich bin entzückt.«

»Oh.« Die Frau bewegte ihren Fächer hastig, um sich Luft zuzufächeln. Ihre Augen waren weit aufgerissen und ihre Lippen in femininer Ehrfurcht geöffnet. »Oh.«

Treadwell gab ein gutmütig-derbes Lachen von sich und schlug Victor auf die Schulter, als besitze er das Recht, den mächtigsten Dämon in England zu berühren.

»Donnerwetter, Ihr habt das arme Mädchen völlig überwältigt.« Er zwinkerte Victor zu, ungerührt von der plötzlichen Verlegenheit seiner Gattin. »Gestattet es mir, Euch über den Schleichweg zum Kartenspielzimmer zu geleiten. Auf diese Weise werden Euch die kichernden Weibsbilder nicht belästigen. Davon bekommt ein Mann nur Kopfschmerzen. Es ist stets das Beste, sie nach Möglichkeit zu meiden, nicht wahr?«

»Das beweist nur, wie wenig Ihr mich kennt, Treadwell.« Victors Stimme enthielt einen warnenden Unterton, der den dicken Dummkopf furchtsam erbleichen ließ. »Bleibt bei Eurer Gattin. Ich bin imstande, mein Ziel selbst zu bestimmen.«

»Oh … Donnerwetter. Selbstverständlich. Gewiss.«

Victor verbannte den Idioten aus seinen Gedanken und wandte sich der Tanzfläche zu. Er teilte die dichte Menge mit einer Geste seiner schlanken Hand. Entfernt war er sich der eifrigen Blicke bewusst, die seinen langsamen, eleganten Schritten folgten, sowie des aufgeregten Geflüsters, das gedämpft im Raum erklang, doch seine Aufmerksamkeit war vollends auf den süßen Pfirsichduft gerichtet.

Als er die gaffende Menge endlich hinter sich gelassen hatte, durchquerte Victor den schwach erleuchteten Korridor und ging an den diversen Salons und Vorräumen vorbei, bis er die schmale Tür erreicht hatte, die auf die Terrasse hinter dem Gebäude führte.

Victor trat in die kühle Nachtluft hinaus und blieb stehen. Instinktiv durchsuchte er mit seinen Sinnen den Garten und die im Schatten liegenden Ställe nach Hinweisen auf eine drohende Gefahr. Im selben Augenblick war sein Blick auch bereits eifrig damit beschäftigt, den Anblick Juliets zu genießen. Sie lehnte am Steingeländer.

Da er ein Vampir war, benötigte Victor kein Mondlicht, das ihm die reinen, zarten Linien ihres Profils oder die feuerroten

Locken enthüllte, die momentan zu einem Knoten an ihrem Hinterkopf zusammengebunden waren. Allerdings wusste er voll und ganz das silbrige Licht zu schätzen, das auf ihrer Alabasterhaut schimmerte und den Augen in der Farbe eines hellen Smaragdes einen mysteriösen Glanz verlieh.

Er senkte den Blick zu ihrem Kleid, das aus zarter weißer Spitze über einem goldenen Futteralkleid bestand und einen klassisch griechischen Schnitt besaß, um die verführerischen Hügel ihrer Brüste zu betonen. Dann ließ er ihn wieder nach oben gleiten und auf der langen Kurve ihrer nackten Kehle verweilen.

Victors Fangzähne schmerzten vor Hunger. Es war ein Hunger, der sich blitzschnell einstellte und ihn mit brutaler Heftigkeit überfiel.

Verdammte Hölle. Er hatte zu lange keine Frau besessen.

Mit einiger Mühe gelang es Victor, den Drang zu unterdrücken, über die Terrasse zu stürmen und die Frau an sich zu reißen. Obgleich sie keine praktizierende Hexe war und verdünntes Koboldblut besaß, verfügte sie durchaus über Kräfte. Einschließlich ihrer Fähigkeit, seinen Versuchen zu widerstehen, sie zu bezaubern.

Wenn er sie in sein Bett locken wollte, so würde diese Aufgabe Geschick und Geduld erfordern.

Aus irgendeinem albernen Grund jagte ihm dieses Wissen einen Schauder der Vorfreude über den Rücken.

Es war Irrsinn.

Victor schlenderte auf sie zu und ließ seinen Blick keck über ihren angespannten Körper gleiten, während ein leichtes Lächeln seine Lippen kräuselte.

»Dachtet Ihr etwa, Euch vor mir verstecken zu können, süße Juliet?«, fragte er leise.

In den smaragdgrünen Augen blitzte Verärgerung auf, aber sie konnte ihren flatternden Herzschlag und den kräftigen Duft ihrer Erregung nicht vor ihm verheimlichen.

Miss Juliet Lawrence mochte ihn zum Teufel wünschen, doch sie begehrte ihn.

»Eigentlich versuchte ich dem plötzlichen Zustrom von Ungeziefer aus dem Weg zu gehen, Mylord«, erwiderte sie in einem überaus süßen Tonfall.

»Victor«, korrigierte er sie, ohne anzuhalten, bis er sie fest gegen das Steingeländer gedrückt hatte. Sein glühender Blick glitt über ihr gerötetes Gesicht.

»Ich dachte, Ihr wäret in Venedig.« Sie schob das Kinn vor und stellte eine herausfordernde Miene zur Schau. »Was tut Ihr hier?«

»Im Augenblick genieße ich den so ungemein guten Ausblick«, antwortete er mit heiserer Stimme und wandte den Blick zu keiner Zeit von ihren weit geöffneten Augen ab.

»Ich meinte, was tut Ihr hier in London?«

»Ich dachte, das sei offensichtlich. Die Jagdsaison hat begonnen.«

Sie zog die Augenbrauen zusammen. »Da irrt Ihr, Mylord, die Jagdsaison war bereits vor Wochen beendet.«

Er hob die Finger, um die zarte Wölbung ihres Halses nachzuzeichnen, und ihm lief das Wasser im Mund zusammen.

»Das hängt ganz und gar von der Beute ab.«

Sie erzitterte und presste sich gegen das Geländer, um den vergeblichen Versuch zu unternehmen, seiner intensiven Berührung zu entgehen.

»Also seid Ihr wegen des Heiratsmarktes hier?«

»Durchaus.«

»Habt Ihr eine Vorliebe für zarte, junge Debütantinnen entwickelt?«, spottete sie. »Ich dachte, Ihr zöget eine pikanter gewürzte Mahlzeit vor.«

Seine Lippen zuckten, als er die Schärfe in ihrer Stimme vernahm. »Es besteht aber kein Grund für Euch, eifersüchtig auf meine …«

»… Euren Harem zu sein?«

»Auf meine Begleiterinnen.« Seine Finger verweilten auf dem Puls, der unten an ihrer Kehle flatternd schlug, und seine Sinne schwelgten in ihrem Pfirsichduft. »Ihr braucht nur ein Wort zu sagen, dann gibt es keine anderen mehr.«

»Wie oft muss ich Euch denn noch sagen, dass ich niemals die Bluthure eines Vampirs werde?«, brachte sie mit krächzender Stimme hervor, und in ihren Augen blitzte Zorn auf.

Victor lachte. »Eine dermaßen derbe Sprache aus einem so wunderschönen Mund. Hilft es Euch, den Hunger Eures Leibes nach meiner Berührung zu leugnen, um vorzugeben, ich sei ein Monstrum?«

»Es ist nicht nötig, dies vorzugeben. Ihr seid tatsächlich ein Monstrum.«

Victor verzog die Lippen. Er konnte ihrer Behauptung kaum widersprechen.

Immerhin war er ein rücksichtsloses Raubtier, das ohne Gnade tötete und bereit war, Gewalt anzuwenden, wann immer es notwendig war, um die Kontrolle über seinen Clan zu behalten.

Das bedeutete jedoch nicht, dass er nicht in der Lage war, Gefallen an einer Frau zu finden, die seine primitivsten Bedürfnisse weckte. Er senkte den Blick zu der sanften Wölbung ihrer Brüste, und ein Schauder erschütterte seinen Körper, als ihre Hitze ihn einhüllte.

Nein. Es war mehr als nur Gefallen.

Sie in seinem Bett zu haben, die intensive Macht ihres Blutes zu kosten … das entwickelte sich rasch zu einer Notwendigkeit.

Er stöhnte auf, und seine Finger folgten der verlockenden Linie ihres Mieders. Sein Körper war hart vor Begierde.

»Und dennoch hämmert Euer Herz, und Eure Knie zittern, wenn ich mich in Eurer Nähe aufhalte«, entgegnete er mit heiserer Stimme. »Ihr könnt Eure Reaktion auf mich nicht verhehlen.«

Sie erbebte. »Ihr meint Abscheu.«

»Verlangen.« Er senkte den Kopf und streifte mit seinen Lippen ihre nackte Schulter. »Es erfüllt die Luft.«

»Mylord, hört augenblicklich damit auf«, verlangte sie, obwohl sie gleichzeitig die Hände hob, um seine Schultern zu umklammern.

So war es von Anfang an gewesen.

Vor zwei Jahren hatte Juliet an Lord Hawthornes Arm einen Londoner Ballsaal betreten, und jede andere Frau war zu einem bedeutungslosen Schatten verblasst. Victor hatte in jenem Moment gewusst, dass er sie besitzen musste. Und er hatte nicht seine übermenschlichen Sinne bemühen müssen, um zu wissen, dass sie gleichermaßen erregt gewesen war.

Allerdings war sie nicht willens, das zuzugeben.

Nein, aus ihren eigenen unerklärlichen Gründen war sie entschlossen, ihn auf Abstand zu halten.

Er knurrte, während er die Arme um ihre schmale Taille schlang und sie hart an seinen Körper zog

»Kommt mit mir in die Gartenanlagen.«

»Falls es an der Zeit für Euer Nachtmahl ist, dann schlage ich vor, Ihr sucht Euch eine Eurer Konkubinen, um Euren Hunger zu stillen.«

»Ich habe keinen Hunger auf mein Nachtmahl.« Seine Lippen wanderten über ihr Schlüsselbein, bevor sie an der Wölbung ihres Halses entlang nach oben glitten. »Eine so feine Haut.«

Er spürte, wie sie vor Verlangen erzitterte, während sie die Hände gegen seine Schultern stemmte. »Und ich teile meinen Körper nicht bereitwilliger mit Euch als mein Blut.«

Victor wich ein Stück zurück und betrachtete sie mit einem beunruhigenden Blick. »Ich bin nach Venedig gereist, um mir die Gedanken an Euch aus dem Kopf zu schlagen, doch das war eine unmögliche Aufgabe. Ihr verfolgt mich, meine Kleine, und das ist inakzeptabel.«

»Was ist inakzeptabel? Die Tatsache, dass ich die einzige Frau bin, die imstande ist, Eurer Verführung zu widerstehen, oder das Wissen, dass Ihr ein Vermögen verdienen könntet, wenn ich Euch nur behilflich wäre?«

Dieser Vorwurf war ihm vertraut.

Juliets Fähigkeit, die magischen Eigenschaften sowohl von Gegenständen als auch von Personen wahrzunehmen, war eine seltene Gabe, die für jeden Vampir unbezahlbar war, und Victor hatte sein Verlangen nach einer solchen Macht nie verheimlicht. Weshalb sollte er das auch tun? Er würde nie wieder befürchten müssen, dass ein Feind sein frühes Dahinscheiden mit einem geheimen Zauber plante. Oder auch nur, dass er aus Versehen in eine Falle geriet. Juliet wäre stets in der Lage, ihn vor der drohenden Gefahr zu warnen.

Und natürlich gab es da auch noch das unstrittige Wissen darum, dass ihr Talent ein Vermögen wert war.

Der Schwarzmarkthandel mit magischen Artefakten war ein einträgliches, mörderisches Geschäft, das es zahlreichen Dämonen und Menschen ermöglichte, ein Luxusleben zu führen. Einschließlich des Magiers, Lord Hawthorne.

Dieser Bastard.

Victor fing Juliets anklagenden Blick auf und hielt ihn fest. »Mein Reichtum ist groß genug, obgleich ich niemals ein Geheimnis daraus gemacht habe, dass ich Euer Talent begehre. Die einzige Schwäche eines Vampirs ist seit jeher die Magie. Mit Euch an meiner Seite wäre ich beinahe unbesiegbar.«

Sie schob das Kinn vor. »Und das ist nur einer von zahlreichen Gründen, weshalb ich niemals dulden werde, an Euch gebunden zu sein.«

Er kniff verärgert die Augen zusammen. »Und dennoch bietet Ihr Euch bereitwillig Hawthorne an. Er ist ein dermaßen eingebildeter Esel …«

»Ihr solltet einen eingebildeten Esel tatsächlich mit Leichtigkeit erkennen. Ihr braucht ja nur in den Spiegel zu blicken«, unterbrach sie ihn heftig, das Kinn störrisch vorgestreckt. »Ah, wartet. Ihr besitzt ja kein Spiegelbild, nicht wahr, Vampir?«

»Und ein Magier«, fauchte Victor und ignorierte ihre Beleidigung.

»Meine Mutter war eine Hexe.«

»Das ist ein unglückseliger Umstand, den ich bereit bin zu übersehen.«

In den smaragdgrünen Augen blitzte Zorn auf, während Juliet sich an ihm vorbeidrängte und quer über die Terrasse eilte.

»Wie ungemein rücksichtsvoll von Euch, Mylord.«

Blitzschnell folgte Victor ihr, schlang seine Arme um ihre Taille und zog sie mit einem Ruck wieder an seine Brust. Er knurrte tief in der Kehle und grub sein Gesicht in ihre Halsbeuge.

»Ich kann noch mehr sein, als nur rücksichtsvoll, süße Juliet. Ich werde Euch alles geben, was auch immer Ihr Euch wünscht …« Sein Körper erstarrte schockiert. »Verdammte Hölle, weshalb haftet Euch ein Gargylengeruch an?«

Juliet widerstand dem Drang, sich gegen Victors Arme zu wehren, die sie festhielten.

Trotz der Tatsache, dass sie von den Menschen lediglich für eine bloße Debütantin gehalten wurde, war sie doch in Wahrheit über ein Jahrhundert alt, und sie hatte bereits vor langer Zeit gelernt, dass der Kampf gegen ein Raubtier nur umso mehr dessen Instinkte weckte.

Und der Marquis DeRosa war ganz und gar ein Raubtier.

Ein wunderschönes, exotisches, sinnliches und tödliches Raubtier.

Sie blieb erstarrt stehen und täuschte Gleichgültigkeit gegenüber der aufregenden Wonne durch seine unnachgiebigen Arme, die um sie geschlungen waren, und die leichte Berührung seiner Lippen auf ihrer Haut, vor. Sie war jedoch nicht töricht genug zu glauben, dass Victor ihr hämmerndes Herz sowie ihre heiße Erregung nicht wahrnähme, die sich in ihrer Magengrube sammelte. Dieser enervierende Dämon war stets bereit, sich umgehend auf ihre unkontrollierbare Reaktion auf seine intensive Männlichkeit zu stürzen.

»Um Gottes willen, hört auf, an mir zu riechen«, stieß sie zwischen zusammengebissenen Zähnen hervor. »Das ist äußerst unhöflich.«

Er biss leicht in ihren Hals, und seine Fangzähne schabten über ihre empfindliche Haut.

»Erzählt mir, wo Ihr in Berührung mit einem Gargylen kamt.«

Sie schloss die Augen und versuchte nach Kräften, das Verlangen zu ignorieren, das sie heiß durchzuckte.

Juliet begehrte Victor seit dem Moment, in dem sie ihn auf der anderen Seite eines überfüllten Ballsaales gesehen hatte. Intensiv und verzweifelt. Doch sie war keine Närrin.

Frauen, die dumm genug waren, der Verführung eines Vampirs zum Opfer zu fallen, standen irgendwann gezwungenermaßen vor den Trümmern ihrer früheren Existenz.

»Ich bin nicht Euer Eigentum, Marquis DeRosa, und ich brauche Euch überhaupt nichts zu erzählen«, fauchte sie.

»Eigentum? Nein. Aber Ihr seid mein, und wenn Ihr Euch weigert, dann werde ich einfach die Gilde fragen ...«

Juliet keuchte unvermittelt auf und drehte sich mit entsetzter Miene in seinen Armen herum.

»Nein!«

Er senkte den Blick, und die silbernen Augen musterten sie mit enervierender Intensität.

»Ihr habt Eurem so töricht weichen Herzen doch wohl nicht gestattet, Euch in Gefahr zu bringen, oder etwa doch?«

»Selbstverständlich nicht.«

Er nahm ihr Kinn in seine schlanke Hand, und seine schönen Gesichtszüge ließen eine gefährliche Ungeduld erkennen.

»Juliet.«

Sie stieß einen resignierten Seufzer aus. Der Clanchef zeigte seine eindrucksvolle Macht in ihrer Anwesenheit nur selten, doch wenn er es doch einmal tat, war sie klug genug, Unannehmlichkeiten zu vermeiden.

»Vor wenigen Monaten entdeckte ich einen Gargylen auf Justins Dachboden.«

»Tatsächlich?« Die silbernen Augen verengten sich. »Hawthorne muss wohl einen Gegenstand von großem Wert besitzen, wenn er sich die Mühe macht, mit der Gilde zu verhandeln, um für Schutz für seine Villa zu sorgen.«

»Dieser bestimmte Gargyle gehört zufällig nicht zur Gilde.«

»Unmöglich. Es wäre ihm nur als Mitglied der Gilde gestattet, seine Dienste zur Verfügung zu stellen.«

Juliet schnitt eine Grimasse. Als sie auf den Gargylen gestoßen war, hatte sie zuerst nicht gewusst, was sie von dieser eigenartigen kleinen Kreatur halten sollte.

Wie die meisten anderen Gargylen verfügte auch Levet über groteske Gesichtszüge und eine dicke graue Haut, die sich tagsüber in Stein verwandelte. Darüber hinaus besaß er einen langen Schwanz, den er stets sorgfältig polierte, sowie einen starken französischen Akzent.

Im Gegensatz zu seinen fürchterlichen Brüdern war Levet jedoch kaum kniehoch gewachsen und mit zarten Elfenflügeln ausgestattet, die leuchtend blau und rot schimmerten und von goldenen Adern durchzogen waren. Noch schlimmer war allerdings die Tatsache, dass seine Zauberkräfte bestenfalls unberechenbar waren und dazu neigten, mehr Ärger zu verursachen, als sie wert waren.

Als Folge davon war das arme Wesen aus der Gilde verbannt worden und wurde in der Dämonenwelt kaum besser behandelt als ein Leprakranker.

Besser als die meisten anderen verstand Juliet den Schmerz, niemals wahrhaft dazuzugehören.

Zweifelsohne war dies die Erklärung dafür, dass Levet so rasch einen Platz in ihrem argwöhnischen Herzen erobert hatte. Sie war bereit, alles zu tun, was notwendig war, um ihn zu beschützen.

»Levet hat seine Dienste nicht zur Verfügung gestellt. Falls Ihr es unbedingt wissen wollt – die Aufnahme in die Gilde wurde ihm verwehrt, weil er …«

Eine rabenschwarze Braue wölbte sich, als sie zögerte. »Ja?«

»Weil er ungewöhnlich winzig ist und von seinen Brüdern als deformiert angesehen wird«, fuhr sie ihn an. »Seid Ihr nun zufrieden?«

»Ein deformierter Gargyle?«

»Spottet nicht über ihn.«

In den silbernen Augen schimmerte eine boshafte Belustigung. »Ich bin nicht so taktlos, dass ich Euren Freund beleidigen würde. Mein Amüsement gilt der Vorstellung, wie wohl Hawthorne auf einen Miniaturgargylen reagieren mag, der auf seinem Dachboden kauert.«

»Mein Haushalt geht Euch nichts an, DeRosa«, hallte eine tiefe Männerstimme durch die Dunkelheit, während Lord Hawthorne die Stufen vom Garten erklomm. »Und ebenso wenig mein Lehrling.«

Juliet verdrehte die Augen, als Victor den Arm noch enger um ihre Taille legte und ein eiskaltes Lächeln aufsetzte.

Die beiden Männer waren Widersacher, seit Justin, Lord Hawthorne, mit Juliet in London aufgetaucht war. Bisher waren die Feindseligkeiten noch nicht in Blutvergießen ausgeartet, aber Juliet spürte, dass dies nur eine Frage der Zeit war.

Bis dahin fanden sie lächerlicherweise Vergnügen daran, sich gegenseitig zu verhöhnen.

»Meint Ihr etwa, mir Angst einjagen zu können, Magier?«, fragte Victor spöttisch.

Justin überquerte langsam die Terrasse und glättete mit der Hand die schwarzgraue Jacke, die er passend zu einer schwarzen Weste und einer weißen Kniebundhose ausgewählt hatte.

Er war ein groß gewachsener Gentleman mit einer dichten Mähne, die sich bereits vor Jahrhunderten silbern gefärbt hatte. Sein Gesicht war kantig, und er verfügte über energische Züge und schwarze Augen, die seinen rücksichtslosen Willen offenbarten. Auf die meisten Frauen wirkte er attraktiv, obgleich er sich niemals mit der atemberaubenden Herrlichkeit Victors würde messen können.

Justin blieb am Steingeländer stehen und verschränkte mit selbstgefälliger Miene die Arme vor der Brust. Das konnte nur eines bedeuten.

Behutsam durchforschte Juliet mit ihren Sinnen ihre Umgebung und war nicht weiter überrascht, als sie die unverkennbare magische Membran entdeckte, die den Magier schützend umhüllte. Justin mochte ja ein eingebildeter Esel sein, wie Victor behauptete, doch er war nicht dumm. Niemals würde er sich einem Vampir, ganz zu schweigen von dem mächtigen Clanchef, ohne Schutzzauber nähern.

Allerdings hielt das einen entschlossenen Vampir nicht davon ab, ihm die Kehle herauszureißen.

»Es wird kein Zweifel daran bestehen, falls und sobald ich den Wunsch hege, Euch Angst einzujagen, Teufelsbrut«, erwiderte Justin spöttisch.

Eine Woge eisiger Macht durchströmte die Luft und kribbelte schmerzhaft auf Juliets Haut.

»Lasst es nicht zu, dass Eure Fähigkeit, einige wenige niedere Dämonen einzuschüchtern, Euch zu stolz werden lässt, Hawthorne«, entgegnete Victor gedehnt. »Das wäre ein tödlicher Fehler.«

Juliet nutzte den kurzen Moment, in dem Victor abgelenkt war, zu ihrem Vorteil, entzog sich seinem Griff und schritt zur Mitte der Terrasse.

»Da meine Anwesenheit offenkundig überflüssig ist, werde ich Euch beide verlassen, damit Ihr Euch gegenseitig unterhalten könnt«, sagte sie.

Justin trat mit geschmeidigen Bewegungen auf sie zu und streckte die Hand aus. »Vergebt mir, Juliet …«

Die Worte hatten seine Lippen kaum verlassen, als er auch schon abrupt gegen die Backsteinmauer der Villa geschleudert wurde. Victors Hand umfasste seine Kehle, und ein Paar fürchterlicher Fangzähne war nur noch einen winzigen Hauch von seiner Drosselvene entfernt.

Juliet, entsetzt über den jähen Gewaltausbruch, ganz zu schweigen von der Mühelosigkeit, mit der Victor Justins Abwehrzauber durchbrochen hatte, eilte zu dem Vampir und legte ihm vorsichtig eine Hand auf die Schulter.

»Mylord, nicht«, sagte sie. Aus ihrer Kehle drang nicht mehr als ein Flüstern. Das Gefühl von Gefahr lag schwer in der Luft. Es schien ihr nicht sonderlich klug, den tödlichen Vampir zu erschrecken. »Ich werde es nicht dulden, dass Ihr eine Szene macht.«

Es folgte ein angespannter Moment, in dem Justins Leben auf Messers Schneide stand. Dann schleuderte Victor den größeren Mann mit einem leisen Knurren beiseite und wandte sich um, um nach Juliet zu greifen. In seinen Silberaugen funkelte ein intensiver Hunger.

»Gebt Acht, meine Kleine. Ich habe versucht, Geduld zu üben – immerhin seid Ihr sehr jung –, doch ich werde schnell von meinem Verlangen verzehrt«, erklärte er krächzend. »Ich werde nicht mehr sehr viel länger warten.«

Juliets Herz schlug schmerzhaft gegen ihren Brustkorb, aber nicht vor Furcht, trotz der schlanken Finger, die sich in ihre Schultern gruben, und des wilden Glitzerns in den silbernen Augen. Nein. Es war ein reines Hochgefühl, das durch ihr Blut raste.

»Droht Ihr mir etwa?«, keuchte sie.

Er umfasste ihr Gesicht mit den Händen und starrte ihr tief in die Augen, bevor er den Kopf senkte, um ihren Mund mit einem harten und erschreckend besitzergreifenden Kuss zu bedecken.

»Es ist ein Versprechen, nichts weiter«, wisperte er an ihren Lippen. Daraufhin ließ er sie mit einem gemurmelten Fluch los und verschwand mit erschreckender Schnelligkeit von der Terrasse.

Unwillkürlich presste Juliet ihre Finger auf ihre Lippen. Sie fühlte sich … erschüttert.

Sie hatte die unbeständigen Emotionen, die direkt unter der Oberfläche lauerten, wenn Victor sich in der Nähe aufhielt, gespürt. Es fühlte sich an, als befände man sich mitten im Labor eines Alchemisten, während man sich schmerzlich der Tatsache bewusst war, dass die Tränke, die dort zusammengebraut wurden, urplötzlich explodieren konnten.

Aber niemals war ihr klar gewesen, dass sein Kuss, *jeder* seiner Küsse, imstande war, ihr den festen Boden unter den Füßen zu entreißen.

Als sie ein schwaches Geräusch vernahm, setzte sie eine gefasste Miene auf, sodass ihr die Erschütterung nicht mehr anzusehen war. Das Letzte, was sie wollte, war, dass irgendjemand ihre unwillkommene Verletzlichkeit bemerkte, was Victor betraf.

Sie war gewappnet, als Justin zu ihr trat. Ein finsterer Blick verunzierte seine gut aussehenden Züge, und in seinen dunklen Augen glühte Hass.

Dieser Mann war es gewohnt, in jeder Situation Herr der Lage zu sein. Er war nicht nur ein mächtiger Magier, sondern er hatte sich mit Juliets Hilfe eine gewaltige Sammlung magischer Waffen angeeignet, die jede andere Person zögern ließe, ihn herauszufordern.

Doch nun hatte Victor eindrucksvoll bewiesen, dass er imstande war, Justin die Kehle herauszureißen und ihn als einen von zahlreichen Leichnamen in Londons Gosse zurückzulassen. Es war kein Wunder, dass seine Hand nicht vollkommen ruhig war, als er die präzisen Falten seines Halstuchs zurechtzupfte.

»Dieser verdammte Bastard«, stieß er hervor. »Wie ist es ihm gelungen, sich ohne mein Wissen wieder nach London zu schleichen?«

Juliet verzog die Lippen und ließ den Blick über den dunklen und anscheinend leeren Garten schweifen.

»Ein Dämon überlebt nicht tausend Jahre, ohne sich die Fähigkeiten anzueignen, die vonnöten sind, um unbemerkt zu reisen«, hob sie trocken hervor.

Justin war weit davon entfernt, sich beschwichtigen zu lassen. »Fähigkeiten oder nicht – ich hege die Absicht, ein Wörtchen mit meinen Bediensteten zu reden. Sie sind hinsichtlich ihrer Pflichten offenkundig nachlässig geworden.«

»Nachlässig? Das wage ich zu bezweifeln«, erwiderte Juliet. »Sie fürchten Euch.«

Kopfschüttelnd machte Justin Anstalten vorzugeben, er sei

nicht gerade erst von einem erzürnten Vampir quer über die Terrasse geschleudert worden.

»Und Ihr, Juliet?«, fragte er, und seine Finger glitten in einer anzüglichen Geste über ihre gerötete Wange. »Fürchtet Ihr mich ebenfalls?«

Sie machte abrupt einen Schritt nach hinten. Justin war attraktiv und, wenn er sich Mühe gab, auch ein charmanter Begleiter, doch sie hegte kein Interesse daran, seine Mätresse zu werden. Soweit es sie betraf, war ihre Beziehung rein geschäftlich.

»Nicht sonderlich.«

»Hmm.« Er musterte sie mit einem trübseligen Lächeln. »Ich wünschte, ich könnte Euch glauben, meine Liebe.«

Mit einem ruhelosen Achselzucken wandte sich Juliet um, um auf den Rand der Terrasse zuzugehen.

»Vielleicht sollten wir London verlassen.«

»Ihr verspürt so plötzlich das Bedürfnis zu reisen?« In seiner Stimme lag ein Anflug von Erstaunen.

Das war nur zu verständlich.

Juliet hatte niemals ein Geheimnis aus ihrer Abneigung gegen ihre ständigen Reisen von einem Ort zum anderen gemacht. Es war nicht so, als hätte sie die Notwendigkeit nicht begriffen, zu vermeiden, dass sie sich zu lange in einer bestimmten Gegend niederließen. Die Menschen waren zwar nicht besonders aufmerksam, doch irgendwann fiel es ihnen doch auf, wenn ihre Nachbarn nicht alterten. Aber es vereinfachte die ständigen Umwälzungen in ihrem Leben nicht unbedingt.

Nun jedoch konnte sie den feigen Drang, vor Victor und den gefährlichen Gefühlen, die er in ihr weckte, zu fliehen, nicht leugnen.

»Warum nicht?«

»Zunächst einmal wird in ganz Europa ein verdammter

Krieg geführt, sofern Ihr Euch erinnert, meine Liebe«, entgegnete er gedehnt, »und obgleich die Wintermonate stets lähmend auf die Begeisterung der Generäle für den Kampf wirken, plant der törichte Erzherzog Charles, falls meine Quellen sich nicht täuschen, einen aussichtslosen Aufstand in Österreich, was natürlich alle möglichen abscheulichen Vergeltungsmaßnahmen auslösen wird. Wir können nur hoffen, dass Wien nicht durch ihre Dummheit zerstört wird.«

Juliet zuckte mit der Schulter. »Das europäische Festland ist nicht der einzige Ort außer England. Wir könnten Indien besuchen oder Nord-, Süd- und Mittelamerika oder …«

»Juliet, Ihr wisst sehr wohl, dass ich die Kolonien nicht leiden kann«, unterbrach Justin sie. Ein Anflug von Ungeduld wurde in seiner Stimme hörbar. »Die Gesellschaft ist langweilig, die Unterhaltung ist schlicht, und die Eingeborenen nicht viel besser als Wilde. Darüber hinaus gehen meine Verhandlungen mit dem Feenvolk nicht so gut voran, wie ich es mir wünschen würde.«

Juliets Mut sank.

Trotz aller Zauberkräfte war Justin dennoch ein Mensch, und nur durch eine starke Mischung seltener Kräuter gelang es ihm, seiner Sterblichkeit entgegenzuwirken.

Kräuter, die nur durch Feenvolkmagie zum Wachsen gebracht werden konnten.

Und das bedeutete, dass Justin es nicht wagen würde, London zu verlassen, bevor er sich nicht sicher war, dass er über genügend Zaubertrank für mehrere Wochen, wenn nicht sogar Monate verfügte.

»Worin besteht denn die Schwierigkeit? Ihr hattet doch zuvor noch nie Probleme damit, um Euren Zaubertrank zu verhandeln.«

Justin verzog das Gesicht zu einer Grimasse. »Das Feenvolk ist … unruhig.«

»Das ist kaum eine Überraschung. Es ist stets launenhaft und unberechenbar.«

»Es ist schlimmer als sonst. Die vergangenen drei Monate habe ich danach gestrebt, mich mit Yiant zu treffen. Ich bot ihm mehrere meiner besten Besitztümer für dieses Privileg an, nur um mitgeteilt zu bekommen, dass der Prinz keinen Besuch empfange.«

Juliet runzelte verwirrt die Stirn. Wie sie bereits gesagt hatte, handelte es sich bei den Waldgeistern um launenhafte Kreaturen. Allerdings wurden sie von einer unstillbaren Sehnsucht nach Magie gequält. Nichts Geringeres als die Drohung seines bevorstehenden Todes könnte einen Waldgeist davon abhalten, einen magischen Gegenstand einzusammeln.

»Habt Ihr ihn gekränkt?«

»So töricht wäre ich niemals.« Justins Kiefer verkrampfte sich vor Anspannung. »Nein. Der Prinz versucht mich entweder zu zermürben, in der Hoffnung, den Preis seiner Waren in die Höhe zu treiben, oder er ist untergetaucht.«

»Weshalb sollte ein Feenvolkangehöriger untertauchen?«

»Das ist eine gute Frage.«

Schweigen senkte sich herab, als beide die diversen, ganz gewiss unangenehmen Möglichkeiten überdachten.

»Was werdet Ihr also tun?«, erkundigte sich Juliet.

»Ich werde ihm ein Angebot machen, das so verlockend ist, dass er nicht widerstehen kann, sich mit mir zu treffen.« Justin warf ihr einen forschenden Blick zu. »Da wir gerade davon sprechen – ist es Euch gelungen, einen Blick auf Lord Treadwells neue Sammlung zu werfen, meine Liebe?«

Juliet vollführte eine geringschätzige Handbewegung. Es hatte weniger als eine Viertelstunde gedauert, die griechische Sammlung zu durchsuchen, die derzeit in Lord Treadwells Gemäldegalerie ausgestellt war.

Den stark angeschlagenen Statuen und Töpferwaren mangelte es nicht nur an jedem Funken von Magie, sondern darüber hinaus vermutete Juliet, dass es sich dabei um ausgemachte Fälschungen ohne den geringsten historischen oder künstlerischen Wert handelte.

»Gerümpel.«

Justin warf einen zynischen Blick auf die vor ihnen aufragende Villa. »Das kam nicht gänzlich unerwartet, aber es ist dennoch schade. Womöglich werden wir bei der Soiree der Stonevilles mehr Glück haben.«

»Hat Lord Stoneville neue Artefakte erworben?«

»Nein, aber den Gerüchten im Herrenklub zufolge hat er sich kürzlich eine junge und sehr schöne Geliebte genommen.«

Juliet sah ihn mit vor Verwirrung gerunzelter Stirn an. »Welches Interesse könnten wir denn bloß an seiner Geliebten haben?«

Ein wissendes Lächeln bildete sich um Justins Mundwinkel. »Der alte Bock muss wohl achtzig Jahre alt sein, wenn nicht sogar älter. Wenn es ihm gelingt, mit einer Frau Schritt zu halten, deren Alter nur ein Viertel des seinen beträgt, dann muss er wohl über irgendeinen magischen Plunder verfügen, um …«

»Ja, ich verstehe, was Ihr damit sagen wollt«, unterbrach Juliet ihn und erschauderte bei dieser unangenehmen Vorstellung.

Justin, der weitaus weniger zimperlich war als sie, hielt ihr den Arm hin. »Gehen wir?«

KAPITEL 2

Zwei Nächte später saß Juliet unter einem kleinen Fenster auf einem Chippendale-Sofa mit geschwungenen, verzierten Beinen und Brokatpolstern. Gott allein wusste, wie lange es her war, dass er auf den Dachboden verbannt worden war, doch Levet hatte sein Bestes getan, um Staub und Spinnweben zu entfernen. Es war ihm auch gelungen, genügend Platz zwischen den vergessenen Schrankkoffern und Familienporträts zu schaffen, um zwei Holzstühle an einen kleinen, mit Schnörkeln verzierten Tisch zu stellen, sodass der Eindruck eines Esszimmers entstanden war.

Der winzige Gargyle war erstaunlich domestiziert und beschwerte sich bitterlich – und viel zu oft – darüber, dass er gezwungen war, auf dem beengten, schmutzigen Dachboden zu hausen.

Soweit es Levet betraf, sollte er eigentlich Gemächer in Versailles bewohnen.

Im Augenblick jedoch schimmerte Amüsement in seinen grauen Augen, und seine zarten Flügel flatterten, als er über Juliets Geschichte von ihrem wagemutigen Diebstahl des kostbaren Kristalls lachte, der die Tränen eines Fruchtbarkeitsgottes enthielt. Justin hatte währenddessen den uralten Lord Stoneville abgelenkt.

»Bist du dir sicher, dass es ein Damanica war?«, wollte der

Gargyle wissen. Sein französischer Akzent war sehr stark ausgeprägt.

»Ohne jeden Zweifel.« Juliet zuckte mit den Achseln. »Justin unternimmt im Augenblick den Versuch, die Waldgeister damit aus ihrem Versteck zu locken.«

Levet lachte erneut auf. »Wie erbärmlich. Besitzen englische Waldgeister etwa kein Durchhaltevermögen? Keine Manneskraft? *Sacrebleu.* Sie sind wohl wie Fische auf dem Trockenen.« Er schlackerte mit der Hand. »Flop, flop, flop …«

»Levet«, unterbrach ihn Juliet hastig.

»Ah, *pardon, ma belle.«* Der zartfühlende Gargyle war augenblicklich zerknirscht. »Ich habe vergessen, was für eine zarte Blume du bist.«

»Zarte Blume?« Juliet schnaubte. »Das wohl kaum. Ich bin eine Diebin und eine Lügnerin, und ich verkaufe meine Dienste, um ein Dach über dem Kopf zu haben. Viele Leute würden behaupten, ich sei nicht besser als eine gewöhnliche Hure.«

»*Non,* du darfst nicht solche schrecklichen Dinge sagen. Wir alle tun, was wir tun müssen, um zu überleben.«

Juliet stieß einen Seufzer aus. Sie kannte sich auf schmerzhafte Weise mit den Opfern aus, die das Überleben erforderte.

»Ja, ich vermute, das entspricht durchaus der Wahrheit.«

Levet legte den Kopf auf die Seite und blickte sie mit zusammengekniffenen Augen an.

»Irgendetwas beunruhigt dich, *ma belle.«*

Juliet wandte den Kopf, um aus dem Fenster zu sehen, eher, um ihre verräterische Miene zu verbergen, als um den Blick auf den Hyde Park zu bewundern, der im silbrigen Mondlicht schlummerte.

»Es ist nichts weiter als Langeweile.«

»Langeweile? Erst vor wenigen Tagen erzähltest du mir, wie entzückt du seist, dass die Saison endlich begonnen hat.«

Natürlich war sie entzückt gewesen. Sie hatte sich eingeredet, dass die ruhelose Unzufriedenheit, welche sie während des langen Winters gequält hatte, durch die Rückkehr der Gesellschaft in die Stadt geheilt werden würde.

Doch erst, als Victor in Lord Treadwells Ballsaal geschlendert gekommen war, hatte sie akzeptiert, dass ihre Unzufriedenheit nichts mit dem Mangel an Gesellschaft zu tun hatte, sondern vielmehr mit dem atemberaubend schönen Dämon.

Diese Erkenntnis war ärgerlich. Und sie hegte nicht die Absicht, Levet diese Tatsache zu verraten.

»Ich hoffte, dass die Rückkehr der Gesellschaft nach London mir eine Ablenkung böte«, antwortete Juliet, indem sie ihrer Stimme entschlossen einen heiteren Tonfall verlieh. »Das war natürlich töricht. Es finden die gleichen langweiligen Bälle statt, mit den gleichen langweiligen Gästen und dem gleichen langweiligen Klatsch und Tratsch.«

»Aber wir lieben doch Klatsch und Tratsch, oder nicht?«

»Nur dann, wenn er interessant ist.« Juliet wandte sich wieder ihrem Gegenüber zu, während ihre Finger mit einem Satinband spielten, mit dem das Oberteil ihres pfirsichfarbenen Musselinkleides durchwirkt war. »Bisher habe ich nichts Faszinierenderes vernommen als Gerede darüber, dass Lord Maywoods jüngste Tochter heimlich aus London fortgeschafft wurde, nachdem sie versucht hatte, mit einem offenkundigen Mitgiftjäger durchzubrennen, und dass es eine sonderbare Reihe von Blitzschlägen gab, von der die Leute behaupten, sie sei aus heiterem Himmel gekommen. Einer der Blitze brannte ein Lagerhaus in der Nähe der Docks nieder.«

Levets Schwanz erstarrte mit einem Mal, als sei er von ihrem belanglosen Geschwätz aufgeschreckt worden.

»Blitzschläge, sagst du? Bei den Docks?«

»Weshalb bist du interessiert an merkwürdigen Blitzen?«

Ein Lächeln bildete sich auf dem hässlichen grauen Gesicht. »Ein Pixienest zieht oftmals Blitze an. Vielleicht haben sie sich an der Themse niedergelassen.«

»Hast du eine Vorliebe für Pixies?«

Der Gargyle legte in einer Geste der Wertschätzung seine Finger an die Lippen.

»Aber natürlich. Die Frauen sind *très désireuses* und verfügen über die bemerkenswerte Fähigkeit, einem Gargylen Vergnügen zu bereiten.«

Mit einer abrupten Bewegung sprang Juliet auf. Ein seltsamer Schmerz erfasste ihr Herz.

»Um Himmels willen, sind alle Männer so berechenbar?«

Levet hob hilflos die Hände. *»Oui.«*

»Wie erbärmlich.«

»*Ma belle,* bitte erzähle mir, was dich so aufgeregt hat. Ich weiß, es kann nicht der Mangel an amüsanten Skandalen sein.« Levet watschelte auf Juliet zu. In seinen grauen Augen lag ein besorgter Ausdruck. »Juliet?«

Sie holte tief Luft. Sie wusste, dass das winzige Wesen sie nicht in Ruhe lassen würde, bis sie ihm die Wahrheit gestanden hatte.

»Marquis DeRosa ist nach London zurückgekehrt.«

»Bei den Steinhoden meines Vaters.« Levet knallte aufgeregt mit den Flügeln. Die plötzlich entstehende Brise wirbelte Staub durch die Luft. »Nun, dann besteht keine Notwendigkeit, danach zu fragen, aus welchem Grund er hier ist. Dieser kaltherzige, abscheuliche Kerl wird nicht zufrieden sein, bis er dich zu einer seiner Speichelleckerinnen gemacht hat.«

Das war genau das, was Juliet befürchtete.

Und der Grund dafür, dass sie so einen schweren Kampf dagegen auszufechten hatte, dass sie sich seiner Sinnlichkeit dermaßen schmerzlich bewusst war.

»Vorher wird die Hölle einfrieren«, murmelte sie.

Levet griff nach oben, um ihre Hand zu fassen. Die offenkundige Besorgnis in seiner Miene sorgte dafür, dass ihr ein kalter Schauder über den Rücken lief.

»Sei vorsichtig, *ma belle.* Er ist gefährlicher, als du es dir je vorstellen könntest.«

»Was soll ich denn tun? Ich habe Justin darum ersucht, aus England abzureisen, doch er ist zu sehr mit seinen Verhandlungen mit Yiant beschäftigt, um London zu verlassen. Ich nehme an, ich könnte allein abreisen, aber …«

»*Non,* Juliet.« Levets Stimme klang entsetzt. »Trotz aller Fehler Hawthornes – und sie sind mannigfaltig und zahlreich – bietet er dir einigen Schutz vor jenen Kreaturen, die alles tun würden, was auch immer notwendig ist, um Anspruch auf dich und deine Kräfte zu erheben.«

Juliet durchmaß den beengten Raum, der von dem Gargylen geschaffen worden war, mit ihren Schritten und ärgerte sich nicht zum ersten Mal über ihre Abhängigkeit von dem Magier.

Wenn doch nur …

Abrupt unterdrückte Juliet diese bedeutungslose Sehnsucht.

Ihre Eltern waren tot. Nichts war imstande, etwas an dieser grausamen Tatsache zu ändern.

»Ich bin nicht vollkommen hilflos«, stieß sie hervor.

»Es geht nicht darum, dass du hilflos bist, aber du wirst niemals rücksichtslos genug sein, um allein in der Dämonenwelt zu überleben.«

Juliet ignorierte die schmerzliche Wahrheit, die in Levets Worten lag. »Womöglich wird Yiant den Damanica als angemessene Gabe akzeptieren und Justin die Kräuter anbieten, die er benötigt. Er wird keinen Grund haben, länger in London zu verweilen, sobald er seinen Zaubertrank besitzt.«

»Da wäre ich mir nicht so sicher.«

Juliet unterbrach ihr ruheloses Umherwandern, um den Gargylen mit einem verwirrten Blick anzusehen.

»Was meinst du damit?«

»Es geht das Gerücht, dass Hawthorne Madame Andreas endlich davon überzeugt hat, seine Geliebte zu werden.«

Juliet schnaubte. »Wenn du mich zu schockieren beabsichtigst, Levet, so irrst du dich gewaltig. Justin verfügt stets über die eine oder andere Geliebte. Er wird in Westindien, Ägypten oder in Nord-, Süd- oder Mittelamerika mit Leichtigkeit eine neue finden.«

»Madame Andreas ist nicht einfach nur irgendeine Geliebte, Juliet, sondern sie wird als schönste Frau in London angesehen«, korrigierte Levet sie. »Selbst DeRosa wurde bei dem Versuch beobachtet, um ihre Gunst zu buhlen.«

Ein scharfer, wilder Schmerz durchzuckte ihr Herz allein bei der Vorstellung, wie Victor von der goldhaarigen, blauäugigen, sinnlichen Schönheit betört wurde. Dabei war das überaus absurd. Von dem Moment an, als sie in London eingetroffen war, hatte sie Gerüchte über die zahlreichen Geliebten des Marquis DeRosa gehört und mit ihren eigenen Augen gesehen, wie sich die Frauen in Scharen versammelt hatten, um in seiner Nähe zu sein.

Darüber hinaus war es in der Dämonenwelt allgemein bekannt, dass Vampire sexuell unersättlich waren. Bis sie sich verbanden, war es ganz und gar nicht ungewöhnlich für sie, auf einem Dutzend Mätressen zu bestehen.

Der Teufel sollte Victor holen!

»Tatsächlich? Nun, dann hoffe ich …«

»Oui?«

»Ich hoffe, er erstickt an ihr!«, fauchte Juliet.

Levets massige Stirn furchte sich, als er Juliets plötzliche Bestürzung wahrnahm. »Habe ich ein Muddelkuddel angerichtet?«

»Muddelkuddel?« Es dauerte einen Augenblick, bis Juliet verstand, was der Gargyle meinte. »Kuddelmuddel. Ein Kuddelmuddel angerichtet.«

Er zuckte geringschätzig mit der Schulter. »Muddelkuddel – Kuddelmuddel, das ist doch nicht weiter von Belang. Habe ich etwas Falsches gesagt?«

»Überhaupt nicht.« Juliet spürte, dass sie allmählich ihre nur noch mühsam aufrechterhaltene Selbstbeherrschung zu verlieren begann. »Wenn du mich entschuldigen würdest – ich glaube, ich werde mich zur Ruhe begeben.«

»Fühlst du dich nicht wohl?«

»Das kann man wohl sagen.«

Ohne Levet Zeit zu lassen, sie aufzuhalten, verließ Juliet den Dachboden und nahm den direkten Weg durch die von Kerzenschein erhellten Korridore zu ihren Privatgemächern.

Normalerweise empfand sie ein Gefühl der Freude, wenn sie das Wohnzimmer betrat, das in blauen und elfenbeinfarbenen Tönen eingerichtet war, mit stabilen englischen Möbelstücken, die eher mit Blick auf Bequemlichkeit als auf modische Belange ausgewählt worden waren. Und das Bezauberndste von allem waren die großen Bogenfenster mit Aussicht auf die kopfsteingepflasterte Straße. Sie liebte es, morgens hier ihre Schokolade zu trinken, während sie auf der mit Kissen versehenen Fensterbank saß und den Nachbarn zusah, wenn diese ihren Geschäften nachgingen.

Heute Nacht jedoch steuerte sie direkt auf den angrenzenden Raum zu und machte sich mit steifen, ärgerlichen Bewegungen bettfertig.

Natürlich hätte sie nach einem Dienstmädchen rufen können. Justin verfügte über eine vollständige Belegschaft an Bediensteten. Sie alle waren Mischlinge und besaßen Dämonenblut, sodass für Juliet nicht die Notwendigkeit bestand vorzugeben, sie sei ein Mensch. Aber sie war nicht in der Stimmung, die neugierigen Blicke und das geistlose Geschnatter ihres Dienstmädchens zu ertragen.

Sie hegte nur den Wunsch, unter ihre Decke zu kriechen und sich vorzustellen, dass sie sich weit entfernt von London und Marquis DeRosa befände.

Zu ihrer großen Überraschung gelang es Juliet, in einen tiefen Schlaf zu fallen, auch wenn dieser von Albträumen beeinträchtigt wurde, die davon handelten, dass sie in einem kleinen Kellerraum gefangen war, während irgendetwas – oder irgendjemand – auf die Tür zugeschlichen kam.

Wenn sie eine praktizierende Hexe gewesen wäre, so hätte sie möglicherweise versucht, der tieferen Bedeutung ihres lebhaften Traumes auf den Grund zu gehen sowie ihrer erstickenden Angst, die viel zu real gewirkt hatte. Aber da sie über keine echte Macht außer ihrer Fähigkeit, Magie wahrzunehmen, verfügte, wollte sie gerade die vage Vorahnung einfach als unwichtig abtun, als mit einem Mal Levets Stimme in ihrem Kopf ertönte.

»Juliet!«, rief der Gargyle. »*Sacrebleu,* wach auf!«

»Levet?« Juliet setzte sich auf und blickte sich in dem leeren Zimmer um. Das Dämonenblut ihres Vaters verlieh ihr die Fähigkeit zu sehen, gleichgültig, wie dunkel es auch sein mochte. »Levet, wo bist du?«

»Ich spreche in deinen Gedanken zu dir.«

Sie runzelte die Stirn und hob eine Hand an ihre Schläfe. »Ich wünschte, du würdest das nicht tun. Mir ist davon ganz schwindelig.«

»*Non,* trenne unsere Verbindung nicht. Ich brauche dich, *ma belle.*«

»Jetzt?«

»*Oui*. Ich stecke in Schwierigkeiten.«

Juliets Herz setzte einen Schlag lang aus, als sie den unverkennbar panischen Ton in Levets Stimme vernahm.

»Lieber Gott, bist du verletzt?«

»Vorerst hat nur mein Stolz gelitten, aber ich spüre, dass die Zukunft meiner Gesundheit ganz und gar nicht gesichert ist. In Wahrheit, *ma belle,* scheint sie mir ganz besonders unheilvoll zu sein.«

Juliet, die kaum bemerkte, dass sie sich überhaupt bewegte, kroch aus dem Bett und steuerte auf den kleineren ihrer beiden Kleiderschränke zu. Ihr Feenvolkblut verlangte, dass sie gelegentlich die Grenzen der Stadt hinter sich ließ und sich in die Natur begab. Daher bewahrte sie stets mehrere Garnituren locker sitzender Bauernkittel und Hosen auf, die besser zu einem Stallburschen gepasst hätten als zu einer jungen Dame der feinen Gesellschaft. Sie waren ideal für ihre langen Nachmittage im Wald.

»Wo bist du?«

»Ich bin mir nicht vollkommen sicher.«

»Levet, du bist mir keine sonderlich große Hilfe«, entgegnete Juliet, während sie rasch ihr Nachthemd gegen die Hose und den Bauernkittel tauschte und Knabenstiefel anzog. »Ich muss wissen, wo ich mit der Suche nach dir beginnen muss, wenn du gerettet werden möchtest.«

»Denkst du etwa, dieser Gedanke sei mir nicht auch schon gekommen?«, fuhr Levet sie an. »Wenn ich gewusst hätte, dass ich angegriffen und gefangen genommen werden würde, dann wäre ich auch so schlau gewesen, eine Spur aus Brotkrumen zu hinterlassen, der du hättest folgen können.«

Juliet begab sich zur Frisierkommode und begann ihre dichten Locken oben auf ihrem Kopf festzustecken.

»Möchtest du, dass ich dir helfe, oder nicht?«

»Selbstverständlich.«

»Dann erzähle mir, was geschehen ist.«

»Nachdem du mich verlassen hattest, sodass ich gezwungen war, mich allein zu unterhalten, entschied ich mich, die Docks zu besuchen.«

»Weshalb, um Gottes willen, bist du …« Juliet unterbrach sich, als ihr die Erkenntnis kam. »Die Pixies. Wirklich, Levet …«

»Ich bin ein Gargyle, kein Heiliger. Und du bist diejenige, die mich mit der Aussicht auf Pixies lockte.«

Bei dieser absurden Anschuldigung versteifte sich Juliet. »So etwas habe ich nicht getan.«

»Juliet, da nähert sich etwas«, zischte Levet. Seine Furcht war so stark, dass sie Juliet durchströmte. »Bitte, *ma petite,* ich brauche dich!«

Es folgte ein schmerzhafter Ruck, und unvermittelt wurde Juliets Verbindung zu dem Gargylen getrennt.

»Verdammt.«

Sie nahm sich gerade genügend Zeit, um eine Mütze über ihre Locken zu ziehen. Dann kletterte sie aus ihrem Fenster und überwand mit einem Sprung die kurze Distanz zu dem nahe gelegenen Baum.

Vielleicht verfügte sie nicht über Justins Furcht einflößende Zauberkräfte oder Victors eiskalte Macht, aber sie unternahm bereitwillig alles, was notwendig war, um ihren einzigen wahren Freund zu retten.

Gleichgültig, wie groß die Gefahr auch sein mochte.

Das Anwesen des Marquis DeRosa war weniger als eine halbstündige Fahrt von London entfernt, aber es bot all den Platz und all die Privatsphäre, nach denen sich ein Vampir sehnte.

Es war aus weißem Stein erbaut und besaß eine klare, klassische Form. Ausgestattet war es mit gewaltigen Marmorsäulen und großen Fenstern, die Aussicht auf die makellose Rasenfläche und den See in der Ferne boten.

Es war nicht das erste Herrenhaus, das genau an dieser Stelle erbaut worden war. Immerhin besaß Victor dieses Grundstück bereits seit mehreren Jahrhunderten. Doch wie all die anderen zuvor war es ebenso sehr mit Blick auf Sicherheit entworfen worden, wie um verschwenderischen Luxus zu genießen.

Das riesige Gelände wurde nachts von seinen Clanbrüdern bewacht, tagsüber stammte der Schutz von den giftigen Bagul-Dämonen, die imstande waren, alle bis auf die mächtigsten Feinde zu besiegen.

Das Haus selbst war von Zaubern umgeben, um unwillkommene Eindringlinge fernzuhalten, einschließlich allzu verwegener Menschen.

Allerdings waren die sorgfältigen Verteidigungsmaßnahmen eigentlich nicht vonnöten.

Nur ein Dämon oder ein Sterblicher, der begierig darauf war, sich sein eigenes Grab zu schaufeln, wäre töricht genug gewesen, in Victors Versteck einzudringen.

Nicht ohne Einladung.

Victor, der sich auf einem massiven hölzernen Stuhl aus dem Besitz eines römischen Generals lümmelte, der den Fehler begangen hatte, einen Menschen zu töten, der unter dem Schutze des Clans gestanden hatte, inspizierte die diversen Gäste, welche seinen eleganten Salon füllten.

Es war eine wilde Dämonenmischung. Vampire, Kobolde, mehrere reizende Nymphen und eine Handvoll menschlicher Leibeigener. Sie alle waren außerordentlich schön, und alle strebten begierig danach, die Aufmerksamkeit des grübelnden Victor zu erregen.

Es war wahrhaft zu schade, dass er keinerlei Interesse an den halb nackten Leibern hegte, die absichtlich auf den Chaiselonguen und den großen Kissen auf dem Boden drapiert waren. Dieses appetitliche Festmahl mochte ja perfekt kalkuliert sein, um einen hungrigen Vampir zu sättigen, doch Victor verspürte nicht mehr als kalte Teilnahmslosigkeit.

Er schickte die silberhaarige Nymphe fort, die mit einem dünnen Gazegewand bekleidet war und zu seinen Füßen kniete, den Kopf zu einer stummen Einladung schräg gelegt. Trübselig akzeptierte er die Tatsache, dass sein ehemals abwechslungsreicher und exotischer Geschmack nun auf eine einzige bestimmte Frau beschränkt war.

Er war seinem Ziel, diese Frau in seinem Bett zu haben, noch kein Stück näher gekommen.

Seine schlanken Finger trommelten rastlos auf der verschnörkelten Armlehne des Stuhls herum, und sein Körper sehnte sich nach Miss Juliet Lawrence, als die Türen am anderen Ende des Raumes aufgestoßen wurden und ein großer Vampir mit einem Heiligenschein aus braunen Locken und braunen Augen hervortrat.

Die meisten Leute ließen sich von dem jugendlichen, unschuldigen Aussehen täuschen, das Uriel selbst nach zwei Jahrhunderten noch anhaftete. Victor jedoch beging diesen Fehler nicht. Obgleich dieser Vampir niemals so viel Macht besitzen würde wie Victor selbst, war Uriel ein brutaler Mörder, wann immer es notwendig war, und überaus loyal.

Genau das war der Grund, weshalb Victor, sobald sein Interesse für Juliet entflammt war, verlangt hatte, dass dieser Dämon sie ständig bewachen sollte.

Victor hob eine Augenbraue und gab dem anderen Vampir durch eine Geste zu verstehen, dass er sich zu ihm gesellen solle. Er wusste, dass Uriel niemals ohne zwingenden Grund seinen Posten verlassen hätte.

Uriel bahnte sich mit flüssigen Bewegungen rasch einen Weg zwischen den Gästen hindurch. Dann fiel er vor Victor auf die Knie und beugte den Kopf.

»Herr.«

»Erzähle mir, was geschehen ist.«

»Die Frau hat ihr Haus verlassen.«

»Zu einer eigenartigen Zeit.« Victor legte die Stirn in Falten. Nur, weil Juliets Dienstmädchen eine Nachricht geschickt hatte, ihre Herrin werde den Abend über zu Hause bleiben, hatte er widerstrebend dieser kleinen Versammlung zugestimmt. Sein Clan verdiente etwas Unterhaltung, wenn sein Chef von einer störrischen, nicht zu bändigenden Frau in Anspruch genommen wurde. »War sie mit Hawthorne unterwegs?«

»Nein, Herr, sie war allein.«

»Allein?«

»Allein und zu Fuß.«

»Verdammt.« Victor umklammerte mit den Händen die Armlehnen seines Stuhls. Das Holz knarrte, als drohe es unter dem Druck zu brechen. »Ich hoffe, dass Johan ihr folgt?«

»Selbstverständlich.«

Victor warf einen Blick in Richtung der dunklen Fenster und versuchte einzuschätzen, wie viele Stunden noch bis zum Sonnenaufgang vergehen würden.

»Juliet mag impulsiv sein, doch sie ist keine Närrin. Weshalb sollte sie allein auf den Londoner Straßen unterwegs sein?« Er richtete seine Aufmerksamkeit wieder auf seinen Diener. »Ist ein Bote eingetroffen?«

»Nein, Herr. Niemand hat sich dem Haus genähert.«

Etwas, das Zorn gefährlich nahe kam, flackerte in Victors kaltem Herzen auf, als er sich erhob.

Wohin zum Teufel war Juliet zu einer solch späten Stunde unterwegs? Obgleich London zweifelsohne im Lichterglanze der zahllosen Feiern erstrahlte, würde sie doch niemals eine von ihnen ohne eine angemessene Begleitperson besuchen, und ganz gewiss nicht zu Fuß.

Das bedeutete also, dass sie entweder schändliche Dinge trieb oder sich mit einem heimlichen Liebhaber traf.

Der letztere Gedanke löste eine Explosion eiskalter Macht aus, was die Menschen sowie die niederen Dämonen dazu brachte, furchtsam aus dem Raum zu fliehen, und seine Brüder veranlasste, auf die Knie zu sinken.

»Wo hält sich Hawthorne auf?«

»Er befindet sich in den Gärten des Hampton Court Palace und versucht noch immer, Yiant aus seinem Versteck zu locken.«

Uriels Erklärung rief Victor ein weiteres Rätsel in Erinnerung, das ihm zu schaffen machte.

»Habt ihr herausgefunden, was die Waldgeister aufgeschreckt hat?«

»Leider nein, Herr.«

Victor schnalzte mit den Fingern, womit er Uriel befahl, sich zu erheben.

»Womöglich hat meine Abwesenheit von London meinen Clan vergessen lassen, dass meine Befehle keine Vorschläge sind«, entgegnete er. Die eisige Macht in seiner Stimme hüllte den Diener ein und ließ ihn vor Schmerz zusammenzucken. »Ich erwarte, dass man mir gehorcht.«

»Vergebt uns, Herr«, bat der andere Vampir. Seine Stimme klang angespannt, da er wusste, dass Victor ihn mit einem einzigen Schlag zu töten vermochte. »Wir versuchten die Wahrheit herauszufinden, doch die Waldgeister weigern sich, es uns zu verraten.«

»Sie weigern sich? Wie tapfer von ihnen«, meinte Victor gedehnt und ließ seinen Blick über seine sich duckenden Clanangehörigen gleiten. »Und wie enttäuschend, dass meine erstklassigen Krieger von einer Handvoll Feenvolkmitgliedern besiegt wurden.«

»Wir werden die Wahrheit herausfinden«, gelobte Uriel.

»Ja, das werdet ihr.« Victor kniff die Augen zusammen und verbannte dieses belanglose Ärgernis aus seinen Gedanken. Da gab es weitaus wichtigere Angelegenheiten, die seine Aufmerksamkeit erforderten. Seinem delikaten Tanz mit Miss Juliet Lawrence ein Ende zu bereiten, war dabei nicht die unbedeutendste. Er hatte sich bemüht, Geduld aufzubringen, doch er würde es nicht dulden, sie in Gefahr zu wissen. Und auf gar keinen Fall würde er es dulden, dass sie sich einen Liebhaber nahm. Er würde jeden Mann töten, der es wagte, sie zu berühren. »Heute Nacht jedoch werdet ihr Gemächer für Miss Lawrence vorbereiten und das Versteck von allen unerwünschten Gästen befreien, bevor ich zurückkehre.«

Uriel ließ ein kurzes Aufflackern von Erstaunen erkennen, bevor es ihm gelang, eine neutrale Miene aufzusetzen.

»Ja, Herr.«

Victor durchquerte den Raum und blieb im Türeingang stehen. »Ah, und ich werde die Dienste eines Kochs benötigen.«

»Ich …« Uriel blinzelte verwirrt und nickte dann hastig. »Gewiss.«

Victor betrat den Vorraum, zog einen Satinumhang über seine offizielle Abendgarderobe und warf Madame Andreas einen Blick zu. Sie war eine mit sinnlichen Kurven ausgestattete Frau, die sich bei den übrigen Menschen aufhielt.

Mit einem kleinen Freudenschrei eilte die Blondine auf ihn zu und vollführte einen tiefen Knicks, der die Aufmerksamkeit auf ihre perlweißen Brüste lenkte, die aus dem Samtkleid quollen.

»Francine.«

»Mylord?«, flüsterte sie.

»Hawthorne wird innerhalb der nächsten Stunden in sein Haus zurückkehren. Ich will, dass du dort auf ihn wartest.«

»Habt Ihr irgendwelche besonderen Anweisungen für mich?«

»Stelle sicher, dass er nicht bemerkt, dass Miss Lawrence nicht in ihrem Bett liegt. Je länger du ihn ablenken kannst, desto besser.«

Kühn hob sie den Blick und sah ihn mit großem sexuellem Verlangen an.

»Das wäre eine törichte Verschwendung meiner Talente. Sendet eine Eurer anderen Frauen zu Hawthorne, dann werde ich Euch die unelegante Miss Lawrence vergessen lassen.«

Victors Miene versteinerte sich, und es war eine unverkennbare Warnung darin zu erkennen. »Sprich ihren Namen nicht aus.«

»Was ist denn so verdammt besonders an ihr?«, wollte die Frau mit trotziger Eifersucht wissen.

»Sie ist mein.«

KAPITEL 3

Juliet war sich der Gefahren sehr wohl bewusst, die damit verbunden waren, mitten in der Nacht in London unterwegs zu sein.

Und dabei ging es keineswegs um die üblichen Gefahren.

Jeder Verbrecher und jeder betrunkene Flegel, der dachte, sie sei eine leichte Beute, sähe sehr bald seinen Fehler ein. Aber da gab es Raubtiere, die in den Straßen jagten, welche weitaus tödlicher waren als die Menschen.

Magier, Feenvolk, Dämonen …

Sie alle konnten sie mit peinlicher Leichtigkeit vernichten.

Aus diesem Grund hatte sie das Amulett ihrer Mutter mitgenommen, das es ihr gestattete, die wenigen Zauberkräfte zu konzentrieren, über die sie verfügte. Zusätzlich hatte sie einen abgenutzten Kristall mitgenommen, den eine sanfte Macht zum Glühen brachte. Es handelte sich dabei um den einzigen Besitz, den ihr ihr Vater hinterlassen hatte, und er rief das Koboldblut in ihr wach.

Diese Gegenstände schützten sie zwar nicht vor einem reinblütigen Dämon, der sie tot sehen wollte, aber sie boten ihr zumindest etwas Schutz.

Juliet ließ die besseren Gegenden hinter sich und eilte lautlos durch die Schatten, auf die enge Rosemary Lane zu und auf die Pennington Street, die irgendwann zu den Docks führte.

Sobald sie in dem Labyrinth aus Lagerhäusern und Kais angekommen war, blieb Juliet stehen. Sie war sich alles andere als sicher, wo sie mit ihrer Suche beginnen sollte.

Levet hatte die Docks genannt, aber diese erstreckten sich an der Themse entlang von den mittelalterlichen Londoner Docks bis hin zu den Ost- und Westindiendocks, die noch im Bau befindlich waren. Außerdem waren sie selbst zu dieser späten Stunde von Seeleuten und Hafenarbeitern bevölkert.

Wie zum Teufel sollte sie in diesem Durcheinander einen winzigen Gargylen finden?

Juliet rieb sich wegen des kräftigen Gestanks, der schwer in der Luft lag, die Nase und fasste das nächstbeste Lagerhaus ins Auge. Da kribbelte ihre Haut mit einem Mal warnend, und eine Gänsehaut überlief sie.

Eine düstere Vorahnung kroch an ihrer Wirbelsäule entlang aufwärts. Mit einem Keuchen wirbelte sie herum. Beim Anblick des Marquis DeRosa schlug ihr das Herz bis zum Hals. Sein rabenschwarzes Haar war nach hinten gekämmt und brachte so die herbe Schönheit seines Gesichtes zum Vorschein. Seine Augen schimmerten im Mondlicht wie reines Silber.

»Was, so frage ich mich, wird wohl eine junge, unschuldige Jungfrau zu dieser späten Stunde zu den Docks locken?«, fragte er mit leichtem Spott.

Juliet presste eine Hand auf ihren rebellierenden Magen und zog verärgert die Brauen zusammen.

»Mylord.«

»Victor.«

»Ich wünschte, Ihr würdet Euch nicht an mich heranschleichen.«

Der Umhang wirbelte um seinen kraftvollen Leib herum, als er auf sie zuging und die Hand ausstreckte, um ihr Kinn mit seiner schlanken Hand zu umfassen.

»Ihr solltet dem Gott, zu dem Ihr betet, danken, dass ich derjenige bin, der sich an Euch heranschleicht. Es ist mehr als töricht, allein durch die Straßen zu wandern.«

Erzitternd zuckte sie vor seiner Berührung zurück.

Wie konnte eine Berührung, die dermaßen kalt war, Feuerblitze durch ihren Körper jagen?

»Wahrscheinlicher ist, dass ich den bösen Geist verfluche, der dafür sorgte, dass wir uns über den Weg liefen. Was tut Ihr hier?«

»Ich versuche Euch vor einem frühen Grab zu bewahren.«

Ihre Augen weiteten sich. »Seid Ihr mir etwa gefolgt?«

Er rümpfte die Adlernase vor Abscheu. »Ich kann mir keinen anderen Grund vorstellen, der mich dazu bewegen könnte, mich in eine dermaßen widerwärtige Gegend zu begeben.«

Bei seinem unverblümten Geständnis ballte sie die Hände zu Fäusten. »Also, hört einmal …«

Eine rabenschwarze Braue hob sich. »Ja?«

»Ihr habt nicht das Recht, mir nachzuspionieren. Ich bin keine Eurer Konkubinen.«

In den silbernen Augen blitzte eine unbarmherzige Absicht auf, während er ihr Gesicht mit den Händen umfasste. Sein berauschender Duft erfüllte ihre Sinne.

»Nein, niemals meine Konkubine«, stimmte er ihr zu und senkte den Kopf, um seine Lippen über die Wölbung ihrer Wange gleiten zu lassen. Er hielt inne, um ihren Mundwinkel zu liebkosen.

»Hört auf damit!«, keuchte sie, während sie verzweifelt versuchte, gegen die heftige Begierde anzukämpfen, die seine Berührung in ihr weckte.

Allmächtiger Gott, sie sehnte sich nach diesem Vampir. Mit dem Verstand begriff sie, dass dieser wunderschöne Dämon für jede Frau, die dumm genug war, seiner Verführung zum Opfer zu fallen, eine tödliche Sucht bedeuten würde. Dennoch sehnte sich ihr Körper danach, in seinen Armen zu liegen, während sie das Gefühl seiner Fangzähne genoss, die gierig an ihrem Hals saugten, während er tief in sie eindrang.

Und das war weitaus erschreckender als alle verborgenen Gefahren, die auf den Docks lauerten.

Juliet schloss die Augen und ließ ihre Gedanken in das Amulett strömen, das um ihren Hals hing. Sie spürte, wie seine Hitze auf ihrer Haut prickelte, bis Victor abrupt seine Hände fortnahm.

Er kniff die Augen zusammen. Erstaunlicherweise wirkte er durch ihren kleinen Salontrick eher erregt als gekränkt.

»Ah, gefällt es Euch, hart zu spielen, meine Kleine?«

»Ich will einfach nur, dass Ihr verschwindet.«

»Juliet, seid versichert, dass die Hölle einfrieren wird, bevor ich es Euch gestatte, allein hier zurückzubleiben«, sagte Victor. Die kalte Macht in seiner Stimme sorgte dafür, dass die Ratten angstvoll davonhuschten und die Menschen unsichere Blicke über die Schulter warfen. Sie hatten wohl keine Ahnung, aus welchem Grund sie plötzlich so nervös waren, sondern wussten nur, dass sie sich wünschten, sich in einem nahe gelegenen Pub zu befinden. »Erzählt mir, weshalb Ihr Euch auf diesen Docks herumtreibt.«

Juliets Kiefer spannte sich an, aber sie war nicht vollkommen dumm. Unter Victors höflichem Charme war ein gefährlich scharfer Unterton zu erkennen, der sie warnend darauf hinwies, dass er nicht gehen würde, bevor er nicht zufriedengestellt war.

»Ich befinde mich auf der Suche nach einem Freund.«

»Freund? Oder Liebhaber?«, verlangte er mit seidenweicher Stimme zu wissen.

Juliet blinzelte, schockiert über diese unvermittelte Frage. »Das geht Euch überhaupt nichts an.«

»Täuscht keine Unwissenheit vor. Ihr wisst seit unserer ersten Begegnung, dass ich keinen anderen Mann in Eurem Bett dulden werde.«

Ihr Herz schlug gegen ihren Brustkorb, und ihr Mund fühlte sich trocken an. »Ihr seid wahrhaft ein eingebildeter Esel.«

»Erzählt es mir.« Er packte sie an den Schultern, und in seinen Augen funkelte eine wilde Emotion. »Seid Ihr hier, um Euch mit einem Liebhaber zu treffen?«

»Nein.« Grimmig zwang sie sich, seinen intensiven, besitzergreifenden Blick zu erwidern, und sie schob das Kinn vor. »Wenn Ihr es unbedingt wissen müsst – ich suche nach Levet.«

»Levet?«

»Der Gargyle. Er befindet sich in Schwierigkeiten.«

Der Griff seiner Finger um ihre Schultern wurde lockerer, doch im Licht des Mondes war zu erkennen, dass Victors Miene nach wie vor hart und warnend war.

»Verdammte Hölle. Ihr habt Euer Leben für einen deformierten Gargylen riskiert, der nicht einmal würdig ist, ein Mitglied seiner Gilde zu sein?«

Juliet erstarrte. »Zufällig sind viele von uns unwürdig, zu einer Gilde, einem Clan oder einem Hexenzirkel zu gehören, Mylord. Das bedeutet jedoch nicht, dass wir nicht über Freundinnen und Freunde verfügen, denen wir etwas bedeuten.«

»Juliet …«

Victors Worte wurden abrupt unterbrochen, als ein deutliches Knistern in der Luft wahrzunehmen war und Juliet mit einem Mal ohne Vorwarnung spürte, wie sie zu Boden gezogen wurde. Victor schützte sie mit seinem Körper, als ein Blitzschlag ein Bauwerk auf der anderen Seite des Kais traf.

Juliet vernahm Angstschreie in einiger Entfernung, als Menschen vor dem unerwarteten Hagel aus Backsteinen und Glas flohen, aber Victor sprang mit flüssigen Bewegungen rasch auf und nahm Juliet auf die Arme, bevor er mit ihr auf das nächste Lagerhaus zusteuerte.

Dort herrschte ein überwältigender Gestank nach feuchter Wolle und Rauch, der von den Öllampen stammte. Victor eilte mit lautlosen und schnellen Bewegungen an den übereinandergestapelten Kisten vorbei, bis in den hinteren Bereich des langen Raumes.

In der Nähe der schweren Holztüren blieb er stehen, stellte Juliet sanft auf die Füße und durchsuchte ihre Umgebung nach potenziellen Bedrohungen.

»Waren das Pixies?«, erkundigte sich Juliet und zog ihr locker sitzendes Hemd herunter. Zum Glück hatte sie genügend Verstand besessen, um ihr Korsett und ihre Röcke gegen geeignetere Kleidung auszutauschen.

Victor warf seinen Mantel beiseite und zog seine elegante Jacke sowie seine Weste aus. Unbekümmert warf er die zwar teure, aber einengende Kleidung auf den schmutzigen Boden.

»Weshalb vermutet Ihr dahinter Pixies?«, verlangte er zu wissen.

»Levet behauptete, sie zögen Blitze an.«

»Es stimmt, dass ein Nest gelegentlich aus der Energie eines Gewitters schöpft, um seine Zauberkräfte zu steigern, doch sie sind nicht imstande, aus heiterem Himmel Blitze zu erzeugen.«

Juliet grimassierte. Natürlich konnte es sich nicht um ein Nest harmloser Pixies handeln.

»Welche Kreatur ist *denn* dazu imstande?«

»Ein Magier.« Er warf einen fragenden Blick in ihre Richtung. »Oder eine Hexe.«

Juliet stutzte, aber schüttelte dann entschieden den Kopf. »Nein. Es wurden keine Zauber gewirkt. Zumindest nicht in dieser Gegend.«

»Keine magischen Gegenstände?«

»Nichts, was über genügend Macht verfügt ...«

Erneut wurden sie durch das merkwürdige Kribbeln in der Luft unterbrochen, gefolgt von einer heftigen Erschütterung des Lagerhauses, als sei der Blitz in das Schieferdach eingeschlagen.

Victor zog sie an seinen harten Körper und schlang die Arme um sie. Seine eiskalte Energie pulsierte durch das Lagerhaus.

»Verdammt. Wir müssen von hier verschwinden.«

»Ich werde nicht gehen, bevor ich Levet nicht gefunden habe.«

Victor wich ein Stück zurück, um Juliet ungläubig anzufunkeln. »Seid keine Närrin. Was auch immer es sein mag, das eine dermaßen heftige Störung der Natur erzeugt – es liegt jenseits unserer Fähigkeiten, es zu besiegen.«

»Ich bitte Euch nicht um Eure Hilfe.« Juliet ignorierte die entmutigende Andeutung, dass das, was auch immer die Blitze hervorrief, mächtiger war als ein Vampirclanchef. »Tatsächlich ziehe ich es vor, meine Suche ohne Eure Einmischung fortzusetzen.«

»Juliet, Ihr könnt freiwillig mit mir kommen, oder ich kann Euch auch gewaltsam mitnehmen. In jedem Fall werde ich es Euch nicht gestatten, Euch selbst in Gefahr zu bringen.«

Sie riss sich von ihm los, und ihre funkelnden Augen warfen ihm einen unverkennbar drohenden Blick zu.

»Marquis DeRosa, wenn Ihr den Versuch unternehmt, mich zu zwingen, von hier zu verschwinden, dann werde ich Euch das niemals vergeben.«

Angesichts ihrer sturen Entschlossenheit zog er die Augenbrauen zusammen, und einen Augenblick lang spürte Juliet, dass er kurz davor war, ihre Warnung zu ignorieren. Victor war ein Vampir, der es gewohnt war, das Kommando zu führen. Wenn er einen Befehl aussprach, dann wurde dieser auch befolgt, ohne dass er in Zweifel gezogen wurde, und unter Aufwendung einer widerlich großen Menge an Katzbuckelei. Wahrscheinlich sagte ihm sein Instinkt, dass er sie sich über die Schulter werfen solle – zum Teufel mit ihren eigenen Wünschen.

Aber als Juliet sich gerade auf einen aussichtslosen Kampf gefasst machte, um den Versuch zu unternehmen, ihn daran zu hindern, sie von den Docks fortzuzerren, murmelte Victor einen Fluch in einer Sprache, die seit langer Zeit tot war. Er schloss die Augen und legte den Kopf in den Nacken.

»Was tut Ihr da?«, wollte Juliet argwöhnisch wissen.

»Ich versuche, den Gargylen wahrzunehmen.«

»Befindet er sich in der Nähe?«

»Unmöglich zu sagen.«

»Ist es Euch unmöglich oder lästig?«

»Beides.« Victor hob seine unglaublich dichten Wimpern und durchbohrte Juliet mit einem tadelnden Blick. »Und bevor Ihr mich in die Unterwelt verdammt – Ihr seid vernünftig genug, Euch zu vergegenwärtigen, dass es hier Hunderte von Gerüchen gibt, die meisten davon überaus unangenehm, welche einzelne Spuren verdecken.« Er hielt inne, und eine unverkennbare Anspannung war in seinem wunderschönen Gesicht wahrzunehmen. »Darüber hinaus gibt es da eine sonderbare Energie, die meine Sinne beeinträchtigt.«

Juliet studierte das leere Lagerhaus. »Es kann sich dabei nicht um einen Zauber handeln.«

»Nein, es handelt sich um die natürlichen Zauberkräfte eines Dämons, doch ich kann Euch nicht die Spezies nennen. Ich weiß nur, dass er stark und sehr aggressiv ist.«

Na, das war ja einfach perfekt. Ohne sich dessen bewusst zu sein, schlang Juliet die Arme um ihren Oberkörper.

»Woher wisst Ihr, dass er aggressiv ist?«

»Seine Feindseligkeit erfüllt die Luft.« Die kalten Finger berührten Juliet leicht an der Wange, als Victor sie mit nachdenklicher Frustration anblickte. »Juliet, das hier ist kein Spiel. Wir müssen gehen.«

Genau zum richtigen Zeitpunkt erschütterte eine weitere Explosion das Lagerhaus. Unvermutet gab der Steinboden nach, und ein gähnender Abgrund kam zum Vorschein.

Ein Schrei entrang sich Juliets Kehle, als die Erde unter ihren Füßen nachgab und sich öffnete, und mit einem grässlichen Gefühl der Hilflosigkeit stürzte sie in die unter ihr klaffende Finsternis.

Victor fluchte, während er nach Juliet griff, nur um festzustellen, dass sie seinem Griff entrissen wurde, als der Fußboden einbrach.

Er zögerte nicht.

Vielleicht zum ersten Mal während seiner sehr langen Existenz sprang Victor einfach, ohne die Konsequenzen zu bedenken, ohne nach potenziellen Gefahren zu suchen. Sein wilder Drang, die verletzliche Frau zu beschützen, gewann einfach die Oberhand über seinen instinktiven Selbsterhaltungstrieb.

Erstaunlich.

Victor landete sachte auf den Fußballen und bewegte sich lautlos zu der von einer großen Menge Erde bedeckten Stelle, an der Juliet ausgestreckt dalag. Sie hob die Hand, um sich den Hinterkopf zu reiben.

»Au.« Sie hatte Mühe, sich aufzusetzen. »Wo sind wir hier?«

Er kauerte sich neben ihr nieder. Mithilfe seiner Jägersinne war er imstande festzustellen, dass Juliet eine kleine Schnittwunde an ihrem Hinterkopf sowie einige Quetschungen davongetragen hatte, im Wesentlichen jedoch unverletzt geblieben war.

Seine Fangzähne verlängerten sich und schmerzten vor Hunger, als er den berauschenden Duft von warmen Pfirsichen und Blut wahrnahm, der mit einem Mal um ihn herumwirbelte.

Verdammt. Mit einiger Anstrengung gelang es ihm, seine intensive Reaktion zu unterdrücken und sich stattdessen auf ihre Umgebung zu konzentrieren.

Die kleine Höhle schien mit einer Reihe von Tunnel verbunden zu sein, die unter den Docks verliefen. Die glatten Wände und die gemeißelte Decke bewiesen, dass sie weder natürlichen Ursprungs noch das Werk normaler Menschen waren.

»Ich nehme an, dass wir in das Versteck irgendeines Dämons eingedrungen sind.«

»Wie reizend.« Unter Aufbietung einiger Mühe gelang es Juliet, sich zu erheben. Sie warf einen Blick zu der Öffnung, die weit über ihnen zu sehen war. »Wie sind wir …«

Ihre Frage endete mit einem kleinen Schrei, als Victor eine blitzschnelle Bewegung vollführte und mit einem Mal direkt hinter ihr stand. Mit einer Hand hielt er ihr den Mund zu und schlang einen Arm um ihre Taille, um sie gegen seinen Brustkorb zu ziehen. Er beugte den Kopf vor, sodass sein Mund direkt an ihrem Ohr lag.

»Pst.«

Victor spürte, wie Juliet sich versteifte, als sie die unheilvolle Vorahnung wahrnahm, von der die Luft über ihnen durchtränkt war.

»Was ist das?«

Ihre Worte klangen dumpf, und ihre Stimme war so leise, dass nur das besonders scharfe Gehör eines Vampirs sie vernehmen konnte.

»Der Tod«, flüsterte er.

»Ich hoffe inständig, dass das nur eine Metapher ist.«

»Nur wenn wir das Glück haben, nicht erwischt zu werden.«

Indem er seinen Arm um Juliets schmale Taille geschlungen ließ, hob er sie hoch und begann sich rückwärts in Richtung des

Tunnels in ihrer Nähe zu bewegen, während er seine Kräfte zusammennahm, um sie in Schatten zu hüllen. Dadurch würden ihre Gerüche nicht vollkommen verdeckt werden, aber hoffentlich würden sie so gedämpft werden, dass sie keine unwillkommene Aufmerksamkeit auf sich zogen.

Lautlos bewegte er sich von der Höhle fort, immer tiefer in die Dunkelheit hinein, bis er schließlich an der Stelle stehen blieb, an der sich der Tunnel in zwei Richtungen verzweigte. Sanft setzte er Juliet wieder ab, aber hielt sie fest mit seinem Arm umschlungen. Absurderweise benötigte er den fühlbaren Trost, den ihm das Wissen bot, dass sie unverletzt war.

Juliet warf einen Blick über ihre Schulter und schob das Kinn vor. Sie weigerte sich, ihn ihre Furcht spüren zu lassen, die er durch das Zittern ihres Körpers wahrnehmen konnte. Seine Lippen verzogen sich, als er sich wehmütig eingestand, ihren Mut zu bewundern, obgleich es ihn gleichzeitig in den Wahnsinn trieb. Schließlich befänden sie sich nun in seinem Versteck und verbrächten den Abend auf eine weitaus befriedigendere Weise, wenn Juliet nur ein wenig ängstlicher wäre.

Ja, auf eine verführerische, intime Weise befriedigend.

»Was machen wir nun?«, fragte Juliet.

»Wir warten ab und hoffen, dass die Kreatur vorbeizieht, ohne unsere Fährte zu bemerken.«

Sie nickte und zog dann die Brauen zusammen, als sie die schweren Gerüche wahrnahm, die durch den entfernteren Tunnel zu ihnen drangen.

»Großer Gott, das riecht nach …«

»Menschen.«

»Entsetzen«, berichtigte sie ihn sanft.

Seine Hand legte sich um ihr Kinn, und er studierte ihr zartes Gesicht. »Und was solltest du über so etwas wissen, meine Kleine?«

»Als ich noch klein war, reiste ich mit meinen Eltern durch Afrika. Eines Nachts kamen wir in eine Stadt, in der ein Sklavenschiff vor Anker lag.« Sie erschauderte. »Ich werde niemals den Gestank der Verzweiflung vergessen. Er breitete sich in den Straßen aus und besudelte alles auf seinem Weg.«

»Deine Eltern gestatteten es dir, dich in der Nähe solchen Übels aufzuhalten?«

»Meine Mutter ließ mich sogar an Bord des Schiffes schleichen und die Fesseln lösen, mit denen die Menschen gefangen gehalten wurden, während sie einen Zauber wirkte, der die Sklavenhändler denken ließ, dass sie von hungrigen Löwen gejagt werden würden.« Ein kleines Lächeln der Genugtuung, die sie damals empfunden hatte, legte sich auf ihre Lippen. »Wir hörten, sie wären geradewegs in ein Stammesdorf gerannt, das zufällig überhaupt nichts davon hielt, dass seine Stadtbevölkerung wie Vieh verkauft wurde.«

Kalter Zorn erfasste Victor bei der Vorstellung, was Juliet womöglich hätte zustoßen können.

»Deine Mutter schickte dich allein zu brutal behandelten Sklaven, um sie zu befreien?«

»Sie vertraute darauf, dass ich in der Lage sei, eine wichtige Aufgabe zu erfüllen, und lehrte mich gleichzeitig, mich um andere zu kümmern!«, fuhr Juliet ihn an. Die grausame Verletzung, die der Tod ihrer Eltern ihr zugefügt hatte, war plötzlich in ihren Augen zu erkennen. »Das ist etwas, das ich seitdem allzu oft vergessen habe …«

Der Griff von Victors Fingern wurde sanfter, und er strich über ihre Wange. Seltsamerweise konnte er ihren Schmerz spüren, als sei es sein eigener.

»Wie wurdest du zu Hawthornes Lehrling?«

»Nachdem meine Eltern ermordet worden waren, war ich entschlossen, allein zu bleiben.« Ein Schauder erschütterte ihren

Körper. »Es dauerte nicht lange, bis ich lernte, dass Menschen nicht die einzigen Wesen sind, die zu ungemein bösen Taten imstande sind.«

»Du wurdest verletzt?«

Ihre Augen verdüsterten sich, bevor sie hastig die Lider senkte, als könne sie auf diese Weise ihre Gefühle vor ihm verheimlichen.

»Ich wurde von Trollen gefangen genommen und an den Meistbietenden verkauft.«

Victor machte sich nicht die Mühe, den Ausbruch der eiskalten Macht zurückzuhalten, die die Tunnel mit einem Mal erfüllte.

»Wie hießen sie?«

Juliet blickte ihn vorsichtig an. »Wie bitte?«

»Sage mir, wie die Trolle hießen.«

»Sie machten sich nicht die Mühe, mir diese privaten Auskünfte zu erteilen, und es spielt auch keine Rolle mehr.« Juliet zuckte ruhelos mit den Schultern. »Ich hatte das Glück, dass Lord Hawthorne sich auf der Auktion befand und mich kaufte.«

»Das kann man wohl kaum als Glück bezeichnen!«, stieß Victor hervor. »Dieser Bastard nutzt dich und deine Talente seit Jahrzehnten aus.«

»Wir wissen beide, wie viel schlimmer es hätte kommen können.«

Victors Kiefer spannte sich an. Er wünschte sich, die Wahrheit, die in ihren Worten lag, leugnen zu können. Er verabscheute diesen übermäßig dünkelhaften Mistkerl, und zwar nicht nur deshalb, weil er ein Magier war.

Dieser Mann war der Beschützer dieser Frau, eine Position, die allein Victor zustand.

»Nun gut. Ich räume ein, dass es schlimmere Schicksale gibt, als bei Hawthorne in die Lehre zu gehen, doch weshalb bleibst du weiterhin bei ihm?«, knurrte Victor. »Die Schuld muss inzwischen doch beglichen sein.«

»Ich weiß nicht, wohin ich sonst gehen sollte.«

Eine gefährliche Emotion durchzuckte sein Herz bei ihren sanften Worten, und sein Arm umfasste sie fester, in einer unbewusst besitzergreifenden Geste.

»Da irrst du dich, meine Kleine. Dein Platz ist bei mir.«

Ein freudloses Lächeln bildete sich auf ihren Lippen. »Und sobald Ihr meiner in Eurem Bett überdrüssig seid, was geschieht dann, Mylord? Werde ich dann ein schmackhaftes Mahl für Euren Clan abgeben?«

Undenkbar.

Victor knurrte leise in der Kehle. Er wusste, dass er ohne Weiteres jeden seiner Brüder töten würde, der sie anzurühren versuchte.

»Womöglich werde ich deiner niemals überdrüssig werden.«

»Ich bin keine leichtgläubige Sterbliche. Der Hunger eines Vampirs ist so mannigfaltig wie unersättlich, bis er sich eine Gefährtin nimmt.«

Victors Lippen verzogen sich zu einem humorlosen Lächeln. »Dies wird allgemein angenommen.«

»Ah, zweifelsohne möchtet Ihr mich davon überzeugen, dass Ihr Euch von allen anderen Vampiren unterscheidet?«

»Aber selbstverständlich unterscheide ich mich von ihnen. Ich nahm an, das nicht eigens erwähnen zu müssen.«

»Eingebildeter …«

Victor stieß herab, um ihre Lippen mit einem Kuss unverblümter, unerbittlicher Begierde zu erobern.

»Mein Hunger bleibt unersättlich, doch er ist nicht länger mannigfaltig«, gestand er. »Ich begehre keine andere Frau außer dir.«

»Vorerst.«

Er zog sich ein Stück zurück, um ihren argwöhnischen Blick einzufangen. »Seit ich dich zum ersten Mal zu Gesicht bekommen habe.«

»Möchtet Ihr damit sagen …« Sie schüttelte jäh den Kopf. »Nein, das ist unmöglich.«

»Ich kann hinterlistig sein, wenn es die Situation erfordert, doch dich werde ich niemals anlügen, meine Kleine«, schwor er. »Darauf kannst du dich verlassen.«

KAPITEL 4

Juliets Herz vergaß einen Moment lang zu schlagen, als sie in die Silberaugen blickte, gebannt von dem Versprechen, das in den wunderschönen Tiefen schimmerte.

War es denn möglich?

Konnte er wahrhaftig den Frauen entsagt haben, seit er ihr begegnet war? Und wenn ja – aus welchem Grund?

Er musste einen wahrhaft guten Grund haben, wenn er Selbstverleugnung übte. Immerhin hatte man noch niemals von einem Vampir gehört, der auch nur wenige Nächte überdauerte, ohne seinen sexuellen Appetit zu befriedigen.

Also weshalb …

Es war die schmerzliche Sehnsucht in ihrem tiefsten Inneren, die sie abrupt aus ihren belanglosen Gedanken riss.

Großer Gott, sie wusste seit zwei Jahren, dass sie Victor begehrte. Das war kaum eine überraschende Erkenntnis. Welche Frau in London begehrte diese attraktive Bestie nicht?

Aber sich nach etwas zu sehnen, das er ihr niemals geben konnte, war völliger Wahnsinn.

»Es ist kaum der richtige Ort oder die richtige Zeit für eine solche Diskussion«, zwang sie sich zu sagen, wand sich aus seinem Griff und steuerte auf den entfernteren Tunnel zu, bevor er imstande war, ihre Absicht zu erraten.

»Juliet. Verdammt.« Ein kalter Luftschwall strömte auf sie zu, und dann packte Victor sie am Arm, um sie festzuhalten, sodass sie abrupt stehen bleiben musste. »Was glaubst du eigentlich, wohin du gehst?«

»Ich möchte nachsehen, ob ich den Menschen helfen kann.« Sie straffte die Schultern. »Und dann werde ich mich auf die Suche nach Levet begeben.«

»Sei keine Närrin.«

»Na schön. Ihr bleibt hier. Ich werde gehen.«

»Auf gar keinen Fall.«

Ruhig blickte sie ihm in die glühenden silbernen Augen. »Wir haben bereits über diese Angelegenheit diskutiert, Mylord. Ihr seid nicht mein Hüter. Daher habt Ihr auch nicht das Recht, mir zu sagen, was ich tun kann und was nicht.«

Sein Kiefer verkrampfte sich frustriert. »Du hast schon immer einen unabhängigen Geist besessen, doch du hast noch nie zuvor vorsätzlich die Gefahr gesucht. Aus welchem Grund bist du nur so halsstarrig?«

Sie ließ ihren Blick zu der Stelle sinken, an der seine schlanken Finger um ihr Handgelenk geschlungen waren, und dachte ernsthaft über seine Frage nach.

»Ich habe genug davon, es meinen Ängsten zu gestatten, mich von der Welt abzusondern«, gestand sie schließlich.

»Du lebst wohl kaum abgesondert.«

»Vielleicht nicht auf physische Weise, doch ich habe es bisher vermieden, mich emotional berühren zu lassen.« Ihre Stimme war leise und drückte Bedauern aus. »Ich redete mir ein, es sei unlogisch, mich an andere zu binden, wenn ich doch eines Tages gezwungen wäre, sie zurückzulassen. Die Zeit, die ich mit Levet verbracht habe, ließ mich erkennen, dass ich einfach feige war.«

Victor gab ein kurzes, humorloses Lachen von sich. »Du hast ohne Weiteres dem gefährlichsten Dämon im gesamten britischen Reich die Stirn geboten. Hältst du das etwa für das Verhalten eines Feiglings?«

»Es ist wohl eher das Verhalten einer Wahnsinnigen«, murmelte Juliet und hob den Kopf, um Victors Blick zu erwidern. »Aber ich bezog mich damit auf meine Angewohnheit, Beziehungen zu meiden, aus der feigen Angst heraus, den gleichen Schmerz zu erleiden, den ich erlitt, als ich meine Eltern verlor. Das hat mich in einem Gefängnis festgehalten, das ich mir selbst geschaffen habe.«

»Ich wäre der Erste, der deinen Wunsch begrüßen würde, dein Leben mit jemandem zu teilen, solange es sich dabei um mich handelt. Aber was hat dieses neu entdeckte Bedürfnis damit zu tun, dass du dein Leben dermaßen leichtsinnig in Gefahr bringst?«

Sie zuckte die Achseln und beachtete sein eiskaltes Missfallen nicht weiter. Das war selbstverständlich töricht. Nur eine Närrin kreuzte freiwillig die Klingen mit einem Vampir.

Aber im Laufe der vergangenen Monate war sie von dem zunehmend ruhelosen Bedürfnis gequält worden, sich von der Furcht zu befreien, die sie schon viel zu lange in ihrer Gewalt hatte.

»Wahrhaft ein Teil der Welt zu sein, bedeutet, dass man Risiken eingehen muss, das hat mich meine Mutter gelehrt. Gleichgültig, ob man dabei sein Herz oder sein Leben aufs Spiel setzt.« Sie warf ihm einen herausfordernden Blick zu. »Versucht nicht, mich davon zu überzeugen, dass Ihr nicht alles Notwendige unternähmet, um einen entführten Vampir zu retten.«

»Das ist meine Verpflichtung als Clanchef.«

»Nun ja, dies ist meine Verpflichtung als …«

»Ja?«

Sie entriss ihm mit einem Ruck ihren Arm. »Als Mischling, nehme ich an.«

Bei ihrem scharfen Tonfall zog er die Brauen zusammen, doch bevor er seine Strafpredigt fortsetzen konnte, durchquerte sie den Tunnel. Sie weigerte sich anzuhalten, bis sie die schwere Metalltür erreicht hatte, die ihr den Durchgang versperrte.

Sie stemmte die Hand gegen die Tunnelwand, wobei sie sich davor hütete, die Tür tatsächlich zu berühren, bis sie sich sicher sein konnte, dass dahinter nicht irgendwelche abscheulichen Überraschungen auf sie warteten. Ihre Stirn furchte sich vor Konzentration. Im Gegensatz zu reinblütigen Dämonen verfügte sie nicht über fein gestimmte Sinne, die es ihr gestatteten, mühelos jede Nuance ihrer Umgebung wahrzunehmen.

Das bedeutete allerdings nur, dass sie sich mehr anstrengen musste, schärfte sie sich verbissen ein.

Juliet ignorierte den verärgerten Vampir, der sich stets beschützend in ihrer Nähe aufhielt, und durchforschte mit ihren Sinnen die Umgebung. Sie wäre beinahe in die Knie gegangen, als sie den überwältigenden Geruch ungewaschener Leiber und die kaum bezahmte Panik wahrnahm.

Jeder ihrer Instinkte drängte sie dazu, sich umzudrehen und die Flucht zu ergreifen, ebenso, wie es vor all diesen Jahren der Fall gewesen war, als sie sich in den Eingeweiden des Sklavenschiffes befunden hatte.

Das kam wohl kaum unerwartet. Kein Wesen, das auch nur über ein geringes Maß an Verstand verfügte, wäre erpicht darauf, dem gegenüberzutreten, was auch immer sich hinter dieser Tür befand.

Aber genau wie damals beschwor sie den Gedanken an ihre Eltern herauf. An ihre wilde, furchtlose Mutter, die sich ihrem eigenen Hexenzirkel entzogen hatte, um mit dem Kobold zusammen sein zu können, den sie liebte. An ihren impulsiven, charmanten Vater, der stets zu einem Lachen bereit gewesen war und seine Freude über sein einziges Kind unverhüllt gezeigt hatte.

Ihre Eltern hatten an sie geglaubt und ihr niemals das Gefühl vermittelt, sie sei weniger wert, weil sie bloß ein Mischling war.

Heute Nacht würde sie dafür sorgen, dass sie stolz auf sie waren.

»Da sind nicht nur Menschen«, meinte sie leise.

»Geister«, stellte Victor mit ärgerlicher Mühelosigkeit fest. »Und einige Nymphen.«

»Ein Gargyle?«

»Nicht bei den anderen.«

Sie ließ ihren Blick zu seiner wachsamen Miene schnellen. »Aber Levet ist hier?«

Victor kniff die Lippen zusammen. Zweifelsohne bereute er sein Versprechen, sie niemals anzulügen.

»Ja.«

Erleichterung durchströmte sie. »Gott sei Dank.«

»Kein Gott wäre so grausam«, entgegnete er gedehnt.

Juliet ignorierte Victors gefühllose Gleichgültigkeit gegenüber ihrem Freund. Vampire betrachteten jeden Dämon, der kein Vampir war, als niederen Dämon. Selbst Werwölfe.

»Zuerst müssen wir die Gefangenen befreien«, entschied sie.

Victor runzelte die Stirn. »Juliet, ist dir bewusst, dass es sich hier durchaus um eine Falle handeln könnte?«

»Spürt Ihr nicht …«

»Ich brauche keine Gefahr zu spüren, um zu wissen, dass sie existiert.«

»Ich werde dies mit oder ohne Euch tun, Victor.«

In den Silberaugen blitzte spöttische Belustigung. »Aha, wenn du mich brauchst, dann bin ich Victor für dich, nicht wahr, meine Kleine?«

Sie biss die Zähne zusammen, als sie verspätet feststellte, dass sie es in der Tat zugelassen hatte, ihn bei seinem Vornamen zu nennen. Das war ein Luxus, den sie sich niemals gönnte. Nicht, wenn sie die Förmlichkeit brauchte, um sich ins Gedächtnis zu rufen, dass Victor eine verbotene Versuchung war. Ebenso, wie sie vorgab, die Art und Weise nicht zu bemerken, wie sein Seidenhemd sich an die fein gemeißelten Muskeln seiner Brust schmiegte oder wie genau seine Pantalons die harten Konturen seiner Beine nachzeichneten …

»Mir stehen auch noch mehrere andere Bezeichnungen zur Verfügung, wenn Ihr diese bevorzugt«, murmelte sie.

Mit einem ungeduldigen Laut umfasste Victor ihr Gesicht mit seinen Händen und beugte sich nach unten, um ihr einen Kuss zu rauben, der sie mit überwältigender Wucht durchzuckte.

»Lass uns diese Angelegenheit hinter uns bringen«, krächzte er an ihrem Mund. »Mir fällt eine weitaus bessere Methode ein, den Abend zu verbringen.«

Sie erbebte. Die Vorstellung, wie dieser köstliche Vampir sich auf Satinlaken ausstreckte, die Fangzähne in die verletzliche Kehle einer Frau gegraben, zuckte ihr durch den Kopf.

»Ich kann es mir vorstellen.«

Er wich zurück, und ein verführerisches Lächeln kräuselte seine Lippen, als er die Heiserkeit in ihrer Stimme vernahm.

»Sehr bald wirst du es dir nicht mehr vorstellen müssen«, versprach er.

Verärgert über die ungebührliche Mühelosigkeit, mit der er ihr Herz dazu brachte, heftig zu pochen, und ihren Körper dazu, sich nach ihm zu sehnen, richtete Juliet ihre Aufmerksamkeit auf die schwere Tür, die ihnen den Weg versperrte.

»Magie?«, erkundigte sich Victor leise.

Juliet streckte eine Hand aus und berührte leicht das stumpfe Metall des Türgriffs. Sie erstarrte, als sich die Tür mit erschreckender Leichtigkeit öffnete.

»Da gibt es keine Zauber und keine Flüche.«

»Kein Silber«, folgerte Victor. Wie die meisten Dämonen reagierten Vampire ebenfalls tödlich allergisch auf Silber.

Juliet unterdrückte ihren Drang, bei dem üblen Geruch ungewaschener Körper und menschlicher Exkremente zu würgen, als sie vortrat, um in die düstere Höhle zu spähen. Sie hatte erwartet, die ungefähr zwölf Personen an der gegenüberliegenden Wand zusammengekauert vorzufinden, und war auch auf ihren erbärmlichen Zustand vorbereitet. Ob nun Mensch oder Dämon – gefangen gehalten zu werden war ein entsetzliches Schicksal.

Was sie allerdings tatsächlich überraschte, war die Erkenntnis, dass niemand von ihnen auf irgendeine Art und Weise gefesselt war.

Keine Käfige, keine Fesseln, keine Magie.

Sie wandte sich um, um Victor mit einem verblüfften Blick anzusehen. »Was hält sie denn dort fest?«

»Reine Furcht.« Sein Gesicht versteinerte sich. »Wir können nichts dagegen unternehmen, meine Kleine. Solange die Gefangenen von ihrer eigenen Angst festgehalten werden, wird nichts sie dazu bewegen, ihr Gefängnis zu verlassen.«

»Könntet Ihr sie in Euren Bann ziehen?«

»Ich bin zwar mächtig, doch es existiert kein einziger Vampir, der in der Lage wäre, so viele Menschen auf einmal in seinen Bann zu ziehen.«

Juliet nagte an ihrer Unterlippe herum und dachte über ihre begrenzten Optionen nach.

»Dann müssen wir irgendetwas finden, das sie davon überzeugen wird, dass es gefährlicher ist zu bleiben als zu fliehen.«

Bei ihrem seltsamen Vorschlag wölbte er die Augenbrauen. »Ich glaube nicht, dass du meine Methode, sie davon zu überzeugen, wie gefährlich ich sein kann, zu schätzen wüsstest.«

»Nein, ich meinte nicht Euch«, erwiderte sie hastig, entsetzt allein durch die Vorstellung, wie die armen Kreaturen von einem wütenden Vampir gequält wurden. »Ich kenne da einen Zauber, doch ich habe seit Jahren nicht mehr den Versuch unternommen, ihn anzuwenden.«

In den Silberaugen flackerte ein Ausdruck wachsamer Überraschung auf. »Ich wusste nicht, dass du imstande bist, Zauber zu wirken.«

Juliet griff in ihre Tasche, um das Amulett ihrer Mutter herauszuziehen. Sie verspürte den wehmütigen Wunsch, über die Art von Macht zu verfügen, die einem Vampir Angst einjagte. Dann hätte sie vielleicht den Mut, Victor als ihren Liebhaber anzunehmen.

»Ich besitze nicht das Talent der wahren Magie, doch ich bin imstande, einige kleine Illusionszauber zu wirken.«

»Das gefällt mir nicht.«

Juliet stieß einen übertriebenen Seufzer aus. »Gibt es denn überhaupt irgendetwas, das Euch gefällt?«

Sein glühender Blick glitt mit unverhohlener Begierde über ihren Körper. »Du.«

Großer … Gott.

Eilig beugte sich Juliet nach vorn und zeichnete mit dem Finger einen Kreis in den Schmutz, während sie gleichzeitig die heiße Erregung verbarg, die ihr in die Wangen gestiegen war.

»Tretet zurück, und übertretet nicht den Kreis.«

Juliet schloss die Augen und strich mit den Fingern über das Amulett, um die weiterhin fortbestehenden Kräfte ihrer Mutter einzusetzen, die ihren unterstützen sollten, während sie ihre Gedanken mit der Vorstellung eines Saulgon-Dämons in vollem Blutrausch erfüllte.

Der echte Dämon war in dieser Welt seit Jahrhunderten ausgestorben, doch der Anblick der ungeschlachten Kreatur mit ihrem grauen, verwesenden Fleisch und ihren doppelreihigen, rasiermesserscharfen Fängen reichte aus, um selbst die mutigsten Krieger die Nerven verlieren zu lassen.

Im selben Augenblick beschwor sie das Gefühl erstickender Angst, das sie in der äußeren Kammer überfallen hatte.

Sie flüsterte die Zauberworte und sandte die Illusion zu den Gefangenen, wo sie sich ausbreiten und in ihre Gedanken eindringen sollte.

Da sie so in ihren Zauber vertieft war, bemerkte Juliet nicht die erschrockenen Schreie und nicht einmal das plötzliche Stampfen von Schritten. Erst, als Victor sie plötzlich auf die Arme nahm und sie schmerzhaft gegen die Tunnelwand presste, wurde ihr klar, dass sie beinahe von den fliehenden Gefangenen zertrampelt worden wäre.

»Verdammt!«, stieß Victor hervor und hielt sie fest in den Armen, sogar noch, nachdem der letzte der verängstigten Menschen durch den Tunnel verschwunden war.

»Es hat funktioniert«, keuchte sie. Erstaunen mischte sich mit Erleichterung, als sie spürte, wie die Gefangenen ihre verzweifelte Flucht durch die Tunnel fortsetzten.

»Und zwar verdammt gut – *zu* gut«, knurrte Victor dicht an ihrem Ohr.

»Was meint Ihr damit?«

»Die flüchtenden Gefangenen haben genau die Aufmerksamkeit auf sich gezogen, die wir zu vermeiden hofften.«

Juliet schüttelte die Benommenheit durch ihren Zauber ab und versteifte sich, als eine heftige Woge des Zorns durch den Tunnel pulsierte. Lieber Gott. Irgendetwas kam auf sie zugestürmt. Und sie musste keine reinblütige Dämonin sein, um zu wissen, dass es die Absicht hatte, ihnen Schaden zuzufügen.

Großen, furchtbaren Schaden.

Dieser Gedanke hatte sie kaum durchzuckt, als Victor sie

auch schon hochhob und durch die Höhle schoss, auf einen schmalen Gang zu, den Juliet bis zu diesem Moment nicht bemerkt hatte.

»Victor!«, keuchte sie. Ein kalter Schauder der Angst überlief sie.

»Halt dich einfach nur fest, meine Kleine.«

Juliet gehorchte. Sie legte die Arme um seinen Hals und klammerte sich mit aller Kraft an ihn, denn sie wusste, dass sie ohne Victor noch immer durch die Höhle stolpern würde. Nur wenige Dinge waren imstande, es mit einem Vampir aufzunehmen, was die Schnelligkeit betraf.

Nun ja, nur wenige Dinge, mit Ausnahme der Kreatur, die Jagd auf sie machte, das wurde ihr allmählich erschreckend bewusst.

Gleichgültig, wie schnell Victor auch durch die Tunnel raste oder wie häufig er in Seitengänge abbog – der drohende Verfolger kam ihnen immer näher.

»Es wird uns niemals gelingen, vor ihm zu flüchten«, murmelte Juliet schließlich.

»Ich fürchte, du hast recht.« Widerstrebend hielt Victor an und stellte sie auf die Füße. Seine schönen Gesichtszüge wurden von grimmigen Schatten verdunkelt. »Es scheint, als müssten wir kämpfen.«

Juliet schüttelte entschieden den Kopf. »Nein.«

»Nein?«

»Das ist nicht Euer Kampf«, entgegnete sie und stemmte unwillkürlich ihre Hände gegen seinen Brustkorb. »Ihr könnt fliehen. Ich werde ihn ablenken …«

Victor stieß einen unverständlichen Fluch aus, bevor er nach ihrem Gesicht griff und sie mit einer Mischung aus Frustration und sehnsüchtigem Verlangen küsste.

»Ich werde dich nicht verlassen«, wisperte er krächzend an ihrem Mund. »Ich werde dich niemals verlassen.«

»Victor …«

Mit einer entschlossenen Bewegung schob er sie nach hinten und wandte sich um, um sich zwischen sie und die sich nähernde Gefahr zu stellen.

»Bleib hinter mir.«

Juliet versetzte ihm einen Hieb gegen den Rücken. Sie war ebenso ärgerlich auf sich selbst wie auf den starrsinnigen Vampir.

Es war nicht so, dass sie ihre Entscheidung bedauert hätte, Levet zu retten. Selbst wenn das bedeutete, dass sie ihrem eigenen Tod ins Auge blicken musste. Sie würde sich nun nicht mehr vor der Welt verstecken. Aber sie hatte nicht die verhängnisvolle Konsequenz bedacht, dass ihre Entscheidung auch Victor in Gefahr bringen würde.

Aber andererseits – weshalb hätte sie das auch tun sollen?

Sie hatte schon immer gewusst, dass Marquis DeRosa sie in seinem Bett haben wollte, doch es war ihr niemals der Gedanke gekommen, dass er sich auf ihre wahnsinnige Suche einlassen würde. Er hatte nicht so lange durch Leichtsinn überlebt.

Wenn sie sich jetzt vorstellte, dass er womöglich verletzt werden würde oder sogar …

Nein, sie konnte es nicht einmal ertragen, sich ein dermaßen grausames Schicksal vorzustellen.

»Verdammt sollt Ihr sein.«

»Ich wurde bereits vor mehreren Jahrhunderten verdammt«, versicherte er ihr ruhig. »Lass uns hoffen, dass es ausreicht, den Dschinn dazu zu veranlassen, dass er sich eine leichtere Beute sucht.«

Juliet holte verblüfft Luft und ließ sich augenblicklich von seinen Worten ablenken.

»Ein Dschinn? Seid Ihr Euch sicher?«

»Bedauerlicherweise.«

»Ich dachte, es handele sich bei ihnen um einen Mythos.«

Victor zuckte mit den Schultern. Er stand noch immer so, dass er der nahenden Gefahr ins Auge blicken konnte.

»Die Kommission trachtet danach, sie davon abzuhalten, sich unter die Menschen zu mischen«, erklärte er, womit er sich auf den herrschenden Rat der Dämonenwelt bezog. »Aber gelegentlich setzen sie sich über die Beschränkungen hinweg, die ihnen auferlegt wurden, und lösen bei den Massen Chaos aus. Das ist auch die Erklärung dafür, dass die Waldgeister untergetaucht sind.«

Unwillkürlich umklammerte Juliet das Amulett ihrer Mutter. Ein kalter Schauder der Furcht überlief sie.

»Wie reizend. Wie besiegen wir ihn?«

»Wir können ihn nicht besiegen«, murmelte Victor, bevor unvermittelt eine dunkle Gestalt aus den Schatten auftauchte.

Obzwar sie sich darauf gefasst gemacht hatte, entrang sich Juliets Kehle ein Schrei, als das Wesen sich auf sie stürzte. Wenngleich es die Gestalt eines Menschen angenommen hatte, so hatte diese Bestie nichts Beruhigendes an sich. Tatsächlich lag sogar etwas höchst Enervierendes in den fein gemeißelten Gesichtszügen und der dichten Mähne aus goldblondem Haar, die dem Dschinn seine strahlende Schönheit verliehen, denn sie waren mit der bösartigen Gier nach Schmerz verbunden, die in den großen, lavendelfarbenen Augen leuchtete.

Es war eine giftige Schönheit.

Juliet umklammerte das Amulett ihrer Mutter mit der Hand und zermarterte sich vergeblich das Hirn nach einem Zauber. Sie besaß zwar nicht die Macht, dem Dschinn tatsächlich Schaden zuzufügen, doch möglicherweise gelang es ihr, ihn lange genug abzulenken, um …

Ein unheiliges Gebrüll ertönte, und Victor stürzte sich auf den Dschinn, die Fangzähne voll ausgefahren. Seine eiskalte Macht breitete sich explosionsartig in der Luft aus.

Instinktiv stolperte Juliet nach hinten. Sie war klug genug, den beiden wilden Raubtieren genügend Platz zu lassen. Es kam häufig zu Unglücksfällen bei harmlosen Menschen oder niederen Dämonen, die zerquetscht wurden, wenn sie ins Kreuzfeuer mächtigerer Spezies gerieten. Abgesehen davon benötigte Juliet selbst Platz, um ihren Kreis zu zeichnen, wenn ihr plötzlich ein Einfall kam.

Diese Option wurde jedoch immer unwahrscheinlicher, als Victor und der Dschinn mit erschreckender Wucht zusammenprallten.

Mit fasziniertem Entsetzen beobachtete Juliet den heftigen Kampf und erkannte, dass es keine Möglichkeit gab, einen Zauber zu wirken, ohne Victor dabei in Gefahr zu bringen.

Ihr Magen zog sich zusammen, als die beiden Krieger mit brutaler Gewalt kämpften und Victors Fangzähne tiefe Furchen in die perfekte Haut des Dschinns rissen, während er ihn gegen die Wand drückte. Im Gegenzug erfüllte der Dschinn die Luft mit blitzartigen Energiestößen, die einen Hagel aus scharfkantigen Steinen auf Victors Kopf niedergehen ließen.

Juliet biss sich auf die Lippe, als sie den exotischen Duft von Victors Blut wahrnahm. Als Vampir konnte er nicht verbluten, doch der Blutverlust würde rasch an seinen Kräften zehren.

Erneut schmetterte Victor die Bestie gegen die Wand, und seine Fangzähne bissen mit grässlicher Gewalt wieder und wieder zu. Der Dschinn wirkte jedoch gleichgültig gegenüber seinen schlimmen Verletzungen.

Nein, es war mehr als Gleichgültigkeit.

In den violetten Augen funkelte ein unverkennbares Vergnügen, als genieße die abscheuliche Kreatur den Schmerz. Oder vielleicht genoss sie auch einfach den Kampf.

In jedem Fall spürte Juliet, dass der Dschinn nur mit Victor spielte, und dass sich etwas sehr Schlimmes ereignen würde, wenn er des Spiels überdrüssig wurde. Etwas, das für sie beide sehr schlimm wäre.

Juliet, die kurz davor war, in Panik auszubrechen, stellte fest, dass sie absurderweise ihre Taschen durchsuchte, als könne sie in ihnen eine versteckte Waffe entdecken. Es war kaum überraschend, dass sie nichts weiter fand als einige Flusen und den kleinen Kristall ihres Vaters. Sie war zu den Docks gekommen, um Levet zu retten, und nicht, um Krieg gegen einen mythischen Dämon zu führen.

Frustriert fluchte Juliet und umklammerte den Kristall fest.

Sie benötigte …

Überrascht fuhr sie zusammen, als der Kristall abrupt aufflammte und sich erhitzte, fast so, als ernähre er sich von ihrer schrecklichen Angst.

Stirnrunzelnd stellte sie fest, dass das sanfte Glühen, das den Kristall in ihrer Handfläche stets umgab, nun eindeutig heller wirkte. Das pulsierende Zentrum schien ihren Herzschlag nachzuahmen.

Jahrelang hatte sie versucht, die Gaben ihres Koboldblutes zu beschwören, ohne durch diese Anstrengungen mehr zu bewirken als unbedeutende Zauber und anhaltende Kopfschmerzen. Nun konnte sie tatsächlich das Kribbeln von Macht in ihrem Körper fühlen.

Sie erstarrte schockiert. War dies wahrhaftig möglich?

Bevor sie darüber nachdenken konnte, ob das alles womöglich nicht mehr war als ein glücklicher Zufall, vernahm sie das tiefe Grollen des Dschinns.

Großer Gott, war das etwa … Gelächter?

Überwältigendes Entsetzen erfasste sie, als eine bekannte Empfindung prickelnder Elektrizität durch die Luft wirbelte. Sie hatte angenommen, dass schlimme Dinge geschehen würden, wenn dieser Bastard des Spielens überdrüssig wurde. Nun schienen ihre Ängste sogleich bestätigt zu werden – nein, ihre schlimmsten Albträume noch zu übertreffen.

Instinktiv stürmte sie auf ihn zu, doch es war bereits zu spät.

Mit einem heftigen Stoß befreite sich der Dschinn aus Victors Griff und schleuderte den Vampir gegen die gegenüberliegende Wand. Gelähmt durch den brutalen Aufprall, brach Victor auf dem Boden zusammen. Sein bleiches Gesicht war blutverschmiert, und sein Arm stand in einem merkwürdigen Winkel ab. Ohne Victor die Gelegenheit zu geben, sich wieder zu erholen, hob der Dschinn die Hand, und ein knisternder Blitz schoss aus seiner Fingerspitze.

Juliet wurde von der heftigen Lichtexplosion geblendet, und ihr klangen die Ohren, als die stabile Steinmauer zerbrach. Sie schrie auf, als sie neben Victors regungsloser Gestalt zu Boden stürzte, und beugte sich über ihn, um ihre Arme schützend um ihn zu legen. »Victor …«, keuchte sie. Ein grausamer Schmerz zerriss ihr das Herz, als sie ihn dicht an sich gedrückt hielt und verzweifelte Küsse auf seinem bleichen, wunderschönen Gesicht verteilte. »Bitte …«

Sie schmeckte sein Blut auf ihren Lippen und spürte die Nässe ihrer Tränen, die ihr über die Wangen strömten, aber ihre Gedanken waren von dem Gefühl erfüllt, dass der Dschinn ihnen immer näher kam.

Hatte er die Absicht, sie beide zu töten, indem er die Herrschaft über die Elemente, über die er ohne Zweifel verfügte, dafür einsetzte? Oder plante er sogar noch etwas Scheußlicheres?

Juliet hielt die Augen fest geschlossen und weigerte sich, sich geschlagen zu geben. Wenn sie den Dschinn nicht besiegen konnte, dann musste sie eben eine Möglichkeit finden, um mit Victor zu fliehen.

Diese Aufgabe hätte keine besondere Herausforderung für sie dargestellt, wäre sie eine reinblütige Koboldin gewesen.

Kobolde mit auch nur ein wenig Talent waren imstande, Portale zu erzeugen, durch die sie im Nu von einem Ort zum anderen reisen konnten. Ihr Vater war auf diesem Gebiet der Magie besonders geschickt gewesen.

Aber natürlich war Juliet nie mehr als die Schaffung eines schwachen Tores gelungen, das jedes Mal augenblicklich zusammengebrochen war, sobald sie versucht hatte, es zu betreten. Und selbst dies hatte sie für mehrere Tage erschöpft.

Heute Nacht jedoch gestattete sie es sich selbst nicht, sich an ihre zahllosen Fehlschläge zu erinnern.

Stattdessen ließ sie ihre Gedanken und ihre Energie in den Kristall strömen, den sie noch immer umklammert hielt, zusammen mit dem Amulett ihrer Mutter. Wenn sie je die Hilfe ihrer Eltern gebraucht hatte, dann jetzt.

Sie grub ihr Gesicht in Victors seidiges, dichtes Haar und zwang das Portal mittels Willenskraft, sich um sie beide herum zu bilden, während sie ein stummes Stoßgebet zum Himmel sandte, dass sie damit nicht ihn und sich selbst umbringen möge.

Victor konnte spüren, wie Juliet ihren Körper um ihn schlang, offenkundig in dem Versuch, ihn vor dem herannahenden Dschinn zu beschützen. Mit einem uralten Fluch strengte er sich an, die Herrschaft über seinen lädierten Leib zurückzugewinnen, um sie zur Seite zu schieben.

Bei den Göttern, er würde es nicht zulassen, dass Juliet Schaden zugefügt wurde.

Nicht einmal, wenn das bedeutete …

Sein ungewöhnlicher Anfall von Heldentum wurde unsanft unterbrochen, als Juliet ihre Arme noch fester um ihn schloss und die ganze Welt sich aus den Angeln hob.

Als Vampir war Victor nicht imstande, Magie zu spüren, aber er konnte nicht umhin zu bemerken, dass der Tunnel dahinschwand und völlige Finsternis hinterließ, bevor Victor unsanft auf einer feuchtkalten kopfsteingepflasterten Straße landete. Die nächtliche Brise blies ihm ins Gesicht.

Verwirrt blieb er für einen kurzen Moment vollkommen bewegungslos und nahm die Erkenntnis in sich auf, dass er mitten in London lag, Juliet auf ihm ausgestreckt.

Er rollte sich zur Seite und hielt vorsichtig die winzige, ohnmächtige Frau in den Armen, während er die Umgebung absuchte.

Verdammte Hölle.

Sie musste wohl ein Portal erzeugt haben, mit dessen Hilfe Juliet sie beide vor dem sicheren Tod gerettet hatte, aber um welchen Preis?

Der Gestank, der in der Luft lag, zeigte an, dass sie sich noch immer in gefährlicher Nähe zu den Docks befanden, doch dankenswerterweise konnte er keine Spur von dem Dschinn wahrnehmen. Ebenso wenig spürte er die Anwesenheit anderer Raubtiere in ihrer Nähe, abgesehen von jenen, die ihm Treue schuldeten.

Als er wahrnahm, dass einer seiner Diener auf ihn zugeeilt kam, erhob sich Victor grimmig, während er Juliet gegen seine Brust drückte. Eine unvertraute Qual erfasste sein totes Herz, als er ihre unnatürliche Blässe und den Schmerz bemerkte, der selbst in ihrem tiefen Schlummer für Anspannung in ihren Gesichtszügen sorgte.

Sie hatte ihre Kräfte völlig aufgezehrt und war dabei dem Punkt, an dem es kein Zurück mehr gab, gefährlich nahe gekommen.

Allzu nahe.

»Johan!«, rief er leise, da er wusste, dass der junge Vampir ihn hören würde, obschon er noch mehrere Blocks entfernt war. »Hol eine Kutsche.«

»Ja, Herr.«

Es dauerte eine kurze Weile, dann unterbrach das Klappern von Hufeisen auf dem Kopfsteinpflaster das lastende Schweigen. Victor sah, wie die elegante schwarze Kutsche um die Ecke bog und vor ihm anhielt.

Der riesige Vampir sprang vom Kutschbock herab und war gezwungen, das nervöse Pferd zu beruhigen, bevor er sich tief vor Victor verneigte.

»Herr.« Obzwar er Kleidung aus grobem Wollstoff und sein blondes Haar zu einem einfachen Zopf nach hinten gebunden trug, war die bedrohliche Aura, die Johan umgab, unverkennbar. Er war ein Krieger, bereit zu töten.

Der jüngere Vampir richtete sich wieder auf und kniff die Augen zusammen, als er Victors langsam verheilende Wunden und die bewusstlose Frau auf seinen Armen betrachtete. »Ihr müsst Nahrung zu Euch nehmen, Mylord. Soll ich Euch einen Wirt suchen?«

»Später.« Victor ging ohne Weiteres über sein Bedürfnis hinweg, Blut zu trinken. Im Augenblick trachtete er nur danach, Juliet in sein Versteck und damit in Sicherheit zu bringen. »Bring uns zu meinem Anwesen zurück.«

»Augenblicklich.«

So schnell, dass es mit bloßem Auge kaum wahrzunehmen war, öffnete Johan die Kutschentür und wartete, bis Victor auf dem Lederpolster Platz genommen hatte, bevor er die Tür wieder zuschlug und sich auf seinem Sitz oben auf der Kutsche niederließ. Daraufhin brachte er das Pferd durch einen geistigen Befehl dazu, durch die engen Straßen zu traben, und zwar mit einer waghalsigen Gleichgültigkeit gegenüber den Fahrzeugen und sogar den Fußgängern, die ihnen gelegentlich in die Quere kamen.

Binnen einer halben Stunde rollten sie die lange Auffahrt zu seiner abgelegenen Villa hinauf. Als sie bei der breiten Veranda vorfuhren, wartete Victor nicht ab, bis die Kutsche angehalten hatte, sondern öffnete einfach die Tür und sprang in den mit Steinplatten belegten Hof. Mit der gleichen Ungeduld stürmte er die Treppe hinauf, ganz und gar bereit dafür, dass ein uniformierter Diener ihm die breite Doppeltür öffnete.

»Uriel!«, rief er, während er das Marmorfoyer durchquerte und auf seine Privatgemächer im hinteren Bereich der Villa zusteuerte.

Mit lobenswerter Schnelligkeit tauchte der engelsgleiche Vampir vor Victor auf. Er wölbte seine Brauen, als er Juliet in seinen Armen erblickte.

»Wünscht Ihr, dass ich einen menschlichen Heiler rufe?«

Victor blieb vor der Tür am Ende des Ganges stehen und setzte eine kleine Menge seiner Macht frei, um die schweren Schlösser zu öffnen. Niemandem, nicht einmal seinen Bediensteten, war es gestattet, sein persönliches Versteck ohne seine Erlaubnis zu betreten.

»Noch nicht.«

Victor warf einen Blick auf Juliet, und ihn durchzuckte ein Gefühl von Zorn und Frustration beim Anblick ihres wilden Schopfes aus feuerroten Locken, die einen so starken Kontrast zu ihrem aschfahlen Gesicht bildeten, und der dunklen Ringe, die unter ihren geschlossenen Augen bereits zu erkennen waren. Plötzlich kam ihm der qualvolle Gedanke, dass sie aussah wie eine zerdrückte Blume, doch schob er ihn sogleich wieder heftig beiseite.

Nein. Sie war lediglich erschöpft. Nichts anderes würde er gelten lassen.

»Hast du Nahrung vorbereitet?«, fragte er knurrend.

»Ja, der …« Uriel stolperte über das unvertraute Wort. Es war mehrere Jahrhunderte her, seit der Vampir feste Nahrung zu sich genommen hatte. »… Koch war höchst unkooperativ. Er beschwerte sich darüber, dass man ihn aus dem Bett geholt habe, und behauptete dann, dass die Märkte geschlossen seien und er nicht die notwendigen Zutaten finden könne, um eine Mahlzeit zuzubereiten.«

»Ich nehme an, dass es dir gelungen ist, ihn dazu zu bringen, deine Bitte zu erfüllen?«

»Gewiss. Er gab mir das Versprechen, dass bei Eurem Eintreffen ein siebengängiges Menü auf Euch warten würde.«

»Sorge dafür, dass er es warm hält, bis Juliet wieder zu sich gekommen ist.«

Uriel neigte den Kopf. »Die Gäste wurden vom Grundstück entfernt, und die Gemächer im Obergeschoss sind schon für die Frau vorbereitet.«

Victor schloss seine Arme noch fester um Juliet. »Die Frau wird bei mir bleiben.«

Ein schockierter Ausdruck zeigte sich auf Uriels Gesicht, was nur sehr selten vorkam. »Aber …«

»Hast du etwas zu sagen, Uriel?«

»Sehr bald wird der Morgen dämmern.«

»Ich bin mir der Zeit sehr bewusst.«

Uriels Blick glitt zu der Frau in Victors Armen. »Dann nehmt Ihr die Frau mit in Euer Versteck? Euer *Privatversteck?*«

Victor verzog die Lippen. Er konnte seinem jungen Diener seinen Unglauben nicht verübeln. In all seinen zahllosen Jahren hatte er noch niemals einer Frau gestattet, sein Versteck zu betreten.

»Deine rasche Auffassungsgabe habe ich stets am meisten an dir bewundert, Uriel«, erwiderte er trocken und trat in den kleinen und auffallend schmucklosen Raum. »Sorge dafür, dass wir nicht gestört werden.«

In der Erwartung, dass sein Befehl befolgt werden würde, schloss Victor die Tür und durchquerte den Raum, um an dem Hebel zu ziehen, der hinter einem besonders hässlichen Ölporträt verborgen war. Lautlos glitt die Wandvertäfelung zur Seite, um Steinstufen zu enthüllen, die zu den darunter liegenden verborgenen Gemächern führten.

Victor durchschritt weitere schwere Türen, bevor er endlich seinen privaten Ruheplatz erreicht hatte.

Er schritt durch den kahlen Raum, um Juliet behutsam auf sein Bett zu legen.

Als er gerade im Begriff war, sie mit einer schweren Felldecke zuzudecken, um sie vor der Kälte zu schützen, die so tief unter der Erde herrschte, erstarrte Victor allmählich, verblüfft über die Empfindungen, die sich klammheimlich mitten in seinem Herzen festsetzten. Es waren Gefühle, die er in seiner verzweifelten Eile, Juliet in Sicherheit zu bringen, kaum wahrgenommen hatte.

Nun konnte er die schockierende Wahrheit nicht leugnen.

Er konnte Juliet tatsächlich *fühlen*.

Und zwar nicht nur als Vampir, der sich eines anderen Wesens in seinem Versteck bewusst war. Oder mit dem Bewusstsein eines Mannes, der sich in der Nähe einer schönen Frau befand.

Sondern auch tief in seinem Inneren.

Victor, der sich der Tatsache, dass er sich bewegte, kaum bewusst war, beugte sich zu Juliet hinab. Mit einem Ruck hatte er den Ärmel ihres lockeren Leinenkittels aufgerissen.

»Verdammte Hölle.«

Victor studierte mit dem Blick das komplizierte blutrote Tattoo, das sich unter der inneren Haut von Juliets Unterarm bildete. Ein Tattoo, das unverkennbar das Mal seiner Verbindung darstellte.

Er war verbunden.

Mit Juliet.

Unwiderruflich und bis in alle Ewigkeit.

KAPITEL 5

Juliet öffnete die Augen. Es war eigenartig. Im einen Augenblick hatte sie noch tief geschlafen, und im nächsten war sie hellwach, und ihr Herz pochte vor Angst.

Mit einem kleinen Aufkeuchen setzte sie sich abrupt auf und sah sich ängstlich in der fremden Umgebung um. Als sie die Steinmauern erblickte, die mit antiken Gobelins bedeckt waren, sowie die schweren hölzernen Einrichtungsgegenstände, die von einer großartigen, aber barbarischen Vergangenheit zeugten, war sie nicht gerade beruhigt. Nur der riesige Kamin, in dem lebhafte Flammen loderten, gab ihr wenigstens annähernd das Gefühl eines herzlichen Empfanges.

»Victor?«, flüsterte sie.

Ein kalter Luftstoß war zu spüren, dann war Victor bei ihr. Er trug sein rabenschwarzes Haar offen, sodass es sein blasses, perfektes Gesicht umrahmte, und sein muskulöser Körper war in eine Brokatrobe gehüllt.

Juliet erzitterte, und eine ungewohnte Sehnsucht regte sich in ihrer Magengrube. Seiner eleganten Kleidung beraubt, die seiner Erscheinung Zivilisiertheit verlieh, war der Vampir auf eine ungezähmte Art unwiderstehlich schön.

»Ich bin hier.« Victor ließ sich sanft neben ihr auf dem breiten Bett nieder und hielt ihr ein Kristallglas hin. »Glühwein, meine Kleine?«

»Vielen Dank.« Juliet war erleichtert zu sehen, dass ihre Hand nicht zitterte, als sie sie ausstreckte, um den Kelch entgegenzunehmen. Sie nippte an dem warmen Wein. Er war perfekt, genau so gewürzt, wie sie es am liebsten mochte, mit nur einem winzigen Hauch von Zimt. Sie räusperte sich. »Wo sind wir hier?«

»In meinem Privatversteck.« Ein Lächeln legte sich auf seine Lippen, aber seine Augen waren wachsam, raubtierhaft. »Das Nachtmahl wird aufgetragen werden, wann immer du es wünschst.«

Juliet blinzelte überrascht. Nicht nur über die Vorstellung, dass Victor daran gedacht hatte, dass sie hungrig sein würde, wenn sie erwachte, sondern auch darüber, dass er sie in sein Versteck gebracht hatte.

Das war … unfassbar.

Und seltsam aufregend.

Sie leckte sich ihre trockenen Lippen, und ihr Herz machte einen Satz, als Victor den Blick senkte, um die nervöse Geste zu beobachten.

»Wie lange habe ich geschlafen?«

»Mehrere Stunden.« Mit einem Mal zog er die Augenbrauen zusammen. »Du hast zu viel riskiert, indem du ein Portal erzeugtest. Du hättest dich durchaus umbringen können, indem du ohne Ausbildung so viel Macht beschworen hast.«

Juliet trank ihren Wein und akzeptierte wehmütig, dass sie eine Närrin war, wenn sie Dankbarkeit dafür erwartete, dass sie diesem Vampir das Leben gerettet hatte.

»Ich hatte keine andere Wahl«, murmelte sie.

Victor wirkte, als hege er die Absicht, seine Standpauke zu ihrer Torheit fortzusetzen, schüttelte dann aber nur leicht den Kopf. Ohne Zweifel, um sich damit abzufinden, dass es seine Fertigkeiten überstieg, sie zu erziehen.

»Wir werden später über diesen neu entdeckten Wunsch sprechen, mit dem Feuer zu spielen.« Er streckte die Hand aus, um ihr sanft eine widerspenstige Locke hinter das Ohr zu streichen. Seine schlanken Finger verweilten dort, um ihre Wange zu streicheln, und seine kühle Berührung ließ Funken heißer Erregung durch ihr Blut schießen. »Es gibt wichtigere Angelegenheiten, denen wir uns widmen müssen.«

Juliet, die mit einem Mal das Gefühl hatte, ihr Mund sei so trocken wie die Sahara, nahm einen großen Schluck von ihrem Wein, ohne sich viele Gedanken um die Gefahren zu machen, die mit dem Trinken auf leeren Magen verbunden waren. Wenn sie ein wenig benommen war, dann wäre sie sich vielleicht der Tatsache nicht mehr so vollauf bewusst, dass sie ganz allein mit Victor war … in seinem Versteck … in seinem Bett …

»Selbstverständlich«, brachte sie murmelnd hervor. »Wir müssen uns überlegen, was mit dem Dschinn geschehen soll.«

Victor, der mühelos ihren schnellen Herzschlag und die Tatsache, dass ihr Blut rasend schnell durch ihren Körper strömte, spürte, rückte auf dem Bett näher an sie heran. Er streckte die Hand aus, um die schwere Felldecke zur Seite zu ziehen.

»Später.«

»Aber Levet …«

»Es herrscht noch immer Tageslicht. Der Gargyle wird noch mindestens drei Stunden seine Statuengestalt beibehalten. Es gibt keinen Weg, ihn zu retten, bevor er erwacht.«

Victor nahm ihr das leere Glas aus der Hand und beugte sich über sie hinüber, um es auf einer niedrigen Mahagonikommode abzustellen.

»Trinkt Ihr denn überhaupt keinen Wein?«, fragte Juliet geistloserweise und erbebte, als er absichtlich ihren Körper streifte.

»Nicht heute Nacht, glaube ich. Ich ziehe es vor, dass meine Sinne klar sind, wenn ich mich in deiner Gesellschaft befinde. Allein deine Anwesenheit ist durchaus berauschend genug.«

Seine Stimme war heiser, und sein Sandelholzduft erfüllte die Luft. »Hast du dich vollständig erholt?«

»Ja, natürlich«, antwortete sie, während sie sich gleichzeitig fragte, ob sie damit die ganze Wahrheit sagte. Es wäre so praktisch, den Ereignissen des Tages die Schuld an ihrer schwindelerregenden Erregung zu geben, doch sie war nicht vollkommen naiv. »Tatsächlich sollte ich nach Hause zurückkehren.«

Er lachte leise. Es war nur ein winziger Laut, aber er strömte durch ihren Körper, so stark wie der Glühwein.

»Du bist zu Hause, meine Kleine.«

Zu Hause.

Bei Victor.

Ihr Herz zog sich zusammen, und sie verspürte eine beängstigende Sehnsucht.

»Das ist lächerlich«, wisperte sie.

Der glühende Blick aus den Silberaugen senkte sich zu ihren zitternden Lippen. »Es mag ihm zwar an einer weiblichen Note mangeln, doch ich versichere dir, dass es deinen Wünschen angepasst wird. Was auch immer du begehrst, soll dir gehören.«

Das war ein großspuriges Versprechen, doch eigenartigerweise zweifelte sie nicht an seinen Worten. »Mylord ...«

»Was gibt es?«

Juliet verlieh ihrer Verwirrung Ausdruck, die ihr bereits seit dem Moment zu schaffen machte, in dem sie erwacht war.

»Ich hätte nicht gedacht, dass ein Vampir es anderen Personen gestatten würde, sein Privatversteck zu betreten.«

Er hielt inne, als denke er darüber nach, wie er seine Antwort am besten formulieren solle. Juliet beobachtete fasziniert, wie das Licht des Feuers über seine perfekten Gesichtszüge tanzte und ihm einen Hauch von Rätselhaftigkeit verlieh. Urplötzlich verspürte sie das zutiefst verzweifelte Bedürfnis, ihre Finger in den schweren Vorhang seiner rabenschwarzen Haare zu graben und ihn zu sich herabzuziehen, sodass sie in seinen Küssen ertrinken konnte.

»Ein Vampir teilt sein Versteck mit einer einzigen anderen Person«, unterbrach er schließlich das Schweigen. »Mit seiner Gefährtin.«

Abrupt spannte sie sich an. »Gefährtin?«

Er ergriff ihren Arm und legte ihn auf seinen Schoß. Dann schob er mit einer bedächtigen Bewegung den zerrissenen Ärmel beiseite, um das blutrote Tattoo zu enthüllen, das unter ihrer Haut schimmerte.

»Gefährtin.«

Juliet vergaß zu atmen, als sie auf die unverkennbare Markierung starrte.

Zwei Jahre lang hatte sie sich bemüht, eine sichere Distanz zu Victor zu wahren. Sie hatte sich geschworen, niemals ein anspruchsloses Spielzeug für diesen Vampir zu werden.

Aber im Laufe der vergangenen Stunden war sie gezwungen gewesen zuzugeben, dass sie alles andere als erfolgreich gewesen war, wenn es darum ging, dem schönen Dämon keinen Zugang zu ihrem Herzen zu gewähren. Warum sonst hätte sie es vorgezogen zu sterben statt zuzusehen, wie Victor verletzt wurde?

Aber seine Gefährtin zu werden … Großer Gott!

»Wie …« Sie hob den Kopf, um Victors unerschütterlichen Blick zu erwidern. »Wie ist das möglich? Ich dachte, man müsse Blut austauschen, um die Verbindung zu vervollständigen.«

Er zuckte die Achseln. »Du musst wohl während unserer Reise durch das Portal etwas von meinem Blut aufgenommen haben.«

Röte stieg Juliet in die Wangen, als sie sich mit einiger Verspätung an ihre fieberhaften Küsse erinnerte, die sie ihm auf das blutige Gesicht gedrückt hatte.

»Und jetzt sind wir miteinander verbunden?«

»Nicht … so ganz.«

Sie runzelte verwirrt die Stirn. »Ich verstehe nicht.«

»Ich bin mit dir verbunden, doch bis du bereit bist, das Band anzunehmen und mir dein Blut anzubieten, bleibt es unvollständig.«

Juliet nahm sich einen Augenblick Zeit, um über die Auswirkungen nachzudenken, und ein recht boshaftes Lächeln kräuselte langsam ihre Lippen. »Ihr seid an mich gebunden, doch mir steht es frei, mir einen anderen zu suchen?«

»Du bist mein.« Er beugte sich vor, und in den silbernen Augen schimmerte eine gefährliche Entschlossenheit, als Juliet sich hastig wieder in die Kissen presste. Er streckte seinen großen Leib neben ihr aus, während er sich auf seinen Ellbogen stützte, um ihr blasses Gesicht zu studieren. »Ich war ein Narr, die Wahrheit nicht sofort zu erkennen, als ich dir begegnete. Es gab noch nie eine andere Frau, die mich solchermaßen fasziniert hat wie du. Selbst wenn du mich in den Wahnsinn treibst, sehne ich mich dennoch nach deiner Gesellschaft.«

Ein erwartungsvoller Schauder erschütterte ihren Leib, obgleich sie die Augen zusammenkniff.

»*Ich* treibe Euch in den Wahnsinn?«

»Gestehe es, meine Kleine. Du liebst es, mich herauszufordern.«

»Nur, weil Ihr so unerträglich anmaßend seid, Mylord …«

»Victor«, unterbrach er sie, während er seine Finger durch ihre Locken gleiten ließ und sie über die Kissen breitete. »Ich will meinen Namen auf deinen Lippen hören.«

Eine köstliche Hitze bildete sich in ihrer Magengrube und jagte ihr winzige Schauder durch den Körper. Ausnahmsweise jedoch bemühte sich Juliet nicht, ihre heftige Reaktion auf Victors Berührung zu leugnen.

Sie hatte genug davon, einen Kampf zu führen, den sie nicht gewinnen konnte.

»Victor. Das passt zu dir.«

Er bewegte seine Hand, um sie an ihre Wange zu legen. Seine Berührung durchströmte sie, bis ihre Zehen sich als Reaktion darauf krümmten.

»Ebenso, wie Juliet zu dir passt«, stieß er heiser hervor, während seine Finger an ihrem Hals entlang nach unten wanderten. »Du hast mich seit dem Moment fasziniert, in dem ich dich zum ersten Male erblickte. Das Kerzenlicht schimmerte wie Feuer in deinem herrlichen Haar. Dein Gesicht war so rein wie das eines Engels. Und die Eleganz all deiner Bewegungen … Das weckte einen Hunger in mir, der mich seitdem quält, gleichgültig, wohin ich auch gehe.«

Irgendein verborgener Teil tief in ihrem Inneren flüsterte Juliet zu, dass sie eigentlich verängstigt sein sollte, als seine Finger für einen kurzen Augenblick auf dem Puls unten an ihrer Kehle verweilten, bevor sie an der Öffnung ihres Kittels entlangglitten.

Nicht, dass er ihr körperlichen Schaden zufügen würde. Diese Befürchtung hatte sie nie gehabt. Und natürlich war er nun mit ihr verbunden. Ein Vampir würde die ganze Welt vernichten, um seine Gefährtin zu beschützen.

Nein, er würde sie nicht verletzen, aber sie war nicht so töricht zu glauben, dass sie sich Victor ohne Konsequenzen hingeben könne.

Angst war jedoch das Letzte, was Juliet empfand, als seine Finger über die Wölbung ihrer nackten Brust strichen. Sie bäumte sich auf, als sie explosionsartig von einem Gefühl der Lust durchzuckt wurde.

»Victor …«

»Sieh mich an, meine Kleine«, wisperte er.

Juliet ließ es zu, dass sie sich in dem Blick aus den silbernen Augen verlor, und erhob keine Einwände, als er ihr den Bauernkittel über den Kopf zog und beiseite warf. Die restlichen

Kleidungsstücke folgten rasch, bis Juliet nackt auf dem Satinbettlaken lag.

Auf irgendeine Art und Weise hatte sich die Welt fortgestohlen. Es gab nichts anderes als die dunklen Augen und die schlanken Finger, die zärtlich ihren Körper erkundeten, als ob Victor sich jeden ihrer Winkel und jede ihrer Kurven einprägen wolle.

»Das ist Wahnsinn«, flüsterte Juliet.

Ein ganz leichtes Lächeln bildete sich in einem seiner Mundwinkel. »Es ist Schicksal.«

»Schicksal?«

»Schicksal.« Er senkte den Kopf, und seine Lippen strichen über ihren Mund, während er sprach. »Ich habe eine Ewigkeit darauf gewartet, dich zu finden. Ich werde dich niemals verletzen.«

Wie von selbst hoben sich ihre Hände, um seine Schultern zu umfassen. Der Brokat war glatt und fühlte sich köstlich an. Juliet strich mit den Fingern über Victors breiten Rücken.

Ein leiser Seufzer drang durch seine Lippen. Sein Kuss wurde fordernder, und seine Zunge tauchte feucht in ihren Mund ein. In demselben Moment umfasste seine Hand ihre Brust, und sein Daumen rieb über die feste Spitze.

Juliet bäumte sich auf, als der Schock dieser neuen Empfindungen sie durchzuckte.

»Oh.«

Er wich so weit zurück, dass sie ihr Spiegelbild in seinen schimmernden Silberaugen sehen konnte. Oder zumindest blickte ihr eine Person entgegen, die ihr vage ähnelte.

Ihre Locken strömten wie ein Fluss aus Feuer über die Kissen, ihr Gesicht war vor Lust gerötet, und ihre geöffneten Lippen noch feucht von seinem Kuss.

Sie sah aus wie ein dekadentes Opfer, das einer wollüstigen Bestie dargebracht wurde.

»Was ist schuld an diesen Furchen auf deiner hübschen Stirn?«, fragte er leise.

Ihre Aufmerksamkeit konzentrierte sich nun wieder auf den Mann, der über ihr aufragte. Lieber Himmel, er war so wunderschön. Erstaunlich schön. Juliet war nicht imstande, der Versuchung zu widerstehen. Sie hob die Finger und grub sie in sein dichtes, schweres Haar.

Ah … ja. Es war genauso weich und seidig, wie sie es sich vorgestellt hatte.

»Ich begehre dich seit dem Augenblick, in dem ich dich im Ballsaal erblickte«, gestand sie ihm leise. »Aber das bedeutet nicht, dass ich die Absicht hege, das Band der Verbindung zu vervollständigen.«

Sein leises Lachen jagte ihr einen Schauder der Erregung über den Rücken. »Du bist meine Gefährtin. Du besitzt mein Herz und meine Seele. Wir sind eins, ob du nun zu halsstarrig bist, die Wahrheit zuzugeben, oder nicht.«

Indem er ihren Blick festhielt, streifte er die Brokatrobe ab. Ihre Augen weiteten sich beim Anblick des Spiels seiner harten, fein gemeißelten Muskeln unter der elfenbeinfarbenen Haut, auf der eine schöne Drachentätowierung zu erkennen war. Seine Schultern waren breit und seine Brust so blass und glatt, dass seine Brustwarzen im Gegensatz dazu überraschend dunkel wirkten. Sie weigerte sich, den Blick unter das konturenreiche Muskelspiel seines Bauches zu senken. Ihr Körper fühlte sich ohnehin schon so an, als verbrenne er von innen heraus.

Victor hielt ihren Blick fest und glitt langsam nach unten. Die Berührung seiner Haut, die über die ihre rieb, sorgte dafür, dass sich ihr Atem schmerzhaft in ihrer Kehle fing.

Seine Lippen berührten ihr Schlüsselbein, und er zeichnete die zarte Linie mit seiner Zungenspitze nach, bevor sein Mund sich langsam an der Wölbung ihrer Brust entlang nach unten bewegte.

Juliet bewegte sich ruhelos unter dem Mund, der sie liebkoste. Großer Gott, noch nie hatte sich etwas so wunderbar angefühlt.

»Du bist so warm«, flüsterte er an ihrer Haut und wandte den Kopf ein wenig, aber nur so weit, dass er mit seinen Lippen die Spitze ihrer Brustwarze umschließen konnte.

»Heilige Mutter ….«

Juliet bäumte sich auf, und ihre Hände glitten zu seinem Gesicht, um es in einer stummen Ermutigung zu umfassen. Was auch immer sie gedacht hatte, über Leidenschaft zu wissen, hatte niemals diese zärtlichen Liebkosungen beinhaltet, die einen Sturm der Gefühle durch ihren Körper prasseln ließ.

Mit offenkundigem Geschick setzte Victor seine Zunge und sogar seine Zähne ein, um ihre Brustwarze zu necken, bis sie sich in eine harte Spitze verwandelt hatte. Juliets Augen schlossen sich, und sie stöhnte leise in der Kehle. Er wandte seine Aufmerksamkeit ihrer anderen Brust zu, und seine Hände glitten über die Wölbung ihrer Taille nach unten.

Juliet verlor sich in der Flut der anschwellenden Empfindungen, als seine Arme sie umschlossen, und ohne Vorwarnung hatte er sich auf den Rücken gedreht. Nach einer einzigen kraftvollen Bewegung fand Juliet sich auf seinem harten Körper sitzend wieder. Sie riss die Augen auf, als sie das ausgesprochen schöne Antlitz betrachtete.

»Victor?«

»Fürchte dich nicht«, murmelte er, während seine Hände über die Kurve ihres Rückens glitten.

»Was tust du da?«

Seine Lippen zuckten, was seine leichte Belustigung anzeigte. »Falls es dir noch nicht aufgefallen sein sollte – ich bin ein recht großer Vampir, während du, meine Geliebte, herrlich winzig bist.«

Sie lächelte trocken. »Selbst wenn mir unser Größenunterschied noch nicht aufgefallen wäre, hätte mir deine Angewohnheit, mich ›meine Kleine‹ zu nennen, doch einen Hinweis darauf geben sollen.«

Sein Gesicht nahm einen sonderbar ernsthaften Ausdruck an, während seine Hände gleichzeitig damit fortfuhren, Schauder der Lust durch ihren Körper jagen zu lassen.

»Ich habe niemals ein Geheimnis daraus gemacht, wie verzweifelt ich dich begehre, Juliet«, sagte Victor. Seine Stimme war heiser vor Verlangen. »Doch was in diesem Bett geschehen wird oder auch nicht, das wirst du bestimmen.«

Ein unerwartetes prickelndes Gefühl der Macht durchzuckte sie, als sie zu dem unwiderstehlichen Mann hinabblickte, der unter ihr lag. Besser als irgendjemand sonst begriff sie, welche Anstrengung es Victor kostete, auf die Kontrolle zu verzichten. Er war ein uralter Dämon, der seinen Rang durch brutale Gewalt erhalten hatte.

Eine solche Geste ließ nicht nur erkennen, dass er wahrhaftig ihr neu entdecktes Bedürfnis verstand, die Herrschaft über ihr Leben zu übernehmen, sondern verriet auch ein Vertrauen, das mehr als erstaunlich war.

Juliet, die ganz und gar willens war, ihm ihre Dankbarkeit zu beweisen, beugte sich vor und zeichnete Victors sinnliche Lippen mit ihrer Zungenspitze nach.

»Gefällt dir das?« Sie knabberte zunächst an seinem angespannten Kiefer entlang und dann über die starke Säule seines Halses und genoss seinen berauschenden Geschmack.

Er knurrte und öffnete den Mund, um seine voll ausgefahrenen Fangzähne zum Vorschein zu bringen, und eine kühle Woge der Macht spülte über sie hinweg.

»*Du* gefällst mir.«

Langsam ließ sie ihren Mund denselben Weg zurückwandern, und ein wohliges Gefühl der Hitze sammelte sich in ihrer Magengrube.

»Bist du dir sicher?«, fragte sie mit rauer Stimme. »Ich fürchte, ich bin in diesen Angelegenheiten nicht sonderlich erfahren.«

»Gestatte mir, es dir zu zeigen.«

Er umfasste ihr Gesicht mit den Händen und richtete sich auf, um ihrem Mund mit einem Kuss reiner Begierde zu begegnen. Juliet erbebte vor Lust und öffnete den Mund, um es seiner Zunge zu gestatten, die ihre zu erobern.

Sie versank in der Glückseligkeit seines verzehrenden Kusses und strich rastlos mit ihren Händen über die seidige Glätte seiner Brust. Eine köstliche Erregung wirbelte durch ihren Körper, als sie spürte, wie seine harte Erektion sich gegen ihren Unterbauch presste.

Als spüre er die wachsende Dringlichkeit ihrer Begierde, wich Victor ein Stück zurück. Seine Schönheit war in dem sanften Schein des Feuers hypnotisierend.

»Juliet, ich brauche dich«, sagte er. »Ich muss unbedingt in dir sein.« Seine Stimme strömte über ihre Haut wie Honig, überflutete ihren Körper mit flüssiger Hitze und brachte ihre Finger bei dem Aufflackern schmerzender Sehnsucht dazu, sich in die harten Muskeln seiner Brust zu graben.

»Ja!«, keuchte sie und erschauderte, als seine Hände über die Wölbung ihrer Hüften wanderten.

Mit unendlicher Vorsicht erkundete er die gesamte Länge ihrer Schenkel. Dann spreizte er ihre Beine mit einem kleinen Ruck, bis sie rittlings auf ihm saß. Juliet murmelte ihre Zustimmung an seinen Lippen, aber obwohl sie sich darauf gefasst gemacht hatte, gab sie einen erstickten Schrei von sich, als seine geschickten Finger durch ihre feuchte Hitze streichelten.

»Pst«, murmelte er besänftigend. »Schon sehr bald werden wir eins sein. Eine Seele. Ein Leib.«

Seine leisen Worte schienen tief in ihrem Inneren widerzuhallen, doch Juliet ignorierte das gefährliche Gefühl der Wärme, das sich mitten in ihrem Herzen niederließ. Stattdessen konzentrierte sie sich auf seinen Finger, der den winzigen Puls ihrer Lust neckte.

»Nicht sehr bald … jetzt«, murmelte sie.

Sein leises Knurren erfüllte den Raum, und seine Erektion presste sich begierig gegen ihre feuchte Hitze.

»Bist du dir sicher?«

Ob sie sich sicher war? Sie grub ihre Fingernägel in seine Brust, bis Blut hervorquoll. Sie war sich in ihrem ganzen Leben noch nie sicherer gewesen.

»Bitte, Victor!«

»Ja.«

Victors Hände pressten sich gegen ihren unteren Rücken, während er seine Hüften hob und mit einem festen Stoß in sie eindrang.

Sie hielt die Luft an, aber nicht vor Schmerz.

Sengende Begierde durchzuckte sie, und sie drückte ihr Gesicht gegen seinen Brustkorb. Sie konnte spüren, wie er in sie eindrang, bevor er sich wieder zurückzog und mit einem langsamen, anhaltenden Druck zurückkehrte.

»Lieber Gott …«

»Gefährtin«, flüsterte er, während seine Hüften sich wieder und wieder hoben. »Meine Gefährtin.«

»Ich wusste nicht, dass sich irgendetwas so …«

»Wie fühlt es sich an, süße Juliet?«

»Wunderbar«, keuchte sie, und ihr Körper bewegte sich in einem perfekten Rhythmus zusammen mit dem seinen.

Sein sanftes Lachen erfüllte den Raum mit einer ausgeprägten Befriedigung.

»Du bist mein«, schwor er. »Mein bis in alle Ewigkeit.«

Juliet stöhnte auf, als ihr Körper sich in freudiger Erwartung anzuspannen begann. Victors gleichmäßiges, unaufhörliches

Tempo entzündete ein Feuer in ihrem Inneren, das außer Kontrolle zu geraten drohte.

»Meine Gefährtin«, keuchte er und hob den Kopf, um ihn gegen ihren Hals zu drücken.

Die geringfügige Veränderung seiner Position reichte aus, um ihn noch tiefer in sie eindringen zu lassen. Mit einer Macht, die Juliet unvorbereitet traf, explodierte die Anspannung, die sich zwischen ihren Beinen aufbaute, abrupt in tausend Teile.

Juliet schrie auf und kniff die Augen fest zusammen. Sie bemühte sich, unter der Woge der Gefühle nicht in Ohnmacht zu fallen. Es war einfach überwältigend. Eine Freude, die Schmerz gefährlich nahe kam.

»Victor?«

Mit einem Stöhnen legte er seinen Kopf auf die Kissen. Einen Augenblick lang blickte sie ihm einfach in das wunderschöne Antlitz und redete sich ein, dass das, was soeben geschehen war, nicht mehr sei als unglaublich guter Sex. Immerhin hatte Victor beinahe tausend Jahre Zeit und zahllose Frauen in seinem Bett gehabt, um sein Können zu perfektionieren. Doch irgendetwas tief in ihrem Herzen weigerte sich, diese Lüge zu akzeptieren.

Sie starrte ihm in die silbernen Augen und wusste, dass sie enger an ihn gebunden war als jede andere Person auf der ganzen Welt.

Sie waren eins.

Eine Seele.

Ein Leib.

Gefährte und Gefährtin.

KAPITEL 6

Victor, der seiner Gefährtin am Tisch gegenübersaß, fand sich wehmütig damit ab, dass jede Hoffnung, Juliet wäre fügsamer, nachdem sie nun seine Geliebte war, zu einem katastrophalen Fehlschlag verurteilt war. Sie verputzte den Rest der gebratenen Ente, deren Beilage aus Kartoffeln, die in einer delikaten Pilzsauce geschmort worden waren, und frisch gebackenem Brot bestand. Dann lehnte sie sich in ihrem Stuhl zurück und warf ihm einen störrischen Blick zu.

»Du kannst so viel schreien und brüllen, wie du möchtest. Ich werde meine Meinung nicht ändern.«

Unter Aufbietung all seiner Kräfte versuchte Victor erfolglos, den bezaubernden Anblick von Juliet zu ignorieren, die nicht mehr trug als seine Brokatrobe. Ihre Mähne aus feuerroten Locken fiel ihr über den Rücken, und ihre elfenbeinfarbenen Züge färbte eine zarte Röte.

Niemals würde es einen Moment geben, in dem er seine Gefährtin nicht begehrte.

Selbst wenn sie ihn erzürnte.

»Ich verstehe nicht, weshalb du unbedingt so unvernünftig sein musst.«

»Ich?« Sie wölbte eine Braue. »Es war doch deine Entscheidung, dich auf die Suche nach dem Dschinn zu begeben.«

»Weil es ihm nicht gestattet werden darf, weiterhin in London zu verweilen. Seine Kräfte erwecken nicht nur die Aufmerksamkeit der Menschen, sondern allein seine Anwesenheit bedeutet auch eine Bedrohung für meine Position unter den Dämonen.«

Juliet wirkte bemerkenswert unbeeindruckt von seiner Logik. »Also ist es dir gestattet, dein Leben aufs Spiel zu setzen, damit du Clanchef bleibst, mir jedoch ist es untersagt, einen Freund vor dem möglichen Tode zu retten?«

Victor hielt inne. Seine große Erfahrung mit Frauen wies ihn darauf hin, dass es aus dieser Situation kein wirkliches Entrinnen geben konnte.

»Ich würde es nicht ›untersagt‹ nennen.«

»Welche Formulierung zögest du denn vor?«

»Ich rate dir entschieden davon ab«, schlug er vor.

Sie stieß ein Schnauben aus. »Ich betrachte die Drohung, mich ans Bett zu fesseln, nicht als *entschiedenes Abraten.«*

Er knurrte. Seine Fangzähne waren voll ausgefahren und schmerzten vor Hunger. Es war ein Hunger, der niemals gestillt sein würde.

»Ich ebenfalls nicht!«, stieß er heiser hervor, während er sich von seinem Stuhl erhob und den Tisch umrundete. Auf seinen Lippen lag ein einladendes Lächeln. »Ich betrachte es als Einladung ins Paradies.«

Hastig stand Juliet auf. Sie hatte eine strenge Miene aufgesetzt, obzwar sie damit nicht die Erregung zu kaschieren vermochte, die in ihren wunderschönen Augen glühte, als sie ihren Blick an Victors Körper entlang nach unten gleiten ließ. Er wurde lediglich von einer lockeren Satinhose bedeckt, ein Andenken an eine vor Kurzem unternommene Reise nach China.

»Victor, du wirst mich nicht ablenken.«

Victor nahm sie mühelos auf die Arme und steuerte mit ihr auf das nahe gelegene Bett zu, um sich mit ihr gemeinsam auf die seidenen Laken fallen zu lassen. Schnell wälzte er sich herum, sodass es ihm gelang, oben zu liegen.

»Ich gebe zu, dass das meine ursprüngliche Absicht war«, murmelte er und grub sein Gesicht in ihre Halsbeuge. »Aber ich glaube, ich habe mich in meiner eigenen Schlinge gefangen. Du bist bezaubernd.«

Sie schlang die Arme um seinen Hals, und ihr Körper wölbte sich instinktiv unter ihm.

»Victor.«

Der berauschende Duft von Pfirsichen erfüllte seine Sinne. »Hmmm?«

»Dies hier ändert überhaupt nichts«, murmelte sie. »Ich werde mit dir gemeinsam zu den Docks gehen.«

Bei ihrer eigensinnigen Beharrlichkeit wich Victor zurück, und ein unbekannter stechender Schmerz drehte ihm den Magen um.

»Weshalb bedeutet dir dieser Levet so viel?«

Sie sah ihn verblüfft an. »Bist du etwa … eifersüchtig?«

»Auf einen verkümmerten, ausgestoßenen Gargylen? Sei nicht albern.«

Die smaragdgrünen Augen verengten sich. »Victor?«

»Du gehörst hierher zu mir«, sagte er, noch bevor er die verräterische Aussage für sich behalten konnte. »Nicht zu Hawthorne und zu dieser Kreatur.«

Sie musterte ihn mit einem allzu wissenden Blick. »Du glaubst, wenn ich Levet rette, kehrte ich zu Justin zurück?«

Victor schreckte allein der Gedanke daran, er könne eifersüchtig auf den Magier oder den deformierten Gargylen sein. Er war ein mächtiger Vampir. Ein Clanchef. Das meistgeehrte Wesen in der gesamten Dämonenwelt.

»Nein, ich glaube, es ist vergebliche Liebesmühe, und ich werde es nicht zulassen, dass du dich vorsätzlich in Gefahr bringst.«

Juliet lächelte. Sie ließ sich keinen Augenblick lang täuschen.

»Ich hege keine solchen Gefühle für Justin«, versicherte sie ihm sanft und grub die Finger in sein Haar. »Er bot mir Schutz, und das ist *alles,* was ich mir je von ihm gewünscht habe.«

Victor studierte ihr blasses Gesicht und suchte nach … was? Beruhigung?

»Bedeutet er dir etwas?«, stieß er hervor.

»Nein.«

»Weshalb bleibst du dann bei ihm?«

Ihre Finger streichelten unablässig durch sein Haar. Zweifelsohne spürte sie seine enervierende Verletzlichkeit. Vielleicht würde er in einem Jahrhundert oder zwei an sein überwältigendes Verlangen nach dieser Frau gewöhnt sein, doch heute Nacht war er noch immer empfindlich durch die heftige Sehnsucht danach, die Verbindung zu vervollständigen.

»Unser Arrangement war für beide Seiten von Vorteil. Meine Talente gaben Justin die Möglichkeit, sich seine magische Sammlung anzueignen, und ich erhielt ein Dach über dem Kopf und Schutz vor allen bis auf den beharrlichsten Dämonen.«

»Ich kann dir noch mehr Schutz bieten«, erwiderte Victor, äußerst ärgerlich allein über die Vorstellung, dass Juliet von einem anderen Mann abhängig war. »Ich würde es niemals dulden, dass dir irgendetwas Schaden zufügt, während du dich in meiner Obhut befindest.«

Sie lächelte schief. »Daran habe ich nie gezweifelt.«

»Weshalb zögerst du dann?«

Juliet zuckte mit den Schultern. Diese Geste sorgte dafür, dass die Robe sich öffnete und Victor einen verlockenden Blick auf ihre nackten Brüste bot. Er verschluckte ein Stöhnen, und sein Körper war vollständig erregt.

»Zuerst befürchtete ich, nur zu einem weiteren willigen Opfer zu werden, das du benutzen und dann ablegen würdest.«

»Und nun?«

Sie sah ihm direkt in die Augen. »Nun fürchte ich, zu deiner Marionette zu werden.«

Victors Kiefer spannte sich an. Ihre Worte kränkten ihn, trotz der zahlreichen Frauen, die in seinem Leben für kurze Zeit eine Rolle gespielt hatten. Sie waren allesamt nicht mehr als Liebeleien gewesen.

Oder Mahlzeiten.

Juliet hingegen war nicht weniger als die bisher fehlende Hälfte seiner Seele.

»Selbst wenn ich mir eine dermaßen lächerliche Sache wünschte, bin ich nicht imstande, dich in meinen Bann zu ziehen«, teilte er ihr mit. In seiner Stimme war eine deutliche Kälte zu erkennen.

Sie zog heftig an seinen Haaren, und eine wehmütige Belustigung schimmerte in ihren smaragdgrünen Augen.

»Nein, aber du bist imstande, von anderen zu verlangen, dass sie jedem deiner Befehle gehorchen.«

Ein Teil seiner Verstimmung verschwand angesichts ihrer offenkundigen Neckerei. »Das liegt nur daran, dass ich weiß, was das Beste für mein Volk ist.«

»Und für deine Gefährtin?«

»Selbstverständlich.«

Sie verdrehte die Augen. »Damit hast du den Beweis für meine Behauptung geliefert.«

Victor veränderte seine Position, sodass er ihr Gesicht mit seiner Hand umfassen konnte. Er wusste, dass er, obschon sein Instinkt ihn dazu drängte, seine Gefährtin zu beschützen, würde lernen müssen, sie nicht zu unterdrücken.

»Juliet, wenn du wünschst, dass ich zugebe, ein herrschsüchtiger Rohling zu sein, der es gewohnt ist, dass man ihm gehorcht, so werde ich das tun«, erklärte er und schüttelte schmerzlich den

Kopf. »Ich bin seit mehreren Jahrhunderten Clanchef, während es recht neu für mich ist, eine Gefährtin zu haben.«

Juliet stutzte und blickte ihn mit großen Augen an. »Was willst du damit sagen?«

»Dass mir dein Glück wichtiger ist als mein Bedürfnis, die Kontrolle über dich zu besitzen.«

»Dann wirst du es mir gestatten, meine eigenen Entscheidungen zu treffen? Selbst wenn du nicht mit ihnen einverstanden bist?« Als er zögerte, kniff sie die Augen zusammen. »Victor?«

Mit grimmiger Entschlossenheit schob Victor Jahrhunderte der uneingeschränkten Autorität beiseite. Eine Gefährtin zu haben, bedeutete, dass man Kompromisse eingehen musste. Selbst wenn diese Kompromisse ihn in den Wahnsinn zu treiben drohten.

»Ja, aber ich behalte mir das Recht vor, den Versuch zu unternehmen, deine Meinung zu ändern.«

Juliet, die wusste, wie schwer ihm sein Zugeständnis gefallen sein musste, lächelte bereitwillig und ließ ihre Hände vielversprechend über seinen bloßen Rücken wandern.

»Ich willige ein.«

Er erzitterte als Reaktion auf ihre Berührung und streifte mit den Lippen die weiche Haut an ihrer Schläfe, wo er den schnellen Schlag ihres Pulses spüren konnte. Das Verlangen, ihr Blut zu kosten, war nahezu unerträglich, doch er ignorierte seinen quälenden Durst.

»Ich habe dir deine Forderungen zugestanden, meine Kleine. Nun bist du an der Reihe.«

»Beinhaltet dieser Kompromiss, dass ich meine Robe ablege?«, fragte sie mit heiserer Stimme.

Er lachte leise. »Es handelt sich um *meine* Robe, obzwar das, was mir gehört, nun auch dir gehört, und sie wird ganz gewiss abgelegt werden.«

Juliet kratzte leicht mit den Fingernägeln über seine Haut. Diese Empfindung erfüllte ihn augenblicklich mit heftiger Begierde.

»So zuversichtlich seid Ihr, Mylord?«

Er eroberte ihre Lippen mit einem fordernden, hungrigen Kuss, bevor er ein Stück zurückwich, um sie mit einem grüblerischen Blick anzusehen.

»Verzweifelt. Doch das ist nicht der Kompromiss, von dem ich sprach.«

»Was begehrst du dann von mir?«

»Ich will, dass du Hawthorne verlässt«, antwortete er. Seine Stimme verriet ihr, dass er nicht gewillt war, in diesem Punkt mit ihr zu verhandeln. »Dein Platz ist bei mir in diesem Versteck.«

»Aber unsere Verbindung ist noch nicht vollständig«, entgegnete sie sanft. »Würde das nicht bedeuten, dass wir in Sünde leben?«

Er runzelte die Stirn über ihre törichten Worte. Die Verbindung zwischen ihnen war heilig.

»Du bist meine Gefährtin.«

»Aber du bist noch nicht mein Gefährte.«

Ein düsterer, grausamer Schmerz breitete sich in Victors Körper aus. Er hatte nur selten einen Gedanken daran verschwendet, sich eine Gefährtin zu nehmen. Die meisten Vampire begegneten niemals der einzigen Person, die dazu bestimmt war, sie vollständig zu machen. Doch die wenigen Male, als er diese Möglichkeit in Betracht gezogen hatte, hätte er es sich niemals vorstellen können, sich an eine Frau zu binden, die ihn ihrerseits nicht begehrte.

»Ich verstehe.«

Bei seinem eisigen Tonfall biss sie sich mit reumütiger Miene auf die Unterlippe.

»Ich glaube nicht, dass du mich verstehst, Victor, und das ist auch kein Wunder. Ich bringe alles völlig durcheinander.«

»Was deinen Wunsch betrifft, zu Hawthorne zurückzukehren?«

»Was meinen sehr ungeschickten Antrag betrifft.«

»Antrag?«

Sie leckte sich über die Lippen. Diese nervöse Geste wirkte erstaunlich entzückend.

»Victor, möchtest du mein Gefährte werden?«

Eine vorsichtige Hoffnung trat an die Stelle des eiskalten Gefühls der Entmutigung durch ihre Zurückweisung, obwohl er sorgsam darauf achtete, sie hinter einem finsteren Gesichtsausdruck zu verbergen. Er mochte vielleicht mit ihr verbunden sein, doch das bedeutete nicht, dass er all seinen Stolz verloren hatte.

»Juliet?«

Sie hielt den Atem an, und ein Anflug von Sorge verunzierte ihr schönes Gesicht. »Was? Habe ich irgendetwas falsch gemacht? Ist es Frauen nicht gestattet, zu …«

Er eroberte ihre Lippen mit einem Kuss drängender Sehnsucht, womit er sie spüren ließ, wie verzweifelt er sich wünschte, ihre Verbindung zu vervollständigen.

»Bist du dir sicher?«, murmelte er zwischen wilden Küssen. »Die Verbindung ist unwiderruflich.«

Ihre Hände bewegten sich ruhelos von oben nach unten und von unten nach oben über seinen Rücken, und jede ihrer Liebkosungen sandte knisternde Funken der Erregung durch seinen Körper.

»Diese Verbindung war von Beginn an unwiderruflich«, murmelte sie.

»Den Göttern sei Dank.« Er küsste sich an ihrem Kiefer entlang und hielt inne, um in dem intensiven Duft von Pfirsichen und weiblicher Lust zu schwelgen. »Ich hätte nicht gedacht, dass du jemals zur Vernunft kämest.«

Sie kicherte. »Da gibt es viele, die behaupten würden, ich hätte vollkommen den Verstand verloren.«

Er wich ein Stück zurück, und seine Fangzähne pulsierten protestierend. Dieser Moment war zu bedeutend, als dass man ihn überstürzen sollte.

»Und wie sieht es mit dir aus, meine Kleine?«

»Mit mir?«

»Gefällt dir die Vorstellung, meine Gefährtin zu werden?«

Ihre Miene war ernst, als sie ihre Hände um sein Gesicht legte. »Victor, seit dem Tod meiner Eltern suche ich nach einem Ort, den ich mein Zuhause nennen kann.«

Er runzelte die Stirn angesichts der zarten Sehnsucht, von der er spüren konnte, wie sie mitten in ihrem Herzen aufblühte. Es machte ihm zu schaffen, dass er nicht in der Lage war, sie vor den Verletzungen aus ihrer Vergangenheit zu schützen.

»Du hast mir niemals erzählt, wie deine Eltern getötet wurden«, sagte er leise.

Sie zuckte zusammen, doch sie entzog sich ihm nicht. Das war ein echter Erfolg, wenn man bedachte, dass Juliet ihm nie zuvor genug vertraut hatte, um ihm ihre Geheimnisse zu offenbaren.

»Mein Vater wurde für schön gehalten, selbst innerhalb des Feenvolkes«, begann sie. Ihre Stimme war so leise, dass sogar Victor trotz seines scharfen Gehörs sich anstrengen musste, um die Worte zu verstehen.

Sein Blick glitt über ihre zarten Gesichtszüge und verweilte auf den großen smaragdgrünen Augen, die von ihrem Feenvolkblut zeugten.

»Das glaube ich durchaus.«

Ein Schauder erschütterte ihren schlanken Körper, und sie grub unwillkürlich die Fingernägel in seinen Rücken. Victor hieß diesen Schmerz willkommen, während er sich zutiefst wünschte, ihr ihre Verletzungen nehmen zu können.

»Unglücklicherweise zog er die Aufmerksamkeit von Morgana le Fay auf sich.«

Victor war überrascht über die Erwähnung der Königin. Es war Jahrhunderte her, seit sie sich hinter ihre schützenden Nebel zurückgezogen hatte.

»Ich wusste nicht, dass sie Avalon je verlassen hat.«

»Gerüchte besagten, dass sie nach irgendeiner mystischen Waffe suchte, die dazu bestimmt ist, sie zu töten.« In den smaragdgrünen Augen blitzte ein seit langer Zeit gärender Hass auf. »Doch stattdessen fand sie meinen Vater.«

»Und hegte den Wunsch, er werde ihr Liebhaber.«

»Ja.«

Victor waren Gerüchte über die unersättliche Lust der Königin auf schöne Männer zu Ohren gekommen, wie auch über ihre Angewohnheit, diese wie hübsches Spielzeug zu behandeln, das unweigerlich vernichtet wurde, sobald es sie langweilte.

Juliets Vater war von dem Moment an zum Tode verurteilt gewesen, in dem er die Aufmerksamkeit der launischen Morgana le Fay auf sich gezogen hatte.

»Ich gehe davon aus, dass dein Vater ihre königliche Aufforderung ablehnte?«

»Er war nicht so töricht, sie öffentlich zurückzuweisen, doch er versuchte mit meiner Mutter und mir zu fliehen.«

»Morgana war zweifelsohne ungehalten.«

»Sie befahl, dass wir zur Strecke gebracht und niedergemetzelt werden sollten.«

Victor zuckte zusammen, als seine Verbindung zu Juliet es ihm gestattete, die wilde Intensität ihrer Verlustgefühle zu spüren.

»Sie starben, um dich zu beschützen.«

»Ja.« Sie senkte den Blick, um die Tränen zu verbergen, die ihr in die Augen traten. »Sie starben, und ich war allein.«

»Das wird niemals wieder geschehen«, schwor Victor, umfasste ihr Kinn und hob ihren Kopf an, bis er ihrem verletzten Blick begegnen konnte. »Ich werde dir bis in alle Ewigkeit zur Seite stehen.«

Ihre Hände glitten über seinen Rücken nach oben. Die Schatten waren noch immer in ihren Augen zu erkennen.

»Victor.«

»Ja, meine Geliebte?«

»Ich will, dass du mein Gefährte wirst.«

Eine heftige Woge wilder Begierde vereinigte sich mit reiner Freude zu einer ungeheuren Explosion, die Victor unter der Gewalt seiner Gefühle taumeln ließ. Urplötzlich fühlte er sich so unsicher und ungeschickt wie ein eben erst verwandelter Grünschnabel.

»Jetzt?«, fragte er heiser.

Ein Lächeln reiner Verlockung kräuselte ihre Lippen. »Jetzt.«

»Verdammte Hölle.«

Jede Hoffnung auf eine langsame, würdevolle Verbindung, die Juliet bewiese, wie viel sie ihm bedeutete, war verloren, als er einen Fluch ausstieß und ihren schweren Haarvorhang zur Seite schob, um die verletzliche Kurve ihres Halses zu entblößen.

Er hatte noch eine ganze Ewigkeit Zeit, um ihr zu beweisen, wie sehr er sie anbetete.

Erst einmal strebte er verzweifelt danach, diese Frau zu der Seinen zu machen.

Zu seiner Geliebten, seiner Partnerin, seiner Gefährtin.

Mit einem einzigen ruhigen Biss durchdrangen seine Fangzähne mühelos ihre Haut, und der Geschmack ihres Blutes traf seine Zunge mit überwältigender Macht.

Es war einfach perfekt.

Sie war einfach perfekt.

Juliet stöhnte auf, als er an ihrer Kehle trank, und sie ließ ihre Hände ungeduldig nach unten gleiten, um an seiner Hose zu zerren, während ihr Körper sich in stummem Verlangen wölbte. Und Victor war äußerst begierig darauf, dieses Verlangen zu stillen.

Er griff nach unten und riss sich die Hose mit einem einzigen heftigen Ruck vom Leib. Dann öffnete er Juliets Robe, bis sich nichts mehr zwischen ihnen befand. Seine Haut berührte ihre Haut, und Juliets köstliche Hitze hüllte ihn ein.

Victor gestattete sich einen einzigen kostbaren Augenblick, um die Vorfreude auszukosten, und lachte leise, als Juliet mit offenkundiger Ungeduld die Beine um seine Hüften schlang.

»Victor … bitte.«

Widerstrebend zog er seine Fangzähne aus ihrem Hals und setzte seine Zunge ein, um die blutenden Wunden zu schließen. Er konnte es sich nicht leisten, gierig zu sein. Nicht, wenn Juliet entschlossen war, diesen albernen Gargylen zu retten. Jeder weitere Blutverlust würde sie schwächen.

Darüber hinaus existierte durchaus mehr als ein Weg, um eins mit ihr zu sein.

»Ja, meine Kleine«, antwortete er mit rauer Stimme, ließ sich zwischen ihren gespreizten Beinen nieder und drang mit einem langsamen, gleichmäßigen Stoß in sie ein.

Victor schloss die Augen vor Wonne und sandte ein Dankgebet an den Gott, der es für angebracht gehalten hatte, ihn mit dieser wunderschönen, herrlichen Frau zu segnen.

KAPITEL 7

Nach einem heißen Bad zog Juliet einen sauberen Kittel und eine Hose an, die Victor sich von einem seiner zahlreichen menschlichen Bediensteten geliehen hatte. Wie alle Vampire war er der Ansicht, jede Art von körperlicher Arbeit sei unter seiner Würde.

Bedauerlicherweise verfügte er auch über die vampirische Angewohnheit, nicht zu gestatten, dass sich Spiegel in seinem Versteck befanden.

Juliet bürstete ihre verfilzten Locken aus und fasste ihr Haar ungeschickt zu einem Zopf zusammen, um es dann mit einem schmalen Lederstreifen nach hinten zu binden.

Ohne Zweifel hätte sie auch Victor bitten können, ihr zu helfen, doch sie spürte, dass eine dermaßen intime Handlung sie sehr bald zu dem breiten Bett geführt hätte, das direkt hinter ihr stand.

Es war nicht so, als wäre sie nicht begierig darauf gewesen, Victors Arme zu spüren, die um sie geschlungen waren. Oder die berauschende Lust zu erfahren, die dem Vergnügen entsprang, ihn aus ihrer Ader trinken zu lassen. Großer Gott, wenn sie eine andere Wahl gehabt hätte, so würde sie dafür sorgen, dass dieser köstliche Vampir das gesamte nächste Jahrhundert in diesem Privatversteck blieb.

Unglücklicherweise enthüllten ihr dieselben Bande, die es ihr gestatteten, Victors unerschütterliche Liebe und Verpflichtung ihr gegenüber wahrzunehmen, sein starkes Pflichtbewusstsein.

Er war der Clanchef. Und das bedeutete, dass er London von dem Dschinn befreien musste, bevor dieser mächtige Dämon Victors Clan Schaden zufügen konnte.

»Juliet.«

Der Klang von Levets Stimme in ihrem Kopf ließ Juliet erschrocken aufspringen. Ihr Herz pochte heftig gegen ihre Rippen.

»Levet«, flüsterte sie und ignorierte die unsanfte Störung, als eine Woge der Erleichterung sie durchströmte. »Oh, Gott sei Dank. Ich war so besorgt.«

»Tatsächlich?«, meinte der Gargyle gereizt. »Wenn du so überaus besorgt warst, weshalb hast du mich dann noch nicht gerettet?«

»Vielleicht hättest du erwähnen sollen, dass du von einem reinblütigen Dschinn gefangen genommen wurdest!«, fuhr sie ihn an, verletzt durch seinen ungerechten Vorwurf.

»Äh … nun, ich …« Er räusperte sich verlegen. »Spielt das tatsächlich eine Rolle?«

»Ob es eine Rolle spielt? Ich wäre beinahe von einem Blitz durchbohrt worden. Wenn Victor nicht gewesen wäre, so hätte ich nicht überlebt, um dich retten zu können.«

»*Sacrebleu.* Weshalb musstest du dem Blutsauger unbedingt erzählen, dass ich gefangen genommen wurde?«, wollte Levet entsetzt wissen.

»Ich hatte keine andere Wahl. Er folgte mir zu den Docks.«

»Das ist keine Entschuldigung dafür, dass du ihm von meinen sehr privaten Angelegenheiten erzählt hast. Ich dachte, unser Vertrauen zueinander sei heilig.«

»Möchtest du nun gerettet werden oder nicht, Levet?«

»*Oui,* aber ich möchte nicht zum Gespött der ganzen Stadt werden.«

Juliet unterdrückte ihre Verärgerung, indem sie sich in Erinnerung rief, dass der winzige Gargyle ungeheuer empfindlich war, wenn es um seinen männlichen Ruf ging.

»Ich kann dir versprechen, dass Victor niemandem erzählen wird, dass du von dem Dschinn gefangen genommen wurdest«, entgegnete sie beschwichtigend.

Es folgte ein Moment verblüfften Schweigens. »Seit wann sprichst du für die Vampire, *ma belle?*«, erkundigte sich Levet schließlich.

»Du musst einfach nur Geduld haben. Ich werde kommen und dich befreien«, erwiderte Juliet, die nicht dazu aufgelegt war, die Empörung ihres Freundes zu ertragen, wenn er herausfand, dass sie sich kürzlich mit Victor verbunden hatte.

Levet verabscheute Vampire.

»Bitte beeile dich«, sagte er. Und dann ertönte unvermittelt sein Schmerzensschrei in Juliets Kopf.

»Levet?« Sie griff sich an den Kopf, und ihr klangen die Ohren. »Levet?«

»Dieser Bastard hat soeben meinen Flügel zerstört«, stieß Levet, der eindeutig beträchtliche Schmerzen litt, keuchend hervor. »Wenn ich frei bin, werde ich ihn in einen Haufen dampfenden Elfendungs verwandeln. Nein … einen Moment. Wir können doch vernünftig miteinander reden …«

Es folgte ein weiterer Schrei, und mit einem unangenehmen Ruck verschwand der Gargyle abrupt aus Juliets Gedanken.

»Levet?«

Sie wurde abgelenkt, als die Tür zum Versteck mit solch einer Wucht aufgerissen wurde, dass sie aus den schweren Eisenscharnieren sprang. Zum Vorschein kam Victor. Seine Augen glühten, und seine Fangzähne waren voll ausgefahren.

»Was ist geschehen?«, knurrte er. »Ich habe deine Qual gespürt.«

Juliet erzitterte. Sie war hin- und hergerissen zwischen einer erschrockenen Ehrfurcht vor Victors Macht und einer selbstgefälligen Freude über das Wissen, dass er sich durch die Feuer der Hölle hindurchkämpfen würde, um sie zu beschützen.

»Levet«, antwortete sie, gezwungen innezuhalten und sich zu räuspern. »Wir müssen ihn finden.«

Es war kaum eine Überraschung, dass Victor bei der Erwähnung dieses Namens die Augenbrauen zusammenzog.

»Ich hätte wissen müssen, dass diese lächerliche Kreatur dir vom Moment des Sonnenunterganges an Unannehmlichkeiten bereiten würde.«

»Er ist verletzt.«

Victor stemmte die Hände in die Hüften. Der lange Umhang täuschte nicht darüber hinweg, dass er diverse Schwerter und Dolche um seinen schlanken Leib geschnallt trug.

Sein Haar war am Hinterkopf zu einem Zopf zusammengefasst und enthüllte auf diese Weise die edle Schönheit seines blassen Gesichtes. In seinen silbernen Augen war ein tödlicher Schimmer zu erkennen. Er wirkte wie ein uralter Gott, der auf die Erde gekommen war.

»Das ist mir gleichgültig.«

Juliet hob warnend eine Braue. »Victor.«

Sein Kiefer spannte sich an, doch mit einem gemurmelten Fluch wandte er sich um, um sie durch einen schmalen Gang zu einer Tür zu führen, die durch einen geschickt gewobenen Zauber verborgen wurde.

»Die Kutsche wartet auf uns.«

Seine kalte Missbilligung ignorierend, lächelte Juliet schief und folgte Victor durch die engen Tunnel, die kreuz und quer unter dem riesigen Anwesen verliefen. Trotz ihrer intensiven Verbindung waren sie beide Individuen mit einem starken Willen, die dazu bestimmt waren, gelegentlich zu streiten. Und obzwar Juliet nicht viel Erfahrung darin besaß, mit ihrem Gefährten verbunden zu sein, so wusste sie dennoch, dass Victors natürliche Arroganz eine Frau, die keine Charakterstärke besaß, einfach überwältigen würde.

»Gut«, sagte sie. »Ich muss zu Justins Haus zurückkehren, bevor wir zu den Docks aufbrechen.«

»Weshalb?«

»Weil sich dort ein Amulett befindet, das uns von Nutzen sein könnte.«

Victor bog in einen weiteren Tunnel ab, der zu einer Treppe führte.

»Welche Macht besitzt es?«

»Es ist imstande, unseren Geruch zu absorbieren.«

Er blieb am Fuße der Treppe stehen und blickte verwirrt über seine Schulter.

»Vergib mir meine Unwissenheit, doch inwiefern wäre das hilfreich?«

Juliet zuckte mit der Schulter. »Es kann geteilt und in verschiedenen Gängen zurückgelassen werden, um dafür zu sorgen, dass unser Geruch an vielen Orten wahrzunehmen wäre statt nur an einem.«

Die Silberaugen blitzten anerkennend auf. »Raffiniert.«

»Wir werden sehen.« Sie verzog das Gesicht zu einer Grimasse. »Zunächst muss ich einen Weg finden, um mir das Amulett zu holen, ohne Justin auf mich aufmerksam zu machen. Bei dem Amulett handelt es sich um eines seiner wertvolleren Besitztümer.«

Victor wandte sich um, um mit geschmeidigen Bewegungen die mit Schnitzereien verzierte Treppe zu erklimmen und eine Falltür an ihrem oberen Ende zu öffnen.

»Es besteht keine Notwendigkeit für dich, Hawthorne zu fürchten.«

Juliet biss die Zähne zusammen, als sie sich beeilte, um ihren lästigen Gefährten einzuholen. Sie war nicht überrascht, sich sogleich in den Stallungen wiederzufinden. Vampire liebten es, von einem Ort zum anderen reisen zu können, ohne sich vor der Sonne fürchten zu müssen.

»Victor?«

Er inspizierte die glänzende schwarze Kutsche, vor die bereits ein Paar unruhiger schwarzer Rösser gespannt war.

»Ja, meine Kleine?«

»Du bist ja außerordentlich selbstgefällig«, warf sie ihm vor. »Was hast du Justin angetan?«

Er drehte sich um, um sie anzusehen, indem er sich lässig gegen das Heck der Kutsche lehnte.

»Hawthorne kam zur Haustür und verlangte dich zu sehen.«

Juliet schüttelte den Kopf. Justins unverfrorene Torheit überraschte sie nicht. Eigentlich hatte sie seine Ankunft bereits Stunden zuvor erwartet. Und zwar nicht, weil sie annahm, dass er sie liebte, sondern weil sie seine Gier kannte. Und natürlich seine engstirnige Weigerung, es Victor zu gestatten, ihm das zu stehlen, was er als sein persönliches Eigentum betrachtete.

»Ist er …«

»Tot? Nein, aber er war töricht genug, Uriel mit einem scheußlichen Zauber zu drohen.« Ein grausames Lächeln zeigte sich auf Victors Lippen. »Mein Diener kam zu dem Schluss, dass der Eindringling eine Lektion in Manieren benötigte.«

Ein kalter Schauder lief Juliet über den Rücken. »Ich glaube nicht, dass ich wissen möchte, was dann geschah.«

»Er wird es überleben.« Mit einer plötzlichen Bewegung stieß sich Victor von der Kutsche ab und öffnete die Wagentür. »Und das ist mehr, als er verdient.«

Juliet verdrehte die Augen und kletterte in die Kutsche. Sie wartete, bis Victor sich neben ihr niedergelassen hatte, bevor sie ihm ihre Meinung über arrogante Männer eröffnete.

»Ich bin mir nicht sicher, wer lästiger ist, Vampire oder Magier.«

Er ließ ein Lächeln aufblitzen, das weitaus beruhigender gewesen wäre, wenn es nicht seine riesigen Fangzähne zum Vorschein gebracht hätte.

»Du wirst eine Ewigkeit zu deiner Verfügung haben, um eine Entscheidung zu treffen, meine Liebe.«

Juliet lehnte sich gemütlich in dem weichen Leder des Sitzes zurück und sah, wie mehrere Vampire aus den Schatten auftauchten. Einer von ihnen erklomm die Kutsche, um die Pferde anzutreiben, während die anderen lautlos neben ihnen herliefen. Es wäre verschwendeter Atem, diesen Streit fortzusetzen. Außerdem verdiente Justin zweifellos ein wenig Strafe dafür, dass er idiotisch genug gewesen war, unaufgefordert das Versteck eines Vampirs zu betreten.

Als sie das Anwesen verließen, verschwanden die Vampire wieder. Ohne Zweifel steuerten sie direkt die Docks an, während die Kutsche in Richtung Mayfair fuhr. Sie wurden langsamer, als die Straßen allmählich mit Fahrzeugen überflutet wurden, die von einem glanzvollen gesellschaftlichen Ereignis zum nächsten rasten.

Juliet schmunzelte, als sie das Gelächter der Feiernden vernahm. Ausnahmsweise verspürte sie nicht den geringsten Anflug von Neid.

Endlich besaß sie das, was sie sich immer gewünscht hatte.

Ein Zuhause zusammen mit dem Mann, den sie über alle Maßen liebte.

Sie hielten so lange an, dass Juliet in Justins Stadthaus eilen und das Amulett holen konnte, das sie während ihrer Reisen durch Spanien entdeckt hatte. Nachdem sie zur Kutsche zurückgekehrt war, nutzte sie die kurze Zeit während ihrer Fahrt zu den Docks, um das Amulett mit ihrem eigenen Geruch und dem von Victor zu erfüllen, bevor sie es in mehrere kleine Teile aufspaltete und die Hälfte davon Victor aushändigte, damit er sie in den Tunnel verteilen konnte.

Viel zu bald hatten sie die Docks erreicht.

Ohne sich Zeit zu lassen, darüber nachzudenken, was für ein wahnsinniges Vorhaben es doch war, vorsätzlich das Versteck eines Dschinns zu betreten, öffnete sie die Tür und kletterte aus der Kutsche.

Im Nu stand Victor mit ernster Miene vor ihr und schlang seine Arme in einer beschützenden Geste um sie.

»Juliet.«

Sie legte den Kopf in den Nacken und nahm die wilden Emotionen wahr, die in seinen silbernen Augen leuchteten.

»Müssen wir denn die gleiche Debatte erneut führen?«, fragte sie ihn leise.

»Wenn du verletzt wirst, wird mich das vernichten, meine Kleine.«

Ihr Herz schmolz bei seinen einfachen Worten dahin. Sie hob die Hand und drückte ihre Handfläche gegen die kühle Haut seiner Wange.

»Ich verspreche dir, äußerst vorsichtig zu sein.«

»Du befreist den Gargylen und verlässt dann die Docks. Verstanden?«

»Gut. Doch wenn du nicht zu mir zurückkehrst …«

Er beugte sich zu ihr, um ihr einen unbeschreiblich süßen Kuss auf die Lippen zu drücken. »Ich habe dir geschworen, dir bis in alle Ewigkeit zur Seite zu stehen. Ich liebe dich, Juliet.«

Nach einem letzten Kuss drehte er sich um und verschwand mit einer Schnelligkeit, der ihre Augen nicht folgen konnten.

»Ich liebe dich, Marquis DeRosa«, flüsterte sie, bevor sie sich widerstrebend auf den Weg zu dem Lagerhaus in ihrer Nähe machte.

Da es ihr vollkommen an Victors Gabe mangelte, Opfer aufzuspüren, war sie gezwungen, ihren Weg vom Vorabend zurückzugehen und einfach zu hoffen, dass sie irgendwann auf Levet stoßen würde. Das war nicht unbedingt der beste alle Pläne, aber der einzige, der ihr möglich schien.

Als sie das Lagerhaus betrat, durchquerte sie den Raum bis zu dem Loch, das im Fußboden klaffte, und sprang sachte in die Höhle, die unter ihr lag. Dann schritt sie zu den diversen Öffnungen, die zu Tunnel führten, und verstreute die winzigen Einzelteile des Amuletts, bevor sie dem nächstgelegenen Gang folgte.

Ihr Herz hämmerte in ihrer Brust, und ihre Handflächen schwitzten, doch sie war stolz auf die Tatsache, dass der Gestank der menschlichen Furcht, die noch Stunden zuvor vorgeherrscht hatte, nun nachzulassen begann. Zumindest war es ihnen gelungen, mehrere Gefangene zu retten.

Sie kam an dem Tunnel vorbei, in dem sie gegen den Dschinn gekämpft hatten, und erschauderte bei der Erinnerung daran. Victor hatte Levet in der Nähe wahrgenommen …

Abrupt hielt Juliet an und legte den Kopf in den Nacken. Sie mochte zwar nicht über Victors vampirische Sinne verfügen, doch sie war sich sicher, dass sie imstande war, einen winzigen Anflug von Gargylengeruch zu wittern.

In der Hoffnung, Levets Fährte aufgenommen zu haben, statt einem anderen Gargylen auf der Spur zu sein, zwängte sich Juliet durch eine schmale Öffnung und schlug sich den Kopf an der niedrigen Decke an, als sie sich bemühte, dem Geruch zu folgen. Großer Gott, hätte sie noch einen Zentimeter mehr an ihrer Kehrseite, dann hätte sie niemals hindurchgepasst.

Ihre Hände waren zerkratzt, und ihre Kleidung war an mehreren Stellen zerrissen, als es ihr endlich gelungen war, das Ende des Tunnels zu erreichen, aber ihr Herz machte einen Satz beim Anblick des Eingangs, der in die steinerne Wand geschlagen war.

Juliet bückte sich tief und schlängelte sich durch die Öffnung. Sie fluchte, als sie einem tief hängenden Stein mehrere Haarsträhnen und einen Teil ihrer Kopfhaut opfern musste. Aber schließlich war sie in einer Höhle angekommen, die so groß war, dass sie aufrecht stehen und sogar tief Luft holen konnte.

Und sogar noch besser war die Tatsache, dass sich nur wenige Schritte von ihr entfernt ein winziger Gargyle befand, der mit silbernen Handfesseln an die Wand gekettet war.

Mit einem gemurmelten Dankgebet eilte Juliet zu ihm, um an den Handschellen zu zerren. Ihr Hexenblut machte sie immun gegen das Silber, während ihr Koboldblut ihr genügend Stärke verlieh, um das Metall zu lockern, sodass Levet sich herauswinden konnte.

»Endlich!«, murmelte der Gargyle mit einem entschiedenen Mangel an Dankbarkeit. »Ich dachte schon, du hättest dich dafür entschieden, mich in dieser gottverlassenen Höhle verrotten zu lassen.«

Juliet versuchte vergeblich, sich den Schmutz von ihrer Hose zu klopfen. »Das ist eine Vorstellung, die zunehmend an Reiz gewinnt. Bist du verletzt?«

»Selbstverständlich bin ich verletzt.« Levet drehte sich um und wackelte mit dem einzigen hauchzarten Flügel, der ihm geblieben war. »Kannst du nicht erkennen, dass mir ein Flügel fehlt?«

Sie schnitt eine Grimasse. »Bist du imstande, allein zu laufen?«

Levet erwiderte naserümpfend: »Gargylen sind berühmt für

ihre Fähigkeit, die Schmerzen zu überwinden und heroische Großtaten zu vollbringen, welche die Dämonenwelt verblüffen und in Erstaunen versetzen.«

»Ja, nun, die einzige heroische Großtat, die ich mir wünsche, besteht darin, von hier zu verschwinden.« Sie erbebte. »Und zwar so schnell wie nur möglich.«

»Das ist meine Spezialität.«

Da sie erwartet hatte, dass Levet die Höhle auf die gleiche Art und Weise verlassen würde, wie sie selbst sie betreten hatte, runzelte Juliet die Stirn, als der Gargyle stattdessen zwischen zwei große Felsbrocken kroch und außer Sicht verschwand.

Kopfschüttelnd beugte Juliet sich nieder und entdeckte einen kleinen Tunnel.

»Was tust du da?«

»Ich folge der Nacht.«

»Aber …«

»Vertrau mir.«

Indem sie beengte Gänge und lästige Gargylen in die Unterwelt verdammte, kroch Juliet durch die kleine Lücke. Sie nahm sich vor, Stunden in einem heißen Bad zu verbringen, sobald sie erst in Victors Versteck zurückgekehrt war.

Schließlich erreichten sie einen angrenzenden Tunnel. Juliet richtete sich auf und fand Levet mit einem ungeduldigen Gesichtsausdruck wartend vor.

»Hier entlang!«, drängte er und watschelte in einem überraschend hohen Tempo durch die Finsternis.

»Bist du dir sicher?«, fragte sie, nur um resigniert aufzuseufzen, als er seinen Weg fortsetzte, ohne sich auch nur einmal nach ihr umzusehen. Während sie in seinem Kielwasser segelte, erinnerte sie sich reumütig, dass sie sich freiwillig dazu entschlossen hatte, den lästigen Gargylen zu retten, auch wenn sie sich in diesem Augenblick danach sehnte, ihn ordentlich durchschütteln zu können. »Du hast mir noch nicht erklärt, wie du von dem Dschinn gefangen genommen wurdest.«

»Er«, Levet hielt an, um sich zu räuspern, »erwischte mich unvorbereitet.«

»Hmmm. Du verheimlichst etwas vor mir.«

Er zog die Schultern hoch und weigerte sich, sich umzudrehen, als er verbissen seinen Weg durch den Tunnel fortsetzte.

»Es war nicht meine Schuld.«

»Was war nicht deine Schuld?«

»Ich dachte, dort befände sich ein Pixienest, also entschloss ich mich dazu, einen Zauber zu wirken, um die Pixies zu beeindrucken.«

»O Gott«, murmelte Juliet. Sie kannte Levets fragwürdige Zauberkünste gut genug, um anzunehmen, dass es eine wahrhaftige Katastrophe gewesen sein musste. »Was ist geschehen?«

Levet zögerte und bog dann in einen Nebentunnel ein. Sein Schwanz zuckte hinter ihm.

»Möglicherweise gab es eine winzige Explosion.«

Juliet legte die Stirn in Falten. Wenngleich sie den Verdacht hegte, dass Levets Vorstellung von einer winzigen Explosion deutlich spektakulärer war als ihre eigene, so wusste sie doch, dass mehr hinter seiner Geschichte stecken musste, als er ihr erzählte.

»Hast du den Dschinn verletzt?«

»Nein, aber ein Teil der Tunnel wurde freigelegt.«

»Und?«

»Und dabei handelte es sich zufällig um den Teil, in dem der Dschinn seinen Schatz aufbewahrte.«

»Und?«

Levet fuchtelte ungeduldig mit seinen Stummelarmen. »Und möglicherweise habe ich etwas mitgenommen, das er für wertvoll hielt«, gestand er widerwillig.

Ah. Endlich stießen sie zu dem wahren Kern der Angelegenheit vor.

»Weshalb gibst du es dann nicht einfach zurück?«

Er bog erneut in einen anderen Gang ein. »Ich verlor es bei meinem Versuch zu flüchten.«

Juliets Magen zog sich vor Angst zusammen. Sie wusste nur sehr wenig über Dschinnen, über Dämonen im Allgemeinen jedoch eine ganze Menge. Es gab keine einzige Spezies, welche den Diebstahl ihrer Schätze nicht als ausreichenden Grund ansah, um zu verstümmeln, zu foltern und zu töten.

»Vielleicht sollten wir uns beeilen«, schlug sie vor.

»Das entspricht genau meinen Vorstellungen«, stimmte Levet ihr zu, indem er mit seinem übrigen Flügel flatterte und die winzigen Beinchen heftig bewegte.

Sie hasteten schweigend durch die Dunkelheit. Beide nahmen schmerzlich das lastende Gefühl des Grauens wahr, das die Luft allmählich mit einem Kribbeln erfüllte. Der Dschinn näherte sich.

Er war ihr schon viel zu nahe.

Da sie so intensiv darauf konzentriert war, Schritt mit dem Gargylen zu halten, wäre Juliet beinahe über ihn gestolpert, als er abrupt stehen blieb.

»*Mon Dieu.* Ich rieche es.«

Juliet gewann ihr Gleichgewicht zurück und starrte ihren Begleiter an. »Was gibt es?«

»Wir müssen weiter in Richtung Norden, *ma belle.* Dort gibt es eine Öffnung, nur etwas mehr als einen Kilometer entfernt.«

»Levet?«

Sie beobachtete ungläubig, wie der Miniaturdämon an der Wand hochkletterte und seinen kleinen Leib durch eine Spalte zwängte, die kaum groß genug für eine Fledermaus zu sein schien.

Nun ja.

Sie hatte ja nicht erwartet, dass Levet vor Dankbarkeit dafür, dass sie ihn so heldenhaft gerettet hatte, vor ihr auf den Knien rutschen würde, aber sie hätte nicht gedacht, dass er sie tatsächlich im Stich ließe.

Eigentlich hatte sie angenommen, er sei ihr Freund.

Vollkommen aufgebracht durch den unerwarteten Verrat, stampfte Juliet durch den Tunnel. Ihr aufflammender Zorn lenkte sie auf gefährliche Weise ab.

Wenn sie auf der Hut gewesen wäre, hätte dies allerdings dennoch nicht verhindert, dass die Wand des Tunnels plötzlich nach innen barst und ein Körper hindurchgeworfen wurde. Juliet stieß einen Angstschrei aus, als sie erkannte, dass ihr Gefährte in einer Blutlache zu ihren Füßen lag.

Sie fiel auf die Knie und streckte die Hand aus, um Victor das rabenschwarze Haar aus dem Gesicht zu streichen. Ihr Herz zog sich zusammen angesichts der klaffenden Wunde, welche die elfenbeinfarbene Haut seiner Stirn verunstaltete.

»Victor?«

Langsam hoben sich seine Lider und enthüllten bemerkenswert klare Silberaugen. Seine Wunden verheilten bereits. Juliet schüttelte den Kopf. Nur ein Vampir konnte durch Gestein gestoßen werden, das einen Meter zwanzig dick war, und trotzdem kaum mitgenommen wirken.

»Ich dachte, ich hätte dir gesagt, du solltest den Gargylen retten und dann verschwinden«, knurrte er und erhob sich.

Sie stand ebenfalls auf und warf einen Blick auf das in der Wand klaffende Loch. »Und ich dachte, du habest die Absicht gehabt, uns von dem Dschinn zu befreien.«

Eine düstere Vorahnung lag schwer in der Luft, und dann hallte die dröhnende Stimme des Dschinns durch den Tunnel.

»Wo ist der Gargyle?«

Victor trat vor Juliet, als der Dschinn sich krachend seinen Weg durch die Wand bahnte. Die Luft knisterte vor Elektrizität.

»Wenn du noch über weitere Tricks verfügst, meine Kleine, so wäre jetzt ein passender Moment, um sie zu offenbaren«, krächzte Victor und zog ein großes Schwert aus der Scheide an seiner Hüfte.

»Wie sieht es mit deinen Kriegern aus?«

»Sie sind tot oder verwundet.«

Der Dschinn schüttelte den Staub ab, der an ihm haftete, und richtete einen Finger direkt auf Juliet. In seinen Augen glühte ein unheimliches Licht, und sein Haar flatterte, als werde es von einem Windstoß erfasst. »Liefert mir den Gargylen aus!«, brüllte er.

Da Juliet das Gefühl hatte, in der intensiven Präsenz des Dschinns zu ertrinken, war sie nicht darauf gefasst, dass Levet unvermittelt mit selbstgefälliger Miene auf einem Felsen über dem Kopf des Dschinns auftauchte.

»Ich bin hier, du verfaulte Satteltasche aus verrottendem Pilz!«, spottete Levet und hielt eine Hand in die Höhe, um einen reich mit Gold und kostbaren Edelsteinen verzierten hölzernen Kasten zu enthüllen. Da gab es sogar einen Rubin, der die Größe von Juliets Faust besaß. »Und sieh mal, was ich entdeckt habe!«

Juliet, die sich fragte, ob ihr Freund vollkommen übergeschnappt war, schüttelte den Kopf.

»Was zum Teufel ist das?«

Victor erstarrte. Juliet hätte nicht seine Gefährtin sein müssen, um seine Anspannung zu spüren.

»Die *Tiglia* des Dschinns. Sie enthält seinen Anker zu diesem Reich. Ohne sie wird er gezwungen sein, in seine eigene Welt zurückzukehren«, flüsterte er ihr leise zu.

Die Macht des Dämons wogte durch den Tunnel, brachte die

Erde zum Beben und ließ die Luft so dicht werden, dass man kaum noch atmen konnte.

»Gebt mir das.«

Ohne Vorwarnung schleuderte Levet den Kasten über den Kopf des Dschinns hinweg direkt in Juliets Richtung.

»Fang!«

Juliet, die zu geschockt war, um klar zu denken, fing den Kasten im Fluge auf. Ihr Herz blieb beinahe stehen bei der bösartigen Magie, die sie mit großer Wucht traf.

Instinktiv ließ Victor einen Arm um sie gleiten, damit sie nicht umkippte, während er den Blick nicht von dem Dschinn abwandte, der bereits seinen Zorn auf Juliet richtete.

»Kannst du sie zerstören?«, verlangte er zu wissen.

Juliets erster Impuls bestand darin zu leugnen, dass sie die nötigen Fertigkeiten für eine solche Aufgabe besaß. Immerhin war sie niemals in angemessener Form in Magie unterwiesen worden. Wie sollte sie bloß ein dermaßen mächtiges Objekt zerstören? In Wahrheit wünschte sie sich nur, das abscheuliche Ding fallen zu lassen und so weit fortzulaufen wie nur möglich. Allein die Berührung dieses Gegenstandes schien sie zu besudeln.

Aber indem sie das Band zu ihrem mächtigen Gefährten nutzte, gelang es ihr, ihre Nerven zu beruhigen. Sie zwang sich, den Kasten tatsächlich mit ihrem angeborenen Talent zu studieren.

Die Magie war ihr fremd, doch sie ignorierte das komplizierte Gewebe und konzentrierte sich stattdessen auf die sonderbaren Tentakel, von denen sie spürte, wie sie aus dem Kasten zu dem Dämon strömten. Es fühlte sich beinahe so an, als befinde sich die ureigene Essenz des Dschinns in dem Kasten, während es seinem Körper ermöglicht wurde, auf der ganzen Welt umherzuziehen.

Was geschähe also, wenn sie diese Verbindung trennen würde?

Sie holte tief Luft und hob den Kopf, um Victors ruhigen Blick zu erwidern.

»Ich werde dafür einige Zeit benötigen.«

Sein Lächeln war von einer wilden Entschlossenheit erfüllt. »Diese Zeit kann ich dir verschaffen.«

Mit einem Knurren, das die Härchen in ihrem Nacken dazu brachte, sich aufzurichten, stürzte sich Victor auf den Dschinn. Das Schwert in seiner Hand war nur ein verschwommener silberner Schemen, als er angriff. Im selben Moment sprang Levet von seinem Felsen, direkt auf den Kopf der Bestie.

Juliet war augenblicklich wie gelähmt und beobachtete mit Grausen, wie Victor die heftigen Hiebe des Dschinns ignorierte und mit so viel Wucht auf den Dämon einschlug, dass es ihm gelang, dessen verzweifelte Versuche, seine *Tiglia* zu erreichen, zu unterbrechen. Noch nie zuvor hatte sie einen Kampf zwischen zwei so mächtigen Feinden erlebt. Es war … auf eine erschreckende Weise schön.

Erst als Levet einen Feuerball über ihren Kopf hinwegfliegen ließ, kam sie wieder zur Besinnung.

»*Sacrebleu,* Juliet, du musst irgendetwas unternehmen!«

Juliet schüttelte zu sich kommend den Kopf und richtete ihre erschütterte Aufmerksamkeit auf den Kasten in ihren Händen.

Sie machte keinerlei Anstalten, die eigentliche *Tiglia* zu zerstören. Solche Magie ging über ihre Fähigkeiten hinaus. Sie bezweifelte, dass es in ganz England irgendeine Hexe gab, die imstande war, einen solchen Zauber zu wirken. Stattdessen studierte sie die Tentakel, die auf den Dschinn zutrieben wie die Stränge eines Gespinstes.

Sie waren magischen Ursprungs, doch sie bezogen ihre Stärke nicht aus dem Kasten oder dem Dämon. Stattdessen konnte

Juliet den kontinuierlichen Sog aus ihrer Umgebung spüren. Aus der Luft. Aus der Erde. Aus dem Wasser des Flusses in ihrer Nähe.

Es war kein Wunder, dass der Dschinn über Blitzschläge und Erdbeben gebot.

Er war ein Wesen der Natur.

»Meine Kleine, du musst dich beeilen!«, krächzte Victor. Die Kälte seiner Macht ließ sie erschauern.

»Glaubst du etwa, ich würde es nicht versuchen?«, stieß sie hervor, während sie ihre Aufmerksamkeit auf die Tentakel gerichtet hielt und die Magie ihrer Mutter beschwor.

Sie hielt sich nicht mit einem Kreis auf. Sie versuchte nicht, einen Zauber zu wirken, sondern eine existierende Kraft zu zerstören. Ironischerweise handelte es sich dabei um eine Aufgabe, die für einen Mischling einfacher auszuführen war als für eine vollwertige Hexe.

Da sie ein greifbares Mittel benötigte, um ihren Blick zu fokussieren, riss sie sich ihr lockeres Hemd vom Leib und wickelte es um den Kasten, während sie sich gleichzeitig vorstellte, die Tentakel zu ersticken. Wenn diese nicht auf die Kräfte zurückgreifen konnten, die um sie herum herrschten, würden sie vergehen. Und mit ihnen hoffentlich auch die Verbindung zu dem Dschinn.

In der Ferne konnte Juliet die Geräusche der fürchterlichen Schlacht vernehmen, das frische Blut riechen, das um sie herum vergossen wurde, die Aussicht auf den Tod in der Luft fühlen, aber sie weigerte sich, sich ablenken zu lassen. Nicht einmal als der Schmerzensschrei des Dschinns dafür sorgte, dass ihr ein Hagel aus Steinen auf den Kopf fiel.

Das Ende war nahe.

Sie konnte es fühlen.

Juliet, die durch die Anstrengung, ihren Blick auf die richtige

Stelle zu konzentrieren, zitterte, fiel auf die Knie. Ihr hob sich der Magen, als sie den Geruch brennenden Fleisches wahrnahm, der mit einem Mal den Tunnel erfüllte.

Sie musste ausharren … sie musste einfach …

»Juliet.«

Erschöpft hob sie den Kopf und sah, wie Victor einen Satz auf sie zu machte und sie unvermittelt mit seinem weitaus schwereren Körper bedeckte. Erst als die Decke zusammenbrach, wurde ihr klar, dass der Dschinn nun nur noch aus einem rauchenden Haufen verkohlten Fleisches bestand und sie selbst sehr bald lebendig begraben sein würden.

Das waren nicht gerade die Flitterwochen, die sie sich erhofft hatte.

Eine Woche später

Victor saß an dem kleinen Tisch, den er vor dem Feuer in seinem Versteck platziert hatte, nippte an seinem abgelagerten Brandy und beobachtete Juliet, die geistesabwesend an einem Stück Marzipan knabberte.

Seine Stirn legte sich in Falten. Juliet sah natürlich bezaubernd aus. Sie trug ein smaragdgrünes Satinnachthemd, das perfekt zu ihren Augen passte, und ihre feuerroten Locken fielen ihr offen über die Schultern. Sie war das perfekte Abbild Evas.

Die allerfeinste feminine Versuchung.

Aber es war ihr offenkundiger Mangel an Hunger, der ihm einen Stich der Besorgnis ins Herz versetzte.

»Soll ich einen neuen Koch einstellen, meine Liebste?«, erkundigte er sich. Sein Tonfall verriet ihr, dass er sich mit Freuden auf die Suche nach einem besseren Koch machen würde, ohne zu zögern.

»Großer Gott, nein! Dieses Essen ist himmlisch.« Juliet ließ die Süßigkeit auf das Tablett fallen und blickte ihn erstaunt an. »Weshalb fragst du so etwas?«

Er deutete mit einer Hand auf den Tisch, der mit Hummer in Butter, geschmortem Schinken, Rahmkartoffeln, gedämpftem Spargel und frischen Birnen aus dem Gewächshaus reich gedeckt war.

»Du hast nicht mehr als einige wenige Bissen zu dir genommen.«

Sie gab ein ersticktes Lachen von sich. »Das liegt daran, dass ich noch vollkommen satt von der enormen Mahlzeit bin, die du mir serviertest, als ich erwacht bin. Versuchst du mich zu mästen wie eine Weihnachtsgans?«

»Du benötigst Nahrung, um wieder zu Kräften zu kommen.«

Sie beugte sich vor und schenkte ihm ein langsames, verführerisches Lächeln, das, wie vorherzusehen gewesen war, heiße Begierde in seinem Körper aufflammen ließ. Juliet musste sich nur in seiner Nähe aufhalten, dann war er bereits hart und sehnte sich danach, tief in ihre Hitze einzudringen.

»Ich würde sagen, ich habe eindrucksvoll bewiesen, dass ich wieder vollkommen bei Kräften bin«, entgegnete sie mit heiserer Stimme. »Oder hast du das etwa schon vergessen?«

Er griff nach ihren schlanken Fingern umfasste sie, und sein sengender Blick glitt über ihr schönes Gesicht.

»Ich werde niemals einen einzigen Moment unserer gemeinsamen Zeit vergessen.«

»Ich ebenfalls nicht«, flüsterte sie und hielt seinen Blick fest, während sie ihn absichtlich ihre erneut aufwallende Erregung spüren ließ.

Im Laufe der vergangenen Tage hatten sie das Versteck kaum verlassen, da sie in der explosiven Leidenschaft geschwelgt hatten, die zwischen ihnen herrschte. Nun genoss Victor Juliets prompte Reaktion, selbst wenn er sich gleichzeitig in dem von Kerzenschein erleuchteten Gemach umblickte und zum ersten Mal den Anflug von Schäbigkeit bemerkte.

»Wir werden ein größeres Bett benötigen«, entschied er unvermittelt.

»Es scheint mir genau die richtige Größe zu haben«, erwiderte sie. »Außerdem ist es sehr alt. Du musst es bereits seit Jahrhunderten besitzen.«

Er zuckte die Achseln. »Ich verfüge über keinerlei gefühlsmäßige Bindung an das Mobiliar. In Wahrheit ziehe ich es vor, dass wir uns seiner entledigen, sodass du dir das aussuchen kannst, was dir gefällt. Wir können heute Nacht damit beginnen, falls du dich stark genug fühlst.«

Da er gehofft hatte, seine Gefährtin damit zu erfreuen, war Victor enttäuscht, als sie ihm ihre Finger entzog und ihn mit einem argwöhnischen Gesichtsausdruck musterte.

»Victor, fühlst du dich auch wirklich wohl?«

»Weshalb sollte das nicht der Fall sein?«

Sie schüttelte verwirrt den Kopf. »Seit wir den Dschinn besiegt haben, hast du dich in meiner Nähe aufgehalten und ein Aufhebens um mich gemacht, als sei ich so zerbrechlich wie venezianisches Glas. Um Gottes willen, du erlaubtest sogar Levet, mich zu besuchen, als ich sagte, ich wünsche mir, ihn zu sehen.«

Victor erschauerte bei der abscheulichen Erinnerung. »Erinnere mich nicht daran.«

»Gibt es da irgendetwas, das du mir verschweigst?« Juliet erhob sich, ging um den Tisch herum und legte ihre Hände auf seine Schultern, die von seiner Brokatrobe bedeckt waren. »Hat mein Zauber, den ich gewirkt habe, um die Verbindung des Dschinns zu dieser Welt zu lösen, mir irgendetwas Furchtbares angetan? Muss ich sterben?«

Er sprang schockiert auf. »Nein. Mit dir ist alles vollkommen in Ordnung, Juliet.«

Sie legte den Kopf in den Nacken, um seinen Blick zu erwidern. »Weshalb benimmst du dich dann so eigenartig?«

Mit einer Grimasse fand er sich damit ab, dass ihm nichts anderes übrig blieb, als ihr die Wahrheit zu gestehen. Gleichgültig, wie sehr dies sein verletzliches Herz auch offenbaren mochte.

»Ich wünsche mir, dass du mit mir und diesem Versteck zufrieden bist«, gestand er. Seine Stimme klang rau vor Verlangen. »Ich möchte, dass du dich hier zu Hause fühlst.«

Ihre Augen verdunkelten sich, und in ihnen war eine unerschütterliche Liebe zu erkennen, die augenblicklich seine Ängste linderte.

»Victor, dieses Versteck ist nur ein Ort, an dem wir gegenwärtig wohnen.« Sie legte ihm eine Hand auf die Brust, und ein zufriedenes Lächeln kräuselte ihre Lippen. »Mein Zuhause ist hier … in deinem Herzen. Und nichts, absolut gar nichts, könnte mich glücklicher machen als diese Tatsache.«

Mit einer geschmeidigen Bewegung hob er sie hoch und steuerte mit ihr auf das Bett zu. Die kalte Leere, die seine Seele vor Jahrhunderten erfasst hatte, schmolz unter der zärtlichen Wärme ihres Blickes dahin.

»Du wirst mich niemals verlassen?«

»Ich gehöre zu Euch, Marquis DeRosa«, versprach sie ihm, »bis ans Ende der Zeit.«

Er schloss seine Arme um sie. »Bis ans Ende der Zeit und darüber hinaus.«

GUARDIANS OF ETERNITY

Erwählte der Schatten

KAPITEL 1

London, England

Uriel hatte ganz spezielle Pläne für den bevorstehenden Abend.

Zuallererst wollte er sein Abendessen im Bett mit einer köstlichen goldhaarigen Elfe zu sich nehmen, die nach Champagner schmeckte und sich des Besitzes von Fähigkeiten rühmen konnte, die imstande waren, einen Vampir wie einen verdammten Werwolf zum Heulen zu bringen. Auch ohne dass Vollmond herrschte.

Das Nächste, was auf der Tagesordnung stand, war eine Sparringsrunde mit der eben erst in London eingetroffenen Findlingsgruppe.

Vor einigen Jahren hatte Victor, der Clanchef Großbritanniens, ein Gesetz erlassen, demzufolge alle kürzlich erschaffenen Vampire zumindest das erste Jahrzehnt ihres Lebens in seinem Versteck ausgebildet werden mussten. Und da Uriel stellvertretender Kommandeur und darüber hinaus Victors bester Krieger war, bedeutete dies, dass es seine Pflicht war, ihre Kampfstunden zu beaufsichtigen.

Und wenn bis zum Tagesanbruch noch etwas Zeit übrig blieb, hatte er die Absicht, sich mit den kürzlich von ihrer Jagd in Nordengland zurückgekehrten Soldaten zu treffen.

Seit sich die Gerüchte über die Rückkehr der Sylvermyst in der Dämonenwelt verbreitet hatten, sandte Victor in jeder Nacht Patrouillen aus, um nach den bösen Verwandten des Feenvolkes zu suchen. Es verärgerte Uriel ungemein, dass es ihm nicht gestattet war, an der Verfolgungsjagd teilzunehmen.

Bedauerlicherweise hatte er seinen Platz auf dem Schlachtfeld aufgegeben, als er Victors rechte Hand geworden war. Nun war er gezwungen, Strategien zu entwerfen, Kundschafterwechsel auszuarbeiten und Nachforschungen zur Geschichte der Sylvermyst in der riesigen Bibliothek unter Victors Versteck am Stadtrand von London anzustellen.

Außerdem musste er für seinen Clanchef jederzeit auf Abruf bereitstehen.

Und genau aus diesem Grund durchquerte er das riesige Gängelabyrinth, bekleidet mit einer ausgebleichten Jeanshose und einem Sweatshirt, statt nackt mit einer schönen Elfe in seinem Bett zu liegen, die schlimme, schlimme Dinge mit seinem begierigen Körper anstellte.

Uriel erklomm die marmorne Treppe und schlenderte durch den mit einem karmesinroten Teppich ausgelegten Korridor, indem er die prächtigen griechischen Statuen und Gemälde, die die Wände säumten, sowie das Übermaß an Gold, das die Bogenfenster umrahmte, ignorierte.

Er verstand Victors Bedürfnis nach stolzer Zurschaustellung von Reichtum und Macht, aber, zum Teufel, ein Mann konnte von solch einem Übermaß an Flitter einen Hirnkrampf bekommen.

Insbesondere diese idiotischen Fresken, welche die Decke schmückten, wirkten eher protzig als prunkvoll.

Uriel schnitt eine Grimasse. Die Gemälde, die Engel mit Flammenschwertern zeigten, welche eine Menschenschar gegen eine Horde Dämonen verteidigten, mochten ja irgendwelche kostbaren Kunstwerke sein, aber für Uriel bedeuteten sie eine endlose Quelle des Ärgers.

Er war ein brutaler Killer und all denjenigen ein unbarmherziger Feind, die seinen Clan bedrohten. Aber trotz seines gefährlichen Rufes war er mit fein geschnittenen Gesichtszügen und einem Heiligenschein aus Locken gestraft, die perfekt zu seinen hellbraunen Augen passten.

So wunderschön wie ein gefallener Engel …

Diese Worte hatte er in den vergangenen vier Jahrhunderten unzählige Male gehört.

Manchmal als Seufzer auf den Lippen einer Frau. Und manchmal als Spott seiner Brüder.

Und immer weckten sie in ihm den Wunsch, irgendetwas zu schlagen.

Und zwar sehr, sehr hart.

Uriel betrat die riesige Bibliothek, blieb in der Mitte des überaus extravaganten Teppichs stehen und beobachtete, wie Victor sich hinter seinem schweren Schreibtisch aus Walnussholz erhob und durch den Raum auf ein dazu passendes Sideboard zuging.

Er war nicht der ungeschlachte Rohling, mit dem die meisten Leute bei einem Clanchef gerechnet hätten. Eigentlich wirkte der mit einem Seidenhemd und einer schwarzen Hose bekleidete Victor, dessen Gesichtszüge edel und dessen glänzenden schwarze Haare zu einem ordentlichen Zopf zusammengenommen waren, vom Scheitel bis zur Sohle wie ein englischer Aristokrat. Aber bei näherer Betrachtung kamen die harten Muskeln unter der Designerkleidung und das tödliche Funkeln zum Vorschein, das in den hellsilbernen Augen mit dem schwarzen Rand verborgen war.

Victor war ein Raubtier.

Schlicht und einfach.

»Uriel, geselle dich zu mir«, befahl der uralte Vampir und wandte sich von dem Sideboard ab, um ihm ein kleines Glas mit bernsteinfarbenem Alkohol in die Hand zu drücken. »*Salud.*«

Der abgelagerte Cognac glitt Uriel so weich wie Honig die Kehle hinunter. Flüssiges Feuer.

»Martell«, flüsterte Uriel, indem er eine Augenbraue hob. Er hatte das teure alkoholische Getränk mühelos erkannt. »Ich fürchte mich zu fragen.«

Victor lehnte sich gegen das Sideboard, die Arme vor der Brust verschränkt. »Wie bitte?«

»Du schenkst den guten Stoff nie ohne eine Absicht aus. Normalerweise eine Absicht, die nach Blut, Tod oder Verstümmelung verlangt.«

»Ist das etwa die angemessene Art, mit seinem geliebten Clanchef zu sprechen?«

Uriel stieß ein verächtliches Schnauben aus. »Wir können uns darauf verständigen, dass du mein Clanchef bist.«

Victor nippte an seinem Cognac, und ein düsterer Ausdruck legte sich auf sein schmales Gesicht.

»Wir haben interessante Zeiten hinter uns, nicht wahr, alter Freund?«

Uriels vages Unbehagen verwandelte sich in ausgesprochene Besorgnis. Trotz seines hohen Alters neigte Victor nicht zu gefühlsduseligen Grübeleien.

Also, was zum Teufel ging hier vor?

»Einige waren interessanter als andere«, gab er langsam zu und stellte das Glas aus Waterford-Crystal-Kristallglas beiseite.

Er befürchtete, dass er lieber nichts so Zerbrechliches in den Händen halten wollte, wenn Victor bei diesem kleinen Gespräch unter vier Augen endlich zum entscheidenden Punkt kam.

Victor nickte. »Das ist wahr.«

»Was hast du auf dem Herzen, Victor?«

»Ich spüre, dass bedeutsame Zeiten auf uns zukommen.«

Uriel hätte vielleicht gelacht, wenn ihn nicht das gleiche verdammte Gefühl beschlichen hätte.

Es hatte klein angefangen.

Die wachsende Unruhe in der Dämonenwelt. Die Anhäufung von Opfern in letzter Zeit, welche von den Anhängerinnen und Anhängern des Fürsten der Finsternis gebracht wurden, um ihn aus seinem Exil in diese Welt zurückzuholen. Die Gerüchte darüber, dass die Werwölfe ihre uralten Kräfte zurückgewonnen hätten, und die Entdeckung eines neuen Orakels, das der Kommission, dem mächtigen Rat, der über die Dämonenwelt herrschte, angehören würde.

Aber noch beunruhigender als all diese Dinge zusammen waren die abstoßenden Wesen, die in einer beängstigend großen Menge aus den Schatten hervorgekrochen kamen.

Es waren Dämonen, von denen alle angenommen hatten, sie seien ausgestorben oder gemeinsam mit dem Fürsten der Finsternis verbannt worden.

Einschließlich der Sylvermyst.

»Ist das die höfliche Art, auszudrücken, dass die Dinge im Begriff sind, den Bach hinunterzugehen?«, wollte Uriel von seinem Clanchef wissen.

Victor grimassierte. »Du sagst es.«

»Was kann ich tun, um die bevorstehende Apokalypse abzuwenden?«

»Vorerst benötige ich dich, um die verschwundene Roma aufzuspüren.«

Uriel stieß einen heftigen Fluch aus.

Er hätte eigentlich damit rechnen sollen. Trotz seiner intensiven Proteste hatte Victor vier Nächte zuvor ihren Mitvampir Tane eingeladen, in seinem Versteck zu übernachten, zusammen mit seiner Begleiterin, einem Dschinnmischling namens Laylah. Während ihres kurzen Aufenthaltes hatten sie herausgefunden, dass sie eine menschliche Mutter hatte, die von einer Vampirin und ihrem Schoßzauberer gefangen gehalten wurde.

Dies war Uriel eigentlich herzlich gleichgültig, doch Tane war es gelungen, Victor davon zu überzeugen, dass seine schöne Dschinn auf irgendeine Weise von Bedeutung für die Zukunft der Welt sei und dass ihre in Gefangenschaft befindliche Mutter beschützt werden müsse.

»Die Frau aus der Vision, die der Zauberer heraufbeschworen hat?«, stieß er zwischen zusammengebissenen Zähnen hervor, obgleich er wusste, dass dies eine dumme Frage war.

Um welche andere Roma sollte es sich schon handeln?

Victors Lippen zuckten, als stimme er ihm zu, dass diese Frage überflüssig war.

»Wenn es der Wahrheit entspricht, dass sie Laylahs Mutter ist, dann müssen wir sie vor Marika und ihrem abscheulichen Zauberer retten!«, erklärte er, wobei sein Tonfall offenbarte, dass er nicht zu Verhandlungen bereit war. »Tane befürchtet, dass sie die Frau benutzen werden, Laylah dazu zu zwingen, ihnen das Kind zu übergeben.«

Uriel schnaubte. Das Einzige, was er über den mysteriösen Säugling wusste, den Laylah verbarg, war, dass dieser auf irgendeine Art mit der Rückkehr des Fürsten der Finsternis verknüpft war und dass die Vampirin Marika ihn unbedingt in ihre gierigen Klauen bekommen wollte.

»Du weißt ebenso gut wie ich, dass die ganze Angelegenheit nach einer Falle stinkt«, knurrte er.

Victor zuckte mit den Schultern. »Es gibt nur einen Weg, das herauszufinden.«

»Weshalb begibt sich die Dschinn denn nicht selbst auf die Suche nach der Frau?«, wollte Uriel wissen. »Es soll sich bei ihr doch schließlich um ihre Mutter handeln, nicht um meine.«

»Sie ist ein Dschinn*mischling«,* korrigierte Victor ihn unnötigerweise und kniff die Augen zusammen angesichts Uriels seltsamen Verhaltens. Das war nur zu leicht verständlich. Uriel war noch niemals ein Jasager gewesen. Victor brachte keine Geduld für Speichellecker auf. Aber normalerweise fing er wegen einer dermaßen kleinen Bitte keinen Streit an. Das Problem war nur, dass Uriel ihm den Grund für sein Widerstreben, in die Angelegenheit verwickelt zu werden, nicht mitteilen wollte. »Tane und Laylah müssen nach Chicago zurückkehren und das Baby beschützen.« Es folgte eine Kunstpause. »Abgesehen davon habe ich ihnen deine Dienste angeboten, was mein Recht als dein Clanchef ist.«

»Da gibt es andere, die geeigneter sind, die Rolle des Ritters in glänzender Rüstung zu spielen.«

Victor regte sich nicht im Geringsten. Das war auch überhaupt nicht notwendig. Seine Macht wirbelte durch die Luft und traf Uriel mit solch einer Wucht, dass dieser vor Schmerz aufstöhnte.

»Zweifelst du meine Fähigkeit an, Entscheidungen zu treffen, Uriel?«, fragte er mit ungemein sanfter Stimme.

Uriel verzog das Gesicht zu einer Grimasse. »Ich bin nicht selbstmörderisch veranlagt.«

»Ich beginne mich allmählich zu fragen, ob das nicht vielleicht doch der Fall ist.«

»Ich weiß nur nicht, weshalb du mich für diese unangenehme Aufgabe ausgewählt hast.«

»Seit wann ist die Suche nach einer außerordentlich schönen Frau eine unangenehme Aufgabe?«

»Seit sie …« Uriel verkniff sich seine aufschlussreichen Worte.

Aber es war zu spät.

»Was?«, verlangte Victor zu wissen.

»Nichts.«

Victor stieß sich von dem Sideboard ab und baute sich direkt vor Uriel auf.

»Uriel, liegt es daran, dass sie anscheinend die Mutter eines Dschinnmischlings ist?«

Uriel ballte seine Hände zu Fäusten. Hatte Victor sich in einen Gedankenleser verwandelt?

Verdammt.

»Rein logisch begreife ich, dass sie höchstwahrscheinlich ein Opfer war«, antwortete er steif. »Ein Dschinn würde nicht zögern, eine hilflose Frau zu vergewaltigen und zu schwängern.« Unwillkürlich hob er die Hand, um sich die Narbe zu reiben, die sich direkt über seinem nicht schlagenden Herzen befand. »Diese Mistkerle.«

»Aber?«, drängte Victor.

Mit einer unruhigen Bewegung drehte Uriel auf dem Absatz um und schritt auf das Fenster zu, von dem aus man die makellose Parklandschaft überblicken konnte. Er war mühelos imstande, das Dutzend Vampire wahrzunehmen, das seine Runden über das Gelände drehte, ebenso wie die ungeheure Menge an Tunnel, die unter dem Grundstück verliefen. Etwas näher gewahrte er Juliet, Victors Gefährtin, und in den Privatquartieren die Elfen, die mit Freuden für das Abendessen vieler Krieger sorgten – und für alles, was sonst womöglich noch gewünscht war.

Einschließlich der exquisiten Elfe, die eigentlich auf seiner Speisekarte stehen sollte.

»Ich würde aber lieber zu unserer Suche nach den Sylvermyst zurückkehren«, brachte er mühsam hervor.

Victor schwieg eine ganze Weile. Dann setzte er sich in Bewegung und trat zu Uriel. Sein Blick bohrte sich mit beinahe greifbarer Gewalt in dessen Profil.

»Ich habe dich noch niemals gedrängt, mir zu erzählen, was während deines Kampfes mit dem Dschinn geschah, selbst wenn ich schließlich begriff, dass du durch diese Begegnung – verändert wurdest«, sagte er, was eine höfliche Umschreibung für Uriels deutlichen Machtanstieg war. Ein Vampir erlangte seine vollständige Stärke innerhalb der ersten Jahrzehnte seiner Umwandlung. Es war ein beispielloses Vorkommnis, dass ein Vampir noch nach Jahrhunderten seines Lebens ein meisterliches Niveau erlangt hatte. »Ich glaube, es ist an der Zeit, dass du es mir erzählst.«

»Und wenn ich es vorzöge, das nicht zu tun?«

»Ich werde dich nicht dazu zwingen.«

Uriel lockerte seine Kiefermuskeln und ergab sich dem Unvermeidlichen.

Von diesem Moment an, in dem Tane mit seinem Dschinnmischling in London eingetroffen war, hatte er gewusst, dass die Wahrheit ans Licht käme.

Das Schicksal war eine zu große Nervensäge, um sich nicht einzumischen … Schon wieder.

»Das ist keine großartige Geschichte«, entgegnete Uriel. Es widerstrebte ihm, mit dem Erzählen zu beginnen. Nicht nur, weil er sein Bestes getan hatte, um die schmerzlichen Erinnerungen zu verdrängen, sondern auch, weil Victor über das, was er zu erzählen hatte, nicht erfreut sein würde.

Seine Lippen zuckten.

Verdammt, das war die Untertreibung des Jahres.

»Dann sollte sie ja nicht allzu schwierig zu erzählen sein«, betonte Victor. »Du kannst an der Stelle beginnen zu erzählen, als wir uns zu den Hafenanlagen begaben, um gegen den Dschinn zu kämpfen.«

Uriel starrte weiterhin aus dem Fenster und betrachtete forschend die vom Mond beleuchteten Gartenanlagen, aber in Gedanken kehrte er zu einem Zeitpunkt vor zweihundert Jahren zurück, als Victor seinen Clan, zusammen mit seiner störrischen Gefährtin, in die Tunnel unter die Londoner Hafenanlagen geführt hatte, entschlossen, den reinblütigen Dschinn zu vertreiben, der dort seinen Wohnsitz aufgeschlagen hatte.

Er hatte nicht gewusst, was sie dort erwarten würde. Niemand hatte das gewusst. Die Orakel hatten Dschinnen untersagt, sich in dieser Dimension niederzulassen. Sie waren zu mächtig, zu gewalttätig und zu talentiert darin, andere Dämonen zu umgarnen, sodass sie sich in ihre geistlosen Sklavinnen und Sklaven verwandelten. Ganz zu schweigen davon, dass sie unmoralische Mistkerle waren.

Uriel jedoch war dummerweise davon überzeugt gewesen, dass ein ganzer Vampirclan mit vereinten Anstrengungen imstande sein würde, den verbotenen Dämon dazu zu bringen, an einen weniger gefährlichen Ort weiterzuziehen.

»Nachdem wir uns in den Tunnel aufgeteilt hatten, steuerten Johan und ich auf die Themse zu, in der Hoffnung, die Bestie in die Enge zu treiben«, sagte er mit kalter Stimme.

»Eine solide Strategie.«

»Wir waren noch nicht weit gekommen, als wir eine Höhle betraten.« Uriel konnte sich noch immer an den klammen, moderigen Gestank der kahlen Höhle erinnern, der von dem unerwarteten Geruch eines sich nähernden Gewitters überflutet worden war. »Johan bog nach links ab, während ich nach rechts abbog. Ich spürte, dass sich irgendetwas in meiner Nähe befand, aber es war …« Er zuckte die Achseln und wandte den Kopf, um Victors forschenden Blick zu erwidern. »Schwer bestimmbar. Wie bei einer schlechten Telefonverbindung, die immer wieder unterbrochen wird.«

Victor nickte mit grimmiger Miene. Uriel wusste, dass die Erinnerungen des älteren Vampirs an den Kampf mit dem Dschinn nicht gerade sonderlich angenehm waren, obgleich es seinem Kameraden schließlich gelungen war, den Bastard zu töten.

»Ein reinblütiger Dschinn ist nicht von dieser Welt. Aus diesem Grund sind Dschinnen auch so schwer zu jagen und noch schwieriger zu töten.«

»Das fand auch Johan heraus«, stimmte Uriel ihm trocken zu. »Erst stand er in der Nähe des Höhleneinganges, im nächsten Augenblick wurde er von einem Blitz durchbohrt.« Uriel erschauderte. Johan war zwei Jahrhunderte lang sein Bruder gewesen. Er hätte ein besseres Ende verdient. »Völlig ohne Vorwarnung. Er hatte keine Chance.«

Victor legte Uriel eine Hand auf die Schulter. »Johan war ein Krieger. Er verstand, welche Gefahren seine Position mit sich brachte, ebenso wie du. Du trägst nicht die Schuld an seinem Tod.«

»Du glaubst, ich gäbe mir selbst die Schuld?«

»Ist das etwa nicht der Fall?«

Uriel schüttelte heftig den Kopf. »Nein.«

Victor war nicht überzeugt. »Uriel …«

»Ich gebe mir nicht die Schuld an seinem Tod«, versicherte Uriel seinem Gegenüber, nicht imstande, die Bitterkeit, die in seinen Worten zum Ausdruck kam, zu verbergen. »Ich verübele es dem Dschinn, dass er mich am Leben ließ.«

KAPITEL 2

Erwartungsgemäß war Victor verblüfft über das freimütige Geständnis. »Was zum Teufel soll das bedeuten?«

»Nachdem Johan vernichtet war, tauchte der Dschinn vor mir auf.« Uriel erinnerte sich lebhaft an den Dämon, der menschliche Gestalt angenommen hatte, obgleich in dem tödlich schönen Gesicht und den schräg gestellten lavendelfarbenen Augen, in denen grässlicher Zorn gelodert hatte, nichts Menschliches zu finden gewesen war. »Ich versuchte zu kämpfen, konnte es aber nicht mit ihm aufnehmen.«

Victors Finger drückten tröstend seine Schulter. »Die einzige Art, einen Dschinn zu verletzen, besteht darin, seine *Tiglia* zu zerstören.«

Uriel nickte. Victor hatte während seines Kampfes mit dem Dschinn herausgefunden, dass die eigentliche Essenz des Dämons in einem hölzernen Kasten aufbewahrt wurde.

Zu dieser Zeit hatte Uriel jedoch nur gewusst, dass seine heftigen Schläge nicht mehr bewirkt hatten, als diesen Bastard zu amüsieren.

»Er hätte mich töten können. Stattdessen …« Die Worte blieben ihm im Hals stecken.

»Was?«

Uriel trat einen Schritt zurück und zog sich das Sweatshirt über den Kopf, um seine Brust zu entblößen.

»Stattdessen packte er mich am Hals und nutzte seine andere Hand, um dies zu tun.«

Dies war eine dicke Narbe in der Form einer Faust, die in sein Fleisch eingebrannt war.

Victor stieß einen schockierten Laut aus, als er die Verunstaltung zum ersten Mal zu Gesicht bekam. Uriel hatte stets sorgsam darauf geachtet, sich nie ohne Hemd sehen zu lassen. Selbst in Gesellschaft seiner Geliebten. Er wollte keine neugierigen Fragen beantworten.

Und es gäbe ganz gewiss Fragen.

Die Vampirfähigkeit, selbst die schlimmsten Verletzungen verheilen zu lassen, sorgte dafür, dass die Körper der Vampire makellos blieben, wobei es nicht von Belang war, wie viele Jahrhunderte sie womöglich überlebten. Nur dann, wenn sie gleichzeitig ausgehungert und gequält wurden, behielten sie Narben zurück.

Oder wenn sie sich in der Gewalt eines wahnsinnigen Dschinns befanden.

»Zum Teufel!«, stieß Victor hervor. »Ich habe noch niemals etwas Derartiges gesehen.«

Uriel unterdrückte das Bedürfnis, sich sein Sweatshirt zu schnappen und damit die aufschlussreiche Verwundung zu bedecken. War er ein Krieger oder ein zimperlicher Waschlappen?

Dennoch fühlte er sich in Gesellschaft der einzigen Person auf der Welt, der er vertraute, verletzlich und ungeschützt.

»Frage nicht, ob es schmerzte«, murmelte er verlegen.

»Das ist nicht notwendig.« Victor hob mit einem verwirrten Stirnrunzeln den Blick. »Man wird nicht auf diese Art gekennzeichnet, ohne dass es abscheulich schmerzt. Macht es dir noch immer zu schaffen?«

»Nicht körperlich.«

Victor hob die Hand und hielt sie über die Narbe, ohne sie zu berühren.

»Ich spüre …«

»Macht«, beendete Uriel den Satz.

Die Silberaugen weiteten sich, als Victor unvermittelt erkannte, woher Uriels plötzlicher Machtzuwachs stammte.

»Aha.«

»Ganz genau.«

»Ich muss zugeben, dass ich das nicht erwartet hatte.« Langsam schüttelte Victor den Kopf. »Natürlich habe ich mich gefragt, was dir zugestoßen war, das deine Macht dermaßen vergrößert hatte, aber …«

»Aber du hegtest nicht den Verdacht, dass dies dem Dschinn geschuldet war?«

»Ich kann bedenkenlos beschwören, dass das auf meiner Liste ganz unten stand«, gab Victor trocken zu. »Ich habe noch nie davon gehört, dass ein Dschinn seine Macht mit irgendjemandem geteilt hätte, ganz zu schweigen von einem Vampir.«

Uriel zuckte zusammen in der Erinnerung an den glühenden Schmerz, der sich in seine Brust gebohrt und wie eine Infektion in seinem Körper ausgebreitet hatte.

»Zu dieser Zeit wusste ich nicht, was zum Teufel er da tat. Ich nahm an, ich sei im Begriff, meinen wohlverdienten Tod zu finden.« Seine Lippen verzogen sich zu einem bitteren Lächeln. »Stell dir meine Überraschung vor, als der Mistkerl einfach verschwand und mich mit einer hübschen neuen Tätowierung zurückließ.«

»Sagte er irgendetwas?«

»Er sagte …« Uriel zögerte und machte sich auf Victors Reaktion gefasst. Es war immerhin möglich, dass sein Clanchef der Ansicht war, wegen der Geheimnisse, die er vor ihm verheimlicht hatte, habe er es verdient, mit dem Tode bestraft zu werden. Das war nicht unbedingt der tröstlichste aller Gedanken. »Er sagte, dass ich ›das Werkzeug seiner Rache‹ sein solle.«

Victor zog die Augenbrauen zusammen, und seine Macht peitschte mit eiskalter Wucht durch den Raum. Uriel fauchte und bemühte sich, seine eigenen Kräfte zu zügeln. Die Aussicht auf Gewalt lag bebend in der Luft und wartete nur darauf, bei der geringsten Provokation zu explodieren.

Uriel hatte nicht die Absicht, selbst diese Provokation zu sein.

»Weshalb hast du mir nicht erzählt, was geschehen war?«, knurrte Victor.

»Du hattest soeben deine neue Gefährtin vor dem gähnenden Rachen des Todes gerettet«, rief Uriel seinem Chef ins Gedächtnis. »Du hast dein Versteck über einen Monat nicht verlassen.«

Victors aristokratische Gesichtszüge nahmen einen kurzen Augenblick lang einen weicheren Ausdruck an. Victor mochte ja ein wilder Clanchef sein, der seine Gesetze mit brutaler Gewalt durchsetzte, aber bei der Erwähnung seiner Gefährtin schmolz er dahin.

»Ach ja«, murmelte der uralte Vampir. »Das war jedenfalls ein denkwürdiger Monat.«

Uriel weigerte sich, sich seinen Anflug von Neid einzugestehen.

Was für einen Sinn hätte das schon gehabt?

Viele der anderen Vampire scherzten, dass sich zu verbinden ein Schicksal sei, das schlimmer war als der Tod – zumindest, bis sie sich selbst verbanden. Doch Uriel hatte sich insgeheim nach dem Tag gesehnt, an dem er die Frau traf, die dazu bestimmt war, ihm bis in alle Ewigkeit zur Seite zu stehen.

Bis er von dem Dschinn verflucht worden war.

Nun hatte er sich damit abgefunden, dass er seine potenzielle Gefährtin niemals in Gefahr bringen konnte.

Nicht, wenn auch nur das geringste Risiko bestand, dass er dazu gezwungen werden konnte, die Kontrolle zu verlieren.

»Abgesehen davon dachte ich, dass die Bestie sich lediglich

amüsierte«, fuhr er achselzuckend fort. »Wie eine Katze mit einer Maus. Erst Tage später wurde mir bewusst, dass er meinen Kräften eine Dosis Steroide verpasst hatte.«

In den silbernen Augen schimmerte Wut. »Und es kam dir nicht in den Sinn, dass das Mal des Dschinns dich womöglich zwingen würde, seine geheimnisvolle Rache auszuführen?«

»Doch, selbstverständlich.« Uriel griff in die Tasche seiner Jeans, um ein Holzkästchen herauszuziehen, das nicht größer war als sein Daumennagel. »Aus diesem Grund trage ich dies bei mir.«

Victor fauchte beim Anblick des unverkennbaren Symbols, das in das Holz eingebrannt war.

»Ein *Thana*-Zauber.«

Uriel nickte. Es handelte sich dabei um einen seltenen Zauber, der nur von Kobolden von königlichem Blute durchgeführt werden konnte.

Es hatte Jahre gedauert, dieses verdammte Ding ausfindig zu machen, und ihn mehr als die Hälfte seines Vermögens gekostet, es käuflich zu erwerben, doch es war durchaus der Mühe wert gewesen.

Er musste nur den Deckel öffnen, und er wäre tot.

Schnell, einfach und angeblich schmerzlos.

»Der Tod in einem Kästchen«, sagte er und steckte den Zauber zurück in seine Tasche. »Wenn ich je das Gefühl habe, gegen meinen Willen zu irgendetwas gezwungen zu werden, kann ich dies beenden, bevor irgendein Schaden angerichtet werden kann.«

Das Geräusch sich nähernder Schritte war aus dem Korridor zu vernehmen. Stirnrunzelnd durchquerte Victor den Raum, um den jungen Vampir an der Tür zu empfangen, der ihm ein Mobiltelefon reichte. Das Gespräch war kurz, aber die Stimmung des Clanchefs schien sich nicht gerade verbessert zu haben, als er dem Diener das Telefon wieder in die Hand drückte und sich umwandte, um Uriel finster anzublicken.

»Ich habe nicht die Zeit, diese Unterhaltung zu Ende zu führen, aber glaube mir, mein Bruder, sie ist noch nicht vorbei.«

»Einfach wundervoll«, murmelte Uriel.

Victor ging zurück zu seinem Schreibtisch, griff nach einem Blatt Papier und schob es Uriel zu.

»Hier.«

Uriel zögerte, bevor er widerstrebend das angebotene Papier in die Hand nahm. Er hob die Brauen, als er erkannte, dass es sich um eine Karte von England handelte.

»Wofür ist sie gedacht?«

»Ich habe mit dem örtlichen Hexenzirkel verhandelt. Er wirkte einen Suchzauber.« Victor deutete mit dem Finger auf die drei eigenartigen Markierungen, die auf der Karte eingezeichnet waren. »Dies sind die Orte, an denen die Magie der Hexen blockiert wurde.«

»Und was bedeutet das?«

»Es bedeutet, dass jemand mit magischen Fähigkeiten irgendetwas zu verstecken versucht.« Victor bewegte seinen Finger zu der Markierung über der Ebene von Salisbury. »Ich würde vorschlagen, dass du hier beginnst. Die Hexen behaupteten, schwarze Magie in dieser Gegend zu spüren.«

Stonehenge?

Heilige Hölle. Hätte der Magier sich etwas noch Klischeehafteres aussuchen können?

Als Uriel mit einiger Verspätung feststellte, dass sein Clanchef wieder auf die Tür zusteuerte, hob er abrupt den Kopf, und aufflammende Panik drehte ihm den Magen um.

»Victor.«

Der ältere Vampir blieb stehen und warf einen Blick über die Schulter. »Ja?«

In den Silberaugen war eindeutig eine Warnung zu erkennen. Victor hatte ihm einen Befehl erteilt. Nun erwartete er, dass dieser befolgt werden würde.

Uriels Widerstreben spielte keine Rolle.

Uriel schüttelte resigniert den Kopf. »Nichts.«

Victor setzte seinen Weg aus dem Zimmer fort, aber seine Macht war noch immer deutlich in der Luft zu spüren.

»Enttäusche mich nicht.«

KAPITEL 3

Kata hatte aus den Augen verloren, wie viele Jahre sie bereits gefangen in der dunklen, mit Blei ausgekleideten Zelle verbracht hatte, die einen Meter achtzig unter Stonehenge verborgen lag.

Sie wusste, dass es annähernd zweihundert sein mussten, aber die Tage waren unaufhörlich an ihr vorbeigerauscht, während sie auf dem schmalen Feldbett gelegen hatte, von dem Zauber des Magiers in einer unbeweglichen Starre gebannt.

Im Augenblick spielte es auch keine große Rolle. Sobald sie es geschafft hatte, sich zu befreien, würde sie nachprüfen, wie lange sie gefangen gehalten worden war, und dafür sorgen, dass Marika und Sergei für jede verdammte Minute litten, die sie ihr geraubt hatten.

Marika …

Ein düsterer Widerwille breitete sich allein bei dem Gedanken an dieses vampirische Miststück in ihr aus.

Erstaunlich, wenn man bedachte, dass sie und Marika vier Jahrhunderte zuvor Zwillingsschwestern und einander treu ergeben gewesen waren.

Als Töchter eines mächtigen Roma-Ältesten waren sie öffentlich für ihre dunkle, erotische Schönheit geschätzt worden. Ihr Haar war lang und so glänzend wie das feinste Ebenholz. Ihre Augen waren dunkel und von langen Wimpern umrahmt, und ihre blassen Gesichtszüge waren fein geschnitten. Ihre sinnlichen Lippen hatten Männer dazu veranlasst, Epen über sie zu verfassen, und der Anblick ihrer üppigen Kurven, die in einfache bäuerliche Blusen und Röcke gehüllt gewesen waren, hatten zahllose Konflikte zwischen den männlichen Mitgliedern der Sippe ausgelöst.

Aber Kata und Marika hatten sich nie für ihre Schönheit interessiert. Als sie alt genug gewesen waren, um laufen zu können, hatten sie erkannt, dass ihre wahre Macht in ihren Zauberkräften lag.

Obwohl sie keine Hexen waren, besaßen sie beide die traditionellen Zauberkräfte der Roma. Sie konnten selbst die schlimmsten Verletzungen heilen, sie waren imstande, die Zeichen der Natur zu deuten, um das Wetter vorherzusagen, und natürlich waren sie in der Lage, Flüche zu beschwören, die ausgewachsene Männer vor Angst erzittern ließen.

Außerdem konnten sie geistig miteinander kommunizieren, gleichgültig, wie groß die Distanz zwischen ihnen auch sein mochte.

Sie waren zu wahrer Größe bestimmt gewesen – bis zu jener verhängnisvollen Nacht, in der Marika gerufen worden war, um einen Ältesten von einer benachbarten Sippe zu heilen. Kata war zurückgeblieben, um sich um ein Kind zu kümmern, das früher am Tag hingefallen war und sich den Arm gebrochen hatte. Wenn doch nur …

Nein.

Nichts hätte irgendetwas an der Tatsache ändern können, dass Marika von einem Vampir angegriffen und ausgesaugt worden war.

Zuerst hatte Kata ihre Schwester für tot gehalten. Wie hätte sie auch etwas anderes annehmen können? Marika war nicht nur verschwunden gewesen, sondern Kata hatte außerdem auch abrupt aufgehört, Marika wie üblich in ihrer Seele zu spüren, wo sie sie bisher stets hatte wahrnehmen können.

Unglücklicherweise war sie nicht imstande gewesen, die Angelegenheit auf sich beruhen zu lassen. Das war einer ihrer beharrlicheren Fehler. Sie hatte weiterhin mental nach ihrer Schwester gerufen, da sie nicht in der Lage gewesen war, das Unvermeidliche zu akzeptieren.

Und schließlich war Marika tatsächlich zurückgekehrt.

Nur war es nicht Marika gewesen.

Diese Dämonin mochte ja das Gesicht ihrer Schwester besitzen, und sie waren auch immer noch geistig miteinander verbunden, aber die Dämonin, die ihre Schwester ermordet hatte, war ein arrogantes, brutales Raubtier, das Kata zur Strecke gebracht und wie ein Tier eingesperrt hatte.

Zwei Jahrhunderte lang war Kata von ihrer eigenen Schwester gefangen gehalten, in ihrem Versteck an einer Leine gehalten worden. Und dann hatte sich die machtgierige Marika vor zweihundert Jahren mit einem russischen Magier namens Sergei zusammengetan. Gemeinsam hatten die beiden geplant, ein Kind zu benutzen, um den Fürsten der Finsternis in dieser Dimension auferstehen zu lassen.

Das einzige Problem hatte darin bestanden, dass das einzige Kind, das sie für die unheimliche Auferstehung benutzen konnten, in den Nebeln zwischen den Welten verborgen gewesen war.

Bei jeder Person, die von sich behaupten konnte, geistig zurechnungsfähig zu sein, wäre der Plan an diesem Umstand gescheitert, denn Dschinnen waren die einzigen bekannten Dämonen, welche imstande waren, die Nebel zu betreten, und niemand wollte mit einem Dschinn verhandeln. Die mächtigen Dämonen waren gerissene, herzlose Kreaturen, die so unzuverlässig wie schön waren. Aber Marikas große Machtgier gewann die Oberhand über etwas so langweilig Menschliches wie gesunden Verstand, und mit Sergeis Hilfe hatte sie einen Dschinn in ihre Falle gelockt, indem sie Kata als Köder benutzt hatte.

Augenblicklich schweiften Katas Gedanken ab und wandten sich der Erinnerung daran zu, wie sie zusammen mit dem Dschinn in die winzige Zelle gesperrt worden war. Einige Dinge blieben besser begraben. Aber neun Monate später hatte sie ein wunderschönes kleines Mädchen zur Welt gebracht, Laylah.

Kata, die sehr wohl gewusst hatte, dass Marika beabsichtigte, ihre Tochter, die ein Dschinnmischling war, zu benutzen, um die Nebel zu betreten und das Kind herauszuholen, war es gelungen, den Säugling zu einer Hexe zu schmuggeln, die ihre Zauberkräfte eingesetzt hatte, um Laylah zu verstecken.

Erzürnt hatte Marika von Sergei verlangt, Kata in ihr momentanes Gefängnis zu sperren. Als Vergeltungsmaßnahme hatte Kata versucht, das rachsüchtige Miststück zu verfluchen. Unglücklicherweise hatte das den Magier dazu veranlasst, sie mit dicken Schichten aus Zaubern zu belegen, die sogar noch einengender waren als die mit Blei ausgekleidete Zelle, die sie gefangen hielt.

Sie konnte sich nicht bewegen, konnte nicht sprechen, nicht einmal die Augen öffnen.

Wenn die Tatsache nicht gewesen wäre, dass sie ihre Verbindung zu Marika aufrechterhalten hatte, um die Welt aus der Ferne zu beobachten, wäre sie vollkommen wahnsinnig geworden.

Allerdings glich die mentale Verbindung zu der psychotischen Vampirin auch nicht gerade einer Vergnügungsfahrt. Marika verfügte bestenfalls über ein fürchterliches Temperament. Dass Kata ihr das Mittel entrissen hatte, um die Herrschaft über die Welt zu übernehmen, hatte ihr ausgesprochenes Missvergnügen bereitet, sodass sie sich ihrer Vorliebe für Schmerzen bei jeder denkbaren Gelegenheit hingegeben hatte. Dennoch vermochte es Kata, über die sich verändernde Welt informiert zu bleiben.

Schließlich war es Laylah gelungen, den Säugling mitzunehmen und zu beschützen. Doch Kata hatte gewusst, dass es nur eine Frage der Zeit war, bis sie erneut zur Strecke gebracht werden würde.

Und genau das war nur wenige Tage zuvor geschehen. Kata hatte gespürt, dass Laylah in England war, und hatte versucht, sie zu warnen. Sie besaß zu ihrer Tochter die gleiche gedankliche Verbindung wie zu ihrer Schwester. Aber die Warnung war zu spät gekommen.

Marika und Sergei hatten ihre Anwesenheit entdeckt, und während Laylah schnell geflohen war, waren sie ihr dicht auf den Fersen gewesen.

Noch schlimmer war allerdings die Tatsache, dass die telepathische Verbindung zu ihrer Schwester und ihrer Tochter seltsam ungleichmäßig geworden war, als blockiere irgendetwas ihre Kräfte.

Während sie im Augenblick mit aller Kraft gegen die Zauber kämpfte, die sie gefangen hielten.

Laylah war in Gefahr, sie musste sie erreichen.

Obwohl sie so in ihre düsteren Gedanken versunken war, nahm sie von fern die Sylvermyst wahr, die die Grabkammer bewachten, in der sie gefangen gehalten wurde. Sie belästigten sie niemals, doch Kata zweifelte nicht daran, dass sie, falls es ihr wirklich gelänge, sich von Sergeis Fesseln zu befreien, sich als schwieriges Hindernis für ihre Flucht erweisen würden.

Aber darum konnte sie sich auch später noch Gedanken machen.

Kata versteifte sich, als ihre Sinne einen Eindringling in nächster Nähe wahrnahmen.

Yannah.

Sie wusste nicht, wer oder auch nur *was* Yannah war.

Natürlich war sie eine Dämonin. Es war unmöglich, dass ein Mensch imstande war, so unvermittelt in der Zelle unter der Erde aufzutauchen und wieder zu verschwinden. Nicht einmal eine Hexe wäre dazu in der Lage gewesen. Aber da Kata durch Sergeis Zauber beinahe bewusstlos gewesen war, hatte sie nicht mehr als eine unklare Vorstellung von einer kleinen Kreatur mit einer leisen, melodischen Stimme, die um ihre ohnmächtige Gestalt herumgeschwirrt war und sie beruhigt hatte, wenn sie unruhig gewesen war.

Im Lauf der Jahre hatte sie sich an die unvorhersehbaren Besuche der Frau gewöhnt und ging davon aus, dass diese, wenn sie ihr etwas hätte antun wollen, dies längst getan hätte. Nicht einmal der geduldigste Dämon verbrachte zwei Jahrhunderte damit, eine Person zu bemuttern, bevor er ihr den Todesstoß versetzte.

Tatsächlich hatte Kata sogar begonnen, Yannah als ihren Schutzengel anzusehen.

Da sie sich so verzweifelt bemühte, sich zu befreien, war Kata nicht darauf gefasst, dass die Zauber, die sie gefangen hielten, unvermittelt zerbrachen.

Mit einem erstickten Keuchen fiel sie von dem schmalen Feldbett. Da sie sich in dem Leichentuch verheddert hatte, das über sie geworfen worden war, war Kata nicht imstande zu verhindern, dass sie mit dem Gesicht voraus auf den harten Boden krachte.

Typisch.

»Uff.«

»Bist du verletzt?« Ein kleines, herzförmiges Gesicht mit mandelförmigen, vollkommen schwarzen Augen tauchte urplötzlich direkt vor ihr auf.

»Yannah?«, flüsterte Kata.

»Ja, ich bin es.«

Es gelang Kata, sich auf den Rücken zu drehen. Ihr Blick glitt über den winzigen Körper der Frau, der in eine einfache weiße Robe gehüllt war, und über ihr helles Haar, das zu einem Zopf zusammengefasst war, welcher ihr bis über die Hüften reichte.

Man hätte sie beinahe für ein Kind halten können, hätte nicht eine tiefe Weisheit in den dunklen Augen geschimmert.

Und, ach ja, da gab es noch den Mund, aus dem rasiermesserscharfe Zähne blitzten.

Heilige Mutter …

Kata befreite sich mühsam von dem Leichentuch und erhob sich. Mit den Händen strich sie geistesabwesend das dünne weiße Nachthemd glatt, das ihr bis über die Knie reichte.

»Was ist geschehen?«, wollte sie wissen.

Die winzige Dämonin kräuselte die Nase. »Der Zauberbann ist gebrochen. Der Magier reist nun durch ferne Länder.« Sie legte den Kopf auf die Seite, als suche sie mental nach dem verschwundenen Sergei. »Sehr ferne.«

Kata erschauderte. Kein Ort konnte ihrer Meinung nach weit genug entfernt sein.

Dieser Bastard.

Aber im Augenblick beschäftigte sie mehr das Gefühl der völligen Leere in ihrem Hinterkopf.

»Marika?«, flüsterte sie.

Yannah lächelte und enthüllte dabei ihre spitzen Zähne. »Ding-dong, die Hex' ist tot.«

Kata holte schockiert Luft. Sie verspürte lediglich wilde Genugtuung, die mit einem Mal in ihr aufflackerte. Es hatte Jahre gedauert, bis sie akzeptiert hatte, dass die Kreatur, die das Gesicht ihrer Schwester besaß, nicht Marika war, sondern das kaltblütige Miststück, das sie getötet hatte. Jetzt bereitete es ihr keine Mühe mehr, die Vorstellung einer Welt ohne die böse Vampirin zu genießen.

Allerdings hatte sie sehr wohl Mühe zu glauben, dass sie wirklich und wahrhaftig von ihr befreit war.

»Bist du dir sicher, dass sie tot ist?«

»Sie ist tatsächlich vollständig tot.« Yannah kräuselte ihre winzige Nase. »Es ist wahrhaftig eine Schande.«

»Eine Schande?« Katas Zorn, der vier lange, schreckliche Jahrhunderte Zeit zum Kochen gehabt hatte, geriet außer Kontrolle. »Ich hoffe, dieses Miststück wird bis in alle Ewigkeit in den Abgründen der Hölle brennen.«

»Oh, ich bin mir sicher, dass der Gerechtigkeit Genüge getan werden wird.«

»Gut.«

»Aber du wirst doch nicht so unklug sein zu denken, dass deine Schwester …«

»Diese Kreatur war nicht meine Schwester!«, fauchte Kata. »Sie hat meine geliebte Marika getötet und ihr ihren Körper geraubt.«

»Ja, ja.« Yannah wedelte ungeduldig mit der Hand. »Einsatz der Geigen.«

Kata runzelte die Stirn. »Wie bitte?«

Ohne Vorwarnung trat die kleine Dämonin auf sie zu und bohrte Kata den Finger mitten in den Bauch.

»Halte den Mund, und höre mir zu.«

»Au!«

Yannah zeigte sich äußerst reuelos. »Besitze ich nun deine Aufmerksamkeit?«

Kata rieb sich den Bauch. Der Stoß hatte im Grunde nicht geschmerzt, aber er zerstörte die Vorstellung, die sie von Yannah gehabt hatte: ein süßes, harmloses Wesen, das nur existierte, um ihr Trost zu spenden. Yannah war von einer Macht umgeben, die in der Luft um sie herum pulsierte in den Tiefen ihrer schwarzen Augen schimmerte eine unbarmherzige Entschlossenheit.

»Habe ich denn eine andere Wahl?«

»Habe ich nicht gesagt, es sei eine Schande, dass Marika tot ist?«

Kata blieb wachsam und fragte sich, ob dies wohl eine Art Falle war.

»Durchaus.«

»Nun, der Grund ist nicht der, dass es irgendjemanden gäbe, der ihr Ableben betrauern würde.«

»Was ist dann der Grund?«

»Sie traf eine abscheuliche Vorkehrung für den Fall ihres vorzeitigen Hinscheidens.«

»Eine Vorkehrung? Das kann ich nicht glauben.« Kata verzog die Lippen bei dem Gedanken an Marikas ungeheuerliche Eitelkeit. »Diese kaltblütige Kreatur war zu arrogant, um zu glauben, dass irgendetwas sie töten könne.«

»Es war keine Arroganz, sondern Strategie.« Yannah drohte mit dem Finger. »Diese durchtriebene, durchtriebene Vampirin.«

Kata sank auf die Kante ihres Feldbettes. Ihr Kopf schmerzte, und sie hatte ein flaues Gefühl im Magen.

Das war nicht weiter überraschend.

Innerhalb einer Zeitspanne von fünf Minuten war sie von einem Zauber befreit worden, der sie jahrhundertelang gefangen gehalten hatte, gewaltsam der Verbindung zu ihrer Schwester beraubt worden, und außerdem verkrampften sich alle Muskeln in ihrem Körper, als sie unter Schmerzen wieder zum Leben erwachten.

»Ich habe das Gefühl, mich übergeben zu müssen«, sagte sie mit heiserer Stimme. »Könntest du bitte klar und deutlich sagen, was du meinst?«

Kata hatte sich nicht gerade ein Übermaß an Anteilnahme

erhofft, aber ganz sicher hatte sie nicht erwartet, dass Yannah ihr einen Schlag gegen den Hinterkopf versetzen würde.

»Nutze das Gehirn in deinem hübschen Köpfchen. Marika wurde von Sergei verraten. Er sollte ihr eigentlich noch in der Sekunde Bericht erstatten, in der er den Aufenthaltsort deiner Tochter entdeckte und es schaffte, sie zu entführen.«

Kata blickte die winzige Dämonin finster an. Verdammt. Falls Yannah ihr Schutzengel war, dann war sie betrogen worden.

Und wie.

»Was ist der springende Punkt?«

»Marika erkannte, dass ihr Schoßmagier ein sehr böser Junge war«, erklärte Yannah, als habe Kata Marikas Zorn nicht intensiv gespürt, als diese herausgefunden hatte, dass der Magier sie nicht nur verraten hatte, sondern es auch zugelassen hatte, dass Laylah ihr mit dem Baby entschlüpfte.

»Ja, ihre wahnsinnige Wut bescherte mir eine monatelange Migräne.«

»Darüber hinaus erkannte sie dadurch, dass sie, obwohl sie seine Zauberkräfte für ihre furchtbaren Pläne benötigte, dafür sorgen musste, dass er nicht zu der Überzeugung kam, dass sie entbehrlich sei. Wenn er das Kind erneut in die Finger bekommen könnte, wäre es sehr gut möglich, dass er sich entschloss, den Ruhm für sich zu behalten.«

Kata schnaubte. »Wie lautete noch gleich das Sprichwort? ›Es gibt keine Ganovenehre‹?«

»Ganz genau. Und du warst …« Yannah kniff die Augen zusammen, während sie nach dem perfekten Ausdruck suchte. »Ihr Trumpf im Ärmel.«

Kata fuhr sich mit einer zitternden Hand durch ihre verfilzten dunklen Haare. Sie musste keine telepathischen Fähigkeiten besitzen, um zu wissen, dass ihr das, was Yannah ihr zu sagen hatte, nicht gefallen würde.

»Inwiefern?«

»Als deine Tochter verschwand, zwang Marika den Magier, einen Zauber zu wirken, der euch beide miteinander verband.«

Nun, das erschien Kata – überflüssig.

»Weshalb?« Sie hob ungeduldig eine Schulter. »Wir sind seit unserer Geburt miteinander verbunden.«

Yannah nickte. »Ja, aber das betraf euren Geist, nicht eure Seelen.«

»Unsere Seelen?«

Yannah verzog das Gesicht zu einer Grimasse. »In Ermangelung eines besseren Wortes.«

Kata erstarrte, und ein widerwärtiges Gefühl der Furcht bildete sich in ihrer Magengrube. »Was soll das genau bedeuten?«

»Marika wollte dafür sorgen, dass Sergei nicht imstande sein würde, sie zu töten, ohne dein Leben ebenfalls aufs Spiel zu setzen.«

»Wenn sie also stirbt ...« Kata konnte den Satz nicht zu Ende bringen. Es war einfach zu schrecklich.

Yannah hingegen bereitete dies keinerlei Schwierigkeiten.

»Dann wirst du zusammen mit ihr in die Unterwelt gesogen.«

Kata sprang auf. Panik durchflutete ihren Körper, während sie die kleine Zelle mit ihren Schritten durchmaß.

»Heilige Göttin!«

»Wohin gehst du?«

»Ich muss von hier verschwinden«, murmelte Kata und zog an dem Griff der mit Blei überzogenen Tür.

»Du kannst dem Zauber nicht entrinnen.«

»Wenn ich eine Hexe finde, kann sie den Zauber brechen.«

»Dazu reicht die Zeit nicht aus.« Yannah stieß einen Laut der Ungeduld aus. »Wo bleibt dieser Vampir?«

Über das Schloss fluchend, das sich weigerte nachzugeben,

drehte Kata sich um, um wütend die winzige Dämonin anzustarren, die mitten in der dürftig eingerichteten Zelle stand.

»Vampir?«

»Er verspätet sich. Es kann doch wirklich nicht von mir erwartet werden, mich um alles zu kümmern«, murmelte Yannah, was dazu führte, dass Kata sich fragte, wie es wohl um die geistige Gesundheit der Frau bestellt war. Das hatte ihr gerade noch gefehlt. Noch eine weitere verrückte Dämonin, die sich in ihr Leben einmischte. Dann hellte sich Yannahs Miene abrupt auf. »Ah.«

Kata runzelte die Stirn. Da sie nicht das Gehör einer Dämonin besaß, hörte sie erst mit einiger Verspätung Schreie, die von den Sylvermyst-Wachtposten stammten, und das unverkennbare Klirren von Schwertern, die aufeinanderkrachten.

»Ein Kampf?«, flüsterte sie verwirrt. Wer zum Teufel wusste denn, wo sie war? Ganz zu schweigen von dem Versuch, sich durch die Schutzschichten durchzukämpfen, die Sergei überall in ihrem Gefängnis platziert hatte. »Irgendjemand nähert sich.«

»Ich würde mich von der Tür entfernen«, sprach Yannah warnend.

»Weshalb?«

Kaum war Kata diese Frage über die Lippen gedrungen, da war mit einem Mal das scheußliche Kreischen von Metall zu vernehmen, das verbogen wurde, als die massive Tür gewaltsam aus den Angeln gerissen wurde. Aufkeuchend gelang es Kata, einen Satz zur Seite zu machen, wodurch sie es vermied, unter dem Trümmerhaufen zerquetscht zu werden. Sie schaffte es jedoch nicht, dem großen Mann auszuweichen, der unmittelbar darauf in die Zelle gestürmt kam.

Mit der Wucht eines Zementlasters prallte er gegen sie, sodass sie beide gemeinsam auf dem harten Boden aufschlugen.

»Uff.« Die Luft wurde Kata schmerzhaft aus den Lungen getrieben, und ihr Kopf schlug auf den Fußboden.

Es dauerte einen Moment, bis der Nebel in ihrem Gehirn sich weit genug gelichtet hatte, dass sie eine Bestandsaufnahme der schweren Bestie machen konnte, die sie auf den Bleiboden drückte.

Und noch länger, bis sie sich selbst davon überzeugt hatte, dass sie sich das atemberaubend schöne Gesicht, das nur zwei Zentimeter über ihr schwebte, nicht nur einbildete.

Ein Engel …

Welche anderen Wesen besaßen solche blassen, exquisiten Gesichtszüge? Oder dunkle Augen, so weich wie Samt? Oder einen Heiligenschein aus goldbraunen Locken?

Ihr Herz vergaß zu schlagen, als sie sich in diesen schönen Augen verlor, und es verschlug ihr erneut den Atem.

Er war einfach so – wunderschön.

So hinreißend, dass er wirkte, als sei er geradewegs einer Fantasievorstellung entsprungen. Kata durchzuckte der Gedanke, dass sie ihn noch in dieser Sekunde in ihrem Bett haben wollte.

Begierde, primitiv und fordernd, pulsierte in ihr. Liebe Göttin. Sein harter Körper passte mit unwiderstehlicher Perfektion zu dem ihren. Und sein Duft … Ein kräftiger Moschusgeruch, der dafür sorgte, dass sich ihr Blut erhitzte. Sie verspürte ein intensives Verlangen, das so schockierend wie unvertraut war.

Kata wusste, dass sie nur die Augen schließen musste, um sich in seinem dunklen Zauberbann zu verlieren.

Und dann erfüllte die kalte Explosion seiner Macht den Raum, und ihre irrsinnigen Gedanken wurden zerschmettert.

Ein Vampir.

Ein verdammter Vampir.

Es war kein Wunder, dass er ein Herz aus hundert Schritten Entfernung zum Schmelzen bringen konnte.

Diese bösartigen Kreaturen benutzten ihre Schönheit als tödliche Waffe.

Sie stemmte ihre Hände gegen seine harte Brust, als sie viel zu spät die Gefahr erkannte, in der sie schwebte. Aber seltsamerweise griff er nicht an, obwohl seine riesigen Fangzähne auf fürchterliche Weise aufblitzten. Stattdessen betrachtete er sie ähnlich entsetzt wie sie ihn.

»Ihr«, flüsterte er und sah aus, als habe er einen Geist erblickt. »Verdammte Hölle.«

»Auf wem erwartetet Ihr denn zu landen?«, fuhr sie ihn an. Ihre Angst vor Vampiren wurde von einer bizarren Verärgerung darüber verdrängt, dass ihre erste Reaktion »O mein Gott, nimm mich jetzt sofort« gewesen war, während die seine in reiner männlicher Enttäuschung bestanden hatte. »Lady Gaga?«

Er blinzelte verblüfft und war eindeutig überrascht angesichts ihrer Kenntnisse über die moderne Welt und Popkultur.

»Mir wurde mitgeteilt, Ihr wäret im Zauber eines Magiers gefangen.«

»Wer hat Euch das mitgeteilt?«

»Eure angebliche Tochter.«

»Laylah.« Augenblicklich bildete sich ein Gefühl der Wärme mitten in ihrem Herzen. Sie hatte gewusst, dass Laylah sich in der Gesellschaft eines Vampirs befunden hatte, bevor der Kontakt zu ihr abgebrochen war, aber sie hatte nicht erwartet, dass ihre Tochter einen Blutsauger zu ihrer Rettung schicken würde. Das war – rührend. »Ich hätte wissen müssen, dass sie …« Abrupt zog sie die Augenbrauen zusammen, als ihr seine Worte wahrhaft bewusst wurden. »Was soll denn ›angeblich‹ bedeuten?«

Er starrte mit vorhersehbarer Arroganz zu ihr herunter. In die DNA der Vampire war *Ich bin dir überlegen* eingeprägt.

»Wir haben dafür keinen Beweis außer der Aussage einer heimtückischen Vampirin, eines psychopathischen Magiers und einer Frau, die wie von Zauberhand in einem verdächtig günstigen Augenblick in einer Vision auftauchte, um zu offenbaren, sie sei Laylahs Mutter und werde von ihrer bösen Zwillingsschwester gefangen gehalten.« Er verzog die Lippen zu einer höhnischen Grimasse. »Das hört sich an wie in einem schlechten Märchen.«

Kata stemmte ihre Hände gegen seinen Brustkorb. Sie liebte ihre Tochter, aber anscheinend hatte Laylah einen erbärmlich schlechten Geschmack, wenn es darum ging, einen Ritter in glänzender Rüstung auszusuchen.

»Geht von mir herunter, Ihr Flegel.«

»Nicht, bevor ich mir sicher bin, dass es sich hierbei nicht um eine Falle handelt.«

Sie bewegte sich unter seinem schweren Körper, in dem vergeblichen Versuch, sich durch schlängelnde Bewegungen von ihm zu befreien. Wenn dieser Unhold glaubte, er könne sie zu Boden werfen und beleidigen, dann konnte er sich auf eine unangenehme Überraschung gefasst machen. Sie mochte vielleicht nicht über die Stärke eines Dämons verfügen, aber sie war nicht vollkommen hilflos.

»Wisst Ihr, was ich bin?«, fauchte sie.

Da sie sich auf ihre Bemühungen konzentrierte, ihm zu entkommen, entging Kata, dass der Körper des Vampirs mit einem Mal erstarrte und dass er ein ersticktes Stöhnen ausstieß.

»Ist das eine Aufforderung zur weiteren Erkundung?«, fragte er. Seine leise Stimme klang plötzlich belegt vor Erregung. »Das ist ein wenig aufdringlich für meinen Geschmack, aber ich bin willens mitzuspielen.«

Kata redete sich ein, es sei der Schock, der dafür sorgte, dass sich ihr Magen zusammenzog und ihr Herz zu rasen begann. Und was die knisternde Erregung betraf, die sich explosionsartig in ihrem Körper ausbreitete … Nun, das musste wohl Verärgerung sein.

Alles andere wäre reiner Wahnsinn.

»Es ist eine Warnung, die besagt, dass ich Euren kostbarsten Besitz verfluchen werde, wenn Ihr nicht in diesem Augenblick von mir heruntergeht«, stieß sie zwischen zusammengebissenen Zähnen hervor. »Und ich meine damit nicht Euer Schwert.«

KAPITEL 4

Uriel starrte wütend die Frau an, die er mit seinem Körper auf den Boden presste.

Seit er Victors Versteck verlassen hatte, verlief nichts so, wie es sollte.

Er war direkt nach Stonehenge gereist, nur um mit dem Kopf voran gegen eine Backsteinmauer zu laufen.

Und zwar buchstäblich.

Der verdammte Magier hatte ein Dutzend verschiedener Fallen zurückgelassen, um die Unvorsichtigen zu fangen. Zweimal war Uriel in verborgene Gruben gestürzt. Die erste wurde von Backsteinen gesäumt, in die Silberstacheln eingelassen waren, welche ihm das Fleisch an den Handflächen und Füßen versengt hatten, bevor es ihm gelungen war, hinauszuklettern. Die zweite Grube war mit tollwütigen Höllenhunden angefüllt gewesen, durch die er sich hatte hindurchkämpfen müssen, um zu der Tür zu gelangen, welche zu der Zelle führte, die er tief unter der Erde wahrnehmen konnte.

Es hatte Tage gedauert, bis seine Wunden verheilt gewesen waren und er wieder so weit zu Kräften gekommen war, dass er seine Reise hatte fortsetzen können. Es hatte sogar noch mehr Tage in Anspruch genommen, den Sylvermyst auszuweichen, die durch die Tunnel patrouilliert waren, und dann, endlich, durch die schwere Tür zu stürmen.

War es da ein Wunder, dass er sich nicht in der Stimmung für Überraschungen befand?

Und Kata war tatsächlich eine Überraschung, wie er sich widerwillig eingestehen musste.

Er hatte erwartet, dass sie schön war. Schließlich war sie Marikas Zwillingsschwester. Und so sehr er dieses kaltblütige Miststück auch verabscheuen mochte – niemand konnte ihr hinreißendes Aussehen bestreiten.

Aber obgleich Kata die gleichen glänzenden Locken wie Marika besitzen mochte und auch ihre mitternachtsschwarzen Augen, die in einem blassen, perfekten Gesicht saßen, hatten die beiden doch sonst nichts gemeinsam.

Marika war kalte Arroganz mit der Aussicht auf Schmerzen.

Kata war …

Hitze, Leidenschaft und die Aussicht auf endloses Vergnügen.

Er unterdrückte ein weiteres Stöhnen, als sie mit ihrem üppigen, erotischen Körper schlängelnde Bewegungen unter ihm vollführte.

Verdammt.

Diese Angelegenheit hätte eigentlich ganz einfach sein sollen.

Kata hätte Dornröschen spielen sollen, sodass er sie sich über die Schulter werfen und so schnell wie möglich aus dem beengten Gefängnis verschwinden hätte können. Von dort aus wäre er auf geradem Wege zu Victors Versteck zurückgekehrt, und im Handumdrehen hätte er die unangenehme Pflicht hinter sich gebracht.

Stattdessen war sie sehr wach und wand sich auf eine Art und Weise unter ihm, die eine schmerzhafte Erregung in ihm weckte. Er stand kurz davor, ihr das allzu dünne Nachthemd vom Leib zu reißen, um das intensive Verlangen zu befriedigen, das ihn ohne Vorwarnung übermannt hatte.

Was stimmte nicht mit ihm?

Während er über diese Frage nachdachte, nahm Uriel erst mit einiger Verspätung den eigenartigen Schwefelgeruch wahr. Mit einem Ruck drehte er den Kopf zur Seite und beobachtete, wie eine winzige Dämonin in einer weißen Robe die Zelle durchquerte, um ihn mit einem geheimnisvollen Lächeln anzusehen.

»Ich wusste einfach, dass ihr beiden euch prächtig verstehen würdet«, murmelte sie. Ihre Stimme war ein leiser Singsang. »Aber vielleicht solltet ihr euch wappnen. Wir sind im Begriff, in die Hölle gesogen zu werden.«

Er zog die Brauen zusammen. »Was zum …«

»Teufel?« Die Frau lächelte, sodass ihre beeindruckenden rasiermesserscharfen Zähne hervorblitzten. »Ja, das ist durchaus zutreffend.«

»Wer seid Ihr?«, knurrte Uriel und veränderte instinktiv seine Position, sodass er mit seinem Körper Kata abschirmte. Das war ja wirklich verrückt. »Nein, eigentlich sollten wir besser damit beginnen, *was* Ihr seid.«

»Ich bin Yannah. Und was das betrifft, was ich bin – hmmm.« Sie tippte sich mit einem Finger gegen das Kinn. »Glaubt Ihr an gute Feen?«

»Nein!«, bellte er.

Sie seufzte auf. »Wie bedauerlich.«

Die unter Uriel liegende Kata nutzte die plötzliche Ablenkung, um sich von dem Gewicht seines Körpers zu befreien, den Blick auf die gegenüberliegende Wand der Zelle geheftet.

»Yannah«, flüsterte sie, »irgendetwas geschieht hier.«

»Das Tor öffnet sich«, verkündete die winzige Dämonin.

Mit einer fließenden Bewegung sprang Uriel auf und zog das große Schwert aus der Scheide, die er auf dem Rücken trug.

Er war mit leichtem Gepäck unterwegs, seit er Victors Versteck verlassen hatte. Eine Jeanshose, ein schwarzes T-Shirt, Springerstiefel und seine Waffen.

Was sollte ein Vampir sonst noch brauchen?

»Das Tor?«, knurrte er.

Yannah nickte. »In die Unterwelt.«

Uriel starrte auf den wabernden Nebel, der sich in der Nähe der mit Blei verkleideten Wand bildete.

»Gott. Ich habe Victor doch gesagt, dass es sich hierbei um eine Falle handeln müsse«, murmelte er und wirbelte herum, um seine Schwertspitze mitten auf Katas Brust zu richten. »Schließt das Tor, Hexe, sonst schneide ich Euch das Herz heraus.«

Sie zuckte mit keiner Wimper, und in ihren Augen blitzte ein stolzer Zorn auf.

»Ich bin eine Roma, keine Hexe, Ihr Tölpel.«

Uriel knirschte mit den Zähnen und weigerte sich, sich einzugestehen, wie sehr ihn der leidenschaftliche Mut der Frau faszinierte. Verdammt. Die Tore der Hölle öffneten sich. Es war nicht die richtige Zeit, um sich ablenken zu lassen.

»Ihr könnt Euch als Königin von England bezeichnen, wenn Ihr wollt, aber schließt einfach das verdammte Tor.«

»Ich habe es nicht geöffnet.«

»Tore in die Unterwelt öffnen sich nicht einfach von selbst.« Er richtete das Schwert auf die winzige Yannah. »Ihr da.«

»Nicht ich.« Yannah rümpfte die Nase. »Sergei.«

Uriel packte den Schwertknauf fester und suchte mit dem Blick die kleine Zelle ab.

»Der Magier?«

»Er hat einen Zauber gewirkt, mit dem er Kata an ihre Zwillingsschwester gebunden hat«, erklärte die Dämonin.

»Worauf wollt Ihr hinaus?«, fragte er nach.

»Marika wurde vernichtet.«

»Gut«, erwiderte Uriel. »Es hätte schon vor Jahrhunderten irgendjemand diesem Miststück den Kopf abschlagen sollen.«

Kata stemmte die Hände in die Hüften. »Ist Euch entgangen, dass ich an meine Schwester gebunden bin?«

Er zuckte mit den Achseln. »Könnt Ihr Euch nicht – losbinden?«

»Nein.«

Sein Blick wanderte zu Yannah, die heftig den Kopf schüttelte.

»Seht nicht mich an.«

»Na, wundervoll«, knurrte er, packte Kata am Oberarm und zog sie auf die zerbrochene Tür zu. Offensichtlich war eine rechtzeitige Evakuierung angebracht. »Gehen wir.«

»Zu spät«, erklärte Yannah und verschwand dann mit einem kleinen Lächeln einfach.

Verdammt.

Uriel nahm Kata auf die Arme und drückte sie an seine Brust, während er durch die Tür schoss, doch als er den Tunnel betrat, der aus dem Gefängnis herausführte, wusste er, dass Yannah recht gehabt hatte.

Es war zu spät.

Er konnte das enervierende Gefühl von Elektrizität, die über seine Haut tanzte, wahrnehmen, bevor sich die Welt um ihn herum abrupt auflöste.

Ja, es gab keine andere Art, es zu beschreiben.

Von einem Schritt zum anderen verschwand das harte Gestein unter seinen Füßen, zusammen mit den Lehmwänden des Tunnels, und er stürzte in eine erstickende Finsternis.

Uriel fluchte und schlang seine Arme beschützend um Kata, während er sich drehte, um rückwärts zu fallen. Er wusste nicht, wo sie landen würden, aber er war sich recht sicher, dass die Landung schmerzhaft sein würde.

Zwei Sekunden später bestätigten sich seine schlimmsten Befürchtungen.

Sie schlugen nicht nur mit genügend Wucht auf dem Boden auf, um sich mehrere Knochen zu brechen, sondern die Felsbrocken, die verstreut auf dem Steinboden lagen, waren außerdem auch noch scharf genug, um ihm das Fleisch aufzuschlitzen.

Da er vorübergehend betäubt war, konnte Uriel Kata nicht daran hindern, sich aus seinen Armen zu befreien. Auf ihrer Wange befand sich ein kleiner Blutfleck, ansonsten wirkte sie jedoch unverletzt. Das hatte sie ihm zu verdanken. Allerdings erwartete er nicht gerade Dankbarkeit in Hülle und Fülle. Gott, sie heuchelte nicht einmal Besorgnis beim Anblick seines zerschmetterten und blutenden Körpers. Stattdessen stand sie auf und betrachtete ihre Umgebung mit kaum gezügeltem Entsetzen.

Er verstand ihre Angst.

Die Hölle wurde ihrem abscheulichen Ruf absolut gerecht.

Uriel erhob sich vorsichtig und ergriff sein Schwert, während er mit dem Blick die riesige Höhle absuchte, die dem Begriff »düster« eine völlig neue Bedeutung verlieh.

Breite Lachen aus rot glühender Lava flossen zwischen den schwarzen, zerklüfteten Felsen dahin, und das Glühen, das von den turmhohen Stalaktiten und Stalagmiten ausging, verlieh ihnen das Aussehen von Zähnen irgendeines grauenhaften Monstrums.

Noch schlimmer war jedoch die Tatsache, dass die überragenden Sinne, auf die Uriel sich verließ, durch die sonderbare Atmosphäre gedämpft wurden.

Er konnte nicht eine einzige verdammte Sache riechen außer

dem beißenden Schwefelgestank, seine Sicht war auf die Höhle begrenzt, die sich vor ihm erstreckte, und er war nicht imstande zu erkennen, ob sie allein waren oder ob sich tausend dämonische Seelen darauf vorbereiteten, sie anzugreifen.

Er hatte die vergangenen vierhundert Jahre damit verbracht, das Raubtier zu sein, nicht die Beute.

Es gefiel ihm nicht, sich verletzlich zu fühlen.

Tatsächlich machte es ihn ausgesprochen wütend.

Genau wie Katas unübertreffliche Gleichgültigkeit ihm gegenüber ihn wütend machte.

Was stimmte nicht mit dieser Frau?

Er war derjenige, der dazu gezwungen worden war, zu ihrer Rettung zu eilen, trotz ihrer intimen Vergangenheit mit einem Dschinn. Und dennoch behandelte sie ihn, als sei er ein unwillkommener Eindringling, während er …

Was denn?

Uriel schnitt eine Grimasse.

Weshalb sollte er es leugnen? Ihn quälte das brutale Bedürfnis, die sinnliche Frau zu beschützen. Es war ein Bedürfnis, das beinahe ebenso mächtig war wie seine ungewollte Begierde. Solche Instinkte konnten einem Vampir gefährlich werden. Es deutete auf eine Verbindung zu der Frau hin, die zu akzeptieren er nicht bereit war.

Er wünschte sich zu glauben, dass es sich dabei um einen Zauber handelte. Oder vielleicht auch um einen heimtückischen Dschinntrick.

Zu schade, dass es sich so ungemein real anfühlte.

Frustration wallte in ihm auf. War es nicht schon schlimm genug, dass er direkt in eine Falle spaziert war, die ihn geradewegs in die Hölle gesogen hatte? Nun musste er auch noch von der Frau besessen sein, die allein für seine augenblicklichen Probleme verantwortlich war?

Kata, die seine Verärgerung ungerührt ließ, schlängelte sich durch die Lava, die so ungemein mühelos imstande war, ihr zartes Fleisch zu zerstören.

»Yannah!«, rief sie. Ihre Stimme klang verzweifelt. »Yannah!«

»Verdammt.« Uriel steckte sein Schwert zurück in die Scheide und ging zu Kata. Er konnte kaum dem Bedürfnis widerstehen, sie in seine Arme zu ziehen. »Versucht Ihr die Aufmerksamkeit jeder scheußlichen Bestie in der Unterwelt zu erregen?«

»Dort befinden wir uns also?« Sie funkelte ihn wütend an, als wäre diese Sache ganz allein seine Schuld.

»Woher soll ich das wissen?« Uriel ließ einen angewiderten Blick über ihre giftige Umgebung schweifen. »Ungeachtet der weit verbreiteten Meinung bin ich nicht aus dem Schlund der Hölle gekrochen.«

Kata schlang die Arme um ihren Oberkörper und schob verteidigend das Kinn vor.

»Das ist kaum zu glauben.«

»Da die Schuld an unserer Anwesenheit hier vollständig bei Euch liegt, würde ich an Eurer Stelle nicht mit Beleidigungen um mich werfen, mein Schatz.«

»Ich habe Euch nicht gebeten, in meine private Zelle zu stürmen.«

»Nein«, entgegnete er rasch, »aber Eure Tochter.«

Unvermittelt nahm ihr Gesicht einen sanfteren Ausdruck an. »Laylah«, flüsterte sie.

»Ja.«

»Es tut mir leid.« Kata senkte den Kopf und verbarg ihr schönes Gesicht hinter dem dichten Vorhang aus dunklen Haaren. »Ich wollte sie nur warnen. Ich wollte nicht, dass sie sich selbst oder irgendeine andere Person in Gefahr bringt, um mich zu finden.«

Uriel hob die Hand, um ihr die glänzenden Locken nach hinten zu streichen, zog sie aber dann wieder zurück.

»Das spielt jetzt keine Rolle mehr«, brachte er zwischen zusammengebissenen Zähnen hervor. »Wir müssen einen Weg hinaus finden.«

»Hinaus?«

»Es sei denn, Ihr möchtet bleiben«, meinte er gedehnt. »Vielleicht möchtet Ihr ja eine Busrundfahrt buchen?«

Abrupt legte sie den Kopf in den Nacken, um seinen tadelnden Blick zu erwidern. Sie wirkte unerträglich jung. Was für einen Zauber der Magier auch immer eingesetzt haben mochte, um sie am Leben zu halten – er hatte dafür gesorgt, dass sie seit ihren frühen Zwanzigern in Menschenjahren nicht mehr gealtert war.

»Müsst Ihr Euch unbedingt wie ein Esel aufführen?«

»Ich ...« Die Worte blieben ihm im Hals stecken, als er den feuchten Schimmer in ihren wunderschönen Augen bemerkte. »Weint Ihr etwa?«

»Nein«, erwiderte sie, womit sie absurderweise seine Beobachtung leugnete, und wandte sich rasch der wogenden Lava zu. »Lasst mich allein.«

Das sollte er eigentlich tatsächlich tun.

Victor hatte ihn gebeten, sich auf die Suche nach der gefangenen Roma zu begeben. Er hatte nicht das Geringste darüber gesagt, dass er die Frau vor den Bestienhorden beschützen solle, die Gerüchten zufolge die Unterwelt bevölkerten.

Niemand würde ihm einen Vorwurf machen, wenn er sie ihrem Schicksal überließe.

Bedauerlicherweise war er nicht zu Victors rechter Hand geworden, indem er seine Pflicht beiseiteschob, wenn die Angelegenheiten schwierig wurden. Wenn er mit einer Aufgabe begann, dann brachte er sie auch zu Ende.

Und genau aus diesem Grund streckte er die Hand nach Kata aus, um sie sanft in seine Arme zu ziehen. Mit den Daumen wischte er die Tränen ab, die ihre Wangen benetzten.

»Kata, ganz ruhig«, murmelte er. »Ich werde für uns einen Weg hier heraus finden.« Er warf einen Blick zu der Öffnung in der Ferne auf der anderen Seite der Höhle. »Oder bei dem Versuch sterben.«

Der Blick aus ihren dunklen Augen ließ eine unverkennbare Angst erkennen. »Seid Ihr Euch sicher, dass wir nicht bereits tot sind?«

»Wie bitte?«

»Wie können wir uns in der Unterwelt befinden, wenn wir nicht gestorben sind?«

Ein schwaches Lächeln legte sich auf seine Lippen, während er seine Hände über ihren langen, schlanken Hals gleiten ließ.

»Warme Haut, ein gleichmäßiger Puls …« Uriel bemerkte kaum, dass er sich bewegte. Er senkte den Kopf, um mit seinen Lippen die Mulde hinter ihrem Ohr zu berühren, und liebkoste die seidige Weichheit ihrer Haut. »Der Duft von Tigerlilien«, meinte er mit heiserer Stimme. »Ich kann Euch versichern, dass Ihr absolut am Leben seid.«

»Oh.« Sie erbebte, und der Duft ihrer Erregung erfüllte die Luft, während Uriel eine Reihe von Küssen auf den verräterischen Puls unten an ihrem Hals drückte. »Was tut Ihr da?«

»Ich glaube, ich sollte es noch einmal überprüfen«, sagte er. Sein intensives Vergnügen daran, sie zu berühren, gewann die Oberhand über die kleine Menge an Verstand, die er für sich in Anspruch nahm. »Wir können nicht vorsichtig genug sein.«

»Ich habe Euch gewarnt, Vampir …«, keuchte Kata und hob die Hände zu seiner Brust. Zweifelsohne hatte sie die Absicht, ihn von sich zu stoßen oder vielleicht sogar etwas noch Schlimmeres zu tun, aber stattdessen spreizte sie die Finger über seinen verkrampften Muskeln. Die Hitze ihrer Berührung brannte sich durch das dünne Material.

»Uriel!«, stieß er mit rauer Stimme hervor.

»Wie bitte?«

»Mein Name lautet Uriel.«

Sie erzitterte. »Uriel.«

KAPITEL 5

Während der langen Jahre ihrer Gefangenschaft war Kata mehr als einmal nur knapp dem Wahnsinn entgangen. Und das nicht nur wegen der endlosen Tage, die sie gefangen auf dem schmalen Feldbett hatte verbringen müssen, sondern auch, weil sie so furchtbar allein gewesen war.

Trotz ihrer Fähigkeit, die Welt durch Marika und Laylah wahrzunehmen, und Yannahs gelegentlicher Besuche war ihre Isolation eine einzige Qual gewesen. Sie war ein Mensch, der von liebenden Eltern aufgezogen worden war, die ihre Zärtlichkeit offen hatten ausleben können. Dass ihr der Trost durch ihre Familie und ihre liebevolle Sippe plötzlich versagt worden war, empfand sie als ein schlimmeres Schicksal als den Tod.

Sie sehnte sich inständig nach Gesellschaft.

Das war der einzige Grund dafür, dass sie den Kopf in den Nacken legte, um Uriels suchende Lippen zu ermutigen, und dass sie die Hände hob, um sie in seine dichten Locken zu graben. Nur aus diesem Grund wölbte sie sich seiner vielversprechenden wachsenden Erektion entgegen …

Heilige Mutter. Gnadenlose Begierde loderte in ihr auf und riss sie mit einiger Verspätung aus ihrer Selbsttäuschung.

Nur Trost allein ließ das Herz einer Frau nicht vor wilder Erregung rasen oder brachte ihren Magen dazu, sich erwartungsvoll zusammenzuziehen.

Das war Lust.

Rohe, verzweifelte, wilde Lust.

»Halt.« Ihre Hände glitten zurück zu seiner Brust, aber dieses Mal ließ sie sich nicht von den fein gemeißelten Muskeln und der eisigen Macht ablenken. »Uriel, habt Ihr den Verstand verloren?«

Mit einem leisen Aufstöhnen hob er den Kopf. Seine Augen waren dunkel und ließen ein Verlangen erkennen, das tief in ihrem Inneren seinen Widerhall fand.

»Das muss wohl der Fall sein«, murmelte er mit heiserer Stimme und ließ seine Hände beleidigend schnell sinken. »Es kann keine andere Rechtfertigung dafür geben.«

Kata weigerte sich, sich den stechenden Schmerz des Verlustes einzugestehen, und trat einen Schritt zurück. Bei der brennenden Hitze an der Rückseite ihrer Beine zuckte sie zusammen. Diese verdammte Lava.

»Ihr habt darüber gesprochen, einen Weg hier heraus zu finden«, meinte sie steif.

»Das ist wahr.«

Sie hob die Augenbrauen. »Und?«

Er grimassierte. »Und das ist etwas, das ein Mann sagt, um einer hysterischen Frau Trost zu spenden.«

»Ich war nicht hysterisch.«

»Ihr habt geweint.«

Sie zog eine Schulter hoch und weigerte sich zuzugeben, dass sie sich für einen kurzen Augenblick verletzlich gezeigt hatte. Wenn Marika sie schon nichts anderes gelehrt hatte, dann zumindest das, dass bereits das leiseste Anzeichen von Schwäche ausgenutzt werden konnte.

»Ihr wollt damit also sagen, dass Ihr nicht die geringste Ahnung habt, wie wir von hier verschwinden können?«

Uriel spannte den Kiefer an, als fühle er sich gekränkt durch ihren Vorwurf. »Wenn Ihr Eure Tochter davor gewarnt hättet, dass jeder, der zu Eurer Rettung ausgesandt werden würde, in die Hölle gesogen werden würde, wäre ich womöglich angemessen vorbereitet gewesen.«

»Es ist wohl wahrscheinlicher, dass Ihr überhaupt nicht erst hergekommen wäret.«

»Ich hatte immerhin keine andere Wahl.«

Bei seiner sachlichen Aussage zuckte Kata zusammen.

Das setzte diesem abscheulichen Tag doch wohl die Krone auf.

Sie hatte bereits gemerkt, dass Uriel sich nicht gerade darum geschlagen hatte, die Rolle des Ritters in glänzender Rüstung zu spielen, aber ihr war nicht bewusst gewesen, dass er es tatsächlich gegen seinen Willen tat.

»Ihr wurdet dazu gezwungen?«

Er ignorierte ihre Frage und zog sein riesiges Schwert aus der Scheide.

»Wir können nicht hier stehen bleiben und hoffen, dass sich ein Tor öffnen wird.« Er begann, sich seinen Weg zwischen den Lavalachen und rasiermesserscharfen Felsen hindurch zu bahnen. »Gehen wir.«

Kata zögerte nur einen kurzen Moment und folgte ihm dann den schmalen Pfad entlang.

»Ihr habt meine Frage nicht beantwortet. Wurdet Ihr gezwungen, mich zu retten, oder nicht?«, stieß sie zwischen zusammengebissenen Zähnen hervor.

Er ging weiter, ohne anzuhalten. »Spielt das eine Rolle?«

Spielte es eine Rolle?

Ja, verdammt.

Und weshalb?

Sie hatte nicht die geringste Ahnung.

Alles, was sie mit Sicherheit wusste, war, dass sie für diesen nervtötenden Vampir nicht mehr bedeutete als eine lästige Pflicht.

»Ich …«

»Was?«, fragte er nach.

»Ich wusste nicht, dass meine Seele an die von Marika gebunden ist. Das erfuhr ich erst kurz bevor wir uns begegneten«, sagte sie. Aus irgendeinem Grund war es ihr wichtig, ihn wissen zu lassen, dass sie ihn nicht absichtlich in eine Falle gelockt hatte.

Uriel murmelte irgendetwas vor sich hin, zu leise, als dass sie es hätte verstehen können, und durchquerte vor Kata die Lücke im hinteren Bereich der Höhle. Er war gezwungen, sich beinahe völlig zusammenzukrümmen, als sie sich durch die Öffnung zwängten und etwas erreichten, das …

Eine Höhle war, die ganz genau der Höhle glich, die sie soeben verlassen hatten.

Kata schnitt eine Grimasse. Sie machte sich nicht die Mühe, darauf hinzuweisen, dass es höchstwahrscheinlich kein Entrinnen von diesem entsetzlichen Ort gab. Weshalb hätte sie dies auch tun sollen?

Uriel musste wohl der gleiche Gedanke beschleichen.

Er hielt es jedoch offensichtlich nicht für notwendig, ihr mitzuteilen, was er dachte. In Anbetracht der Aufmerksamkeit, die er ihr schenkte, hätte sie ebenso gut ein streunender Straßenköter sein können.

Dieser lästige Dummkopf.

Schweigend wanderten sie durch die Höhle und hatten fast die Öffnung im hinteren Bereich erreicht, als Uriel abrupt herumwirbelte und mit dem Blick die Schatten durchsuchte.

»Verdammt.«

Sie runzelte die Stirn. »Was gibt es denn nun schon wieder?«

»Etwas folgt uns.« Er legte den Kopf in den Nacken, als wittere er. »Mehrere Etwasse.«

»Dämonen?«

»Phantome«, verbesserte er sie.

»Das ist ja einfach perfekt«, murmelte sie und duckte sich instinktiv, als er an ihr vorbeistürzte und mit seinem überdimensionalen Schwert zum Schlag gegen die lichtdurchlässige Kreatur ausholte, die sich aus dem Dampf bildete, welcher aus den Lavagruben aufstieg.

Ein Wutschrei war zu hören, und Kata biss sich auf die Lippe, als das Phantom angriff und Uriel mit schockierender Wucht gegen einen der Stalagmiten schleuderte. Grimmig ignorierte der Vampir seine Verletzungen und stürzte sich erneut auf den Feind, der seine Aufmerksamkeit nun Kata zugewandt hatte.

Sie erblickte das Funkeln boshafter roter Augen inmitten des schwarzen Nebels, aus dem das Phantom bestand, bevor Uriel sich mit einem Satz vor sie katapultierte. Er ließ das Schwert zu Boden fallen, als er stattdessen die Hand ausstreckte und eine Machtexplosion freisetzte.

Das Phantom versuchte seiner Vorwärtsbewegung Einhalt zu gebieten, doch es war zu spät. Uriels eisige Macht hüllte die Kreatur ein und vernichtete sie, bevor sie imstande war, wieder in der Lava zu verschwinden.

Kata beobachtete den Kampf und hätte daher beinahe das zweite Phantom übersehen, das sich aus der Lava hinter ihr erhob. Erst als sie den stechenden Schmerz mitten in ihrem Rücken spürte, drehte sie sich verspätet um, um der Gefahr ins Auge zu blicken.

Ohne Uriels rohe Gewalt oder seine Vampirkräfte war Kata ernsthaft eingeschränkt, was ihre Verteidigungsfähigkeiten betraf. Und weshalb sollte es auch anders sein? Bevor Marika sich in eine Vampirin verwandelt hatte, war die einzige Verteidigungswaffe, die sie benötigt hatte, ihre scharfe Zunge gewesen. Sie war eine Heilerin, keine Kämpferin.

Es war verdammt schade, dass sie die schwebende Kreatur nicht würde überzeugen können, die Angelegenheit mit einem Lächeln und einem Handschlag beizulegen.

Verdammt, sie wusste wegen all des wabernden Nebels nicht einmal, ob die Kreatur überhaupt Hände besaß.

Kata machte einen Schritt nach hinten, hielt ihre zur Faust geballte Hand in die Höhe und sang leise einige Worte vor sich hin. Sie brannten sich in ihr Gehirn ein wie Feuer. Dann vollendete sie den Zauber, setzte den Fluch frei und ließ ihn auf ihren Angreifer los.

Sie hatte nicht die geringste Ahnung, ob er überhaupt in der Lage war, einem Phantom irgendeinen Schaden zuzufügen.

Dieses Wesen besaß keinen greifbaren Körper, doch es verfügte über eine Essenz, die physische Gestalt annehmen konnte.

Alles, was sie tun konnte, war, das Beste zu hoffen.

Eine Minute lang geschah gar nichts.

Nun ja, das stimmte nicht ganz. Die Kreatur schwebte weiterhin auf sie zu, während Kata hinter sich das ersterbende Kreischen von Uriels Gegner hören konnte. Aber ihr Fluch schien vollkommen fehlzuschlagen.

Kata durchforstete ihren Verstand verzweifelt nach etwas, *irgendetwas,* das dem Phantom möglicherweise schaden konnte, und atmete überrascht ein, als die Luft sich mit einem Mal durch den Zwang ihrer Worte zu verdichten begann. Ihr Fluch funktionierte nicht nur, sondern nahm eine Intensität an, die zu beschwören sie zuvor noch nie imstande gewesen war.

Das war offenbar ein Vorteil davon, sich in der Hölle zu befinden, dachte sie sarkastisch und trat hastig einen Schritt zurück, als das Phantom zu pulsieren begann, beinahe so, als würde es von innen aufgeblasen. Und dann explodierte die Kreatur mit einem Schrei, der Kata beinahe ertauben ließ.

Es ließ sich nicht anders beschreiben.

Zuerst war es noch eine schwebende Masse aus schwarzem Nebel, und urplötzlich tropften winzige Fetzen einer öligen Substanz von den Stalagmiten in ihrer Nähe herunter.

Kata hatte kaum Zeit, das überwältigende Resultat ihres Fluches zu bewundern, denn Uriel hob sie hoch und warf sie sich über die Schulter.

»He …« Ihr Kopf prallte gegen die harten Muskeln seines Rückens, als er mehrere Tümpel mit kochender Lava übersprang und zur Seitenwand der Höhle eilte. »Halt! Setzt mich ab!«

Der Vampir beachtete ihren Protest nicht weiter, duckte sich und zwängte sich durch eine verborgene Öffnung in eine andere Höhle. Diese ähnelte der vorherigen, doch es gab so viele Unterschiede, dass Kata zumindest der ermutigende Gedanke kam, dass sie sich wohl nicht endlos im Kreis bewegten.

Allerdings bot sich ihr nicht viel Gelegenheit dazu, die vorüberziehende Landschaft zu bewundern.

Uriel stürmte von einer Höhle in die nächste und blieb erst stehen, als Kata begann, mit ihren kleinen Fäusten auf seinen Rücken einzutrommeln. Verkehrt herum geschaukelt zu werden, verursachte ihr ein Gefühl der Übelkeit.

»Verdammt, ich sagte doch, dass Ihr mich absetzen sollt!«, brachte sie heiser hervor.

Uriel brachte murmelnd seine Meinung über Frauen, die nicht einmal den Verstand eines Flandra-Dämons besaßen, zum Ausdruck und setzte sie auf einem Pfad ab, der zwischen zwei steilen Klippen entlangführte. Kata weigerte sich, einen Blick über die Kante zu werfen. Sie wollte nicht wissen, ob es weit unter ihr einen Boden gab. Oder was da unten lauern mochte.

Die Angelegenheit war auch so bereits schlimm genug.

Uriel schien ihr darin zuzustimmen.

»Seid Ihr nun zufrieden?«, fragte er, ohne den Blick von ihrem blassen Gesicht abzuwenden.

Sie leckte sich über die trockenen Lippen. »Vielleicht sollten wir uns trennen.«

Er blinzelte verblüfft und musterte sie, als sei ihr ein zweiter Kopf gewachsen.

»Uns trennen?«

»Ihr wisst schon, Ihr geht in die eine Richtung, ich in eine andere.« Sie vollführte eine Handbewegung. »Das ist ein recht einfaches Konzept.«

»Das begreife ich durchaus«, knurrte er, »ich verstehe nur nicht, weshalb Ihr so etwas Idiotisches vorschlagt. Ohne meinen Schutz würdet Ihr keine fünf Minuten überleben.«

Das entsprach der Wahrheit.

Obgleich ihr Fluch gegen das Phantom gewirkt hatte, wäre sie nicht imstande, einen weiteren heraufzubeschwören, bevor sie Gelegenheit gehabt hatte, sich auszuruhen. Und sie bezweifelte sehr stark, dass Phantome die einzigen scheußlichen Wesen waren, die nur darauf warteten, aus den Schatten hervorzukriechen.

Aber sie war von Marika ihres Stolzes und ihrer Würde beraubt worden. Das würde sie nicht wieder geschehen lassen.

Sie stellte nicht die gute Tat dieses Vampirs dar.

»Weshalb spielt das für Euch eine Rolle?«

»Ich glaube, die Frage sollte besser folgendermaßen lauten: Weshalb versucht Ihr Euch von mir zu befreien?« Er kniff argwöhnisch die Augen zusammen, das Gesicht in den rötlichen Schein getaucht, der die Höhle erfüllte. Eigentlich hätte er – beängstigend, sogar unheilvoll wirken müssen, so wie er mit seinem großen Schwert und den blitzenden Fangzähnen dastand. Doch stattdessen war seine männliche Schönheit so überirdisch, dass Katas Herz vor Sehnsucht schmerzte. »Verfügt Ihr und Yannah irgendwo über ein geheimes Tor, durch das Ihr entkommen könnt, sobald Ihr Euch von mir befreit habt?«

Kata ballte die Hände zu Fäusten. Ob er nun schön war oder nicht – sie wünschte sich, ihm einen Hieb auf die Nase verpassen zu können.

Sie versuchte dies hier für ihn zu tun. Dieser Trottel!

»Ja, all dies ist eine ausgeklügelte Falle, die ich gemeinsam mit Yannah ersonnen habe, nur auf die entfernte Möglichkeit hin, dass irgendein lästiger Vampir gezwungen sein würde, zu meiner Rettung zu eilen«, spottete sie. »Raffiniert, nicht wahr?«

»Die Falle war nicht für mich gedacht, sondern für Laylah.«

Kata holte schockiert Luft, und pure Wut durchzuckte sie bei dieser ungerechten Beschuldigung.

Sie hatte endlose Jahre durchlitten, in denen sie gefangen gehalten worden war und unerträgliche Qualen hatte ertragen müssen, um ihre Tochter zu beschützen. Und sie würde auch noch weitere Jahrhunderte auf sich nehmen, falls es nötig war.

»Dreckskerl!« Ohne zu überlegen, stürzte sie sich auf den nervtötenden Vampir und bearbeitete seinen massiven Brustkorb wild mit den Fäusten. »Ich habe alles für die Sicherheit meiner Tochter geopfert! Alles!«

Hastig steckte Uriel sein Schwert in die Scheide, schlang seine Arme um Katas zitternden Körper und zog sie fest an sich.

»Ganz ruhig, Kata.«

Sie legte den Kopf in den Nacken, um ihn mit einem warnenden Blick zu durchbohren. »Behauptet bloß niemals wieder, ich würde versuchen, ihr Schaden zuzufügen!«

»Na schön.« Er hob eine Hand, um ihr mit vorsichtiger Miene sanft das Haar aus dem Gesicht zu streichen. »Wenn es sich hierbei nicht um eine Falle handelt, weshalb versucht Ihr dann, Euch von mir zu befreien?«

»Vielleicht mag ich Euch nicht«, murmelte sie.

In Uriels Augen flammte eine Hitze auf, die es mit der Lava

aufnehmen konnte, welche sich nur wenige Schritte entfernt über die Klippe ergoss.

»Das könnte ich ändern, wenn ich es wollte«, stieß er mit rauer Stimme hervor.

Das war absolut wahr.

Kata mochte sich die brennende Erregung zwar nicht eingestehen wollen, die zwischen ihnen existierte. Oder das eigentümliche Gefühl, seit ihrer Zeit als junges Mädchen darauf gewartet zu haben, dass genau dieser Mann in ihr Leben platzte. Aber diese gefährlichen Gefühle zu ignorieren brachte sie nicht zum Verschwinden.

»Bitte, Uriel ...«, flüsterte sie. Sie war sich des sanften Streichelns seines Daumens über ihre Wange voll und ganz bewusst.

»Sage mir, weshalb du versuchst, dich von mir zu befreien.«

Sie stieß einen resignierten Seufzer aus. Dieser halsstarrige Dämon.

»Meine wahnsinnige Schwester ist dafür verantwortlich, dass wir nun hier sind, und es gibt keinen Grund, weshalb wir beide leiden müssen.«

Er verzog die Lippen. »Und du denkst, wenn wir uns trennen, wird das mein Leiden beenden?«

»Wir wissen beide, dass es weitaus wahrscheinlicher ist, dass Ihr entkommen könnt, wenn ich Euch nicht aufhalte.« Sie erzitterte, als Uriel seinen Daumen zu ihrer Unterlippe gleiten ließ, um diese zu liebkosen. »Also geht.«

»Nein.«

»Warum nicht?«

Uriel runzelte die Stirn, als sei er verärgert darüber, dass er gezwungen wurde, tatsächlich über seine Beweggründe nachzudenken.

»Ich beende stets, was ich anfange«, sagte er schließlich.

Er beendete stets, was er anfing?

Das war lahm. Ein wahrhaft schwaches Argument.

Er sollte besser hoffen, dass er kein Empfehlungsschreiben benötigte, falls er die Absicht hatte, sich seinen Lebensunterhalt in Zukunft mit der Rettung von Jungfrauen in Nöten zu verdienen, denn soweit es sie anbelangte, war er alles andere als gut darin.

»Ich bin nicht Eure Verpflichtung!«, fuhr sie ihn an.

»Für den Augenblick doch.«

»Weil meine Tochter Euch geschickt hat?«

»Weil mein Clanchef mich geschickt hat.«

Kata verdrehte die Augen. Sie liebte Laylah, aber warum um alles in der Welt ließ sich das Mädchen mit Vampiren ein?

»Na schön, Ihr kamt, Ihr saht, und Ihr siegtet. Nun geht fort.«

»Ich werde nicht ohne dich gehen.« Er verschränkte die Arme vor der Brust. »Du solltest darüber hinwegkommen.«

In Ordnung, jetzt reichte es.

Sie hatte versucht, freundlich zu sein, hatte versucht, sein Wohlergehen über das ihre zu stellen.

Nun wünschte sie sich nur, ihm einen Tritt in seine Hoden zu verpassen.

»Hört mal, Ihr arroganter Esel, ich habe …«

»Es hat keinen Zweck, mit einem Vampir zu streiten, meine Liebe«, unterbrach eine sanfte, melodische Stimme ihre Tirade.

Kata wirbelte erschrocken herum und presste eine Hand auf ihr Herz, als sie die winzige Dämonin erblickte, von der sie gedacht hatte, sie sei für alle Zeiten verschwunden.

»Yannah, der Göttin sei Dank!«, keuchte sie und bemerkte kaum, dass die weiße Robe der Dämonin vollkommen makellos und ihr Haar zu einem ordentlichen Zopf zusammengenommen war. Im Gegensatz zu Kata, die so aussah, als sei sie durch die Hölle gegangen. Und zwar buchstäblich. »Ich hatte schon befürchtet …«

»Ich sei tot?«, ergänzte Yannah hilfsbereit.

»Ja.«

»Albernes Mädchen.« Yannah deutete mit der Hand auf die andere Seite der Höhle. »Mein Haus befindet sich direkt auf der anderen Seite der Lavagrube.«

Kata schüttelte verwirrt den Kopf. Im Lauf der Jahre hatte sie Yannahs Angewohnheit, aus dem Nichts in ihrer Zelle aufzutauchen und ebenso schnell wieder zu verschwinden, akzeptiert, ohne sich wirklich Gedanken darüber zu machen, woher sie überhaupt kam.

Aber selbst wenn sie darüber nachgedacht hätte, wäre ihr sicher nicht als Erstes die Unterwelt eingefallen.

»Du lebst hier?«

Yannah rümpfte die Nase, unerwarteterweise gekränkt durch Katas offenkundigen Unglauben.

»Ich bin mir nicht ganz sicher, ob mir dein Ton gefällt. Meine Umgebung ist zufällig sehr hübsch, und zu deiner Information: Ich besitze eine ganz reizende Wohnung in Mayfair für die Zeit, in der ich mich auf der anderen Seite aufhalte.«

Kata öffnete den Mund, um sie um Verzeihung zu bitten, wurde aber unterbrochen, als Uriel direkt zwischen sie und die Dämonin trat.

»Ihr könnt Euch zwischen den Dimensionen bewegen?«, knurrte er.

»Wir haben keine Zeit für Fragen«, sagte Yannah und drehte sich zur Seite.

Sie schwenkte ihre Hände in komplizierten Bewegungen über dem Rand der Klippe hin und her und ignorierte Uriels ungeduldige Forderung nach Erklärungen.

Kata legte die Stirn in Falten. Gab die Dämonin vor, ein Orchester zu dirigieren? Rief sie nach Verstärkung? Oder hatte sie vollkommen den Verstand verloren?

Die Antwort war weitaus unerwarteter.

Die Finsternis vor ihr begann sich zu bewegen, als sei sie lebendig. Und dann, ohne Vorwarnung, hieb Yannah mit der Hand nach unten, und ein sonderbares Geräusch war zu vernehmen, als zerreiße die Luft selbst in zwei Teile.

Heilige Mutter.

Kata schüttelte den Kopf, überwältigt von der schockierenden Machtentfaltung.

»Kommt schon.« Ungeduldig bedeutete Yannah ihnen mit einer Geste, dass sie sich nähern sollten. »Hier hindurch.«

Zögernd bewegte sich Kata auf die Öffnung zu. Sie wollte Yannah nicht kränken, aber sie war sich nicht sicher, ob sie dem eigenartigen Wesen voll und ganz traute.

Uriel hingegen bereitete es keine Probleme, sich unverhohlen kränkend zu äußern.

Er trat neben sie und deutete mit einem Finger auf die Öffnung. »Wohin führt sie?«

»Habe ich nicht gerade gesagt, dass wir keine Zeit für Fragen haben?« Yannah wandte sich mit verwirrter Miene Kata zu. »Wurde er am Kopf getroffen?«

»Yannah …«, versuchte Kata die Dämonin zu beschwichtigen. Sie selbst war nicht eifriger darauf bedacht als Uriel, ein Loch im Raum zu betreten.

Bedauerlicherweise hatte sie keine andere Wahl.

Da sie das gähnende Loch in dem studierte, was womöglich das ureigene Gewebe des Raum-Zeit-Kontinuums war, entging Kata, dass Yannah sich von hinten an sie heranschlich. Erst als sie die winzigen Hände der Dämonin auf ihrem Hintern fühlte, bemerkte sie die Gefahr, in der sie schwebte.

Sie gab einen erstickten Angstschrei von sich, als Yannah sie in das Loch stieß.

KAPITEL 6

Es kam nur selten vor, dass Uriel sich überrumpeln ließ.

Ein selbstzufriedener Vampir war ein toter Vampir.

Aber da er durch die Aussicht auf einen verborgenen Fluchtweg abgelenkt gewesen war, hatte er die Absicht der winzigen Dämonin nicht erkannt, bis es zu spät gewesen war.

Uriel fluchte, als er zusah, wie Kata in das Portal gestoßen wurde, aber er zögerte nicht. Er stieß Yannah beiseite und stürmte vorwärts, und es gelang ihm, die Arme um Katas Taille zu schlingen. Gemeinsam fielen sie durch den schimmernden Nebel.

Uriel hatte das Gefühl, im freien Fall durch einen Tunnel aus schwarzer Leere zu stürzen, und instinktiv zog er Kata dichter an seinen Körper. Im Augenblick war sie das einzig Reale in der wabernden Finsternis.

Da Uriel in ihren süßen Duft nach Tigerlilien und die unwiderstehliche Wärme ihres üppigen Körpers eingehüllt war, überkam ihn das durchdringende Verlangen, immer weiter zu fallen. Ihm war alles recht, nur um diese Frau weiterhin in den Armen halten zu können.

Das war natürlich Irrsinn.

Immerhin war er ein Vampir.

Für Vampire galt »Und sie lebten glücklich und zufrieden bis an ihr seliges Ende« nicht. Oder auch nur »Ich rufe dich morgen an«.

Zumindest, bis sie ihre Gefährtin fanden.

Und diese Frau konnte nicht seine Gefährtin sein.

Oder?

Bevor er tatsächlich über diese beunruhigende Frage nachdenken konnte, endete der freie Fall abrupt.

Nachdem Uriel auf der anderen Seite aus dem Portal gestolpert war, drehte er sich hastig um, um Kata zu schützen, da sie in einem dichten Wald herauskamen.

Er krachte schmerzhaft mit dem Rücken auf den mit Moos bedeckten Boden, als sich seine Füße im Unterholz verfingen. Jedoch bemerkte er den Felsen, der sich in seine Schulter bohrte, und das Geschrei der von ihren Nestern aufgescheuchten Vögel über ihnen überhaupt nicht.

Stattdessen fauchte er vor Furcht, als eine leichte Brise das dichte Blätterdach in Bewegung versetzte und das Sonnenlicht Sprenkel auf seine Haut warf.

Es war Jahrhunderte her, seit er zuletzt die Sonne gesehen hatte. Und das aus gutem Grund.

Vampire plus Tageslicht ist gleich augenblicklicher Tod.

Das hatte er im Lauf der Jahre zu vermeiden versucht.

Nun machte er sich auf den brennenden Schmerz gefasst.

Doch der Schmerz stellte sich nicht ein.

Allmählich wich sein Erstaunen der Erkenntnis, dass dieser Ort nichts weiter war als eine Illusion. Es konnte keine andere Erklärung dafür geben.

Auf irgendeine Weise hatte Yannah diese Paradiesblase inmitten der Unterwelt erschaffen.

Aber wie? Und, was noch wichtiger war, weshalb?

Da er dermaßen durch die Möglichkeit einer spontanen Selbstentzündung abgelenkt gewesen war, hätte Uriel beinahe das Bündel aus sinnlicher Frau vergessen, das er in den Armen hielt. Zumindest, bis diese sich aus seinem Griff wand und davonschoss.

»Kata!«

Uriel zwang sich selbst, das enervierende Sonnenlicht zu ignorieren, und folgte ihr eilig. Er hatte sie beinahe eingeholt, als sie am Rand einer großen Lichtung abrupt stehen blieb.

Da er ihre Anspannung spürte, studierte er die Wiese, die mit Wildblumen übersät war, sowie das seichte Flüsschen, das träge durch das Gras hindurchströmte. Soweit er erkennen konnte, waren sie in dieser eigenartigen Vision allein, doch das bedeutete nicht, dass keine Gefahren zwischen den Bäumen, von denen sie umgeben waren, oder in den Hügeln in der Ferne lauerten, die sich als Silhouette gegen den Horizont abhoben.

Selbst im Paradies hatte es eine Schlange gegeben.

Kata, die neben ihm stand, schüttelte langsam den Kopf, und ihre wunderschönen Augen waren ungläubig geweitet.

»Nein …«, flüsterte sie, »das kann nicht sein!«

»Nimmst du irgendetwas wahr?«

Sie schüttelte den Kopf und machte vorsichtig einen Schritt nach vorn. »Ich kenne diesen Ort.«

Obgleich er wusste, dass es eine Illusion war, musste Uriel gegen sein instinktives Widerstreben ankämpfen, aus dem Schatten der Bäume auf die sonnenüberflutete Lichtung zu treten.

»Sei vorsichtig, Kata.«

Sie legte den Kopf schräg, um seinen besorgten Blick zu erwidern. Das goldene Sonnenlicht leuchtete auf ihrer Haut, und ihre dunklen Locken ergossen sich in einem herrlichen Durcheinander über ihren Rücken.

»Was gibt es?«

Einen Moment lang war er sprachlos. Sie war so – exquisit. Doch es war nicht ihre Schönheit, die ihn in ihren Bann zog. Oder zumindest nicht ausschließlich.

Im Lauf der Jahre hatte er einige der atemberaubendsten Frauen der Welt kennengelernt. Koboldinnen, Elfen, weibliche

Menschen und Vampirinnen. Aber keine von ihnen weckte seinen Hunger so wie diese Frau.

Lag es an ihren sinnlichen Kurven, die von dem beinahe durchsichtigen Nachthemd perfekt zur Schau gestellt wurden? Oder an der leidenschaftlichen Lebendigkeit, die in den dunklen Augen loderte? Oder an dem glühenden Feuer in ihr, das Marika und der verdammte Magier trotz all ihrer Anstrengungen nicht hatten zerstören können?

Woran auch immer es liegen mochte – er musste sich jedenfalls ungemein zusammenreißen, um sie nicht an sich zu ziehen und sie in einem Ausbruch heftiger Begierde zu nehmen.

Uriel ballte die Hände zu Fäusten. Verdammte Hölle, dieser Ort raubte ihm offensichtlich völlig den Verstand.

Und er machte auch mit seinem Körper, was er wollte, dachte er trübselig, als sich seine Erektion schmerzhaft gegen seine Jeans presste.

»Wir haben die Unterwelt nicht verlassen«, sagte er, während er verbissen seine Lustattacke bekämpfte. »All dies ist eine Illusion.«

»Woher wollt Ihr wissen …« Ihre verwirrte Miene hellte sich unvermittelt auf, als sie zur Sonne aufblickte, die an einem wolkenlosen blauen Himmel erstrahlte. »Oh.«

»Ganz genau.«

Kata runzelte die Stirn und richtete ihren Blick wieder auf die malerische Aussicht. »Es wirkt so real. Es riecht sogar so, wie ich es in Erinnerung habe.«

»Hat dieser Ort eine besondere Bedeutung für dich?«

Katas Gesichtsausdruck wurde weicher. »Als ich ein Kind war, reiste meine Familie mit unserer Sippe durch das Land, das jetzt Ungarn genannt wird. Mein Vater war ein Ältester, und meine Mutter war eine Heilerin.«

»Sie hatten Machtpositionen inne«, murmelte Uriel. Er war

nicht überrascht. Kata war jahrhundertelang in einem Albtraum gefangen gewesen, aber sie hatte nicht nur überlebt, sondern es war ihr außerdem gelungen, ihre geliebte Tochter zu beschützen.

Das erforderte eine unglaubliche Stärke, die Kata offensichtlich von ihren Eltern geerbt hatte.

»Ja, und das bedeutet, dass sie schwierige Pflichten übernahmen«, erklärte sie, und ein wehmütiges Lächeln kräuselte ihre Lippen. »Wenn sie das Bedürfnis verspürten, ihren Verpflichtungen zu entfliehen, brachten sie meine Schwester und mich hierher. Ich liebte diese Tage. Das war die einzige Zeit, in der wir als Familie allein sein konnten.«

Ihre emotionale Verbindung zu dem Bild, das sich vor ihnen erstreckte, war unverkennbar.

»Mir gefällt das nicht«, stieß er heiser hervor.

»Was gefällt Euch nicht?«

»Gehörte Yannah zu deiner Kindheit?«

»Natürlich nicht.« Bei seiner abrupten Frage sah Kata ihn verwirrt an. »Wir hatten nichts von Dämonen gehört, bevor Marika als Vampirin zu uns kam.«

»Wie konnte sie dann diese spezielle Illusion erschaffen?«

Uriel beobachtete, wie Katas Vergnügen an ihrer Umgebung bei seiner Frage für einen kurzen Moment nachließ.

»Vielleicht kann sie meine Gedanken lesen«, vermutete sie schließlich.

»Vielleicht.« Uriel zuckte die Achseln. Dieses Talent war selten, aber nicht völlig unbekannt. »Die nächste Frage muss dann lauten, zu welchem Zweck sie es tat«, meinte er unbeirrt. »Sie muss irgendeinen Grund dafür haben, dass sie uns hergebracht hat.«

»Glaubt Ihr, dass sie dafür verantwortlich ist, dass sich das Tor zur Hölle geöffnet hat?«

Ob er das glaubte?

Die winzige Dämonin verfügte ganz gewiss über die Macht dazu.

Und sie war weiß Gott unberechenbar genug, um ihnen einmal ihre Hilfe anzubieten und sie im nächsten Augenblick beide in die Hölle zu sperren.

Aber er hatte nicht die Absicht, voreilige Schlüsse zu ziehen.

»Ich glaube, wir wären Dummköpfe, wenn wir nicht vermuten würden, dass sie ihre eigenen Pläne verfolgt«, meinte er schließlich zögernd.

Katas Lippen verzogen sich zu einem bitteren Lächeln. »Wer nicht?«

Bei ihrer Anschuldigung wurde Uriel zornig. »Ich bin zumindest ehrlich, was meinen Grund, dir zu folgen, angeht«, sagte er, obgleich er wusste, dass seine Worte gelogen waren.

Oh, der Grund, nach ihr zu suchen, war zu Beginn ganz eindeutig gewesen.

Victor hatte ihm den Befehl erteilt, sie ausfindig zu machen und zu retten.

Einfach und unkompliziert.

Erst, nachdem er in Katas Gefängnis gestürmt war, hatte sich seine unerwünschte Pflicht in etwas anderes verwandelt.

In etwas Gefährliches.

Kata, die sich seiner verworrenen Gedanken glücklicherweise nicht bewusst war, hob nervös eine Schulter.

»Vielleicht hat Yannah einen Ort erschaffen, an dem wir in Sicherheit sind, bis sie uns hier herausholen kann«, legte sie ihm nahe. Es war offensichtlich, dass sie Yannah nur die besten Absichten unterstellen wollte.

Er schnaubte. »Glaubst du das tatsächlich?«

In ihren dunklen Augen flackerte Verärgerung auf. »Ich weiß nicht, was ich glauben soll, und im Augenblick ist mir das auch herzlich gleichgültig. In diesem Moment gibt es keine glühend heiße Lava, keine bodenlosen Abgründe und keine unheimlichen Ghule, die mir die Seele auszusaugen versuchen. Ich habe die Absicht, einige Minuten der Ruhe zu genießen.«

Kata stolzierte zu dem gewundenen Flüsschen und ließ sich an der abfallenden Uferböschung nieder. Dann streckte sie mit einem genussvollen Seufzer ihre bloßen Füße in das kristallklare Wasser.

Uriel fluchte, während er seinen instinktiven Drang zügelte, sie erneut in seine Arme zu ziehen, bis er sich sicher sein konnte, dass keine Gefahren mehr auf sie lauerten.

Vielleicht hatte sie recht.

Sie würden noch früh genug erfahren, ob es sich hierbei um eine Falle handelte. Weshalb sollten sie sich nicht etwas Zeit nehmen, um den Frieden zu genießen?

Allerdings war es nicht der Frieden, den er genoss, als er zu Kata ging, um sich neben ihr auf dem moosigen Boden niederzulassen. Uriel streckte die Beine aus, lehnte sich nach hinten, indem er sich auf seine Hände stützte, und gestattete sich den seltenen Luxus, Katas Anblick, getaucht in Sonnenlicht, zu frönen.

Seine Fangzähne verlängerten sich, und sein bereitwilliger Hunger kehrte mit voller Kraft zurück, als das helle Licht die dunkle Verlockung ihrer Brustwarzen und den femininen Schatten am Scheitelpunkt ihrer Oberschenkel enthüllte. Verdammte Hölle. Ein leises Knurren drang aus seiner Kehle, als eine kühle Brise die seidigen Strähnen ihrer Haare in Bewegung versetzte und sie über ihre zarte Halsbeuge gleiten ließ.

Unvermittelt wandte Kata den Kopf, um seinen erregten Blick zu erwidern.

»Ihr starrt mich an«, murmelte sie.

Nicht imstande, der Versuchung zu widerstehen, griff er mit der Hand nach ihrem dichten, seidigen Haar und ließ seine Finger hindurchgleiten.

»Du siehst zu jung und unschuldig aus, um ein Kind zu haben.«

Sie hob die Brauen. »War das ein Kompliment?«

»Die Feststellung eines Tatbestandes.«

»Ah.« Sie kräuselte ihre Nase. »Ich nehme an, das ist der Vorteil daran, Dornröschen zu spielen.« Sie blinzelte, als komme ihr gerade ein Gedanke. »Allerdings nehme ich an, da Marika nun tot und Sergei verschwunden ist, hat sich vermutlich der Zauber, der mich am Altern hindern sollte, in Luft aufgelöst.«

Eine seltsame Anwandlung von Unbehagen erfasste sein Herz allein bei dem Gedanken, dass Kata alt wurde – und starb.

»Es gibt für Menschen gewisse Methoden, jung zu bleiben.«

Sie zuckte mit den Schultern. »Das steht eigentlich ganz unten auf der Liste meiner Sorgen.«

»Und was steht ganz oben?«

»Laylah.« Sie sprach es aus, ohne zu zögern. Ihr erster Gedanke galt ihrer Tochter, trotz der Tatsache, dass sie im Augenblick ohne sicheres Fluchtmittel in der Hölle gefangen war. »Ich konnte sie immer spüren, aber nun ist die Verbindung zwischen uns durch irgendetwas gestört.« Sie biss sich mit gequälter Miene auf die volle Unterlippe. »Sie könnte verletzt sein, und ich wüsste nicht einmal etwas davon.«

Seine Hand umfasste ihren Hinterkopf, und seine Brust wurde enger – er verspürte das überaus merkwürdige Bedürfnis zu … Was?

Ihr Trost zu spenden?

Unmöglich. Das war etwas, das Menschen taten, aber nicht Dämonen.

Aber es gab keine Möglichkeit für ihn, den Drang, den Kopf zu senken und seine Lippen sanft über ihren Mund gleiten zu lassen, zu unterdrücken.

Er stellte fest, dass er leise »Marika ist tot« sagte. »Das muss doch ein gutes Zeichen sein.«

Kata nickte zögernd. Ihr Herz begann bei seiner leichten Liebkosung schneller zu schlagen.

»Ja.«

Sein Blick wanderte nach unten und verweilte auf der Wölbung ihres Busens, der aus dem Ausschnitt ihres Nachthemdes quoll. Er unterdrückte ein Stöhnen, als er mit erstaunlicher Schnelligkeit hart wurde.

»Ganz zu schweigen davon, dass Laylah unter dem Schutz eines der mächtigsten und unbarmherzigsten Vampire der Welt steht«, fuhr er fort. Seine Stimme klang immer heiserer. »Es gibt nicht vieles, was sie verletzen könnte.«

»Das ist nicht nur tröstlich«, meinte Kata trocken.

Er riss den Kopf hoch und runzelte missbilligend die Stirn. »Hegst du Vorurteile gegenüber Vampiren?«

Ihre herrlichen Augen verengten sich, und ihre Miene ließ ganz genau erkennen, was sie von seinem Anflug von Empörung hielt.

»Könnt Ihr es mir verübeln?«, fragte sie. »Ich wurde die letzten vierhundert Jahre von einer Vampirin gequält. Das hat mir nicht gerade das Gefühl von Wärme und Geborgenheit vermittelt, wenn es um Euer Volk geht.«

Uriel überlegte, ob er verärgert sein sollte.

Er war derjenige, der eigentlich heroisch seine Aversion gegen eine Frau mit einer engen Beziehung zu einem Dschinn überwinden sollte, während sie eigentlich vor Dankbarkeit für seine verwegene Tapferkeit dahinschmelzen sollte.

Stattdessen grub er seine Finger in ihr Haar und hob die andere Hand, um damit ihre Wange zu umfassen.

»Sie hat dich verletzt.«

Katas Augen verdunkelten sich, als unwillkommene Erinnerungen zurückkehrten. »Es gefiel ihr, anderen Schmerzen zuzufügen.«

»Nicht alle Vampire sind wie sie.«

Kata erzitterte, aber Uriel spürte, dass diese Regung nicht vollständig ihren Gedanken an Marika zuzuschreiben war.

»Laylah zuliebe hoffe ich das«, sagte sie und hielt den Atem an, als Uriel seine Hand über ihre Halsbeuge gleiten ließ.

»Und dir selbst zuliebe?«

Sie öffnete unwillkürlich einladend die Lippen, und ein winziger Pulsschlag flatterte unten an ihrer Kehle.

»Ich weiß nicht, was Ihr meint«, stieß sie mit rauer Stimme hervor.

Uriel beugte sich vor und sog ihren süßen Duft ein, als er seine Lippen die sanfte Neigung ihrer Schulter erkunden ließ.

»Ich kann dein – Verlangen spüren.«

Bei seinen freimütigen Worten versteifte sich Kata, obwohl sie wusste, dass der Duft ihrer beginnenden Erregung für Uriel zweifellos sehr offensichtlich sein musste. Wenn sie während ihrer Gefangenschaft sonst schon nichts gelernt haben mochte, dann das, dass man vor einem verdammten Vampir nichts geheim halten konnte.

Das war nur einer der zahllosen Gründe, weshalb Vampire so lästig waren.

»Was Ihr spürt, ist eine Frau, die gezwungen war, zwei Jahrhunderte lang in einer beengten Zelle allein zu sein«, versuchte sie sich vergebens aus der Affäre zu ziehen.

Uriel hob den Kopf und ließ ein arrogantes Lächeln aufblitzen. »Nein, du begehrst mich.«

»Nach zweihundert Jahren der Enthaltsamkeit würde ich selbst einen verdreckten, verwesenden Zombie begehren …«

»Mich!«, knurrte er und bewegte sich mit schnellen, fließenden Bewegungen auf sie zu, um sie auf den moosigen Boden zu drücken. Sie stieß einen Laut der Überraschung aus, doch bevor sie reagieren konnte, rieb er unverfroren seinen vollständig erigierten Penis an ihrem Unterbauch. O – ja. Ein Gefühl reiner Lust durchzuckte sie. Sein Lächeln wurde bei ihrem leisen Stöhnen der Zustimmung noch breiter. »Du willst mich tief in dir spüren.«

Heilige Mutter, das wollte sie tatsächlich.

Gab es irgendetwas, das noch verrückter sein konnte?

Er war ein Vampir. Sie waren in der Hölle gefangen. Und er gehörte ganz genau zu der Art von eingebildeten Mistkerlen, die ihr auf die Nerven ging.

Sie sollte ihm eigentlich einen Hieb auf die Nase verpassen und nicht ihre Hände über seinen perfekt geformten Brustkorb gleiten lassen. Aber – verdammt …

Trotz ihres Hasses auf Vampire konnte sie nicht die Auswirkungen, die seine erstaunliche Schönheit auf sie besaß, oder das Wissen darum, dass er sein Leben mehr als einmal aufs Spiel gesetzt hatte, um sie zu beschützen, ignorieren.

Und dann gab es da noch dieses brennende, schmerzende, unbarmherzige Verlangen.

Es war nicht nur die Einsamkeit, die sie quälte, gleichgültig, was auch immer sie behaupten mochte. Oder die ziellose Lust einer Frau, die seit sehr, sehr langer Zeit keinen Sex mehr gehabt hatte.

Nein, diese quälende Begierde hatte begonnen, sobald sie Uriel zum ersten Mal zu Gesicht bekommen hatte. Und sosehr es sie auch ärgerte, das zuzugeben – er war der Einzige, der imstande war, sie von ihrer Qual zu befreien.

Kata ging über die zahllosen Gründe hinweg, weshalb dies die schlechteste Idee überhaupt war, und ließ ihre Hände nach oben gleiten, um sein schönes Gesicht zu umfassen. Sie ertrank in der samtenen Hitze seines Blickes.

»Uriel«, flüsterte sie.

Nacktes Verlangen flammte in seinen Augen auf. Er senkte den Kopf und hinterließ mit seiner Liebkosung eine verheerende Spur der Lust in ihrer Halsbeuge. Kata erbebte und kniff die Augen fest zusammen bei dem erotischen Gefühl seiner Fangzähne, die über ihr zartes Fleisch schabten.

Göttin …

Eigentlich sollte sie verängstigt sein wegen der Bedrohung durch diese enormen Waffen, die ihren Adern so nahe kamen, aber stattdessen hob sie die Hüften an, um sich an seinem Penis, der sich hart gegen ihren Körper drückte, zu reiben.

Uriel stöhnte auf. Er streifte mit Leichtigkeit die Träger ihres Nachthemdes nach unten und entkleidete ihren willigen Körper. Und dann legte er mit der gleichen Effizienz seine eigene Kleidung ab und warf sie beiseite, bevor er Katas Brüste mit den Händen umfasste und mit den Daumen ihre Nippel reizte, bis sie sich in feste Perlen verwandelt hatten.

Kata hielt die Augen fest geschlossen und genoss das Gefühl des warmen Sonnenlichtes, das sich über ihre verschlungenen Körper ergoss, und des weichen Mooses unter ihrem Rücken. Illusion hin oder her – sie war jahrhundertelang in dieser dunklen, spartanischen Zelle gefangen gewesen. Das Gefühl, frei und in ihr geliebtes Heimatland zurückgekehrt zu sein, war beinahe ebenso berauschend wie das Gefühl von Uriels sanfter Berührung.

Sie holte tief Luft, als seine Lippen die Konturen ihres Schlüsselbeins nachzeichneten und dann über die Rundung ihrer Brüste glitten, wodurch er sie im Nu zum Umdenken bewegte.

Die Sonne und die Illusion von Freiheit waren herrlich, aber Uriels Berührung …

Sie war die pure Magie.

Die kühlen, geschickten Finger, die mit einer herzzerreißenden Gewandtheit an ihrem Körper entlang nach unten glitten. Die suchenden Lippen, die sich um die Spitze ihrer schmerzenden Brust schlossen. Der Druck seiner Erektion genau gegen die Stelle, an der es ihr den größten Genuss bereitete.

Sie grub ihre Finger in seine dichten Locken und drückte in stummer Ermutigung den Rücken durch.

Uriel knurrte anerkennend, und seine Zunge schnellte über die sensible Spitze ihrer Brust, während seine Hand die üppige Rundung ihrer Hüfte erkundete. Langsam glitt seine Hand nach unten, bis er imstande war, ihre Beine noch weiter zu spreizen. Seine Finger glitten langsam an der Innenseite ihres Schenkels auf und ab. Kata vergaß zu atmen, als sie sich ruhelos unter ihm bewegte und ihr Körper vor Verlangen erzitterte.

»Bitte …«, stöhnte sie.

Er knabberte sich an ihrer Brust entlang bis zu ihrer anderen. »Sag es mir!«, stieß er heiser hervor.

»Was soll ich sagen?«

»Dass du mich begehrst.«

Sie zögerte nicht einmal. Welchen Sinn hätte das gehabt? Selbst wenn er kein Vampir gewesen wäre, hätte er gewusst, dass sie verzweifelt danach strebte, ihre brennende Lust zu stillen.

»Ich begehre dich.«

Ein selbstgefälliges Lächeln kräuselte seine Lippen. »Mein.«

Kata wurde still. Sie war nicht beunruhigt wegen seines Besitzanspruchs. Das klang enervierend richtig, selbst wenn sie nicht bereit war, sich das einzugestehen. Aber auf gar keinen Fall sollte er glauben, sie in Flammen aufgehen lassen zu können, ohne selbst einige Funken zu spüren.

Sie hob ihre schweren Lider, und ihr Magen zog sich erwartungsvoll zusammen, als sie die Begierde sah, die in seinen dunklen Augen erglühte. Ganz bewusst bewegte sie die Hände, um die glatten Flächen seines Rückens nachzuzeichnen. Unter ihren Fingern konnte sie spüren, wie seine Muskeln sich bei ihrer Berührung anspannten, und seine Fangzähne blitzten im Sonnenlicht auf, als er genussvoll den Mund öffnete.

»Kata.«

»Gefällt dir das?«, neckte sie ihn.

Er knurrte tief in der Kehle. »Es gefällt mir.«

Sie kicherte und ließ die Finger über die Wölbung seiner Rippen gleiten. Dann entdeckte sie die harten Kanten an seinem Bauch. Sie genoss das Gefühl seiner Muskeln, die sich unter ihrer Erkundung zusammenzogen, bevor sie die Hand zu seiner dicken Erektion senkte. Sie zögerte nur einen kurzen Moment. Eine ungewohnte Stimme in ihrem Hinterkopf sagte ihr warnend, dass das Liebesspiel mit Uriel zu den Entscheidungen gehörte, die das ganze Leben veränderten.

»Bitte …«, murmelte Uriel. Seine Stimme war ein raues Krächzen.

Kata ging achselzuckend über die Vorahnung hinweg und gestattete es ihren Fingern, sich um seine heftige Erektion zu legen. Sie war erstaunt über die kühle Perfektion seiner Haut, mit der die steife Länge überzogen war. Hitze sammelte sich in ihrer Magengrube, als sie die Hand nach unten gleiten ließ, bis sie den weichen Hodensack erreichte, bevor ihre Erkundung sie zurück zu der stumpfen Spitze führte.

Uriels Stöhnen erfüllte die Luft, als sie erneut nach unten drängte, und seine Lippen eroberten ihren Mund zu einem Kuss roher Verzweiflung. Ein Gefühl des Vergnügens durchzuckte sie. So viel zu seiner eitlen Selbstgefälligkeit.

Jetzt erbebte er vor Verlangen, ebenso wie sie.

Versunken in ihr berauschendes Gefühl der Macht, fuhr Kata mit ihren kühnen Liebkosungen fort und hielt erst inne, als Uriel sie unvermittelt am Handgelenk packte. Ein leises Knurren grollte in seiner Kehle.

»Das reicht.«

»Und ich dachte, Vampire seien berühmt für ihr Durchhaltevermögen.«

»Zerbrich dir nicht dein hübsches Köpfchen über mein Durchhaltevermögen.«

»Bist du dir sicher?«

»Ich werde es dir gerne so lange und so oft demonstrieren, wie es dir beliebt. Aber zunächst … Nachdem du dein Vergnügen hattest, bin nun ich an der Reihe«, meinte er warnend und lächelte mit raubtierhafter Miene zu ihr herab. »Und Rache ist süß.«

Kata erbebte, und ihr fielen die Augen zu, als er den Kopf senkte und an ihrer Haut entlang bis zu ihrer Halsbeuge knabberte. Ihr Körper unterwarf sich ihm vor Lust, als er innehielt, um die schmerzenden Spitzen ihrer Brüste zu necken, und seine Zunge ließ ein loderndes Feuer der Leidenschaft durch ihre Adern strömen. Zärtlich nahm er eine ihrer Brustwarzen zwischen die Zähne und lachte leise, als sie vor Entzücken aufschrie.

»Verdammt, das fühlt sich so gut an«, flüsterte sie und hob die Hände, um seine Schultern zu umklammern.

»Wir können mehr zuwege bringen als nur ›gut‹.« Mit langsamen, genießerischen Küssen bewegte sich Uriel an der flachen Wölbung ihres Bauches entlang nach unten und lächelte an ihrer Haut, als sie sich unter seinen neckenden Liebkosungen wand. »Ich will, dass du für mich schreist, Kata.«

Katas Hüften hoben sich von dem weichen Boden, als er seinen Mund über ihren Hüftknochen und an der empfindlichen Haut an der Innenseite ihres Schenkels entlang nach unten gleiten ließ.

»Schreien? Du bist nicht so … Oh. Oh.« Ihre Brust war so eng, dass sie nicht imstande war, zu atmen. »Tu irgendetwas, Uriel, ich kann nicht mehr sehr viel mehr ertragen.«

»Tyrannin.« Uriel spreizte unnachgiebig ihre Beine und rutschte am Ufer entlang nach unten, um sich zwischen ihre Schenkel zu knien. »Ich muss dich kosten.«

»Aber …« Ihr Protest erstarb ihr in der Kehle, als er seine Position veränderte und seine Zunge durch ihre feuchten Locken gleiten ließ.

Bei der reinen Wonne, die ihren zitternden Körper durchströmte, schrie sie auf. Oh, dies war so dekadent. Dekadent und verrucht. Und falls irgendetwas oder irgendjemand versuchen würde, sie zu unterbrechen, würde sie ihm das Herz mit den bloßen Händen herausreißen.

Erbebend gestattete sie es sich, in den köstlichen Gefühlen zu schwelgen. Wieder und wieder tauchte seine Zunge in die Nässe ein, die sich zwischen ihren Beinen sammelte, und liebkoste sie in einem gleichmäßigen Rhythmus, der dazu bestimmt war, ihr den größtmöglichen Genuss zu bereiten.

Oh, er war einfach fantastisch.

Ein unglaublich guter, erstklassiger Liebhaber, der dafür sorgte, dass sich all die Jahre des Wartens gelohnt hatten.

Und dann saugte er sanft die versteckte Perle in seinen Mund, und Kata schrie auf, als die ganze Welt in einer Explosion schimmernder Sterne in Stücke zerbrach.

Kata war so überrumpelt von der reinen Intensität ihres Höhepunktes, dass sie kaum bemerkte, wie Uriel an ihrem Körper entlang nach oben glitt und mit einer ruhigen Bewegung in sie eindrang. Aber als er ihre Lippen mit einem fordernden Kuss eroberte, schlang sie instinktiv die Arme um seine Schultern und drückte den Rücken durch, um den plündernden Stößen seiner Erektion zu begegnen.

»Perfekt!«, stieß er keuchend an ihren Lippen hervor, und sein gesamter Körper erzitterte, als er ruckartig wieder und wieder in ihren Körper eindrang. »Du bist perfekt.«

Kata nahm seine sanften Worte kaum wahr, so versunken war sie in den atemberaubenden Genuss, der erneut in ihrem Unterleib anwuchs. Mit jedem Stoß drang Uriel tiefer in ihren Körper ein, und das Gefühl der Fülle, das er in ihr erzeugte, schuf eine köstliche Reibung.

»Ja, Uriel … Ja!« Kata drängte ihn zu einem schnelleren Tempo und ließ ihre Fingernägel über seinen Rücken gleiten, während er unbeirrbar in sie eindrang, auf ein einziges Ziel zustrebend.

»Mein!«, stieß er mit rauer Stimme hervor, während er seine Fangzähne über ihren Hals schaben ließ. »Meine süße Kata.«

Mit einem letzten Stoß ließ er sie beide über den Rand des Verstandes stürzen. Er war noch immer tief in ihr, als Katas Schrei der Erfüllung über die Lichtung hallte.

KAPITEL 7

Uriel lächelte, als Katas Schreie sich in ein sanftes Stöhnen der Erfüllung verwandelten. Sein Körper erzitterte noch immer durch den Genuss ihrer wilden Leidenschaft.

Verdammte Hölle.

Den Ausbruch der Wonne hatte er erwartet. Er hatte noch nie eine Frau mit einer solch wilden Begierde erlebt. Und wegen Katas begieriger Reaktion auf seine Berührungen war es unvermeidlich gewesen, dass er als Folge davon einen welterschütternden, bewusstseinsverändernden Orgasmus – einfach den besten Orgasmus aller Zeiten – erlebt hatte.

Aber was er nicht erwartet hatte, war das Aufwallen der primitiven Besessenheit, die sich mitten in seinem Herzen festgesetzt hatte.

Mein.

Dieses Wort hallte wieder und wieder durch seinen Geist und nistete sich tief in seiner Seele ein.

Als er spürte, wie Kata sich unter ihm regte, rollte er widerstrebend zur Seite und zog sie fest an sich. Er knurrte, als er ihre nackte, seidige Haut spürte, die über die seine glitt, und ihren Herzschlag hörte, der in seinem eigenen Herzen widerhallte.

Er hatte nichts von ihrem Blut getrunken, aber dennoch war sie bereits ein intimer Teil von ihm.

Ein Lächeln kräuselte seine Lippen, als Kata ihren Kopf in den Nacken legte, einen schockierten Ausdruck auf dem schönen Gesicht.

»Das war …«

»Nur der Beginn«, versprach er ihr und umfasste mit der Hand ihre volle Brust.

In den dunklen Augen blitzte prompt ein Feuer auf. »He, schmiede nur keine Pläne mit mir, Vampir.«

Er lachte leise und umkreiste mit dem Finger ihre dunkle Brustwarze, bis sie sich in eine harte Spitze verwandelt hatte.

»Dann darfst du auch keine Versprechen geben, die du nicht zu halten gedenkst.«

Sie stöhnte auf, wölbte den Rücken und ließ die Hände über die nackten Flächen seines Brustkorbes gleiten. Aber noch während ihn ein heftiger Ruck der Vorfreude erschaudern ließ, keuchte sie erschrocken auf und wich ein Stück zurück, um stirnrunzelnd seine Brust zu betrachten.

»Oh, Uriel«, flüsterte sie.

»Was gibt es denn?«

Mit den Fingern streichelte sie zärtlich die Narbe, die seine Haut verunstaltete.

»Du wurdest verletzt.«

Fauchend sprang Uriel auf und bedeckte instinktiv mit der Hand die Wunde.

Gott, das hatte er ja ganz vergessen.

Versunken in die überwältigende Macht der Erregung, die Kata in ihm weckte, hatte sich sein Verstand geweigert, sich daran zu erinnern, dass dies hier ein unmöglicher Traum war.

Nein.

Es war schlimmer als unmöglich, rief er sich heftig selbst ins Gedächtnis.

Es war gefährlich.

Sie studierte mit gerunzelter Stirn seine angespannte Miene und setzte sich langsam auf.

»Uriel?«

»Es geschah vor langer Zeit«, murmelte er.

Sie kniff die Augen zusammen. »Weshalb bist du dann noch immer zornig?«

Zornig?

Er wünschte sich, auf die Knie zu fallen und über die trostlose Einsamkeit zu heulen, die sein Herz erfüllte.

Es war *eine* Sache, zu wissen, dass ihm die Aussicht auf eine Gefährtin versagt war, wenn es sich bei dieser um ein mythisches Wesen handelte, das vielleicht eines Tages in seinem Leben auftauchen mochte, vielleicht aber auch nicht. Aber es war eine ganz andere, wenn einem ein kurzer Einblick in das Paradies gewährt wurde, nur damit es einem wieder entrissen wurde.

»Weil die Narbe mich daran erinnert, dass meine Zukunft nicht länger mir gehört«, antwortete er in einem nüchternen Tonfall.

Vorsichtig erhob sie sich und streckte die Hand nach seiner Brust aus.

»Du klingst wie Yannah.«

»Bitte nicht!«, knurrte er und entzog sich ihr.

»Erzähle mir, was geschehen ist.«

Uriel zögerte, bevor er leicht mit den Schultern zuckte. Er bewunderte ihren Mut zu sehr, um sie anzulügen.

»Ich hatte eine scheußliche Begegnung mit einem Dschinn unter den Londoner Docks«, gestand er grimmig.

Sie erbleichte, und ihre Hand zitterte, als sie das schwere Gewirr ihrer dunklen Locken nach hinten strich.

»Mit einem Dschinn?«

»Ja.«

»Wann?«

»Vor etwa zwei Jahrhunderten, vielleicht auch etwas früher oder später.«

Katas Miene war unmöglich zu enträtseln, auch wenn sie zu intelligent war, die Bedeutung des Zeitpunktes nicht zu erkennen.

»Hast du gegen ihn gekämpft?«

Er stieß einen angewiderten Laut aus. Selbst nach zwei Jahrhunderten nagte es immer noch an ihm, dass er sich im Kampf gegen den Dschinn als ein solcher Schwächling erwiesen hatte.

Zum Teufel, eine Tauelfe hätte mehr Schaden anrichten können.

»So könnte man es nennen«, grollte er. »Sosehr ich es auch hasse, es zuzugeben – es war kein besonders beeindruckender Kampf. Ich spürte das Herannahen des Dschinns kaum, bevor er meinen Bruder tötete und mich gefangen nahm.«

»Und das tat er dir an, als du zu entkommen versuchtest?«, erkundigte sich Kata mit rauer Stimme.

Uriels bitteres Gelächter wurde von den Bäumen in der Nähe zurückgeworfen. »Nein, er ließ mich gehen. Dies war sein Fluch.«

»Ein Fluch?« Kata wirkte ehrlich verwirrt. Das war auch keine große Überraschung. Uriel versuchte selbst noch immer herauszufinden, was zum Teufel eigentlich geschehen war. »Bist du dir sicher?«

Er rieb sich die Narbe, die seit seiner Flucht von den Londoner Docks stets leicht schmerzhaft pochte, und bemerkte mit einiger Verspätung, dass das Pochen seit seiner unerwarteten Reise in die Unterwelt ausgeprägter geworden war.

War das nur ein Zufall?

Das musste wohl der Fall sein.

Er konnte sich selbst nicht gestatten, irgendetwas anderes in Erwägung zu ziehen.

Wenn er den Verstand verlor und Kata verletzte …

Nein, diese Vorstellung würde er auf gar keinen Fall weiterverfolgen.

Nicht einmal in seinen düstersten »Was wäre, wenn …«-Gedanken.

»Ich bin mir schmerzlich sicher«, erwiderte er knapp.

»Was hat er getan?«

»Dieser Bastard machte mich zu seinem Sklaven.«

Nachdem er ihr seine Schande gestanden hatte, wandte sich Uriel abrupt um und tauchte in das Wasser des kleinen Flusses ein. Das kühle, kristallklare Wasser umspülte seine Haut, auch wenn es nicht imstande war, die ohnmächtige Wut fortzuspülen, die in seinem Inneren pulsierte.

Als er wieder an die Oberfläche kam, schüttelte er sich das Haar aus der Stirn und drehte sich um. Er fand Kata am Ufer des Flüsschens stehend vor. In ihren dunklen Augen war ein besorgter Ausdruck zu erkennen.

Sie war so wunderschön, dass sein Herz schmerzte.

Die dunklen Locken, die ihr wild in ihr bezauberndes Gesicht fielen. Die elfenbeinfarbene, seidige Haut. Die üppigen Kurven.

Sie war eine berauschende, sinnliche Frau, die die primitivsten Begierden eines Mannes weckte.

»Was hat er dir angetan?«, fragte sie leise.

Bei der wilden Sehnsucht, die ihn erfasste, biss Uriel die Zähne zusammen.

Er musste dafür sorgen, dass sie in Sicherheit war.

Das war das Einzige, das eine Rolle spielte.

»Er sagte, dass ich ›das Werkzeug seiner Rache‹ sein sollte«, wiederholte Uriel die Worte, von denen er Victor bereits vor beinahe zwei Wochen berichtet hatte.

Kata wandte ihr Gesicht ab und watete ins Wasser, bis es plätschernd gegen ihre vollen, runden Brüste schlug.

»Du glaubst, dass dieser Dschinn Laylahs Vater ist?«

Er konnte ihre Anschuldigung nicht leugnen. »Da es im gesamten letzten Jahrtausend nur eine einzige Dschinn-Sichtung in London gab, scheint mir das eine sichere Annahme zu sein.«

»Und aus diesem Grund hast du mich behandelt, als übertrüge ich die Pest.«

Bei ihrem harten Vorwurf zuckte er zusammen. Er wollte sich nicht an seine arrogante Verachtung erinnern.

»Ich habe alles in meiner Macht Stehende getan, um dich zu retten.«

Sie weigerte sich, ihn anzusehen. »Du glaubst, ich sei die Hure eines Dschinns.«

Obgleich er wusste, dass es eine wahrhaft dumme Idee war, konnte Uriel sich selbst nicht daran hindern, das Wasser zu durchpflügen. Er blieb direkt vor ihr stehen. Sanft ergriff er ihre Schultern und unterdrückte die Lust, die in ihm aufwallte.

»Ich weiß, dass Marika dich gegen deinen Willen gefangen hielt.«

Sie wandte den Kopf, und ihre Augen blitzten prompt vor Zorn.

Kata würde niemals eine sanfte Frau sein. Sie war leidenschaftlich, ungestüm und unberechenbar.

Außerdem war sie ungemein treu, mutig und der Inbegriff weiblicher Verlockung, dachte er mit einem trostlosen Gefühl des Verlustes.

»Und dennoch vermutest du, ich könnte es tatsächlich genossen haben, mit dem gut aussehenden Dämon eingesperrt zu sein?«, fragte sie anklagend.

Er würde nicht lügen. Diese Frau würde er nicht belügen.

»Zuerst dachte ich das.«

»Und nun?«

»Nun spielt es keine Rolle mehr«, antwortete er offen und ehrlich.

Erneut wandte sie sich von ihm ab und betrachtete die Bäume, die das weit entfernte Ufer säumten, als ob sie plötzlich von den winzigen Veilchen fasziniert sei, die verborgen inmitten des Mooses wuchsen.

»Na klar.«

»Kata. Sieh mich an«, sagte er leise.

»Nein.«

»Bitte.«

Widerwillig ließ sie ihren Blick wieder zu ihm schnellen, um ihn wütend anzufunkeln. »Bist du nun zufrieden?«

»Nein. Ich …« Er fand nicht die richtigen Worte.

»Was denn?«

»Ich bin zornig«, brachte er schließlich mit heiserer Stimme hervor.

Sie zuckte zusammen, als sei sie geschlagen worden. »Ich habe dich nicht darum gebeten, dir deine Vampirhände zu beflecken mit meinem besudelten …«

»Halte den Mund, und höre mir zu!«, unterbrach er sie.

Die Luft selbst vibrierte unter der Gewalt ihrer Wut. »Du bist ein Idiot, wenn du denkst, ich würde dich nicht verletzen, nur weil wir Sex hatten.«

»Wir hatten keinen Sex, sondern wir haben Liebe gemacht.« Uriel nahm ihr Gesicht in seine Hände und erschauderte bei dem erotischen Gefühl, welches das Wasser bei ihm hervorrief, das über ihre beiden nackten Körper strich. Er trat so nahe an sie heran, dass die Spitzen ihres Busens seine Brust streiften. »Oder muss ich dich daran erinnern?«

Ihr stockte der Atem, und der Duft ihrer plötzlichen Erregung erfüllte die Luft.

»Uriel«, knurrte sie warnend. »Nicht.«

Uriel verzog die Lippen, doch er weigerte sich, ihr Gesicht loszulassen. Er hatte absolut nicht die Absicht, sie glauben zu lassen, er denke, sie sei alles andere als wundervoll.

»Kata, was zwischen dir und dem Dschinn geschah …«

Sie bohrte ihm mit störrischer Miene einen Finger mitten in die Brust.

»Ich werde nicht darüber reden.«

»Dagegen ist nichts einzuwenden«, stimmte er rasch zu. »Eines Tages wirst du mir so sehr vertrauen, dass du mir von deiner Vergangenheit erzählst, aber für den Augenblick kannst du deine Geheimnisse für dich behalten.«

»Wie großzügig von dir.«

Er ignorierte ihren Sarkasmus. »Alles, worum ich mir Sorgen mache, ist der Fluch des Dschinns. Und das, wozu er mich möglicherweise zwingen wird.«

Bei seinem freimütigen Geständnis ließ ihre Wut nach. Stirnrunzelnd senkte sie den Blick, um seine Narbe anzusehen.

»Der Dämon ist tot.« Er konnte unmöglich erkennen, was sie hinsichtlich des gewaltsamen Todes dieser Kreatur empfand. »Woher willst du wissen, dass sein Fluch nicht mit ihm gestorben ist?«

»Ich kann seine Macht noch immer spüren.«

»Das bedeutet nicht, dass der Zauber wirksam geblieben ist.«

»Dieses Risiko will ich nicht eingehen.« Er hielt mit ernster Miene ihren Blick fest. »Nicht bei dir.«

»Das verstehe ich nicht.«

»Du gehörst mir.«

Etwas erwachte tief in ihren Augen flackernd zum Leben.

Etwas Heißes, Wildes und schockierend Ursprüngliches.

Doch dann wallte ganz offensichtlich Panik in ihr auf, und sie versuchte schnell ihre instinktive Reaktion zu verbergen.

»Das sagtest du bereits, doch dann erinnertest du dich daran, dass ich die Mutter eines Dschinnmischlings bin«, warf sie ihm mit schneidender Stimme vor.

Er schüttelte den Kopf. »Nein, dann erinnerte ich mich daran, dass ich das Leben meiner Gefährtin nicht aufs Spiel setzen könnte, nur weil ich dich über alle Maßen begehre.«

KAPITEL 8

Seine sensationelle Eröffnung sorgte dafür, dass Kata den Atem anhielt.

Eigentlich sollte sie ärgerlich auf ihn sein.

Für wen zum Teufel hielt er sich eigentlich, wenn er glaubte, sie für etwas, das vor zwei Jahrhunderten passiert war, verurteilen zu können?

Dachte er etwa, dass sie darum gebeten habe, von ihrer verrückten Schwester entführt und gefangen gehalten zu werden? Oder dass sie sich gewünscht habe, in das finstere Komplott hineingezogen zu werden, bei dem ein Dschinnmischling erzeugt werden sollte, allein zu dem Zweck, den Fürsten der Finsternis in diese Welt zurückzuholen?

Es war bereits schlimm genug, dass ein Teil von ihr immer Schuldgefühle empfinden würde, weil der Dschinn darauf geachtet hatte, dass ihre gemeinsam verbrachte Zeit keine Vergewaltigung gewesen war. Musste Uriel unbedingt die Erinnerungen ans Licht zerren, von denen sie eigentlich wollte, dass sie tief in ihrem Hinterkopf begraben blieben? Nun jedoch war sie …

Zum Teufel, sie wusste nicht, was sie war.

Verblüfft? Verstört?

So vollkommen aufgeregt, dass sie fast den Verstand verlor?

Mit einem Schauder betrachtete sie die überirdische Schönheit seines Gesichtes und fragte sich, ob das ein furchtbarer Scherz sein sollte.

»Gefährtin?«, krächzte sie.

Seine Lippen verzogen sich zu einem humorlosen Lächeln. »Entsetzt dich diese Vorstellung, weil ich ein Vampir bin?«

»Ich bin nicht entsetzt«, widersprach sie rasch. »Ich bin schockiert.«

»Weshalb?«

»Weshalb?« Sie stieß ein Schnauben aus. »Soll ich dir eine Liste schreiben?«

Sein samtiger Blick glitt nach unten zu ihren vollen Brüsten und blieb an den Nippeln hängen, die unter der wilden Hitze seiner Besichtigung hart wurden.

»Die ersten drei Punkte würden ausreichen«, erwiderte er mit belegter Stimme.

Sie entzog sich seiner innigen Berührung.

Wie sollte sie an irgendetwas anderes denken außer daran, sich um ihn zu schlingen und wunderbare, verruchte Dinge mit ihm zu tun, wenn er ihr so nahe war?

»Wir kennen uns doch kaum«, stieß sie schließlich mit erstickter Stimme hervor.

Er zuckte mit den Schultern. »Ein Vampir erkennt seine Gefährtin oftmals innerhalb der ersten Stunden ihres ersten Zusammentreffens.«

Ihr Herzschlag kam stotternd zum Stillstand, und eine gefährliche Wärme explodierte mitten in ihrem Herzen.

Seine Gefährtin.

Verdammt …

Das war Wahnsinn. Völliger Wahnsinn.

Weshalb schrie sie dann nicht vor Empörung, statt sich zu fühlen, als habe sie ein ganzes Fass Bier ihres Vaters getrunken?

Sie warf geringschätzig den Kopf zurück, obwohl sie wusste, dass sie Uriel nicht täuschen konnte.

»Nun, Frauen bevorzugen ein langes Werben und eine Menge Schmuck.«

»Einige vielleicht.« Er streckte die Hand aus, um unverfroren eine ihrer Brüste mit der Hand zu umfassen. Ein Lächeln bildete sich auf seinen Lippen, als sie genussvoll aufkeuchte. »Andere genießen es, wenn ihr Herz im Sturm erobert wird.«

Kata erzitterte, und Hitze loderte in ihr auf. »Wie arrogant.«

In seinen Augen erglühte prompt ein Ausdruck der Leidenschaft. »Du kannst dich selbst belügen, wenn du willst, aber du kannst die Wahrheit nicht vor einem Vampir verheimlichen.«

Wie sich herausstellte, war sie auch nicht imstande, sich selbst zu belügen. Nicht, wenn sinnliche Vorfreude durch ihre Adern strömte wie warmer Honig. Oder wenn sie sich instinktiv wieder auf ihn zubewegte, um sich gegen die willkommene Stärke seiner männlichen Gestalt zu pressen.

Auch wenn sie nicht bereit war, seine schockierende Behauptung zu akzeptieren, sie sei seine Gefährtin.

War sie das etwa wirklich?

»Na schön, wir passen sexuell zusammen«, räumte sie ein.

»Es ist mehr als das«, knurrte er, und seine Erektion presste sich gegen ihren Unterbauch. »Die Erregung zwischen uns ist explosiv.«

Ja. Das fasste es so ungefähr zusammen, dachte Kata. Sie war sich intensiv des seidigen Gefühls des kühlen Wassers an ihrer äußerst sensibilisierten Haut und des Sonnenlichtes, das sich golden über sie ergoss, bewusst, wodurch die Erregung, die in ihr aufloderte, nur noch intensiviert wurde.

Sie sehnte sich nach diesem Mann mit einem unersättlichen Verlangen, von dem sie spürte, dass es sie den Rest ihres Lebens quälen würde.

Ungeachtet dessen, wie lang oder kurz dieses Leben sein mochte.

»Und was ist mit der Tatsache, dass du alles und jeden hasst, was mit Dschinnen im Zusammenhang steht, und dass ich Vampire hasse?«

Er legte den Arm um ihre Taille und zog sie so eng an sich, dass nicht einmal das Wasser zwischen ihre ineinander verschlungenen Körper gelangen konnte.

»Es heißt, Liebe überwinde alle Schwierigkeiten«, knurrte er.

Kata kräuselte die Nase. Sie war nicht annähernd so überzeugt davon.

Immerhin hatte sie ihre Schwester geliebt, nur um zu entdecken, dass sie zu ihrer Feindin geworden war.

Sie liebte ihre Tochter, musste aber alles opfern, was sie besaß, nur damit Laylah in Sicherheit war.

Liebe war – gefährlich, schmerzhaft und unerfreulich.

Es schien ihr jedoch nicht die richtige Zeit zu sein, um über diesen Punkt zu diskutieren.

»Ich bin nun wieder ein Mensch«, hob sie stattdessen hervor. »In wenigen Jahren werde ich alt und grau sein.«

In den dunklen Augen blitzte eine beängstigende Wildheit auf. »Niemals.«

Sie runzelte die Stirn. »Ich werde mich nicht verwandeln lassen.«

Er zuckte die Achseln, unbeeindruckt von ihrer Weigerung, eine Vampirin zu werden. Das war nur zu verständlich. Sobald ein Vampir erschaffen wurde, verlor er jede Erinnerung an sein früheres Leben. Sie wäre in diesem Fall nicht mehr Kata, sondern ein neues Wesen, bei dem es ebenso wahrscheinlich war, dass es den Versuch unternahm, ihm die Kehle herauszureißen, wie dass es zu seiner Gefährtin wurde.

»Das Feenvolk kann Zaubertränke brauen, damit du jung bleibst.«

Kata richtete den Blick auf die zarten Wildblumen, die das Ufer des schmalen Flusses säumten.

Seine leisen Worte riefen ihr die Zeit ins Gedächtnis, in der sie noch jung und die Welt voller Möglichkeiten gewesen war. Einschließlich der Hoffnung auf einen liebevollen Ehemann und eine kleine Kinderschar.

Heilige Mutter. Sie hatte einst bereits Seelenqualen gelitten, als diese Träume zerschmettert worden waren.

War sie gewillt, sich in eine Lage zu begeben, in der sie erneut zerstört werden konnten?

»Das ist eine alberne Unterhaltung«, murmelte sie, mehr in dem Versuch, sich selbst davon zu überzeugen als ihn.

Uriel erstarrte. Dann senkte er mit einem leisen Stöhnen den Kopf und drückte seine Lippen auf den Puls, der unten an ihrer Kehle heftig pochte.

»Mehr als das«, brachte er mit rauer Stimme hervor, »sie ist überflüssig.«

»Überflüssig?«

Langsam zog er sich zurück. Seine Miene war düster. »Wenn der Fluch des Dschinns noch immer wirksam ist, bin ich eine wandelnde Zeitbombe. Ich werde dein Leben nicht aufs Spiel setzen.«

Kata war gekränkt durch seinen Versuch der Selbstaufopferung.

Glaubte er etwa, er könne erst behaupten, dass sie seine Gefährtin sei, und sie gleich darauf zur Seite schieben?

»Sollte das nicht meine Entscheidung sein?«

»Nein.«

»Das ist alles? Einfach *nein?«*

»Das ist alles.«

Sie blickte ihn finster an und erhaschte einen flüchtigen Blick auf den unbarmherzigen Krieger, der er gewesen war, als sie ihn, auf der Suche nach ihr, zum ersten Mal gesehen hatte.

»Hör mal, du halsstarriger Vampir, wenn ich zu der Entscheidung gelange, dass du mein …« Sie bemühte sich, das Wort auszusprechen. »Gefährte sein sollst, dann wirst du auch genau das sein.« Sie beugte sich vor, um ihm leicht in sein Kinn zu beißen. »Verstanden?«

Er erschauderte, und seine Fangzähne kamen zum Vorschein, während seine Hände über ihren Rücken glitten, bis er ihren Hintern umfassen konnte.

»Und du nennst *mich* halsstarrig?«, murmelte er.

Ihr Verstand umwölkte sich, und sie empfand nichts mehr außer der Sehnsucht danach, ihre Beine um seine Taille zu schlingen und alles zu vergessen bis auf das wilde Verlangen danach, über diesen wunderschönen Vampir herzufallen.

Doch zuerst musste sie noch etwas klarstellen.

»Es ist beinahe vierhundert Jahre her, seit ich in der Lage war, meine eigenen Entscheidungen zu treffen«, rief sie ihm ins Gedächtnis. »Das wirst du mir nicht nehmen.«

Er war klug genug, nicht über ihre leeren Worte zu lachen. Sie war zwar in der Unterwelt gefangen, ohne über einen Fluchtplan zu verfügen, aber dennoch benötigte sie das Gefühl, zumindest ein wenig Kontrolle über ihr Leben zu haben.

War das dumm?

Natürlich.

Aber auch merkwürdig notwendig.

»Nein, ich würde dir niemals deine Freiheit nehmen«, stimmte er ihr sanft zu, »doch ebenso wenig werde ich zulassen, dass du verletzt wirst.« Urplötzlich nahm er sie auf die Arme und ging mit ihr auf eine seichte Stelle zu. »Nicht, wenn ich dich beschützen kann.«

Kata hatte die Absicht, gegen seine arrogante Annahme zu protestieren, sie benötige seinen Schutz, aber ihr gesamtes Denkvermögen verflüchtigte sich, als Uriel auf das moosige Flussufer sank und Kata so auf seinen Schoß zog, dass ihr Rücken gegen seinen Brustkorb gedrückt wurde und ihre Beine auf beiden Seiten seiner kräftigen Schenkel herunterfielen.

»Uriel …«, keuchte sie. Sie fühlte sich sonderbar verletzlich, als er sein Gesicht in ihre Halsbeuge grub und seine Hände mit einer langsamen, köstlichen Erkundung ihres entblößten Körpers begannen. »Was tust du da?«

Er umfasste eine ihrer vollen Brüste mit der einen Hand, während er die andere über die feuchte Haut an ihrem Bauch nach unten gleiten ließ. Sie hinterließ auf ihrem Weg eine glühend heiße Spur. »Ich genieße den Augenblick.«

Ein Stöhnen entrang sich ihrer Kehle, und ihr Kopf sank nach hinten auf seine Schulter, als seine Finger keck über ihre begierige Klitoris strichen.

»Es fühlt sich so an, als genössest du mehr als nur den Augenblick«, stieß sie mit heiserer Stimme beifällig hervor.

Er reizte die harte Spitze ihrer Brustwarze, während er gleichzeitig einen Finger in den feuchten Kanal zwischen ihren Beinen gleiten ließ. Sie fauchte genussvoll und reckte die Arme über den Kopf, um sie um seinen Hals zu legen.

»Wer weiß, wie lange diese Illusion andauern wird?«, sagte er an ihrer Schulter und schabte mit seinen Fangzähnen leicht über die zarte Haut, während er sorgsam darauf achtete, dass diese nicht zu bluten begann. »Wir sollten die Einsamkeit genießen, solange sie uns zur Verfügung steht.«

Kata hatte nicht die Absicht, Einwände dagegen zu erheben. Die Augen fielen ihr zu, während sie sich auf die Empfindungen konzentrierte, die sein Finger bei ihr hervorrief, als er langsam und druckvoll in ihren Körper eindrang. Es fühlte sich so gut an.

Also – stöhnte sie, da sie bereits spürte, wie sich der drohende Höhepunkt aufbaute.

»Ich nehme an, du hast nicht ganz unrecht«, ächzte sie und wandte den Kopf, um ihr Gesicht in seinen dichten Locken zu vergraben.

Sie atmete seinen kühlen, männlichen Duft tief ein, und ihr Körper bäumte sich vor Anspannung auf, als er die Spitze ihrer Brust zwischen Zeigefinger und Daumen nahm.

»Sehr bald wirst du feststellen, dass ich immer recht habe«, versicherte er ihr.

»Ach ja?«

»O ja.«

Wie um die Wahrheit seiner Worte noch zu unterstreichen, umfasste Uriel ihre Taille, und mit einer einzigen ruhigen Bewegung hielt er sie über seine Erektion. Kata stieß einen leisen, flehenden Laut aus, während er sie auf seinen harten Penis herunterließ, und ihr gesamter Körper erschauderte vor Befriedigung, als er sie erfüllte.

»Gott, du bist so exquisit«, keuchte er und hob die Hüften an, bis er so tief in ihrem Inneren begraben war, dass Kata hätte schwören können, sie seien nun eins.

»Ich wette, das sagst du zu allen Frauen«, murmelte sie, erschüttert von der Intensität der Gefühle, die sie durchströmten.

Mit Wollust hätte sie umgehen können. Selbst wenn es sich dabei um eine ungeheuer große Lust handelte, bei der sie das Gefühl hatte, dass sich niemals wieder irgendetwas so gut anfühlen würde wie diese.

Aber die Woge zärtlicher Emotionen, die sie überflutete, war weitaus stärker als reine Lust.

Es war die Art von Gefühl, die Frauen dazu brachte, alles zu opfern, um es festzuhalten.

»Es gibt keine anderen Frauen, Kata«, stöhnte er, während er in einem langsamen, magischen Tempo wieder und wieder in sie eindrang. »Nur dich.«

»Uriel …«

»Pst«, unterbrach er ihren Protest und küsste sich an ihrem Hals entlang nach oben, um eine Spur der Verwüstung zu hinterlassen. »Lass mich dich einfach lieben.«

Kata ignorierte die warnende Stimme in ihrem Hinterkopf.

Was für eine Rolle sollte das schon spielen?

Es war mehr als wahrscheinlich, dass sie niemals lebendig aus der Unterwelt entkommen würden.

Weshalb sollte sie nicht genau das tun, was Uriel vorschlug, und einfach den Augenblick genießen?

»Ja!«, keuchte sie und vergaß alles bis auf den explosionsartigen Genuss.

KAPITEL 9

Kata war sich nicht sicher, wie viel Zeit vergangen war.

Eigentlich sorgte die Tatsache, dass sie in dieser Illusion gefangen waren, dafür, dass es sich fast so anfühlte, als würde die Zeit ganz und gar stillstehen.

Die Sonne blieb unbewegt an ihrer augenblicklichen Position am Himmel stehen. Es waren keine dahinziehenden Wolken zu sehen, keine sich verändernden Schatten. Und sogar die wild lebenden Tiere flitzten in einem zunehmend vorhersagbaren Muster von einem Baum zum anderen.

Was sie wusste, war, dass sie und Uriel sich drei weitere Male dem Liebesspiel hingegeben hatten. Das ließ sich wunderbar leicht im Auge behalten. Aber es konnte einige Stunden oder einen ganzen Tag her sein, seit Yannah sie in diese eigenartige Welt gesperrt hatte.

Zweifellos sollte dieser Gedanke sie eigentlich beunruhigen.

Er wirkte, als solle er im Grunde wichtig sein.

Im Augenblick jedoch trieb sie auf einer Wolke der Glückseligkeit dahin, so ausgestreckt auf einem Bett aus Wildblumen daliegend, während Uriel sie fest umschlungen in seinen Armen hielt.

Ein Lächeln kräuselte ihre Lippen.

Als Liebhaber war Uriel spektakulär.

Er konnte grob sein, angetrieben von seiner wilden Leidenschaft. Er konnte aber auch langsam und zärtlich sein und so atemberaubend geduldig, dass sie gebettelt, gefleht und schließlich gedroht hatte, bis er ihr endlich ihre Erlösung gewährt hatte.

Als Mann …

Ihr Lächeln verzerrte sich.

Sie begann allmählich zu akzeptieren, dass er als Mann gleichermaßen spektakulär war.

Kata veränderte ihre Position und legte den Kopf in den Nacken, um den Vampir zu betrachten, der neben ihr lag.

Ihr Herz machte einen Ruck beim Anblick seiner vollendeten Schönheit.

Der elegante Bogen seiner Stirn und der stolze Schwung seiner Nase. Die hohen Wangenknochen und die sinnlich geformten Lippen. Die dunklen, seelenvollen Augen, die einen heimlichen Schmerz enthielten, der von den Jahren zeugte, in denen er gezwungen gewesen war, einsam zu leben, obwohl er von seinem Clan umgeben gewesen war.

Uriel musste ihr nicht erst erzählen, dass sein Drang, seine Brüder zu beschützen, ebenso stark war wie der, Kata in Sicherheit zu wissen. Er würde sich stets jene vom Leib halten, um die er sich sorgte, immer voller Angst, sich genötigt zu fühlen, ihnen Schaden zuzufügen.

In vieler Hinsicht hatte er in den vergangenen zwei Jahrhunderten ebenso sehr gelitten wie sie.

Vielleicht fühlten sie sich aus diesem Grund so zueinander hingezogen.

Nun ja, und außerdem gab es da ja auch noch den hervorragenden, bewusstseinsverändernden Sex, fügte sie in Gedanken ironisch hinzu.

»Ich glaube, ich bin geradewegs in den Himmel aufgefahren«, murmelte sie und hob eine Hand, um sie über sein exquisites

Gesicht gleiten zu lassen. »Mitsamt meinem eigenen wunderschönen Engel.«

Bei ihren sanften Worten setzte er einen gespielt finsteren Gesichtsausdruck auf. »Verdammte Hölle, nicht du auch noch.«

»Wie bitte?«

»An mir gibt es nichts Engelhaftes.«

Langsam bildete sich ein Lächeln auf Katas Lippen, als sie sich an einige seiner einfallsreicheren Liebkosungen erinnerte.

»Das ist wahr.« Sie ließ ihre Hand über die glatte Haut an seinem Bauch gleiten und genoss das Muskelspiel unter ihren Fingern. Hmmm, reine männliche Perfektion. »Ich kann bezeugen, dass du durch und durch verrucht bist.«

Ein selbstgefälliges Glitzern trat in seine Augen. »Vielen Dank.«

»Ich nehme an, deine Ähnlichkeit mit einem Engel ist für dich ein heikles Thema?«

»Ich bin ein Krieger.«

»Und Krieger können nicht schön sein?«

Uriel hob die Hand, um sie in ihre Locken zu graben, und sein Lächeln enthüllte seine riesigen Fangzähne.

»Sei vorsichtig, Kata, du neckst mich auf eigene Gefahr.«

Ihr Herz vergaß zu schlagen, als sie sich in der samtigen Dunkelheit seiner Augen verlor.

»Erzähle mir von deinem Leben.«

Er hob die Brauen, als er ihre unvermittelte Frage hörte. »Willst du etwas über meine Heldentaten oder über meine erstaunlichen Fertigkeiten hinsichtlich der Frauenwelt hören?«

Kata verdrehte die Augen. Als wüsste sie nicht aus erster Hand, dass er ein tödliches Raubtier und ein sogar noch tödlicherer Liebhaber war.

»Ich will etwas über dich hören. Über die Person, die du wirklich bist.«

Er stutzte, als sei es ihm vollkommen neu, dass irgendjemand Interesse an irgendetwas, das über seine offenkundigeren Fähigkeiten hinausging, zeigte.

»Ich bin der stellvertretende Kommandeur Victors, des Clanchefs von Großbritannien«, erklärte er.

Kata lächelte, als sie den Anflug von Stolz vernahm, den er nicht verheimlichen konnte. Und weshalb sollte er auch nicht stolz sein? Vor ihrer Gefangenschaft hatte Kata ihrerseits durchaus Gefallen an der Tatsache gefunden, dass sie und Marika als beste Heilerinnen in ganz Europa angesehen wurden.

»Siehe da, du bist ein hohes Tier? Da ist es ja kein Wunder, dass du so eingebildet bist.«

»Gebieterisch«, korrigierte er sie.

»Rechthaberisch.«

»Nur, wenn es notwendig ist.«

»Und das trifft immer zu«, betonte sie trocken. »Was gibt es sonst noch?«

Er zuckte mit den Achseln. »Sonst gibt es nichts mehr.«

»Das glaube ich dir nicht.« Sie streckte die Hand aus, um mit den Fingern über die scharf geschnittenen Konturen seines Kiefers zu streichen. »Du kannst nicht deine gesamte Zeit damit verbringen, irgendetwas zu töten.«

»Nein. Ich lehre die jüngeren Vampire, wie man tötet.«

Kata stieß einen Seufzer aus. »Hast du denn keine Hobbys? Keine geheimen Träume?«

Mit einem Mal drückte seine Miene Zurückhaltung aus. All die Jahre, in denen er Abstand zu anderen gehalten hatte, zeigten sich hier in all ihrer schmerzlichen Deutlichkeit.

»Wie sieht es mit dir aus?«, fragte er, um sie sanft von ihren Nachforschungen abzulenken. »Erzähl mir von deinen geheimen Träumen.«

»Ich will Laylah eine Mutter sein«, gestand sie, ohne zu zögern. »Obwohl ich vermute, dass es zwei Jahrhunderte zu spät ist, um Anspruch auf eine solche Rolle zu erheben. Ich bin mir nicht sicher, ob sie je verstehen wird, weshalb ich sie verlassen musste.«

»Du hattest keine andere Wahl.«

»Das bedeutet nicht, dass sie bereit sein wird, mir zu vergeben.«

»Sie wird dir vergeben.«

Kata erwiderte seinen ruhigen Blick und verspürte das verzweifelte Bedürfnis, ihm zu glauben.

Als sie der Hexe ihren Säugling übergeben hatte, die ihr versprochen hatte, ihn versteckt zu halten, hatte Kata sich gefühlt, als reiße man ihr das Herz heraus.

Nur die sichere Überzeugung, dass dies der einzige Weg sei, Laylah in Sicherheit zu bringen, hatte ihr den Mut dazu verliehen.

Dennoch hatte sie nun so viele Jahre die Angst gequält, Laylah könne womöglich niemals verstehen, aus welchem Grund sie die Entscheidung getroffen hatte, ihr Baby fortzugeben.

»Wie kannst du dir da so sicher sein?«

Er legte seine Hand an ihre Wange und strich ihr mit dem Daumen über die Unterlippe. »Als sie nach London reiste, setzte sie alles aufs Spiel, um sich auf die Suche nach dir zu begeben.«

Eine zaghafte Hoffnung erwärmte Katas Herz. »Das hat sie getan?«

»Nichts hätte sie aufhalten können.« Uriel lächelte trocken. »Und natürlich weigerte sie sich, London zu verlassen, bevor Victor geschworen hatte, er werde vor nichts zurückschrecken, um dich zu retten.«

Kata lächelte und veränderte ihre Position, um mit ihren Lippen leicht seinen Mund zu berühren, während sie seine tröstenden Worte genoss und es zuließ, dass sie einen Teil ihrer belastenden Schuldgefühle heilend fortnahmen.

»Ich danke dir«, murmelte sie leise.

Ein friedliches Schweigen entstand zwischen ihnen, bevor Uriel sich aufrichtete und sich auf den Ellbogen stützte, um sie mit einem nachdenklichen Blick zu betrachten.

»Musik«, sagte er unvermittelt.

Sie sah ihn verwirrt an. Das Wort erschien ihr ein wenig wahllos.

»Wie bitte?«

»Ich liebe Musik, und wenn ich die Gelegenheit habe, zu meinem Privatversteck in Wales zu reisen, verbringe ich meine Zeit damit, ein neues Instrument spielen zu lernen.« Er zuckte mit den Schultern und fühlte sich offensichtlich unbehaglich. »Ich beherrsche sie beinahe alle.«

Kata verkniff sich ein Lächeln. Sie war seltsam entzückt über die Verlegenheit, die er nicht völlig vor ihr verheimlichen konnte.

»Weshalb fiel es dir so schwer, mir das zu erzählen?«

»Weil meine Brüder gnadenlos sein würden, was diese Angelegenheit angeht«, murmelte er. »Victor bestünde zweifellos darauf, dass ich umhergehen und auf einer verdammten Harfe herumklimpern müsste.«

Katas Gelächter erfüllte die Lichtung, als sie sich Uriel mit einer Harfe in den Händen vorstellte. Seine Ähnlichkeit mit einem Himmelswesen wäre dann unverkennbar.

»Hmmm. Ich verstehe, worauf du hinauswillst«, gab sie zu.

»Wenn du mir jedoch in meinem Versteck Gesellschaft leisten würdest, würde ich liebend gerne …«

Er verschluckte den Rest des Satzes, als mit einem Mal ein unverkennbares Kältegefühl schneidend die Luft durchzog.

»Uriel«, flüsterte Kata und rappelte sich auf, um ihr vergessenes Nachthemd anzuziehen.

»Ich spüre es.« Rasch trat er neben sie und zog sich Jeans und T-Shirt an, bevor er sich das lange und äußerst scharfe Schwert schnappte. »Eine Vampirin.«

Es erfolgte eine weitere Kälteexplosion, und Kata fauchte entsetzt und ungläubig.

Nein, das konnte nicht sein.

So viel Unglück konnte doch nicht einmal ihr beschieden sein.

Aber während sie noch versuchte, sich selbst davon zu überzeugen, dass es sich hier um irgendeinen entsetzlichen Irrtum handeln müsse, setzte sich das vertraute Gefühl drohenden Unheils in ihrem Herzen fest.

»Marika.«

»Das ist unmöglich.«

Kata ballte die Hände zu Fäusten, und eine Kombination aus Hass und Furcht breitete sich explosionsartig in ihr aus.

»Diesen Gestank würde ich nie vergessen«, fauchte sie. »Niemals.«

Uriel murmelte leise etwas vor sich hin und ließ seinen Blick über ihre Umgebung gleiten, um sie mit der Intensität eines ausgebildeten Kriegers zu untersuchen.

»Dann muss sie Teil der Illusion sein.«

Kata erschauderte angewidert. »Nein, sie ist keine Illusion, sondern ein Albtraum.«

»Kata!« Der Klang der spöttischen Stimme ihrer Schwester wurde durch den Wind zu ihr getragen.

Uriel beugte sich zu Kata hinunter, um ihr rasch einen Kuss zu rauben. Sein Gesicht war eine angespannte Maske der Entschlossenheit.

»Lenke sie ab.«

»Wie bitte?« Ohne ihr zu antworten, glitt er auf die Bäume zu. Noch bevor ihr Herz einmal geschlagen hatte, war er in den Schatten verschwunden. »Verdammt.«

Allein und mit dem Gefühl, eine Maus zu sein, die im Begriff war, von einer Katze mit fürchterlichen Fangzähnen und einer abscheulichen Einstellung in die Enge getrieben zu werden, zwang sich Kata, nicht davonzulaufen, als Marika hinter einem großen Felsen hervortrat.

Uriel hatte ihr gesagt, sie solle das Miststück ablenken, und bei Gott, das würde sie auch tun.

»Ah, da bist du ja, meine allerliebste Schwester«, schnurrte Marika. Ein spöttisches Lächeln lag auf ihren Lippen. »Hast du mich vermisst?«

Kata schluckte die Gallenflüssigkeit herunter, die in ihrer Kehle emporstieg.

Es war nicht überraschend, dass Marikas Anblick auf sie wirkte, als blicke sie in einen Spiegel.

Sie besaß das gleiche dunkle Haar und die gleichen dunklen Augen, die gleiche helle Haut und den gleichen kurvenreichen Körper wie sie. Im Augenblick war er in eines der Designerkleider gehüllt, die Marika abgöttisch liebte.

Was jedoch überraschend war, war die Tatsache, dass sie so gepflegt und kultiviert wirkte, als sei sie soeben den Seiten der *Vogue* entstiegen.

Verdammt.

Eigentlich sollte sie doch tot sein und gerade jetzt irgendeine grausame Folter in den Eingeweiden der Unterwelt erleiden.

Gab es denn keine Gerechtigkeit im Universum?

»Du solltest wirklich lernen, wie man in seinem Grab bleibt, Marika!«, stieß sie hervor.

Marika warf ihre dunklen Locken nach hinten und stolzierte mit einem Gesichtsausdruck offenkundiger Vorfreude auf sie zu.

Dieser Blick ging stets dem Schmerz voraus.

Stunden und Stunden und Stunden des Schmerzes.

»Wo bliebe da das Vergnügen?«, wollte sie wissen.

»Es würde mir Vergnügen bereiten, wenn ich für alle Zeiten von deiner erbärmlichen Existenz befreit wäre. Allein bei dem Gedanken daran werde ich ganz verrückt vor Freude.«

Marika blieb nur wenige Zentimeter vor Kata stehen und hüllte diese mit ihrer eiskalten Macht ein. Es fühlte sich an wie Ketten aus Eis.

»Was ist aus meiner süßen Kata geworden, die jede Nacht darum betete, dass ihr ihre Schwester zurückgegeben werden solle?«

Kata biss die Zähne zusammen. Sie würde nicht zurückzucken, sie würde nicht zurückzucken, sie würde nicht zurückzucken …

Mit herausfordernder Miene schob sie das Kinn vor. »Ihr wurde klar, dass ihre Schwester sich in ein Monstrum verwandelt hatte.«

»Ein Monstrum?« Die dunklen Augen verengten sich argwöhnisch, als Marika sich vorbeugte und in der Luft um Kata herum schnüffelte. »Das sagt die Frau, die nach ihrem Vampirliebhaber stinkt. Wo ist er?«

Kata fluchte. So viel zum Thema »Ablenkung«.

»Weißt du, Marika«, sagte sie in dem verzweifelten Versuch, dafür zu sorgen, dass die Aufmerksamkeit der wahnsinnigen Frau weiterhin auf sie gerichtet blieb. »Es dauerte eine Weile, aber nun erkenne ich, dass nicht die Verwandlung in eine Vampirin dich böse gemacht hat.«

»Ach nein?«

»Nein, es liegt daran, dass es dir an allem mangelt, was einem Herzen ähnelt.«

Marikas schrilles Gelächter jagte Kata einen Schauder über den Rücken. Liebe Göttin, es war doch schon schlimm genug, dass diese Frau das Gesicht ihrer Schwester besaß, ohne dass auch noch ihr unheimliches Gegacker hinzukam.

»Kata, wenn ich kein Herz besäße, hätte ich dann dafür gesorgt, dass wir selbst nach dem Tode noch zusammenbleiben?« Marika presste eine Hand auf ihr nicht schlagendes Herz. »Was könnte denn noch sentimentaler sein?«

»Das war Selbstsucht, keine Sentimentalität. Du versuchtest nur deine eigene Haut zu retten, indem du Sergei gezwungen hast, uns aneinander zu fesseln.«

»Das ist wahr. Nun jedoch habe ich einen elementareren Grund dafür, für diesen Zauber dankbar zu sein.«

»Und was soll das für ein Grund sein?«

Marika verzog die Lippen zu einem Schmollmund und streckte eine Hand aus, um einen blutroten Nagel über Katas Wange gleiten zu lassen, wo dieser eine Blutspur hinterließ.

»Ich bin ein wenig gereizt angesichts meines unglückseligen Todes. Immerhin war ich dazu ausersehen, über die Welt zu herrschen«, klagte sie. »Lass uns hoffen, dass einige wenige Jahrhunderte, in denen ich dich bestrafe, mir helfen werden, meine Enttäuschung zu mildern.«

Katas heftige Angst war für einen kurzen Moment vergessen, als plötzlich pure Erleichterung in ihr aufloderte. Sie wusste zwar nicht, was zum Teufel hier überhaupt vor sich ging, aber zumindest glaubte Marika, gestorben zu sein.

Das ließ sie Hoffnung schöpfen.

»Sage mir, Marika, war es Laylah, die dir den Todesstoß versetzte?«, fragte sie mit zuckersüßer Stimme.

In den dunklen Augen blitzte Zorn auf. »Dieses Miststück hatte Glück.«

Kata lächelte. »Glaubst du an Karma?«

»Ich glaube daran, dass die Sünden der Tochter von der Mutter bezahlt werden müssen.« Marika hob die Hand, die Finger zu Klauen gekrümmt, um sie durch Katas zartes Fleisch zu ziehen. »Und wir beginnen jetzt sofort damit.«

Da sie sich auf den Angriff gefasst machte, war Kata nicht auf die blitzschnelle Bewegung direkt hinter Marika vorbereitet. Glücklicherweise nahm ihre verrückte Schwester sie ebenso wenig wahr, und als sie gerade zum Schlag gegen Katas Gesicht ausholen wollte, rammte Uriel sie heftig genug, um ihr einige Knochen zu brechen.

Kata taumelte zur Seite und bemühte sich, das Gleichgewicht zu behalten, als die beiden Raubtiere mit einer derartigen Wucht zu Boden stürzten, dass die Erde einen Riss bekam. Es gelang Uriel, auf Marika zu landen, und seine Faust traf mit einem grässlichen Knirschen den Hinterkopf seiner Widersacherin.

Es war kein tödlicher Schlag, doch er hätte eigentlich ausreichen müssen, um die Vampirin wenigstens einige Minuten lang außer Gefecht zu setzen. Aber stattdessen drehte sich Marika mit einer fließenden Bewegung um und grub ihre Fangzähne in Uriels Kehle.

Katas Herz stockte, als Uriel Marika an den Haaren packte und sie von seinem Fleisch losriss. Sein Blut strömte aus der Wunde, und sein Schmerzensschrei hallte über die Lichtung und brachte die Tiere dazu, voller Entsetzen zu fliehen.

Kata bemerkte kaum, dass sie sich bewegte. Sie hatte sich einen großen Ast geschnappt, der fast völlig verborgen im Gras lag, und stürmte auf Marika zu. Gleichzeitig hob Uriel das Schwert, und mit einer plötzlichen Bewegung stieß er es Marika ins Herz.

Kata hielt inne und erschauderte beim Anblick ihrer Schwester. Diese lag ausgestreckt auf dem Boden, und ein riesiges Schwert ragte aus ihrer Brust.

Sie hasste die grässliche, sadistische Kreatur mit jeder Faser ihres Herzens, aber es war dennoch erschreckend für sie, das Ebenbild ihrer Schwester an den Boden geheftet zu sehen wie irgendetwas aus einem Horrorfilm.

Kata wartete darauf, dass Uriel die Vernichtung vollendete,

indem er der Vampirin das Herz herausschnitt, und holte schockiert Luft, als Marika die Klinge mit beiden Händen packte und sie mit einem Ruck aus ihrem Fleisch zog.

Das war nicht möglich. Eine derartige Wunde hätte sie allerwenigstens lähmen müssen. Nicht einmal der mächtigste Dämon war imstande, ohne Weiteres über ein riesiges, klaffendes Loch mitten in seiner Brust hinwegzugehen.

Uriel, der von Marikas Handlung überrumpelt wurde, war kaum in der Lage, sein Schwert ihrem Griff zu entreißen und hastig aufzuspringen, bevor sie ihn angriff.

Er schwang das Schwert und fluchte, als Marika dem Schlag auswich und ihm einen Hieb ins Gesicht versetzte. Sie war nicht so stark wie Uriel, aber sie hatte dennoch einen verdammt harten Schlag. Was allerdings noch schlimmer war, war die Tatsache, dass sie anscheinend unverletzbar war.

Uriels Kopf schnellte nach hinten, und erneut ging Marika ihm an die Kehle, beinahe so, als habe sie die Absicht, ihm den Hals durchzunagen.

Und vielleicht entsprach das ja tatsächlich der Wahrheit.

Dieses bösartige Miststück.

Kata umklammerte den Ast noch fester und marschierte grimmig auf die Kämpfenden zu. Sie war nicht so dumm zu glauben, sie könne eine Vampirin mit einem Stock verletzen, es sei denn, es gelang ihr, damit das Herz der kaltblütigen Blutsaugerin zu durchbohren, und bei ihrem Pech war es wahrscheinlicher, dass sie ihr eigenes Herz damit aufspießte. Aber sie fühlte sich wie die letzte Gazelle an der Wasserstelle, und das Gewicht des Astes in ihrer Hand vermittelte ihr den Eindruck, nicht vollkommen hilflos zu sein.

Das war zwar lächerlich, aber notwendig, wenn sie imstande sein wollte, sich so weit zu konzentrieren, dass sie einen Fluch beschwören konnte.

Erbittert verdrängte sie Uriels schreckliche Wunden und seine aussichtslosen Anstrengungen, Marika abzuwehren, deren Verletzungen sie nicht nur seltsam ungerührt ließen, sondern die sich auch eindeutig mitten in einem Anfall wahnsinniger Blutgier befand.

Stattdessen richtete sie ihre Gedanken nach innen und konzentrierte sich auf den kleinen Funken der Macht, der in ihrer Seele schwelte.

Es war die gleiche Macht, die sie zum Heilen nutzte, doch statt die Energie in einem wohltuenden, beständigen Strom aus sich herausfließen zu lassen, verband sie sie mit den finsteren Impulsen, die in jedem Wesen schlummerten, und hielt sie in einem straffen Knoten fest, bis sie sie mit einer heftigen Explosion freisetzte.

Indem sie die Worte murmelte, die ihre Großmutter sie am Lagerfeuer sitzend gelehrt hatte, richtete Kata die Hand auf Marika und ließ ihre Macht mit einer ungestümen Druckwelle entweichen.

Die Luft knisterte unter der Gewalt ihres Fluches, und einen Moment lang schwankte Marika und richtete ihren wahnsinnigen Blick auf Kata. Ihr Gesicht drückte unverhohlene Panik aus.

»Ganz recht, du bösartige Hure, stirb!«, fauchte Kata.

Ein gurgelndes Geräusch war zu vernehmen, als ein ekelhafter Schaum sich aus Marikas Mund zu ergießen begann. Der Fluch war ein besonders abscheulicher, den Kata noch nie zuvor verwendet hatte. Und dann – offensichtlich gehörte er zu der Art von Vampiren, die Vorteile schnell zu nutzen wussten – stürmte Uriel auf Marika zu, um mit seinem Schwert zum Schlag nach ihrem ungeschützten Hals auszuholen.

Das hätte eigentlich das Ende dieser Angelegenheit sein sollen.

Ein Die-Tür-zu-die-Lichter-aus-Abgesang-der-dicken-Dame-Ende.

Marika jedoch war bereits damit beschäftigt, sich von dem mächtigen Fluch zu befreien, und sprang in einer schockierenden Machtentfaltung in die Luft und über die sich bewegende Klinge hinweg.

Verdammt!

Kata ergriff ihren Stock. Ihr Mund war trocken, und das Herz schlug ihr bis zum Hals.

Gefangen in einem Gefühl albtraumhaften Unglaubens beobachtete Kata, wie Uriel sich absichtlich zwischen sie und die grauenhafte Monstrosität stellte, die einst ihre Schwester gewesen war.

»Kata, such nach einem Weg, der hier herausführt«, knurrte er.

»Nein.« Sie schüttelte den Kopf. »Ich werde dich nicht verlassen.«

Mit einem langsamen Knurren drehte sich Uriel um, um sie mit einem wilden Blick zu durchbohren. Sein T-Shirt war blutdurchtränkt und seine Kehle noch immer von Marikas Angriffen zerfleischt.

»Dann werden wir beide sterben.«

Kata biss sich auf die Unterlippe. Sie war nicht dumm. Sie wusste durchaus, dass ihre einzige Hoffnung zu überleben darin bestand, irgendwie eine Möglichkeit zu finden, aus dieser Blase der Illusion zu entkommen.

Aber jede Faser ihres Herzens rebellierte bei der Vorstellung, Uriel zu verlassen.

»Was zum Teufel ist sie?«, murmelte sie.

»Unbesiegbar«, spottete Marika, und ihr unheimliches Gelächter hallte erneut über die Lichtung. »Gehe nicht zu weit fort, allerliebste Schwester. Sobald ich mich deines Liebhabers entledigt habe, können wir beginnen, unsere gemeinsame Zeit zu genießen.«

Uriel strich Kata mit einer Hand über die Wange. Seine Miene hatte einen flehenden Ausdruck angenommen.

»Geh.«

Kata drückte für einen kurzen Moment seine Finger an ihre Wange, bevor sie sich abrupt umdrehte und über die Lichtung stürmte.

Sie hörte den gellenden Zornesschrei ihrer Schwester und Uriels Antwortgebrüll, aber sie hielt den Blick verbissen auf die niedrigen Hügel gerichtet, die sich vor ihr erhoben. Ohne ihre Flüche hatte sie nichts, was Uriel dabei helfen konnte, Marika zu besiegen.

Alles, was sie jetzt tun konnte, war, um ein Wunder zu beten …

Nein, das war nicht alles, was sie tun konnte, das wurde ihr nun, leicht verspätet, klar.

Kata wurde langsamer, als sie den Fuß eines der niedrigen Hügel erreichte.

Weshalb rannte sie, als könne sie irgendeine magische Öffnung finden?

Es gab nur einen einzigen Weg aus der Illusion nach draußen.

Kata trat hinter einen großen Felsen, strich sich mit einer zitternden Hand das Haar aus dem Gesicht und holte stoßweise Luft.

»Yannah!«, rief sie, und ihre Stimme hallte auf eine unheimliche Weise durch die windstille Luft. »Yannah?«

In der Ferne konnte sie die Geräusche von Uriels Kampf mit Marika hören und etwas näher das Rascheln eines Eichhörnchens, das durch das Unterholz huschte, aber von der Dämonin, die sie dort eingeschlossen hatte – nichts. Nada. Rein gar nichts.

»Yannah, verdammt, wo bist du?«

Es gab keine Vorwarnung.

Im einen Moment war sie noch allein, und Enttäuschung brodelte in ihr wie Säure, und im nächsten stand Yannah plötzlich vor ihr.

»Es ist nicht nötig, dass du so kreischst, Kata«, beschwerte sich die winzige Dämonin und strich mit den Händen ihre tadellose weiße Robe glatt. »Mit meinem Gehör ist alles in Ordnung.«

Kata ballte die Hände zu Fäusten. Andernfalls hätte sie Yannah den schlanken Hals umgedreht.

»Wirklich?«, stieß sie zwischen zusammengebissenen Zähnen hervor. »Dann wusstest du, dass wir von Marika angegriffen werden, und trafst einfach die Entscheidung, uns hier in Gefangenschaft unserem Schicksal zu überlassen?«

»Sei nicht albern, ich war beschäftigt.«

Kata zeigte mit dem Finger auf den Kampf, der auf der anderen Seite der Lichtung weiterging. »Nun, ich war selbst ein wenig beschäftigt.«

»Ja, das stimmt.« Ein verschmitztes Lächeln kräuselte Yannahs Lippen. »Du brauchst dich nicht dafür zu bedanken, dass ich dir die Möglichkeit zu ein wenig ungestörter Zweisamkeit mit deinem hübschen Blutsauger gewährt habe.«

»Du erwartest, dass ich mich bei dir bedanke?« Katas Augen weiteten sich ungläubig vor Zorn. O ja, sie würde die kleine Dämonin erwürgen. Aber erst, wenn diese dafür gesorgt hatte, dass sie dieses Durcheinander hinter sich lassen konnten. »Du hast uns hier eingesperrt, zusammen mit meiner verrückten Schwester, die sich in einen Vampirzombie verwandelt hat.«

Yannahs Augenbrauen kräuselten sich, als mache sie sich ernsthaft Gedanken über Katas Vorwurf.

»Oh, ich glaube nicht, dass sie technisch gesehen ein Zombie ist.«

Kata blinzelte verblüfft. »Soll das etwa ein Scherz sein?«

»Ich mache niemals Scherze über Zombies.«

Kata holte tief Luft und zählte bis zehn. »Was ist sie denn dann, *technisch gesehen?«*

Yannah hob in einer unbestimmten Bewegung die Hände. »Ich bin mir nicht ganz sicher.«

Wunderbar. Ganz einfach perfekt.

»Ist sie ein Teil der Illusion?«

»Nein.«

»Aber sie ist tot?«, fragte Kata drängend. »Ich meine, *wirklich* tot?«

»Ja.«

Kata runzelte die Stirn. Sie spürte, dass Yannah irgendetwas vor ihr verheimlichte.

»Du klingst nicht sonderlich überzeugt.«

»Sie sollte eigentlich nicht hier sein.«

»Ehrlich?«, fauchte Kata. »Eigentlich sollte sie in den Abgründen der Hölle braten, aber offensichtlich ist das nicht der Fall.« Kata wandte den Kopf, und ihr Herz blieb stehen, als sie beobachtete, wie Uriel die wild gewordene Vampirin abwehrte. Sein kräftiger Körper war mit Blut bedeckt, und seine eleganten Bewegungen wurden allmählich schwerfällig. »Yannah, du musst uns von diesem Ort fortbringen, bevor sie uns alle tötet.«

KAPITEL 10

*I*m Gegensatz zu vielen seiner Brüder war Uriel niemals arrogant genug gewesen, anzunehmen, er sei unbesiegbar.

Jedenfalls nicht seit seiner schmerzhaften Begegnung mit dem Dschinn.

Er begriff, dass Vampire am oberen Ende der Nahrungskette standen, aber dass dennoch immer die Gefahr bestand, auf einen größeren und böseren Widersacher zu treffen, der imstande war, ihn mit Leichtigkeit zu besiegen.

Also verbrachte er trotz seiner geheimen Machtsteigerung durch den Dschinn Stunden damit, seine Fähigkeiten im Kampf zu perfektionieren.

Das war der einzige Grund, weshalb er sich noch nicht in einen Aschehaufen verwandelt hatte.

Dennoch war jeder Trick, den er im Lauf der Jahrhunderte gelernt hatte, vonnöten, nur um Marika davon abzuhalten, ihm die Kehle herauszureißen. Und obgleich seine Kräfte durch seine zahlreichen blutenden Wunden rasch aufgezehrt wurden, war seine Feindin so frisch wie ein verdammtes Gänseblümchen.

Er konnte nur hoffen, dass es Kata gelungen war, einen Fluchtweg zu finden.

Fast so, als habe allein der Gedanke an sie sie aus dem Nichts herbeigezaubert, vernahm er mit einem Mal den Klang ihrer Stimme. Sie rief ihn von der anderen Seite der Lichtung.

»Uriel!« Kata schwenkte die Arme über dem Kopf, um seine Aufmerksamkeit zu erregen. »Hierher!«

Er unterdrückte einen frustrierten Seufzer.

Verdammt.

Konnte denn nicht eine einzige Sache gut gehen?

Er drehte sich um und fand sich damit ab, dass Kata nicht ohne ihn gehen würde, selbst wenn sie einen Weg aus der Illusion gefunden hätte.

»O nein, das wirst du nicht tun.« Marika, die vielleicht spürte, dass ihre Beute womöglich auf dem besten Weg war, ihrer Gewalt zu entschlüpfen, bewegte sich vorwärts, um zwischen ihn und die winkende Kata zu treten. »Unser Spiel ist noch nicht beendet.«

Uriel ließ sein Schwert ganz bewusst sinken. Er musste seine Erschöpfung nicht vortäuschen. Seine andere Hand glitt in die Tasche seiner Jeans. Ihm blieb nur ein einziger Versuch, um die Frau so lange außer Gefecht zu setzen, dass er Kata erreichen konnte. Alles hing davon ab, dass es ihm gelang, sie zu überrumpeln.

In Marikas dunklen Augen flackerte ein selbstgefälliger Ausdruck des Triumphes auf.

Sie war davon überzeugt, dass ihr Sieg bevorstand.

Zum Teufel, warum sollte das auch nicht der Fall sein?

Wenn Uriel ein Spieler gewesen wäre, hätte er sein Geld auf die wahnsinnige Vampirin gesetzt, die nicht sterben wollte.

Ein humorloses Lächeln lag auf seinen Lippen, als er absichtlich über ein Grasbüschel stolperte und seine Balance zu verlieren schien.

Mehr Ermutigung benötigte Marika nicht.

Mit einem Schrei der Vorfreude stürzte sie sich auf ihn, die Hände zu tödlichen Klauen gekrümmt und die Fangzähne voll ausgefahren.

Uriel zwang sich, bis zur letzten möglichen Sekunde zu warten. Dann zog er die Hand aus der Hosentasche und schleuderte ihr das Holzkästchen direkt ins Gesicht. Der Todeszauber wurde mit einem winzigen Knall ausgelöst, und die Magie ließ sie erstarren.

Er zögerte nicht. Mit wildem Gebrüll hob er sein Schwert und holte zum Schlag aus, sodass es einen gewaltigen Bogen beschrieb.

Die Klinge sauste durch die Luft und bot durch ihr Pfeifen eine verspätete Warnung, doch Marika war zu sehr in ihre Blutgier versunken, um es zu bemerken. Mit gefletschten Zähnen und ihrer eisigen Macht, die durch die Lichtung pulsierte, stürzte sie sich auf Uriel, und es gelang ihr, ihre Klauen über die eine Hälfte seines Gesichtes zu ziehen, während sein Schwert ihren Hals traf.

»Du hast unrecht, du Miststück!«, fauchte er. »Das Spiel ist vorbei.«

Nachdem sie schließlich die Gefahr erkannt hatte und zur Seite auszuweichen versuchte, weiteten sich ihre dunklen Augen schockiert, als das Schwert mit einer geschmeidigen Bewegung durch ihren Hals glitt. Doch das geschah zu spät, und trotz ihrer verzweifelten Bemühungen war sie hilflos und nicht imstande, das Unvermeidliche aufzuhalten.

Uriel setzte seinen ganzen Körper ein, um dem Schlag so viel Kraft wie möglich zu verleihen, und das Schwert durchtrennte den Hals der Vampirin mit einem glatten Schnitt. Er beobachtete, wie Marikas Kopf durch die Luft flog und auf einer mit Wildblumen bewachsenen Stelle landete. Ihre Augen waren noch immer von dem Schock geweitet, und ihr lebloser Körper fiel ihm mit einem dumpfen Schlag zu Füßen.

Allerdings ließ er sich nicht täuschen.

Dieses Mal nicht.

Er schnitt eine Grimasse angesichts der tödlichen Wunde, der es an Blut mangelte, und ihrer zuckenden Glieder. Eigentlich sollte sie zu Staub zerfallen, statt dort zu liegen und zu zappeln wie ein Fisch ohne Wasser.

Er wusste nicht, in was für eine Kreatur Marika sich verwandelt hatte, doch er war sich recht sicher, dass sie sich nicht von einer Geringfügigkeit wie dem Verlust ihres Kopfes aufhalten lassen würde.

Beinahe wie um zu beweisen, dass er recht hatte, schoss eine schlanke Hand hervor. Die Finger verfehlten knapp seinen Fuß, als sie sich in den Boden gruben und den Körper in Richtung des verschwundenen Kopfes zu ziehen begannen.

Einen Moment lang war Uriel wie versteinert, nicht imstande, sich mit dem abzufinden, was er da sah. Dann schüttelte er das lähmende Entsetzen ab und drehte sich um, um auf die wartende Kata zuzulaufen.

Er bewegte sich mit einer Schnelligkeit, mit der es nur ein anderer Vampir hätte aufnehmen können, und erreichte Kata im Handumdrehen. Seine Sinne waren in höchster Alarmbereitschaft, als er den vertrauten Dämonengeruch wahrnahm.

»Yannah war hier«, sagte er mit ausdrucksloser Stimme.

Kata nickte. Ihr Gesicht war bleich vor Erschöpfung und ihre wunderschönen Augen schimmerten dunkel vor Angst. Dennoch lag ein verbissener Mut in ihrer Miene und eine Entschlossenheit in der Haltung ihrer Schultern, die Uriels Herz mit Stolz erfüllte.

Diese Frau war eine Überlebenskünstlerin.

»Ja.« Sie zeigte auf den schimmernden Nebel, der in der Luft waberte. »Sie hat ein Tor erschaffen.«

Uriel kniff die Augen zusammen. »Wo ist sie?«

»Sie ist verschwunden.«

»Schon wieder?«

Kata zuckte die Achseln. »Überrascht dich das?«

Uriel stieß einen Fluch aus.

Er hatte die vergangenen beiden Jahrhunderte damit verbracht, dafür zu sorgen, in jeder Situation die Kontrolle zu behalten. Seit seiner Begegnung mit dem Dschinn war er von seinem Kontrollbedürfnis besessen.

Doch nun stolperte er von einer schauderhaften, verrückten Situation in die nächste. Und im Mittelpunkt dieses Schlamassels befand sich Yannah, die wie ein verdammter Kuckuck aus einer Kuckucksuhr immer wieder plötzlich auftauchte und dann wieder verschwand.

»Ich bin dessen überdrüssig, dass sie uns zum Narren hält«, murmelte er. »Was will sie?«

»Ich weiß es nicht, und es ist mir auch gleichgültig.« Kata warf einen Blick über seine Schulter und erschauderte beim Anblick des kopflosen Monstrums, das einst ihre Schwester gewesen war. »Lieber würde ich in den Abgründen der Hölle brennen, als Marika die Genugtuung zu gewähren, mich zu töten.«

»Verdammt.« Uriel streckte die Hand aus und ergriff die ihre. Er war pessimistischerweise überzeugt davon, dass sie durch ihre Flucht vom Regen in die Traufe kämen. »Lass mich nicht los.«

Gemeinsam gingen sie durch den Nebel, und das Gefühl von Elektrizität, die über seine Haut tanzte, ließ Uriel erzittern. Verdammt, er hasste Magie.

Und dann waren sie plötzlich in Dunkelheit gehüllt und fielen nach vorn, um durch eine scheinbar endlose Leere zu stürzen.

Uriel bemühte sich vergeblich, Kata in seine Arme zu ziehen. Er wusste schon jetzt, dass sie hart aufkommen würden. Der plötzliche Eintritt in das Tor auf der anderen Seite jedoch entriss sie seinen Armen, und bevor er reagieren konnte, wurden sie mit einer derartigen Wucht auf einen harten Boden geschmettert, dass er mit den Fangzähnen klapperte.

Stöhnend hob er den Kopf, um die neueste Katastrophe zu erspähen, die auf sie wartete. Er war ganz und gar nicht überrascht beim Anblick des riesigen, anscheinend endlosen Gebietes aus schwarzem, vulkanischem Gestein, das sich zwischen Flüssen aus Feuer erstreckte, oder der giftigen Wolken, die in der Ferne dahinzogen. Der Himmel über ihnen wies eine widerwärtige purpurrote Färbung auf und war durchzogen von Blitzen, die ohne Vorwarnung zu Boden schossen.

Es hätte ihn wirklich überrascht, wenn sie sich nicht erneut in der Unterwelt wiedergefunden hätten.

Uriel ließ seinen Blick schweifen und fluchte beim Anblick Katas, die einige Schritte entfernt ausgestreckt auf dem Boden lag. Ihr winziger Körper befand sich gefährlich nahe am Rande des flüssigen Feuers.

»Kata!«

Er sprang auf und behielt sein Schwert in der Hand, während er zu ihr eilte.

»Mit mir ist alles in Ordnung.« Ganz offensichtlich unter Aufbietung aller Kräfte erhob sich Kata langsam und schnitt beim Anblick der scheußlichen Aussicht, die sich vor ihr entfaltete, eine Grimasse. »Wenigstens ist alles so in Ordnung, wie es unter diesen Umständen eben möglich ist.«

Uriel wünschte sich verzweifelt, sie in seine Arme ziehen und ihr Trost spenden zu können, aber ein schneller Blick über seine Schulter enthüllte ihm, dass das Tor noch immer geöffnet war.

Sobald Marikas Verletzungen verheilt waren, würde sie sich an ihre Fersen heften.

»Wir müssen aufbrechen.«

Trotz ihrer offensichtlichen Erschöpfung nickte Kata rasch. »Nimmst du Yannah wahr?«

»Dort entlang.« Widerwillig deutete er mit dem Kopf auf einen Pfad, der durch das schwarze Gestein führte.

Kata zögerte nicht. Mit der Impulsivität, die, wie er allmählich zu erkennen begann, zu ihrem leidenschaftlichen Naturell gehörte, bewegte sie sich auf die rot gefärbten Schatten zu, um sie zu durchqueren. Hastig streckte Uriel die Hand aus, um sie am Arm zu packen und herumzudrehen, sodass sie ihn ansehen musste.

»Warte!«, befahl er.

Sie erwiderte seinen finsteren Blick mit einem schweren Seufzer. »Ich weiß, dass du ihr nicht traust.«

Ihr *trauen?*

Er würde Yannah nicht einmal dann trauen, wenn sie sich Flügel wachsen ließe und einen Heiligenschein aufsetzte.

»Traust du ihr etwa?«, knurrte er.

Kata biss sich auf die Unterlippe, und es war deutlich zu erkennen, dass sie über ihre Wortwahl nachdachte. »Sie treibt mich in den Wahnsinn«, sagte sie langsam, »aber ich glaube, dass sie unsere einzige Chance ist, von hier zu entkommen.«

»Und das sagt ja schon alles, nicht wahr?« Uriel schüttelte den Kopf und gab sich geschlagen. Kata hatte recht. Wie standen wohl ihre Chancen, auf noch einen weiteren Dämon zu stoßen, der nicht nur über die Fähigkeit verfügte, Tore zu öffnen, sondern auch noch willens war, ihnen zu helfen? »Gehen wir.«

Schweigend folgten sie dem Pfad. Die Luft gewann zunehmend an Schwüle, und die Blitze steigerten ihre Intensität.

Uriel witterte. Er konnte Yannah verschwommen in einiger Entfernung wahrnehmen, doch etwas näher …

… lauerte Gefahr.

Der sonderbare Geruch kam ihm nicht bekannt vor, aber er sorgte dafür, dass sich seine Nackenhaare aufstellten.

Uriel griff hinter seinen Rücken und ließ seinen Dolch aus der Scheide an seiner Jeanshose gleiten.

»Hier«, sagte er und drückte Kata die kunstvoll gefertigte Waffe in die Hand.

Sie runzelte die Stirn und umklammerte ungeschickt den mit Leder umwickelten Griff. »Ich weiß nicht, wie man ihn verwendet.«

»Stecke das spitze Ende in irgendetwas.«

Ihre Augen verengten sich. »Führe mich nicht in Versuchung.«

Beide erstarrten, als das Geräusch von Marikas irrem Gelächter unvermittelt durch die stehende Luft hallte.

»Verdammte Hölle!«, flüsterte Uriel.

»Um Gottes willen, du hast ihr den Kopf abgeschnitten!«, brachte Kata mit heiserer Stimme hervor. »Was können wir denn noch tun?«

»Fortlaufen«, antwortete Uriel.

Jeder gute Krieger wusste, wie wichtig ein strategischer Rückzug war.

Uriel packte Kata am Arm und drängte sie, dem Pfad weiter zu folgen. Er hielt sein Schwert gezückt. Er wusste, was sich ihnen von hinten näherte, doch es gab keine Garantie, dass vor ihnen nicht noch etwas Schlimmeres wartete.

Zum Teufel, das war beinahe eine gegebene Tatsache.

Es dauerte nicht lange, bis seine pessimistische Theorie sich bestätigte.

Sie hatten soeben eine Kreuzung des Pfades erreicht, als der Boden unter ihren Füßen aufbrach und eine albtraumhafte Kreatur aus der Öffnung emporstieg.

Kata schrie auf und stolperte nach hinten. Uriel konnte es ihr nicht verübeln. Er wünschte sich, selbst ein wenig schreien zu können.

Selbst für einen Dämon war dieses Wesen grauenhaft.

Seine mehr als zweieinhalb Meter hohe Gestalt glich einem Wurm. Uriel konnte keine Augen erkennen, aber sein Mund klaffte auf und enthüllte mehrere Reihen rasiermesserscharfer Zähne. Oben auf seinem Kopf befanden sich große Stacheln, und seine Haut besaß eine käsebleiche Farbe und war mit dickem Schleim bedeckt, der mit einem deutlich hörbaren Zischen auf den Stein tropfte. Säure.

Als benötigte das abscheuliche Ding noch zusätzliche Munition …

Uriel packte sein Schwert mit beiden Händen und trat zwischen die Bestie und Kata.

»Ich lenke es ab. Folge du dem anderen Weg …«

»Nein!«, schnitt sie ihm jäh das Wort ab.

Er knurrte frustriert. »Wenn du jetzt nicht gehst, werden wir außer gegen Marika auch noch gegen diesen …« Er hatte keine Ahnung, worum es sich bei dem Wesen handelte. » … übergroßen Wurm kämpfen müssen.«

Sie packte ihn am Arm. »Ich verlasse dich nicht noch einmal.«

»Verdammt, Kata!«

»Hör mal, möglicherweise willst du mich nicht zur Gefährtin haben, aber soweit es mich betrifft, so hast du mich am Hals.« Ihr Versprechen hallte glockenrein durch die Luft. »Und zwar für immer.«

Uriel riss den Kopf herum, enerviert von dem gelassenen Ausdruck auf ihrem schönen Gesicht. Als habe sie sich nicht soeben zu seiner Gefährtin erklärt.

Als er ihren ruhigen Blick erwiderte, zog sich sein Herz zusammen, und er verspürte ein schmerzliches Verlangen, das er nicht länger leugnen konnte.

Gott …

Was für eine Rolle spielte es schon, wie viele Male er sich selbst ermahnt hatte, dass es zu gefährlich sei, Kata zu seiner Gefährtin zu nehmen? Dass er sie auf Abstand halten müsse?

Die einfache Wahrheit bestand darin, dass er unwiderruflich an diese Frau gebunden war, gleichgültig, ob sie die Verbindungszeremonie vervollständigten oder nicht.

»Du bist mein«, erklärte er leise.

»Ja.«

Er hob die Hand und legte sie an ihre Wange. »Aus diesem Grund könnte ich es nicht ertragen, wenn dir etwas zustieße.«

»Dann schicke mich nicht fort«, sagte sie, und ihr flehender Blick traf sein Herz mit der Intensität einer Massenvernichtungswaffe. »Wer wird mich beschützen, wenn du nicht an meiner Seite bist?«

»Kata …«, stöhnte er.

Kata, die spürte, dass der Sieg in greifbarer Nähe lag, wandte den Kopf, um ihre Lippen mitten auf seine Handfläche zu drücken.

»Wir waren beide zu lange allein. Gemeinsam können wir es mit allem aufnehmen.«

Sie hatte ihn geschlagen, dachte er trocken.

Ein flehender Blick, ein sanftes Wort, und er war verloren.

Aber es war ihm gleichgültig.

Wenn ein Wunder geschähe und es ihnen tatsächlich gelänge, die Unterwelt zu verlassen, würde er sein Leben mit Freuden allem widmen, was Kata Vergnügen bereitete.

Ganz gewiss war das der Grund, weshalb er erschaffen worden war.

»Ich kann dir einfach nichts abschlagen, selbst wenn ich weiß, dass ich das eigentlich tun sollte«, gestand er.

Sie ließ ein Lächeln aufblitzen. »Das klingt verheißungsvoll.«

»Nur wenn wir lebendig hier herauskommen.«

»Das ist ein gutes Argument.«

Sie wandten sich der wurmartigen Kreatur zu, die sich weiterhin aus dem Gestein schlängelte. Uriel grimassierte. Zweifelsohne würde die Hölle los sein, sobald sich das Wesen befreit hatte, aber wie konnte er das verdammte Ding töten?

Schließlich nahm das Monstrum ihm die Entscheidung ab.

Mit einem hohen Schrei stieß der Wurm herab, indem er mit seinen riesigen Zähnen direkt auf Uriels Kopf zielte. Uriel wich nicht von der Stelle und stieß mit dem Schwert nach oben, um die zarte Haut am Maul des Wurms zu durchbohren.

Das Ding kreischte auf und zuckte zurück, wobei es Uriel beinahe das Schwert entrissen hätte. Zur gleichen Zeit ergoss sich ein Säureschwall über seine Haut und brannte sich tief in sein Fleisch ein.

Dieses Mistvieh.

Uriel biss wegen der Schmerzen die Zähne zusammen und veränderte seine Position, um dafür zu sorgen, dass er zwischen der Kreatur und Kata stand, und schwang sein Schwert, bevor die Bestie erneut angreifen konnte.

Die Klinge glitt mit grässlicher Mühelosigkeit durch klebrige Haut. Wie ein Messer durch Pudding. Noch schlimmer war jedoch die Tatsache, dass eine widerliche Säureflut aus der Wunde quoll und Uriel zum Zurückweichen zwang.

Verdammt. Er musste dieses Wesen beseitigen, bevor Marika sie einholen konnte.

Er war gerade damit beschäftigt zu überlegen, ob er die Kreatur zu dem Feuerfluss in der Nähe locken konnte, als Kata neben ihn trat. Ihre Stirn war vor Konzentration gefurcht, und sie hatte den Arm gehoben, um den Dolch auf den Kopf des Wurms zu richten.

Uriel fluchte. Dachte sie tatsächlich, der winzige Dolch könne irgendeinen Schaden anrichten?

Uriel war gerade im Begriff, sie wieder hinter sich zu ziehen, hielt jedoch inne, als sie mit schroffer Stimme ein Wort hervorstieß. Ihr Fluch breitete sich explosionsartig in der Luft aus und traf den Wurm mit schockierender Wucht.

Dem Wurm entrang sich ein schauderhafter Schrei, und dann erstarrte er mit einem Mal, als sei er in Eis eingeschlossen worden.

»Vielleicht solltest du zurücktreten«, sagte Kata warnend und bewegte sich vorsichtig von der hoch aufragenden Bestie fort.

Rasch befolgte Uriel ihre Warnung.

Er verstand nichts von Magie, aber er war klug genug, ihr aus dem Weg zu gehen.

Eine ganze Weile geschah gar nichts. Uriel trat unbehaglich von einem Fuß auf den anderen und begann gerade anzunehmen, dass die Darbietung beendet sei, als plötzlich ein seltsames Knacken zu vernehmen war. Zersprang etwa das umgebende Gestein?

Doch es war nicht das Gestein.

Nein. Noch während Uriel einen weiteren Schritt nach hinten machte, begann der hoch aufragende Wurm zu zerfallen. Das zuvor schwammige Fleisch war nun so spröde wie Kreide.

Flocken der Kreatur schwebten durch die Luft, als der schwere Körper auf den Pfad krachte und ein Miniaturerdbeben auslöste. Uriel hielt seine Aufmerksamkeit jedoch auf Kata gerichtet, die eindeutig kurz vor einem Zusammenbruch stand.

Uriel richtete sein Schwert so aus, dass die Klinge nach hinten zeigte, und nahm Kata auf den Arm. Mit einem einzigen ungeheuren Satz sprang er über den zerfallenden Leichnam des Wurms hinweg.

»Verdammt«, murmelte er, und als er einen Blick auf ihr allzu bleiches Gesicht warf, zog sich sein Herz zusammen, aus Furcht, sie habe sich womöglich bedenklich verausgabt. »Du bist eine gefährliche Frau.«

Ein mattes Lächeln legte sich auf ihre Lippen. »Vergiss das ja nicht.«

»Niemals!«, schwor er und drückte sie fest an seine Brust, während er Yannahs allmählich verblassender Fährte den Pfad entlang folgte.

Verdammte Hölle, er musste sie von diesem Ort fortbringen.

Bisher hatte sie nur reines Glück am Leben erhalten.

Irgendwann musste es zwangsläufig zu Ende gehen.

Wie aufs Stichwort versetzte eine Woge von Marikas eiskalter Macht die giftige Luft in Bewegung.

»Kata, ich rieche dich!«, gurrte sie.

Dieses wahnsinnige Miststück.

Die in Uriels Armen liegende Kata kicherte. Ihre Augen waren halb geschlossen, als könne sie der Handlung nicht mehr ganz folgen.

»Ich rieche, rieche Menschenfleisch«, sang sie.

»Bleibe bei mir, Kata«, murmelte Uriel und stürmte in einem waghalsigen Tempo den Weg entlang.

In den Feuerströmen auf beiden Seiten drohte ein flüssiger Tod, während sich hinter ihm eine psychotische Vampirin befand, die er nicht vernichten konnte. Wenn vor ihnen noch eine weitere Gefahr auftauchte, dann wären sie verloren.

»Ich werde dich niemals verlassen«, murmelte Kata leise.

»Nein.« Er neigte den Kopf, um seine Lippen auf ihren Scheitel zu drücken, und akzeptierte die Tatsache, dass er Kata stets in seinem Herzen tragen würde, gleichgültig, was die Zukunft für sie bereithielt. »Du wirst mich niemals verlassen.«

Während Uriel rennend die purpurroten Schatten durchquerte, konnte er spüren, wie seine Kraft nachließ. Seit er Victors Versteck verlassen hatte, hatte er eine Menge Zeit in einem Kampf nach dem anderen verbracht. Er musste sich ausruhen.

Und, was noch wichtiger war, er musste Nahrung zu sich nehmen.

Es war verdammt schade, dass er nichts davon in nächster Zeit bekommen würde.

Er behielt sein mörderisches Tempo bei, bis sich immer deutlicher abzeichnete, dass er vor Marika nicht davonlaufen konnte und dass sich auch keine magische Tür öffnen würde, durch die sie in Sicherheit gelangen konnten.

Sehr bald wäre er zu schwach, um Kata noch irgendwelchen Schutz zu bieten.

Ganz offensichtlich hieß es nun: *Jetzt oder nie.*

Er bückte sich und setzte Kata sanft auf dem Boden ab, indem er sie gegen einen Felsen lehnte, der aus dem Weg aufragte.

Sie runzelte die Stirn und umklammerte verwirrt seinen Arm. »Uriel?«

»Ich liebe dich«, brachte er mit rauer Stimme hervor und hauchte ihr einen zärtlichen Kuss auf die Lippen.

»Du bist so ein kluger Vampir.«

»Es dauert bei mir möglicherweise einige Zeit, aber du wirst feststellen, dass ich durchaus erziehbar bin.«

Ihr verführerisches Lächeln drang ihm tief ins Herz. »Und aus diesem Grund bete ich dich auch an.«

Stöhnend zwang er sich, sich aufzurichten. Dann drehte er sich um und ging den Pfad hinunter, um der sich nähernden Vampirin den Weg zu versperren.

Da sie nicht imstande war, an ihm vorbeizugehen, war Marika gezwungen, direkt vor ihm stehen zu bleiben. Sie setzte ein spöttisches Lächeln auf.

»Geh mir aus dem Weg, dann lasse ich dich womöglich lange genug am Leben, damit du mir Genuss verschaffen kannst«, meinte sie gedehnt.

Uriel machte sich nicht die Mühe, seinen Schauder zu verbergen, als er seinen Blick von oben bis unten über ihren Körper gleiten ließ.

Gott, sie sah wieder perfekt aus.

Selbst ihr Kleid war fleckenlos.

Als wäre ihr niemals der Kopf vom Körper abgetrennt worden.

Es war zutiefst unheimlich.

»Lieber stürbe ich, du abstoßende Monstrosität!«, stieß er hervor. Die Aufrichtigkeit in seiner Stimme war unverkennbar.

Marika fauchte und entblößte ihre Fangzähne in weiblichem Zorn. »Das lässt sich arrangieren.«

Mit einer einzigen fließenden Bewegung richtete Uriel sein Schwert auf das Miststück, während er sich auf ein weiteres Gefecht gefasst machte.

Eins, das er nicht gewinnen konnte.

Grimmig ignorierte er die unheilvolle Stimme in seinem Hinterkopf.

Wenn er sterben sollte, so würde er kämpfend sterben.

Verdammt.

Marika bereitete sich darauf vor, ihn anzugreifen, und ließ ihre Zunge über ihren langen Fangzahn gleiten.

»Du bist so hübsch. Es ist eine Schande, dass du für mich kein lieber Junge sein willst«, sagte sie gedehnt. »Doch da gibt es ja immer noch Kata, die meiner Unterhaltung dienen kann.«

Uriel erhielt keine Gelegenheit, auf ihren Spott zu reagieren.

Gerade als er sein Schwert hob, entstand eine sonderbare Empfindung in dem kleinen Zwischenraum zwischen ihnen. Als habe sich der Luftdruck plötzlich verändert.

Und dann wurde mit einer dramatischen Bewegung das ureigene Gewebe der Welt aufgerissen, und ein Mensch trat auf den Pfad.

Nein, kein Mensch, korrigierte sich Uriel stumm selbst. Eisige Furcht bildete sich in seiner Magengrube beim Anblick der fein geschnittenen Gesichtszüge, der dichten Mähne aus goldblondem Haar und der leuchtenden lavendelfarbenen Augen.

Der Dschinn mochte ja als Mensch durchgehen, aber die Grausamkeit, die auf seinem hübschen Gesicht zu erkennen war, bewies, dass er durch und durch ein Monstrum war.

Der Dämon ignorierte Uriel. Er streckte die Hände aus, um Marika am Hals zu packen, und hob sie in die Höhe.

»Ihr braucht Euch keine Gedanken um Eure Unterhaltung zu machen, Blutsaugerin.« Seine Stimme erfüllte die Luft mit einer Macht, die Uriel beinahe in die Knie gehen ließ. »Ich habe die Absicht, Euch voll und ganz beschäftigt zu halten.«

»Ihr.« Marikas Augen weiteten sich entsetzt. Der Dschinn lachte, und Marika legte den Kopf in den Nacken, um zu schreien. »Nein!«

KAPITEL 11

Uriel hob die Hand, um sie gegen die Narbe auf seiner Brust zu pressen. Das dumpfe Pochen verwandelte sich in einen scharfen Schmerz, der in seinen ganzen Körper ausstrahlte.

Natürlich erkannte er diesen Mistkerl.

Die Erinnerung an ihre Begegnung unter den Londoner Docks war in jede Faser seines Gehirns eingebrannt.

Aber von all den seltsamen, bizarren oder ausgesprochen gefährlichen Kreaturen, bei denen Uriel mit einem Auftauchen wie durch Zauberhand gerechnet hätte, stand der Dschinn ganz unten auf seiner Liste.

Instinktiv griff er mit der Hand in die Tasche seiner Jeans, nur um einen Fluch auszustoßen, als er sich daran erinnerte, dass er den Todeszauber an seinen vergeblichen Versuch, Marika zu entkommen, verschwendet hatte.

Verdammt.

Er hatte nicht die Absicht, die Marionette für diesen verdammten Dschinn zu spielen.

Eher würde er sich in eines der Feuer in ihrer Nähe werfen.

Da Uriel auf einen Kampf vorbereitet war, runzelte er irritiert die Stirn, als der Dschinn seine Anwesenheit ignorierte und sich stattdessen auf die Vampirin konzentrierte, die sich gegen seinen Griff wehrte.

»Dachtet Ihr tatsächlich, Ihr könntet meinen Sprössling

missbrauchen, ohne dafür die Konsequenzen zu tragen?«, brüllte er.

Marika versuchte, die Krallen in den Arm des Dschinns zu schlagen, doch ihre Fingernägel waren nicht imstande, den schimmernden Silbermantel zu durchdringen, den er trug und der zu seiner Hose passte.

»Ihr seid doch tot!«, heulte sie. Der Gestank ihrer Verzweiflung und ihrer Furcht erfüllte die Luft.

Ein maliziöses Lächeln kräuselte die Lippen des Dschinns. »Meine physische Verbindung zu dieser Welt wurde durchtrennt. Allein aus diesem Grund vernichtete ich Euch nicht sogleich, sobald Ihr Laylah bedrohtet. Doch nun …« In den lavendelfarbenen Augen glühte Vorfreude. »Nun befindet Ihr Euch in einem Reich, in das ich mit Leichtigkeit reisen kann.«

»Bitte nicht!« Marika erschlaffte in seinem unbarmherzigen Griff. »Dies ist ein Fehler! Es war Sergei, der Laylah etwas antun wollte. Alles, was ich tat, war, den Versuch zu unternehmen, sie zu beschützen.«

»Da habt Ihr recht, es war tatsächlich ein Fehler«, stimmte der Dschinn bereitwillig zu. »Und Ihr werdet lernen, ihn für den Rest der Ewigkeit zu bereuen.«

»Kata, hilf mir!«, flehte Marika. »Sag ihm, dass ich unschuldig bin!«

Uriel verlieh murmelnd seiner Meinung über Frauen Ausdruck, die mehr Mut als Verstand besaßen. Da stellte sich mit einem Mal Kata neben ihn und umklammerte mit der Hand seinen Arm, in dem Versuch, sich auf den Beinen zu halten.

»Unschuldig?«, fauchte sie ungläubig.

»Ich bin deine Schwester!«

»Du bist eine Abscheulichkeit, und ich hoffe, du wirst den Rest deines sehr langen Lebens schreiend in endlosen Todesqualen verbringen!«, fauchte Kata.

Der Dschinn blickte Kata an, und ein eigenartig versonnener Ausdruck milderte die giftige Schönheit seines Gesichtes.

»Euer Wunsch ist mir Befehl, meine Dame«, murmelte er.

Mit grässlicher Mühelosigkeit warf der Dschinn Marika in die Höhe, und eine Bewegung seiner schlanken Hand sorgte dafür, dass sie mitten in der Luft hängen blieb. Anfangs wirkte das Miststück eher verblüfft als beunruhigt. Aber dann murmelte der Dschinn leise etwas vor sich hin, um seine Macht freizusetzen, und die Blitze in der Ferne änderten mit einem Mal ihre Richtung, um mit grässlicher Wucht in ihren schlanken Körper einzuschlagen.

Wieder und wieder wurde sie von den Blitzschlägen getroffen, und Marikas schrille Schreie erfüllten die Luft, zusammen mit dem scheußlichen Geruch brennenden Fleisches.

Uriel nahm Kata auf die Arme, schirmte sie gegen den schrecklichen Anblick ab und schoss den Pfad entlang. Er glaubte keinen Moment lang, dass sie dem Dschinn entkommen könnten, doch Kata hatte bereits genug durchlitten, auch ohne dass sie Marikas brutale Folter miterlebte.

Was auch immer sie Kata angetan hatte – sie war einst ihre Schwester gewesen.

Es war ihm gerade gelungen, so weit zu laufen, dass die Schreie der Vampirin nur noch gedämpft zu hören waren, als der Weg vor seinen Füßen sich abrupt in nichts auflöste. Uriel kam schlitternd zum Stehen und stellte Kata vorsichtig auf die Füße, bevor er sich umdrehte, um dem sich nähernden Dschinn gegenüberzutreten.

»Das ist nahe genug«, sagte er warnend. Sein Schwert war begierig darauf, etwas Dschinnblut fließen zu lassen.

Kata, die womöglich seine selbstmörderischen Gedanken spürte, legte ihm die Hand auf den Arm, um ihn zurückzuhalten.

»Uriel«, flehte sie leise.

Die Aufmerksamkeit des Dschinns richtete sich auf sie, und erneut wurde sein Gesichtsausdruck sanfter.

»Kata.« Seine Stimme war leise und hypnotisierend, während er die Hand ausstreckte, um sie sanft an der Wange zu berühren. »So wunderschön wie eh und je.«

Uriel umfasste Katas Taille und zog sie von dem schönen Dämon fort. Seine ursprünglichen Verbindungsinstinkte gewannen die Oberhand über jede Hoffnung auf Zurechnungsfähigkeit.

Er würde alles töten, was ihm seine Gefährtin zu rauben versuchte.

»Rührt. Sie. Nicht. An.«

Es war wenig überraschend, dass der Dschinn einfach nur lachte.

»Habt Ihr Eure Lektion nicht gelernt, als sich unsere Wege zuletzt kreuzten?«

Ohne Vorwarnung trat Kata zwischen die Männer, die sich drohend gegenüberstanden. »Bitte!«

Der Dschinn nickte gehorsam. Offensichtlich war er der schönen Roma treu ergeben.

»Bedauerlicherweise beabsichtige ich nicht, ihm zu schaden.« Er ließ einen geringschätzigen Blick in Uriels Richtung schnellen. »Er hat seinen Zweck erfüllt.«

Uriel blickte den Dschinn stirnrunzelnd an. »Ich habe meinen Zweck erfüllt?«

»Den mächtigsten Dschinnen wurde das Talent der Vorahnung verliehen. Ich wusste, dass Kata einen Beschützer benötigen würde und dass es sich dabei nicht um mich handeln konnte.« Seine Lippen verzogen sich zu einer höhnischen Grimasse. »Ihr wurdet auserwählt.«

»Aus diesem Grund habt Ihr mich gebunden?«

»Das war die einzige Möglichkeit, Euch die Macht zu verleihen, die Ihr benötigtet, um Kata in Sicherheit zu bringen.«

»Und?«, fragte Uriel weiter, nicht gewillt zu glauben, dass der Dschinn dermaßen selbstlos sein konnte. Nicht, wenn er sich so lebhaft an die warnenden Worte dieser Kreatur während ihrer letzten Begegnung erinnern konnte.

Ihr sollt das Werkzeug meiner Rache sein …

Die lavendelfarbenen Augen erwärmten sich und zeigten boshafte Belustigung. »Und Ihr musstet lange genug leben, um Marika in mein Versteck zu locken.«

Uriel schüttelte angewidert den Kopf.

Er war so entschlossen gewesen, niemals zu einer Marionette des Dschinns zu werden, und dennoch hatte er die ganze Zeit nach seiner Pfeife getanzt.

Weitaus weniger hin und her gerissen durch die Machenschaften des Dschinns, trat Kata vor, um ihn sanft an der Wange zu berühren.

»Vielen Dank«, sagte sie sanft.

Uriel knurrte tief in der Kehle, aber Kata trat rasch wieder neben ihn und lehnte sich an ihn, als er ihr besitzergreifend den Arm um die Schultern legte.

»Was geschieht nun?«, erkundigte er sich.

»Nun werdet Ihr Kata in die Welt zurückbringen, in die sie gehört.« Der Dschinn hob die Hand, und Uriel verspürte einen heftigen Schmerz, als seine Verbindung zu dem Dämon getrennt wurde. »Behandelt sie gut.«

All der Zorn, all die Frustration und all die unbarmherzige Furcht, die ihn die vergangenen zweihundert Jahre gequält hatten, waren vergessen, als Uriel Kata in die Arme schloss.

Es war ihm gleichgültig, aus welchem Grund er ausgewählt worden war, Katas Retter zu sein. Oder was in der Vergangenheit zwischen den beiden geschehen war.

Die Zukunft war alles, was zählte.

»Ich habe die Absicht, mein Leben ihrem Glück zu widmen.«

»Wenn Ihr versagt …« In den lavendelfarbenen Augen erglühte eine unverkennbare Warnung. »Dann werde ich auf Euch warten.«

Der Dschinn, der anscheinend davon überzeugt war, dass seine Befehle befolgt werden würden, vollführte eine Handbewegung, und die Luft neben Uriel riss auf.

Uriel gestattete es sich selbst nicht zu fragen, ob dies erneut eine Falle war. Welche Rolle sollte das auch spielen? Es konnte ohnehin nicht mehr schlimmer kommen.

Als sie durch das Tor schritten, klangen ihm Marikas Schreie noch immer in den Ohren.

Es dauerte beinahe eine Woche, bis Kata sich vollständig von ihren Abenteuern in der Unterwelt erholt hatte.

Nachdem sie durch das Tor gefallen waren, hatten sie sich mit dem Gesicht voraus mitten in Stonehenge wiedergefunden.

Glücklicherweise waren dort weder drohende Feuergruben noch monströse Würmer oder wahnsinnige Zombievampirinnen in ihrer Nähe aufgetaucht, und indem sie beide gleichermaßen erleichtert aufgeatmet hatten, hatte Uriel Kata direkt zu Victors Versteck in der Nähe von London gebracht.

Seitdem war sie verwöhnt und bemuttert worden wie eine Prinzessin.

Victor war eingetroffen und hatte die Neuigkeit verkündet, dass ihre Tochter Laylah sich wohlbehalten in der Obhut ihres Vampirgefährten befand. Victors schöne Feenvolkgefährtin Juliet hatte sie besucht und die seltenen Kräuter mitgebracht, die den Alterungsprozess aufhielten.

Und selbst Yannah hatte ihr einen unerwarteten Besuch abgestattet und war selbstgefällig davon ausgegangen, dass Kata ihr dankbar sei, weil sie sie geradewegs in das Versteck des Dschinns geführt hatte. Sie behauptete nämlich, dabei habe es sich um die einzige Methode gehandelt, um die Verbindung zwischen ihr und Marika zu zerbrechen. Sobald sie davon überzeugt gewesen war, dass Kata hinlänglich beeindruckt war, hatte sie angekündigt, nun nach Amerika aufbrechen zu müssen, um dem Kind des Chaos ihre Hilfe anzubieten.

Was auch immer das bedeuten mochte.

Und dann gab es da noch Uriel …

Kein Mann hätte aufmerksamer sein und hingebungsvoller dafür sorgen können, dass sie sich wieder vollständig erholte.

Mit einem Lächeln schmiegte sich Kata noch enger an den herrlichen Vampir, als er sie zurück zu seinem Privatversteck führte, tief unter dem luxuriösen Anwesen.

Heute Abend hatte er sie mit einer traditionellen Hochzeit mit allem Drum und Dran überrascht.

Es hatte ein großartiges Festmahl gegeben, gefolgt von festlichen Tänzen. Uriel hatte einen Brautpreis geboten, der an eine menschliche Wohlfahrtsorganisation gespendet werden sollte, welche ausgesetzten Kindern half, und ihr eine Halskette aus goldenen Münzen geschenkt. Dann hatten sie gemeinsam vor einem Dutzend Gästen gestanden und verkündet, dass sie Ehemann und Ehefrau seien.

Die Hochzeit entsprach genau dem, was sie sich als junges, naives Mädchen einst erträumt hatte, aber nun war sie bereit, mit ihrem Mann allein zu sein.

Mehr als bereit, dachte sie, als plötzlich eine sinnliche Hitze durch ihre Magengrube wirbelte.

Kata wartete ungeduldig darauf, dass Uriel die schwere Stahltür öffnete, die durch ein Dutzend verschiedener Schlösser, Alarmvorrichtungen und Zauber gesichert war. Endlich betrat sie das große Schlafzimmer, nur um verblüfft aufzukeuchen.

Trotz der Eleganz der Villa war Uriels eigenes Versteck überraschend bescheiden, und dem Komfort war mehr Aufmerksamkeit gewidmet worden als modischen Trends.

An diesem Abend jedoch war die Steppdecke, die das schwere Eichenbett bedeckte, mit Hunderten von Rosenblütenblättern dekoriert worden und das dazu passende Mobiliar mit den Seidentüchern in leuchtenden Farben geschmückt, für die Kata schwärmte.

»Liebe Göttin«, keuchte sie.

Uriel nahm sie in die Arme. »Findet es deine Zustimmung?«

Sie legte den Kopf in den Nacken, um den Blick aus seinen samtigen braunen Augen zu erwidern. »Vollkommen, mein Ehemann.«

»Gefährte«, flüsterte er sanft.

»Noch nicht.«

Er stöhnte auf, und seine Fangzähne glitzerten im Feuerschein. »Bist du bereit?«

Mit einem verführerischen Lächeln streifte Kata die Spaghettiträger ihres blauen Kleides ab, sodass das seidenglatte Gewebe an ihrem Körper entlang nach unten auf den Boden glitt. Ihr Lächeln wurde breiter, als Uriel seinen hungrigen Blick über ihre nackten Kurven gleiten ließ.

»Ganz und gar.«

»Kata …«

Mit einer Schnelligkeit, die ihr den Kopf schwirren ließ, fand sich Kata urplötzlich flach auf dem Bett liegend wieder, umgeben von schwerem Rosenduft und bedeckt von Uriels hartem, nacktem Körper. Sie hatte nicht einmal bemerkt, dass er sein Satingewand abgelegt hatte.

Mit einem entzückten Lachen schlang sie die Arme um seinen Hals.

»Ich liebe Männer der Tat.«

»Und ich liebe dich.«

Uriel hielt ihren Blick fest, hob seinen Arm und schlitzte die Haut an der Innenseite seines Handgelenks mit seinen Fangzähnen auf. Dann presste er in einer feierlichen Geste seine blutende Verletzung an ihren Mund.

Kata schloss ihre Lippen um die Wunde und trank gierig das Blut, das er ihr darbot.

Ihre Reaktion erfolgte augenblicklich.

Und war wunderbar.

Die Empfindungen von Hitze und Genuss und vor allem das erstaunliche Gefühl, sich Uriels Gegenwart unmittelbar bewusst zu sein, wallten mit schwindelerregender Heftigkeit in ihr auf.

Göttin …

Stöhnend ließ sie es zu, dass die goldene Wärme sie erfüllte. Seine Liebe zu ihr war fast mit Händen zu greifen und heilte die Verletzungen der vergangenen vierhundert Jahre.

»Jetzt, Uriel«, flüsterte sie.

Sanft zog Uriel sein Handgelenk fort und eroberte ihren Mund mit einem Kuss roher Dringlichkeit.

Kata reagierte schnell, indem sie ihre Beine um seine Taille schlang, während er mit einem einzigen langsamen Stoß in sie eindrang. Gleichzeitig grub er seine Fangzähne in ihre zarte Halsbeuge. An die Stelle des vorübergehenden Schmerzes trat ein erotisches Glücksgefühl, das dafür sorgte, dass sie die Nägel in seinen breiten Rücken bohrte und die Hüften anhob, um mit seinem wilden Tempo Schritt zu halten.

Sie schrie auf, als ein Gefühl des Genusses sich explosionsartig in ihr ausbreitete, rasch gefolgt von der Empfindung von Uriels eigenem erzitterndem Höhepunkt, der tief in ihrem Inneren widerhallte.

Uriel zog sich zurück, um sie mit einem verblüfften Blick anzusehen. Er war von der reinen Intimität ihrer Verbindung offensichtlich ebenso überwältigt, wie sie es gewesen war.

»Meine Gefährtin«, murmelte er. Die Wachsamkeit und Zurückhaltung, die ihn so lange erfüllt hatten, zersprangen endlich, als ihrer beider Herzen und Seelen miteinander verschmolzen.

Sie waren eins.

Zwei Teile eines Ganzen.

Kata ließ die Hände über seinen Rücken gleiten und schwelgte in dem Wissen darum, dass sie zu guter Letzt endlich doch noch zu Hause war.

»Bis in alle Ewigkeit.«

GUARDIANS OF ETERNITY

Finstere Versuchung

KAPITEL 1

Mitternacht in Paris

Levet marschierte durch die dunklen Schatten unter dem Eiffelturm und wich so den menschlichen Touristen aus, die den Gehsteig entlangschlenderten, um die ausgelassene Stimmung zu genießen, die trotz der späten Stunde in den Straßen herrschte.

Irgendetwas in seinem Inneren schien zu erblühen, als er genüsslich den Anblick und die Geräuschkulisse in sich aufnahm, die ihm so lange verwehrt geblieben waren.

Er liebte Paris, seine Geburtsstadt.

Die Stadt, in der er zum ersten Mal die Flügel ausgebreitet und sich in den Nachthimmel emporgeschwungen hatte. Wo er zum ersten Mal sein Herz an eine unanständige Koboldin verloren hatte, die ihn von der damals noch kleinen Stadt fortgelockt und ihn gelehrt hatte, wie man einer Frau Vergnügen bereitete.

Und die Stadt, in der seine größten Feinde lebten.

Feinde, bei denen es sich zufällig um seine Familie handelte.

Sein Gefühl der Heimkehr löste sich so plötzlich in Luft auf wie eine platzende Seifenblase.

Anders zu sein wurde bei den Gargylen nicht sonderlich geschätzt. Und als man zu dem Schluss gekommen war, dass die Statur des neunzig Zentimeter großen Winzlings niemals stattlicher werden würde und dass seine Flügel, die blau, rot und golden schimmerten, so zart wie die einer Tauelfe bleiben würden, hatte man sich seiner entledigt wie Abfall.

Nein. Er verzog sein hässliches graues Gesicht zu einer Grimasse, und sein langer Schwanz zuckte bei diesen unwillkommenen Erinnerungen.

Es war mehr, als einfach fortgeworfen zu werden. Er war verbannt worden. Verstoßen von seinem eigenen Volk.

Mit einiger Anstrengung verdrängte er die schmerzlichen Erinnerungen und rief sich ins Gedächtnis, dass er nicht länger das verängstigte *enfant* von damals war.

Er war weit davon entfernt.

Vor nur wenigen Wochen war er dem Bösesten der Bösen mutig gegenübergetreten.

Er, Levet, der Gargyle, zeitloser Held, hatte den Fürsten der Finsternis und seine Horde von Lakaien besiegt.

Einsatz der anschwellenden Musik.

Nun ja, vielleicht hatten ihm auch einige wenige Vampire und Werwölfe geholfen, diesen Mistkerl zu vernichten. Und Abby war auch da gewesen, die derzeitige Göttin des Lichtes. Oh, und ein Sylvermyst oder zwei. Und Wolfstölen …

Aber er war derjenige, der ihm den Todesstoß versetzt hatte.

Unmittelbar bevor der Fürst der Finsternis ihn mit einem Blitzschlag durchbohrt hatte, der sich geradewegs durch seine Brust und in sein Herz gebrannt hatte. Wenn Yannah nicht so rasch gehandelt hätte, wäre er jetzt nicht mehr als Toast.

Äußerst knuspriger Toast.

Levet stieß einen wehmütigen Seufzer aus. Er war nicht ganz so dankbar, wie er es eigentlich sein sollte.

Die hübsche, flatterhafte, tödlich gefährliche Dämonin würde jedem armen Mann den Kopf schwirren lassen.

Wochenlang hatte sie ihn an der Nase herumgeführt, indem sie immer wieder verschwunden und dann wieder aufgetaucht war. Indem sie ihn erst geküsst und ihm dann einen harten Schlag gegen das Kinn verpasst hatte.

Das war … zum Verzweifeln gewesen. Aber auch aufregend.

Welcher Mann liebte nicht den *danse de l'amour?*

Aber nachdem er von ihr aus dem Kellergeschoss des Lagerhauses gerettet worden war, in dem er die drohende Apokalypse aufgehalten hatte, hatte sie ihn in ihr gemütliches kleines Heim gebracht.

In der Hölle.

Buchstäblich.

Dort gab es Feuer. Schwefel. Ghule.

Und einen reinblütigen Dschinn direkt nebenan.

Das war nicht unbedingt der behaglichste Ort für einen Gargylen, der nie glücklicher war, als wenn er über einen mit Sternen übersäten Himmel glitt.

Und dann gab es da auch noch Yannah.

Diese Frau brachte ihn noch zum Aufdrehen.

Oder sagte man »zum Durchdrehen«?

Wie auch immer.

Sie hatte sich von einer charmanten, schwer zu fassenden neckischen Frau in eine Person verwandelt, die entschlossen war, ihn mit ihrem Bemuttern und ihrer ständigen unnötigen Aufregung zu ersticken. *Sacrebleu.* Seine Wunden waren vollständig verheilt. Nun, abgesehen von dem Stück verkohlter Haut mitten auf seiner Brust. Es war lästig, verhätschelt zu werden wie ein hilfloses *bébé.*

Schließlich hatte es ihm gereicht.

Er benötigte Raum zum Atmen.

Und darüber hinaus hatte er einige Geister der Vergangenheit zur letzten Ruhe zu betten.

Da er gerade beim Thema »Geister der Vergangenheit« war …

Levet blieb direkt hinter dem Eiffelturm stehen und murmelte einen Fluch, als ihm der Geruch muffigen Granits in die Nase stieg. Er hatte gewusst, dass es nicht lange dauern würde, bis seinen Brüdern die Gerüchte über seine Ankunft zu Ohren kamen.

Es gab keine schlimmeren Klatschmäuler als eine Gruppe von Gargylen.

Dennoch hatte er gehofft, zumindest das Versteck seiner Mutter zu erreichen, bevor er angegriffen wurde.

Zwei Gargylen, einer männlich, der andere weiblich, landeten mit so viel Wucht, dass winzige Erdbeben die Straße erschütterten, und wirkten einen Illusionszauber, der sie den Blicken der sterblichen Passanten entzog.

Levet schnitt eine Grimasse. Diese beiden waren alles, was er selbst nicht war.

Sie ragten einen Meter achtzig hoch auf und waren mit lederartigen Flügeln ausgestattet, die sie eng an ihre massiven Körper gezogen hatten. Kreaturen, die selbst in der Dämonenwelt Albträume verursachten.

Ihre graue Haut besaß die Struktur von Elefantenhaut und absorbierte das Mondlicht. Ihre Hörner waren imstande, Stahl zu zerschmettern, und ihre langen Reißzähne konnten mit Leichtigkeit Panzer durchbohren. Aber es waren vor allem ihre brutalen Gesichtszüge, die ihre grausame Veranlagung deutlich widerspiegelten.

Sie waren gefühllos, skrupellos, bösartig und unversöhnlich.

»Soso«, sagte die Frau gedehnt, und in ihren grauen Augen war eine grausame Belustigung zu erkennen, die Levet einen kalten Schauder über den Rücken jagte. »Wenn das nicht mein verlorener Bruder ist.«

Auf den ersten Blick konnte man unmöglich vermuten, dass die drei Gargylen miteinander verwandt waren. Claudine war Levets ältere Schwester, Ian ein Vetter ersten Grades.

Allerdings unterschieden sie sich nicht nur hinsichtlich ihrer äußeren Erscheinungsform, tröstete sich Levet. Seine Verwandten waren Monster mit einem scheußlichen Temperament, die niedere Dämonen mit hämischem Vergnügen terrorisierten.

Oh, und außerdem besaßen sie absolut keinen Sinn für Humor. Was bedeutete, dass Levet nicht widerstehen konnte, sie an ihren hässlichen Schnauzen herumzuführen.

»Fred, Wilma!«, erwiderte er. »Wo ist Dino?«

Der männliche Dämon, der vom seichten Ende des Genpools stammte, furchte verwirrt seine massige Stirn.

»*Non.* Du irrst dich. Ich heiße Ian, nicht Fred.«

»Er kennt deinen Namen, *imbécile!*«, fauchte Claudine und versetzte ihrem Begleiter einen Hieb gegen den Hinterkopf. »Wie üblich hält er sich für amüsant.« Sie wandte sich wieder Levet zu, um ihn anzustarren. »Was tust du hier in Paris?«

»Ich habe gehört, dass Marcel Marceau seine Pantomimennummer wieder auf die Bühne bringen will.« Levet ließ ein unschuldiges Lächeln aufblitzen. »Ich wollte die Eröffnungsvorstellung nicht verpassen.«

Ian sah verwirrt aus. »Aber ist er nicht tot?«

»Halt den Mund.« Claudine versetzte Ian noch einen Schlag, während sie den Blick auf Levet gerichtet hielt. »Du weißt, dass du in der Stadt nicht geduldet bist. Die Gilde hat dich hinausgeworfen, und Mutter hat dich verbannt.«

»Ah, die liebste *maman,* wie geht es der abscheulichen alten Fledermaus?«, fragte Levet gedehnt und verschränkte die Arme vor der Brust. Wenn er schon wie ein Käfer zerquetscht werden würde, hatte er zumindest nicht die Absicht, Claudine die Genugtuung zu gönnen, sie seine Angst spüren zu lassen. »Verspeist sie noch immer Kinder zum Frühstück?«

»In letzter Zeit quält sie Langeweile, nachdem sie ihren letzten Liebhaber töten ließ.« Claudines Lächeln war kalt und drohend. »Vielleicht wird es ihre Stimmung heben, dabei zuzusehen, wie ihr deformierter Sohn zum Übungsschießen benutzt wird.«

Daran hatte Levet keinen Zweifel. Seine Mutter besaß eine besondere Vorliebe für Gewalt.

»Vielleicht sollte ich dich in kleine Stücke hacken und überall in der Stadt verstreuen, *chère soeur.* Dann könnte *maman* das nächste Jahrhundert mit dem Versuch verbringen, dich wieder zusammenzusetzen.«

»So ein großes Maul für eine so winzige Kreatur«, knurrte Claudine und richtete eine Klaue auf ihn. »Es ist an der Zeit, dass dir jemand Manieren beibringt.«

»Ah.« Levet klimperte mit den Wimpern. »Wenn ich doch nur einen Euro für jedes Mal bekäme, wenn ich diese Drohung höre …«

Der weibliche Gargyle knurrte wie ein tollwütiger Werwolf – was bei einem Gargylen so ganz und gar nicht attraktiv wirkte.

Und sie fragte sich tatsächlich, warum sie keinen Gefährten finden konnte?

»Ian, pack ihn.«

Als Ian schwerfällig einen Schritt auf ihn zuging, hob Levet die Hände.

»Zurückbleiben.«

Ian sah ihn finster an. »Sonst was?«

»Sonst werde ich dich in einen Wassermolch verwandeln.«

Der männliche Gargyle kam stolpernd zum Stillstand.

»Ian, hast du mich gehört?«, fuhr Claudine ihn an.

»Aber …«

»Was?«

»Ich will nicht in einen Wassermolch verwandelt werden.« Er hob eine Klaue und kratzte sich zwischen den Hörnern. »Einen Moment … was ist eigentlich ein Wassermolch?«

»*Mon Dieu.* Ich bin von Idioten umgeben«, murmelte Claudine. »Er kann dich nicht in einen Wassermolch verwandeln, du Dummkopf, aber ich kann dir den Kopf abschneiden und ihn an Notre-Dame befestigen lassen.«

»Kein Grund, unhöflich zu werden«, murmelte Ian.

»*Oui,* kein Grund, unhöflich zu werden«, wiederholte Levet spöttisch.

»Ian, fang ihn, und schneide ihm die Zunge heraus.«

Ian machte widerwillig noch einen Schritt vorwärts, nur um erneut anzuhalten, als ein Flammenpfeil direkt zwischen seinen Hörnern hindurchflog.

»Was war das?«, zischte der männliche Gargyle und warf einen hastigen Blick auf seinen riesigen Körper, als habe er Angst, in den geheimnisvollen Wassermolch verwandelt worden zu sein.

Levet hatte nicht die geringste Ahnung, aber er brauchte nie lange, um sich eine Situation zunutze zu machen. Das war die einzige mögliche Art für einen neunzig Zentimeter großen Dämon, in einer Welt zu überleben, in der »nur die Guten jung starben«.

»Ihr habt doch nicht geglaubt, ich käme allein nach Paris?«, meinte er warnend. »Ich habe Dutzende von Verbündeten, die nur darauf warten, zu meiner Rettung zu eilen.«

»Schnapp ihn dir«, forderte Claudine und duckte sich dann unvermittelt, als ein Pfeil ihren dummen Schädel aufzuspießen drohte. »*Merde.*«

»Schnapp du ihn dir!« Ian erhob sich in die Luft. »Ich kehre nach Hause zurück.«

Claudine murmelte einen Fluch vor sich hin und folgte ihrem Cousin.

Beide waren Grobiane, und wie alle Grobiane verfügten sie über eine deutliche Veranlagung zur Feigheit.

»Du wirst nicht ohne Strafe davonkommen, Levet!«, rief sie über ihre Schulter. Ihre lederartigen Flügel waren vor dem dunklen Nachthimmel kaum zu sehen. »Das schwöre ich dir.«

Levet machte eine obszöne Geste in ihre Richtung und drehte sich dann um, um die Büsche in der Nähe abzusuchen.

»Wer ist da?«

Das Rascheln von Blättern war zu hören, und im nächsten Augenblick kam eine schlanke, goldhaarige Frau zum Vorschein.

Levet pfiff leise und anerkennend.

Sacrebleu. Alle Nymphen waren schön, aber diese hier war einfach hinreißend.

Sie war mit einem seidigen Vorhang aus goldenem Haar gesegnet und verfügte über große blaue Augen, die von dichten schwarzen Wimpern umrahmt wurden und in einem perfekten, oval geformten Gesicht saßen. Ihre sinnlichen, appetitlichen Kurven wurden auf köstliche Weise von ihrer hautengen Jeanshose und dem Oberteil mit U-Ausschnitt verhüllt, das mehr als nur einen dezenten Hinweis auf ihre vollen Brüste gab.

»Ich bin Valla«, sagte sie, den Schießbogen in der Hand. Die übrigen Pfeile hatte sie sich auf den Rücken geschnallt.

»Ah.« Levet vollführte eine tiefe Verbeugung. »Ich bin zutiefst dankbar für Ihr rechtzeitiges Ablenkungsmanöver, *ma belle.*«

Sie verzog die Lippen, als sie den Kopf drehte, um ihm die Seite ihres Kopfes zuzuwenden, die im Schatten verborgen gewesen war. Levet stieß beim Anblick ihrer Haut, die durch dicke Narben grausam verunstaltet war, ein leises Zischen aus.

Es war die Art von Narben, die von einer schlimmen Verbrennung stammte. Oder einem Zauber.

»Nicht *belle*«, berichtigte sie ihn mit ausdrucksloser Stimme. »Wie Sie sehen können, bin ich zum Biest geworden, nicht zu der Schönen.«

»Sagen Sie das nicht!«, protestierte Levet. Sein weiches Herz zog sich mitleidig zusammen.

»Warum nicht? Es ist doch wahr.« Sie warf einen Blick auf den Himmel und begann auf den Parc du Champ de Mars zuzugehen. »Wir sollten von hier verschwinden, bevor Ihre Freunde zurückkommen.«

Levet watschelte der sich entfernenden Nymphe flott hinterher, um sie einzuholen.

»Ich bin der Meinung, dass Schönheit etwas absolut Oberflächliches ist und dass das, was sich unter der Oberfläche befindet, das wirklich Wichtige ist«, teilte er ihr mit.

Sie schenkte ihm ein trockenes Lächeln. »Ja, und die Größe spielt keine Rolle, richtig?«

»Touché«, gestand er mit einer Grimasse. Besser als irgendjemand sonst verstand er den hohen Preis des Andersseins. »Sie klingen wie eine Amerikanerin.«

Sie erreichten die umliegenden Viertel und machten einen Bogen um die diversen Hotels und Läden.

»Ich habe den größten Teil meines Lebens dort verbracht«, antwortete sie. »Bis …«

»Bis?«

»Bis ich von Sklavenhändlern gefangen genommen wurde.«

»Oh.« Levet schauderte. In seiner eigenen tragischen Vergangenheit spielten diese skrupellosen Mistkerle ebenfalls eine Rolle. »Ich hasse Sklavenhändler.«

»Ja.« Die Nymphe bog in eine Wohnstraße ein. Die Umrisse ihres Profils zeichneten sich im Licht der Straßenlaternen ab. »Ich mag sie selbst nicht besonders.«

»Haben sie Ihnen die Verletzung im Gesicht zugefügt?«, fragte der Gargyle.

»Ich war entschlossen zu fliehen.« Sie hob die Schultern. »Selbst wenn das bedeutete, dass ich schwere Verletzungen erleiden würde, wenn ich mich gewaltsam durch die magischen Barrieren zwängte.«

In Levets Hinterkopf tauchte eine schwache Erinnerung auf, die ihm keine Ruhe ließ.

Er meinte, von einer Nymphe gehört zu haben, die von Sklavenhändlern gefangen gehalten wurde …

Ah …*oui*.

Er erinnerte sich wieder.

»Valla. Die Nymphe«, flüsterte er triumphierend, während er seiner Kameradin eine schmale Gasse entlang und in einen Innenhof mit einem Springbrunnen aus Marmor folgte, der von einem hübschen Rosengarten umgeben war. »Jaelyn hat überall nach Ihnen gesucht.«

»Die Jägerin?« Sie warf ihm überrascht einen Blick über die Schulter zu. »Warum?«

Jaelyn war eine außergewöhnliche Vampirin, die zu einer Jägerin ausgebildet worden war. Während einer ihrer Missionen, bei der sie herausfinden sollte, wer den Mut besaß, Vampire zu entführen, war sie in die Zelle eines Sklavenhändlers gesperrt worden, wo sich auch diese Nymphe befunden hatte. Sie hatte sich nie vergeben, dass sie die hübsche junge Frau zurückgelassen hatte.

»Das Wissen, dass sie Sie in den Zellen des Sklavenhändlers im Stich gelassen hat, quält sie seitdem unablässig«, erzählte Levet Valla. »Sie muss unbedingt erfahren, wie es Ihnen ergangen ist.«

»Oh.« Valla blieb vor etwas stehen, das wie eine Backsteinmauer aussah. »Wissen Sie, ich habe es ihr nie nachgetragen, dass sie mich dort zurückgelassen hat, aber ich habe ihr ihre Weigerung, mich zu töten, übel genommen«, gestand die Nymphe mit freimütiger Ehrlichkeit. Sie schwenkte ihre schlanke Hand, um den Illusionszauber vorübergehend aufzuheben, sodass sie durch eine Tür eine kleine, aber elegant eingerichtete Wohnung betreten konnten.

»Was mich betrifft, so bin ich sehr froh, dass sie deine Bitte ignoriert hat«, sagte eine Männerstimme, und ein großer, attraktiver Vampir in einem eleganten Gucci-Anzug und handgefertigten italienischen Lederschuhen erhob sich aus einem Ohrensessel, der vor einem offenen Marmorkamin stand.

Der Mann war selbst für Vampirverhältnisse unverschämt attraktiv. Sein dunkles Haar trug er aus seinem blassen, schmalen Gesicht und der breiten Stirn gestrichen. Seine Nase war fein geschnitten und wirkte dennoch kühn und arrogant, und in seinen dunklen Augen glühte eine erstickende Macht.

»Elijah«, murmelte Valla, die sich offenbar freute, ihn zu sehen.

Der Vampir trat zu ihr und blickte Levet unverhohlen warnend an.

»Wer ist das?«

»Mein Name ist Levet.« Levet verbeugte sich leicht mit gespreizten Flügeln, um ihre schimmernden Farben zu zeigen. »Zu Ihren Diensten.«

Er richtete sich wieder auf und erwiderte den starren Blick des Vampirs. »Ich habe schon von Euch gehört«, sagte Elijah mit anklagender Stimme.

Levet war verblüfft über die seltsamen Worte. »Aber natürlich haben Sie von mir gehört. Wer nicht?«, fragte er. »Ich bin ein sehr berühmter Krieger.«

Der Mann kniff die Lippen zusammen. »Was tut Ihr in Paris?«

Levet schob das Kinn vor und weigerte sich einzugestehen, dass er nur wenige Minuten nach seiner Ankunft in der Stadt gründlich in die Flucht geschlagen worden war. Das war nur ein vorübergehender Rückschlag.

»Ich befinde mich auf einer spirituellen Reise.«

Der Vampir wölbte eine dunkle Augenbraue. »Also werdet Ihr nicht bleiben?«

»Elijah.« Valla sah ihr Gegenüber mit finsterem Blick an. Dann wandte sie ihre Aufmerksamkeit wieder Levet zu. »Hören Sie nicht auf ihn. Er lebt in dem Wahn, die Straßen von Paris gehörten ihm.«

Die eiskalte Macht des Vampirs strömte durch den Raum. Wie eine Überschwemmung, die einen Unvorsichtigen zu ertränken vermochte.

»Es ist kein Wahn«, entgegnete er. Aus seiner Feststellung sprach keine Arroganz. Nur die feste Überzeugung, dass er der Herr über sein Reich war. »Sie gehören mir tatsächlich.«

»Sie sind der Clanchef?«, erkundigte sich Levet, obwohl er die Antwort schon kannte.

»Ja, der bin ich.«

»Was ist mit Pierre passiert?« Levet meinte damit den Clanchef, der über Paris geherrscht hatte, als er selbst noch ein Kind gewesen war.

Elijah ließ seine riesigen Fangzähne aufblitzen. »Sagen wir einfach, dass er sich entschloss zurückzutreten.«

»Wirklich? Ich wusste nicht, dass Clanchefs zurücktreten können.«

»Er tat es nicht freiwillig.«

Levets Schwanz zuckte. *»Mon Dieu.«*

Der Vampir machte einen drohenden Schritt auf ihn zu. »Ganz genau.«

»Hör doch auf, meinem Gast Angst einzujagen!«, schalt ihn Valla.

»Oui.« Levet schob das Kinn vor. »Hören Sie auf, ihrem Gast Angst einzujagen.«

Die kalten dunklen Augen verengten sich. »Seid vorsichtig,

kleiner Dämon. Die Gargylen stellen in Paris nicht die größte Gefahr für Euch dar.«

Valla verdrehte die Augen. »Kommen Sie mit, Levet, dann mache ich Ihnen einen Tee.«

KAPITEL 2

Valla verkniff sich ein Lächeln, als sie den winzigen Gargylen durch den Flur in die Küche führte, die kürzlich umgebaut worden und nun mit hübschen weißen Küchenschränken und Haushaltsgeräten aus rostfreiem Stahl ausgestattet war.

So sehr sie Elijah auch liebte – es machte immer Spaß, ein paar Löcher in seine ungeheure Arroganz zu bohren und gleichzeitig die Barrieren wieder zu errichten, die er immer wieder einzureißen versuchte.

Außerdem stellte sie fest, dass sie Levets Gesellschaft genoss.

Sie fühlte sich von seinem sanften Flirten nicht bedroht. Das war ein seltenes und wunderbares Gefühl, nachdem sie während ihrer Zeit der Gefangenschaft bei den Sklavenhändlern so brutal behandelt worden war. Eigentlich war er der einzige Mann außer Elijah, den sie je in ihr Zuhause eingeladen hatte.

»Ist das Ihre Wohnung?«, fragte Levet, während er am Esstisch Platz nahm und zusah, wie sie den Kessel aufsetzte, um das Teewasser zum Kochen zu bringen.

Sie nahm zwei Tassen aus dem Küchenschrank und griff nach einem Teller mit Keksen.

»Elijah ist so freundlich, mich hier wohnen zu lassen.«

»Nein.« Die klangvolle Männerstimme streichelte sie wie der feinste Satin. Ganz egal, wie lange sie Elijah schon kannte – seine

Stimme ließ sie jedes Mal erzittern. Nun … sie und jede andere Frau in Paris, dachte sie ironisch. »Elijah lässt dich widerwillig hier wohnen, weil du all die anderen Häuser, die ich dir angeboten habe, zurückgewiesen hast«, fuhr er fort, während er das Zimmer durchquerte, um ihr zärtlich eine Locke hinter das Ohr zu streichen.

Es war ein ständiger Streit.

Elijah bestand darauf, dass sie in sein Versteck in der Nähe der Champs-Élysées gehöre.

Valla aber weigerte sich, ihre Unabhängigkeit aufzugeben. Es war schon schlimm genug, dass er nachdrücklich von ihr verlangte, sie solle auf einem seiner zahlreichen Grundstücke leben.

»Ich will deine Großzügigkeit nicht ausnutzen.«

Er legte eine Hand an ihre Wange, und in seinem Blick glühte eine Frustration, die die Luft mit einer schneidenden Kälte erfüllte.

»Valla.«

Die Berührung seiner schlanken Finger an ihrem Gesicht ließ ein lange unterdrücktes Verlangen in ihr auflodern. Nur dieser appetitliche, sexy, ärgerlich sture Vampir war imstande, Sehnsüchte in ihr zu wecken, von denen sie gedacht hatte, dass sie für alle Zeiten erkaltet seien.

»Du musst nicht unbedingt bleiben, Elijah«, murmelte sie mit heiserer Stimme. »Du bist sicher sehr beschäftigt.«

Er zog die Brauen zusammen, und seine Augen verdunkelten sich, da er mühelos ihre Reaktion auf seine Berührung spüren konnte.

»Denkst du etwa, ich ließe dich mit einem fremden Dämon allein?«

»Das hast nicht du zu entscheiden«, rief sie ihm in Erinnerung. Sehr sanft.

»Verdammt, Valla.«

Sie stieß einen Seufzer aus. Es wäre so einfach, seinen Forderungen nachzugeben.

Dann würde sie beschützt und verwöhnt werden, jedes ihrer Bedürfnisse würde befriedigt und jeder ihrer Wünsche erfüllt werden.

Ganz so wie bei einem Lieblingshaustier.

»Das haben wir doch schon diskutiert«, rief sie ihm mit harter Stimme ins Gedächtnis. »Du bist mein Freund, nicht mein Aufseher. Wenn du zwischen diesen beiden Dingen nicht unterscheiden kannst, muss ich Paris verlassen.«

Mit einem Knurren senkte er den Kopf und küsste sie.

Einfach so.

Da Valla überhaupt nicht gewappnet gewesen war, öffnete sie hilflos vor Verlangen die Lippen, und ihre ganze Welt kippte aus den Angeln. Elijah hatte sie immer wie eine zerbrechliche Puppe behandelt. Nicht wie eine Frau aus Fleisch und Blut.

Nun erbebte sie unter der unerhörten Wonne, die sich explosionsartig in ihrem nervösen Körper ausbreitete.

»Das ist es, was ich will«, krächzte er an ihren Lippen, und seine Finger streichelten über ihren sensiblen Hals, bevor er sie erneut küsste.

Dieses Mal war sie auf das Hitzegefühl der Erregung vorbereitet, das ihr den Atem raubte und dafür sorgte, dass sich ihr Magen vor Erregung zusammenzog.

O … ja.

Ihre Lider schlossen sich zitternd, als das Verlangen sie durchströmte, so berauschend und aufregend wie der edelste französische Champagner.

»Elijah«, keuchte sie. Sie war sich nicht sicher, was sie brauchte, aber sie wusste, dass nur er die ruhelose Sehnsucht stillen konnte, die tief in ihrem Inneren brannte.

Im nächsten Augenblick ließ sie das schrille Pfeifen des Wasserkessels erschrocken zusammenzucken. Sie errötete.

Levet, der immer noch am Tisch saß, räusperte sich verlegen.

»Vielleicht sollte ich gehen.«

»Ja!«, stimmte Elijah zu. In seinen dunklen Augen glühte eine gefährliche Gier.

»Nein!«, entgegnete Valla hastig. Sie war sich voll und ganz der Tatsache bewusst, dass sie Elijah, wenn sie allein mit ihm gewesen wäre, schon seinen Gucci-Anzug vom Körper gerissen und ihn ihrem bösen Willen unterworfen hätte. Das war nicht unbedingt die beste Art, um den so ungeheuer besitzergreifenden Mann davon zu überzeugen, dass sie ihre Unabhängigkeit bewahren wollte. Sie hielt den dunklen Blick mit ihrem fest. »Bitte, Elijah.«

Sein Kiefer spannte sich an, aber da er offenbar spürte, dass es nicht die richtige Zeit war, sie zu drängen, nickte er widerstrebend.

»Ich werde mich vergewissern, dass euch niemand gefolgt ist. Aber ich werde zurückkehren.« Er warf Levet einen warnenden Blick zu. »Bald.«

Valla war damit beschäftigt, den Tee aufzugießen, als Elijah sich umwandte und die Wohnung verließ, wobei er seine eisige Missbilligung und seine pulsierende Macht mitnahm.

Sie atmete erleichtert auf, trug das Tablett zum Tisch und setzte sich.

»Er ist wohl ein wenig besitzergreifend, nicht wahr?«, meinte der winzige Gargyle.

Valla zuckte mit den Achseln und nippte mit einem eigenartigen Gefühl der Verwirrung an ihrem Tee.

Irgendetwas hatte sich verändert.

Sie war sich nur nicht sicher, was es war.

»Er fühlt sich für mich verantwortlich«, murmelte sie geistesabwesend.

Levet schnaubte und nahm sich einen Keks. »Verantwortung ist nicht das Einzige, was er empfindet.«

Hitze stieg ihr in die Wangen. »Vielleicht. Immerhin ist er ein Mann, aber …«

»Aber was?«

Sie hob die Finger, um die Narben nachzuzeichnen, die ihre Wange verunstalteten.

»Nachdem ich den Sklavenhändlern entkommen war, habe ich mir nur gewünscht, mich irgendwo zu verkriechen, wo mich niemand findet.« Sie zitterte bei der schmerzlichen Erinnerung. »Ich erinnere mich nicht einmal daran, wie ich es nach Paris geschafft habe, aber ich trieb in einem schnell sinkenden Boot auf der Seine, als Elijah mich gefunden und in sein Versteck gebracht hat.«

»Ah.« Levet flatterte mit den Flügeln. »Ihr Ritter in glänzender Rüstung.«

»Etwas in der Art.«

»Ist das denn etwas Schlechtes?«

Valla zögerte und versuchte, die Sorge, die sie quälte, in Worte zu fassen.

»Es ist nicht unbedingt schlecht«, meinte sie schließlich. »Er ist wie die meisten Clanchefs.«

»Eine arrogante Nervensäge?«

Sie lachte plötzlich auf. Der kleine Dämon war wirklich ein bezaubernder Kamerad.

»Ich wollte eigentlich sagen, dass er davon besessen ist, die Leute zu beschützen, bei denen er es als seine Verpflichtung ansieht, sich um sie zu kümmern.«

»Einschließlich Ihnen?«

»Elijah sieht mich als hilflose junge Dame an, nicht als Frau aus Fleisch und Blut.« Sie verzog das Gesicht. »Ich will nicht gerettet werden.«

In den grauen Augen war ein unausgesprochenes Mitgefühl zu erkennen. »Aber was *wollen* Sie *denn?*«

»Das, was jede Frau will.« Valla warf einen Blick aus dem Fenster, durch das man den Rosengarten sehen konnte, der in silbernes Mondlicht getaucht war. »Geliebt werden.«

KAPITEL 3

Elijah suchte die dunklen Straßen ab und hielt sich gerade lange genug bei seinen Stellvertretern auf, um sie warnend darauf hinzuweisen, dass die Gargylen Streit suchten, bevor er sich wieder auf den Weg zu Vallas Wohnung machte.

Er lächelte ironisch, als seine Füße der vertrauten Route folgten.

Wenn er auch nur etwas Stolz besäße, befände er sich nun auf dem Weg zu seinem eigenen Versteck. Schließlich gab es Hunderte von wunderschönen Frauen, die darauf erpicht waren, ihm jeden seiner Wünsche zu erfüllen. Zum Teufel. Er könnte an der nächsten Straßenecke stehen bleiben, und innerhalb von Minuten wäre ein Dutzend Frauen um ihn versammelt, in der Hoffnung, seine Aufmerksamkeit zu erregen.

Doch der Stolz, der ihn einst dazu gebracht hatte, gegen den korrupten Clanchef zu kämpfen, um das Kommando über Paris zu übernehmen, hatte sich in Luft aufgelöst, sobald er eine halbtote Nymphe entdeckt hatte, die die Seine hinuntertrieb.

Auch jetzt noch konnte er sich an den Schock der Erkenntnis erinnern, der ihn erfasst hatte, als er sie auf seinen Armen in sein Versteck getragen hatte. Ihr goldenes Haar war ihm über den Arm gefallen, und ihre hinreißenden blauen Augen hatten einen benommenen Ausdruck gehabt. Mit einem Mal hatte er die untrügliche Gewissheit empfunden, dass er seit dem Moment, als er als Vampir erwacht war, auf diese Frau gewartet hatte.

Es war ihr vorherbestimmt, seine Gefährtin zu sein.

Unglücklicherweise zeigte diese nervtötende Frau keinerlei Bereitschaft, ihr unentrinnbares Schicksal zu akzeptieren. Und wer hätte es ihr verdenken können?

Sie war monatelang von Bestien vergewaltigt und gequält worden, bevor es ihr gelungen war zu entkommen. Und selbst dann wäre sie beinahe noch gestorben. Wenn seine Heiler nicht gewesen wären, läge sie jetzt im Grab.

War es da ein Wunder, dass sie das Bedürfnis hatte, eine sichere Distanz zur Welt zu wahren?

Das galt auch für ihn.

Also wartete er den richtigen Augenblick ab und gab sich mit dem zufrieden, was Valla ihm freiwillig schenkte. Es verging kein Tag, an dem er nicht darum kämpfte, sein Verlangen zu bezähmen. Doch seine Selbstbeherrschung hing an einem seidenen Faden.

Einem Faden, der heute Nacht beinahe gerissen wäre, wie er sich mit einem Stich glühender Erregung erinnerte.

Der Geschmack ihrer Lippen war sogar noch süßer gewesen, als er ihn sich vorgestellt hatte.

Wie reife Erdbeeren mit einem leichten Beigeschmack von Honig.

Und ihre Reaktion …

Verdammt. Sie hatte ganz genau so darauf gebrannt wie er.

Wenn sie allein gewesen wären, hätte er sie gegen die Küchenschränke genommen.

Stattdessen durchwanderte er die Straßen, noch immer hart und schmerzend, ohne unmittelbare Hoffnung auf Befriedigung.

Seine üble Laune verbesserte sich nicht gerade, als er den

dunklen Hof betrat, um dort den kleinen Gargylen neben dem Springbrunnen stehend vorzufinden.

»Was tut Ihr hier draußen?«, verlangte er zu wissen.

Die Kreatur schlug mit ihren Elfenflügeln. »Ich versuche Ihnen zu helfen.«

Elijah wölbte eine Braue. Er war das gefürchtetste Raubtier in Frankreich, vielleicht sogar in ganz Europa. Selbst Victor, der Clanchef Englands, näherte sich ihm nur mit großer Vorsicht.

»Ihr glaubt, mir helfen zu können?«

»Ich bin vielleicht klein, aber meine Kräfte sind groß.«

Elijah konnte einfach nicht widerstehen. »So groß, dass Ihr Euch in der Wohnung einer Nymphe versteckt?«

Levet tat diese Kränkung mit einem Achselzucken ab. Sein glänzender Schwanz wühlte spielerisch das Wasser auf, das sich auf dem Boden des Springbrunnens sammelte.

»Wie Sie sich vorstellen können, bin ich bei meinem Volk nicht sonderlich beliebt.« Er zuckte die Achseln. »Aber sehr bald werde ich meine Position in der Gilde der Gargylen zurückerhalten.«

»Hmm.« Es konnte Elijah nicht schnell genug gehen. Auch wenn er nicht gerade eifersüchtig auf den Gargylen war, wie er sich eilig selbst versicherte. Natürlich nicht. Nicht einmal, obgleich Valla dem winzigen Dämon ein Lächeln zugeworfen hatte, das sie nur allzu selten zeigte. Ein Lächeln, das sie noch niemandem geschenkt hatte außer ihm. »Und wie beabsichtigt Ihr mir zu helfen?«

»Abgesehen davon, dass ich ein ernst zu nehmender Krieger bin, bin ich auch beliebt bei den Frauen.«

Elijah rollte mit den Augen. »Was *Ihr seid*, ist wahnhaft.«

»Spotten Sie ruhig, wenn Sie möchten, aber ich kann Ihnen mitteilen, dass Sie ein Dummkopf sind, wenn Sie Valla nicht erzählt haben, was Sie empfinden.«

Elijah erstarrte schockiert. Es mochte ja jeder Dämon in Paris wissen, dass er hinter der schwer fassbaren, wunderschönen Nymphe herlechzte wie ein brünstiger Werwolf, aber kein einziger besäße den Mut, das auszusprechen, geschweige denn es ihm ins Gesicht zu sagen.

»Das geht Euch nichts an!«, stieß er zwischen seinen zusammengebissenen Fangzähnen hervor.

»Nein, aber ich glaube, dass Valla eine Chance verdient hat, glücklich zu sein.«

Elijah zog die Brauen zusammen. »Ich habe die feste Absicht, sie glücklich zu machen.«

Levet hob die Hände. »Aber erst, wenn Sie sie davon überzeugen können, dass Sie sie nicht als Last ansehen.«

»Als Last?« Elijah warf einen kurzen Blick auf Vallas Wohnungstür, die sich in seiner Nähe befand, und vergewisserte sich, dass Valla diese bizarre Unterhaltung nicht zufällig mithören konnte. »Wovon redet Ihr, verdammt noch einmal?«

»Sie fürchtet, dass Sie sie bloß als eine weitere Verantwortung betrachten würden, die Sie tragen müssen.«

Verantwortung?

Er hatte alles getan, außer auf die Knie zu sinken, um sie um einen Platz in ihrem Leben anzuflehen.

Oder?

Auffallend weniger anmutig, als es sonst seine Art war, ging Elijah auf ein Fenster zu, durch das man einen flüchtigen Blick auf Valla erhaschen konnte, die die Kissen auf ihrer hübschen Couch in Ordnung brachte.

Wie immer war er hingerissen von der überwältigenden Schönheit ihrer goldenen Haare, die ihr zartes Gesicht umrahmten, und der großen, unschuldigen blauen Augen. Und dieser sinnliche Körper ... *mon Dieu,* er hatte endlose Stunden damit verbracht, sich vorzustellen, wie es sich anfühlen würde, ihren

Körper unter dem seinen zu spüren. Aber gleichzeitig konnte er den wilden Drang nicht leugnen, sie zu beschützen.

Sie war so zerbrechlich. So überaus verletzlich.

Hielt sie sein instinktives Bedürfnis, seine Gefährtin vor jedem möglichen Schaden zu bewahren, fälschlich für Pflichtgefühl?

»Das ist …« Er schüttelte frustriert den Kopf. »Wie kann sie nur so töricht sein?«

Der Gargyle gesellte sich zu ihm. »Haben Sie ihr denn Grund gegeben zu denken, dass sie Ihnen mehr bedeutet?«

Natürlich nicht, dachte Elijah trocken. Er war ein Mann. Er sprach nicht über seine Gefühle. Sie sollte einfach wissen, was in seinem Herzen vor sich ging.

»Ich muss mit ihr sprechen«, murmelte er und warf seinem Gegenüber einen warnenden Blick zu. »Allein.«

»Naturellement.«

KAPITEL 4

Levet wartete, bis der Vampir in der Wohnung verschwunden war, straffte die Schultern und marschierte aus dem Hof hinaus.

Bien. Kein Monsieur Nice Guy mehr.

Er war von seiner Schwester und seinem Cousin unvorbereitet überrascht worden.

Nun, da er sich gut vorbereitet hatte, würde er sich nicht davon abhalten lassen, sein Ziel zu erreichen.

Sein Mut war unversehrt geblieben.

Oh, und außerdem war es ihm gelungen, sich ein Tarnungsamulett zu »leihen«, das er auf Vallas Küchenarbeitsplatte hatte liegen sehen, als sie damit beschäftigt gewesen war, den Tee zuzubereiten.

Das kleine Stückchen Gold hing nun an einem Lederband um seinen Hals und machte ihn für alle unsichtbar bis auf die mächtigsten Hexen.

Dieses Mal würde niemand wahrnehmen, dass er kam.

Levet warf sich in die Brust, breitete die Flügel aus und schwang sich in die Lüfte. Er glitt über die Stadt hinweg, als er auf das Quartier Latin zusteuerte.

Es war … überwältigend.

Selbst nachdem er um die ganze Welt gereist war und einige der spektakulärsten Sehenswürdigkeiten gesehen hatte, die es überhaupt gab, existierte für ihn nichts, dessen Schönheit der des nächtlichen Paris auch nur annähernd gleichkam.

Als er endlich seinen Bestimmungsort erreicht hatte, landete Levet nur wenige Blocks von der Seine entfernt vorsichtig auf einer dunklen Straße und studierte die gotische Kirche, die sich vor ihm erhob.

Die Pfarrkirche Saint-Séverin war im sechsten Jahrhundert an der Stelle, wo ein Einsiedler gelebt und gebetet hatte, erbaut worden. Sie besaß die Form einer langen, schmalen Halle und verfügte über einen Turm mit kunstvoll verzierten Säulenkapitellen und romanischen Spitzbögen über Fenstern und Türen.

Touristen kamen hierher, um die gotische Architektur zu bewundern und durch die Gartenanlagen zu spazieren, oder auch, um das hervorragende griechische Restaurant zu besuchen, das nur ein Stück entfernt in derselben Straße lag. Aber das *pièce de résistance* waren die Gargylen, die hier seit Jahrhunderten Wache hielten.

Am helllichten Tag verwandelten sich alle Gargylen in Stein. Im Gegensatz zu Levet waren die meisten jedoch imstande, ihre Gestalt zu verändern, sodass selbst der größte Dämon in der Lage war zusammenzuschrumpfen, damit er auf den Seitenrand eines Gebäudes passte. Wo hätten sie sich besser vor den Menschen verstecken können, als hier, wo jeder sie sehen konnte?

Nachts kamen sie heraus, um zu spielen.

Und um zu plündern, zu rauben und ein allgemeines Chaos in der Dämonenwelt zu verursachen.

Normalerweise ließen sie die Menschen in Ruhe …

Normalerweise.

Als Levet bemerkte, dass er das Unvermeidliche hinauszögerte, straffte er die Schultern und betrat die Kirche. Er hielt nicht an, um die friedliche Schönheit des Hauptschiffes zu bewundern, sondern steuerte direkt auf die Erkertür zu, die in den Garten, einen ehemaligen Friedhof, führte.

Levet war mit einer besonderen Absicht hier. Warum das Ziel, das er erreichen wollte, mit einem Mal so wichtig geworden war …

Er schüttelte heftig den Kopf.

Ach was, mit dieser Frage wollte er sich später beschäftigen.

Er lief an den langen Emporen vorbei, die rekonstruiert worden waren, sodass sie wieder in mittelalterlicher Pracht erstrahlten, und steuerte auf den hintersten Teil der Gartenanlage zu. Schließlich erreichte er die Stelle, nach der er gesucht hatte, und holte tief Luft, um sich zu beruhigen.

Erst, als er mental vorbereitet war, durchquerte er die Illusion, die das uralte Steingebäude verbarg.

Levet schnitt eine Grimasse. Trautes Heim, Glück allein.

Er watschelte die Treppe hinauf, die zu der Eingangstür führte, und verspürte einen vertrauten Schmerz trostloser Sehnsucht in seinem Herzen, rasch gefolgt von einem bitteren Gefühl der Enttäuschung.

Es gab keine glücklichen Erinnerungen, die ihm die Rückkehr erleichterten, kein Gefühl des Trostes.

Seine Kindheit war ein elender Kampf ums Überleben zwischen seinen brutalen Geschwistern gewesen. Oh, und bei der letzten Begegnung mit seiner Mutter hatte sie versucht, ihn zu töten.

Das waren kaum die richtigen Zutaten für ein glückliches Familientreffen.

Als er zur Tür gelangte, war er nicht überrascht, sie unverschlossen vorzufinden. Welcher Dämon wäre schon dumm genug, das Versteck der Doyenne des Gargylennestes zu betreten?

Er trat in den großen Raum mit der hohen Kathedralendecke und einer Menge Platz für einen Gargylen, um seine Flügel auszubreiten. Die Fußböden bestanden aus Hartholz und wiesen tiefe Löcher auf, die von den fast dreizehn Zentimeter langen Klauen seiner Mutter stammten. Weit oben gab es große Fenster, die einen Blick auf den nächtlichen Himmel boten.

Der Rest des Interieurs wirkte wie etwas aus einem von *Tausendundeiner Nacht* inspirierten Albtraum.

Karmesinrot gestrichene Wände, goldene und schwarze Seidenkissen, die mitten auf dem Boden aufgetürmt waren. Daneben stand eine große Wasserpfeife.

Levet war sich nie sicher gewesen, ob seine Mutter in ihrer Wunschvorstellung der Scheich oder die Haremsdame war.

Und dass er es nicht wusste, war das Einzige, was ihn davor bewahrte, eine Therapie machen zu müssen.

»Also ist es wahr«, erklang dröhnend eine Frauenstimme, und der Boden bebte unter dem Gewicht des sich nähernden Gargylen. »Der verlorene Sohn kehrt zurück.«

Levet erstarrte. Er würde nicht fortlaufen. Er würde nicht fortlaufen. Er würde nicht fortlaufen.

Er griff nach oben und nahm das Amulett ab, das offenbar durch die Schutzzauber, von denen das Versteck umgeben war, deaktiviert worden war.

Wenn seine Mutter eines war, dann gründlich.

Und grausam.

Übermäßig, außergewöhnlich grausam.

Dieser Gedanke ging ihm durch den Kopf, während sein Blick an ihren stämmigen, muskulösen Beinen entlang nach oben glitt, die mit einer grauen Reptilienhaut überzogen waren. Ein langer, überraschend dünner Schwanz ringelte sich um die mit Klauen versehenen Füße. Er hob den Blick zu dem kräftigen Körper seiner lieben alten *maman*, der sogar noch breiter geworden war, seit Levet sie zuletzt gesehen hatte. Die großen, lederartigen Flügel auf ihrem Rücken besaßen eine Spannweite von mindestens drei Metern. Als sein Blick noch weiter nach oben wanderte, sah er Berthes Gesicht. Sie war das perfekte Beispiel für Schönheit nach Gargylenart.

Eine kurze, dicke Schnauze. Kleine graue Augen, die unter einer massigen Stirn saßen. Zwei gebogene Reißzähne, die groß genug waren, Stoßzähne genannt zu werden, ragten aus ihrem Zahnfleisch im Oberkiefer und reichten bis zu ihrem spitz zulaufenden Kinn. Und oben auf ihrem breiten Kopf saßen zwei scharfe Hörner, die poliert waren, sodass sie im Kerzenlicht glänzten.

Levet setzte ein steifes Lächeln auf. *»Bonsoir, maman.* Du siehst …« Er ließ seinen Blick wieder zu ihrem beträchtlichen Körperumfang gleiten. »Wohlgenährt aus.«

Berthe zuckte mit den Achseln. Im Gegensatz zu den meisten Frauen hatten weibliche Gargylen keine Probleme mit ihrem Gewicht.

Ihre Philosophie lautete: je größer, desto besser.

»Gregor erwies sich als Enttäuschung, also ließ ich ihn mit einer schönen Rosmarin- und Knoblauchsauce begießen und über dem offenen Feuer rösten«, sagte sie mit einem leichten französischen Akzent. »Er war als Abendessen weitaus befriedigender, als er es als Liebhaber jemals gewesen war.«

»Wie entzückend.« Levet ignorierte den feindseligen Blick seiner Mutter auf seine hübschen Elfenflügel. »Hast du meinen Vater ebenfalls verspeist?«

»Sei nicht so widerwärtig«, knurrte die Frau. »Ich bin doch keine Kannibalin.«

Levet setzte eine zurückhaltende Miene auf. Gargylen waren wie die meisten Dämonen. Sie nahmen gerne Geliebte vieler verschiedener Spezies, obwohl sie normalerweise einen Gargylen auswählten, wenn sie brünstig waren.

Mischlinge waren nicht unbekannt, aber sie kamen selten vor.

Die Tatsache, dass seine Mutter sich immer geweigert hatte, den Namen seines Vater zu nennen, hatte Levet zu der Überzeugung kommen lassen, dass seine Abstammung noch eine weitere Quelle der Schande für seine Familie war.

»Also war mein Vater ein Gargyle?«

Berthe schnaubte. Glücklicherweise war ihr nicht klar, wie viel ihrem Sohn diese Information bedeutete.

Wenn sie gewusst hätte, dass sie sie als Waffe verwenden könnte, um ihn zu verletzen, hätte sie nicht gezögert, sie auch so einzusetzen.

»Was für eine Frage soll das denn sein?«

»Eine recht offensichtliche, denke ich.« Levet breitete seine Stummelarme aus. »Sieh mich doch nur einmal an.«

Berthe verengte ihre kleinen Augen zu Schlitzen. »Dein Vater war ein Furcht einflößender Krieger, der zahlreiche Söhne zeugte, die ihm nichts als Stolz einbrachten.«

Levets Schwanz zuckte. Er wusste nicht, ob er über diese Information erfreut oder enttäuscht sein sollte.

Er war Dämon genug, um auf die Vorstellung stolz zu sein, dass sein Vater bei den Gargylen bewundert wurde. Blutlinien besaßen stets eine große Bedeutung.

Aber seit Jahrhunderten hatte er seinem Vater die Schuld daran gegeben, dass er den anderen Gargylen so wenig ähnelte.

Wen sollte er jetzt dafür verantwortlich machen?

»Warum sehe ich dann so aus?«, wollte er wissen.

Berthe rümpfte mit unverhohlener Verachtung die Schnauze. »Du bist eine Laune der Natur.«

Levet gab grimmig vor, dass ihre Worte ihn nicht verletzten. »Oder vielleicht sind auch eure Blutlinien nicht so rein, wie du dachtest?«

Ein kleiner Rauchkringel stieg aus einem geblähten Nasenloch. Berthe gehörte zu den wenigen Gargylen, die Feuer spucken konnten. Das erklärte natürlich auch ihre Position als Doyenne.

»Ein Fluch der Götter ist wahrscheinlicher«, gab sie zurück. Hass glitzerte in ihren grauen Augen. Ein Hass, der für Levet als Kind zerstörerischer gewesen war als die ganzen fürchterlichen Prügel. »Mir wurde gleich nach deiner Geburt geraten, dir den Kopf abzuschlagen.« Sie schlug mit ihren enormen Flügeln, was Levet durch den entstehenden Luftzug beinahe rückwärts zu Boden geworfen hätte. »Unglücklicherweise hatte ich ein zu weiches Herz, um diesem weisen Rat zu folgen.«

Levet stieß ein verächtliches Schnauben aus und weigerte sich, sich das uralte Gefühl des Verrats einzugestehen.

»Ein zu weiches Herz?«

»Oui.« Berthe bewegte sich, um sich mit ihrer Körperfülle auf den Satinkissen niederzulassen, indem sie ihre Flügel über den Fußboden drapierte. Ihr Schwanz peitschte um ihre Füße. Sie war der Inbegriff träger Gleichgültigkeit, doch Levet ließ sich nicht täuschen. Zwar mochte sie wie eine schwerfällige Bestie wirken, doch sie konnte sich mit der Schnelligkeit einer zubeißenden Viper bewegen. »Ich ließ dich am Leben, in der Hoffnung, du würdest deine Entstellungen überwinden und dich zu einem Prinzen entwickeln, der es wert wäre, an meiner Seite zu stehen. Du solltest dankbar sein.«

Dankbar.

Das Wort hallte in Levet wider und verwandelte den Schmerz, von dem er sich geschworen hatte, dass er ihn niemals mehr verspüren würde, abrupt in einen Wutanfall.

»Wofür sollte ich dankbar sein? Ich wurde meine gesamte Kindheit über ungeheuer brutal von meinen Geschwistern behandelt.«

Seine Mutter zuckte die Schultern. »Hast du erwartet, verhätschelt zu werden wie ein menschlicher Säugling?«

Er ignorierte ihren Spott. »Als ich schließlich das Kinderzimmer verließ, wurde ich zur Zielscheibe für jeden Gargylen, der dachte, es sei amüsant, mich in die Kampfgruben zu werfen und zuzusehen, wie viele Dämonen mich handtuchweich schlagen konnten, bevor ich ohnmächtig wurde«, zischte er.

Berthe furchte verwirrt die Stirn. »Handtuch…« Sie stieß einen ungeduldigen Laut aus. *»Oh, là, là.* Es heißt ›windelweich‹, du lächerliche Nervensäge.«

Levet tat ihre harten Worte mit einer Handbewegung ab. »Du hast nichts unternommen, um mich zu beschützen.«

»In unserer Welt überleben nur die Starken.«

Levet stemmte die Hände in die Hüften. »Ist das deine Entschuldigung dafür, dass du versucht hast, mich zu töten, als ich in die Pubertät kam?«

Sie fuhr mit einer Klaue über ein scharlachrotes Kissen. Ihre Miene ließ keinerlei Reue erkennen.

»Es war offensichtlich, dass du dauerhaft verunstaltet warst. Es war meine Pflicht, das Nest von solch einer offenkundigen Schwäche zu befreien. Jede Doyenne versteht die Notwendigkeit, das tote Holz vom Familienstammbaum zu entfernen.«

Das reichte.

Levet war nicht hergekommen, um sein Kindheitstrauma zu lösen. Er mochte ja unsterblich sein, doch nicht einmal eine Ewigkeit würde reichen, die Probleme mit seiner lieben Rabenmutter aufzuarbeiten.

Es war an der Zeit, zur Sache zu kommen.

»Was, wenn ich beweisen könnte, dass ich mehr als totes Holz bin?«, forderte er sie heraus. »Dass ich im wahrsten Sinn des Wortes ein Prinz bin?«

»Unmöglich.«

Da er Hohn erwartet hatte, war Levet nicht vorbereitet auf

das Unbehagen, das plötzlich in dem hässlichen Gesicht seiner Mutter zu erkennen war. Als fürchte sie sich vor dem, was er möglicherweise sagen würde.

Und er war definitiv nicht auf die tödlichen Flammen vorbereitet, die sie in seine Richtung spie.

»*Sacrebleu!*«, rief er aus und machte einen Hechtsprung hinter die marokkanische Lieblingskommode seiner Mutter. Sie würde nie den Einsatz aus Kamelleder braten, in den so viele kostbare Edelsteine eingelassen waren, dass das Möbelstück es mit den Kronjuwelen aufnehmen konnte. »Was tust du da?«

Sie hatte sich erhoben, und ihr Schwanz bebte vor Wut – einer überirdischen Wut.

»Ich beende das, was ich begonnen habe, als du noch jung warst.«

Levet kauerte sich hinter die Kommode.

Merde. Es könnte durchaus besser laufen.

Es war an der Zeit, seine einzige Waffe zu ziehen.

»Ich verlange ein Tribunal«, sagte er mit zitternder Stimme.

Ein Tribunal war die Gargylen-Version einer Verhandlung zwischen Piraten.

»Abgelehnt.« Sie spie einen weiteren Flammenstoß aus, der ihm beinahe die Spitzen seiner Stummelhörner absengte.

Levet zog die Flügel fest um seinen zitternden Körper. Hatte er tatsächlich einmal gesagt, Vampire seien die unvernünftigsten Kreaturen, die auf Erden wandelten?

Er schuldete Viper, Styx und dem Rest der Blutsauger eine Entschuldigung.

Allerdings würde ihm eine solche niemals über die Lippen dringen.

Immerhin hatte er auch seinen Stolz.

Selbst wenn er ein wenig verschmort war.

»Du kannst mich nicht abweisen«, entgegnete er, als das Feuer erlosch. »Ich bin ein reinblütiger Gargyle, trotz meiner … Missbildungen.«

»Ich habe dich verbannt.«

Darauf war Levet vorbereitet.

»Ah, aber ich bin ein Prinz.« Er lugte um die Ecke, um den zornigen Blick seiner Mutter zu erwidern. »Personen von königlichem Geblüt können eine Gerichtsverhandlung fordern, ungeachtet ihrer Strafurteile.«

Berthe hielt gezwungenermaßen inne.

Gargylen mochten in vieler Hinsicht Wilde sein, doch die Gilde wurde von einem strengen Gesetzeskodex beherrscht.

Ein langes Schweigen folgte, als Levets Mutter mit den Zähnen knirschte. Noch immer stieg Rauch aus ihrem Nasenloch. Dann kniff sie mit listiger Genugtuung die Augen zusammen.

»Die Ältesten halten sich nicht in Paris auf. Es kann kein Tribunal ohne sie abgehalten werden.«

Levet stieß einen angewiderten Laut aus. Wie viele Dämonen hatten Seite an Seite gekämpft, um den Fürsten der Finsternis zu besiegen, während die Gargylen untergetaucht waren?

»Du meinst, die Feiglinge verstecken sich immer noch?«

Berthe stampfte mit ihrem gewaltigen Fuß auf, wodurch das gesamte Gebäude zu beben begann.

»Sie haben sich dir gegenüber nicht zu verantworten.«

»Bien.« Vorsichtig tauchte Levet wieder hinter der Kommode auf. Er wollte nicht in ein verkohltes Brikett verwandelt werden, aber andererseits hatte er es satt, sich furchtsam zu ducken. Er war nun ein echter Held. Oder etwa nicht? Er straffte den Rücken und schob das Kinn vor, um seiner Mutter in die Augen zu sehen. »Dann wirst du als Richterin fungieren.«

Ein leises Zischen war zu hören, als seine Mutter ihre Flügel ausbreitete, um ihre volle Spannweite zu zeigen. Es war ein beeindruckender Anblick, dazu gedacht, ihn einzuschüchtern.

»Das ist ein Trick.«

»Kein Trick«, widersprach Levet. »Du bist Doyenne und daher befugt, Gerichtsurteile zu fällen.«

»Das habe ich bereits getan«, knurrte sie. »Du wurdest verbannt.«

»Ich wurde ohne eine gerechte Verhandlung verbannt.«

»Weil du geflohen bist wie ein rückgratloser Guttar-Dämon.«

Levet tat diese absurde Beschuldigung mit einer Handbewegung ab. »Du hast versucht, mich zu töten.«

Seine Mutter zog die Lippen zurück, um ihre Reißzähne vollständig zu entblößen. »Und nun werde ich das beenden, was ich begonnen habe.«

»Non.«

Ohne sich Zeit zum Nachdenken zu lassen, hielt Levet die Hände in die Höhe und setzte eine Magieexplosion frei.

Es war nicht so, dass er seinen Fähigkeiten nicht traute ... *non*. Das war nicht wahr.

Er zweifelte durchaus an seinen Fähigkeiten.

Trotz all seiner Prahlerei war er sich nie sicher, was seine Zauberkräfte tun würden.

Einmal brachte er nicht mehr hervor als ein peinliches Zischen.

Am nächsten Tag konnten sie mit der Gewalt einer Atombombenexplosion aus ihm herausbrechen.

Heute Nacht allerdings taten sie genau das, was er sich wünschte.

Schimmernde Stränge aus Magie entströmten den Spitzen seiner Klauen und prallten mit so viel Wucht gegen seine Mutter, dass sie gegen die Wand gedrückt wurde.

Es war ... ein Wunder.

Berthe, die eindeutig so erstaunt wie Levet darüber war, dass sein Zauber funktionierte, sträubte sich gegen die zarten Fäden, die sie festhielten.

»Was hast du getan?«, kreischte sie.

Levet ging mit federnden Schritten auf sie zu und betrachtete lächelnd das Spinnennetz aus Magie.

»Ich habe versucht, dir mitzuteilen, dass ich mich zu einem äußerst geschickten Krieger entwickelt habe.«

Der mächtige weibliche Gargyle versuchte Feuer zu spucken, nur um festzustellen, dass die Fesseln, die ihn hielten, auch seine Zauberkräfte blockierten.

Ja. Weiter so, Levet.

»Lass mich los!«, knurrte Berthe.

»Erst, wenn du mir meine Verhandlung gewährt hast.«

In den grauen Augen loderte die Aussicht auf seinen Tod. »Dafür wirst du bezahlen.«

»Wirklich?« Levet stieß einen übertriebenen Seufzer aus. Er fühlte sich ganz und gar übermütig, nachdem er seine Mutter außer Gefecht gesetzt hatte. He, wer wusste schon, wie lange das andauern würde? Er musste sich daran erfreuen, solange er konnte. »Gargylen sind ermüdend monoton in ihren Drohungen. Du solltest wirklich darüber nachdenken, einen Vampir einzustellen, der dir neues Material schreibt. Vampire sind Experten darin, ihre Feinde einzuschüchtern.«

»Natürlich bewunderst du deine neuen Herren«, stieß Berthe hervor. »Wenn ich nur daran denke, dass mein eigener Sohn ein Speichellecker der Blutsauger geworden ist – das reicht, um ein Mutterherz brechen zu lassen.«

»Ein Speichellecker? Ich bin der Diener keines Dämons.« Levet warf sich in die Brust. »Tatsächlich werde ich als Legende heroischen Ausmaßes verehrt.«

»Deine Ausmaße sind peinlich«, spottete seine Mutter. »Ebenso, wie du selbst es stets warst.«

Levet stolzierte auf sie zu und weigerte sich dabei, sich einzugestehen, dass diese Worte einen ewig wunden Punkt bei ihm trafen. Er war nicht länger der alte Levet, der sich nach der Größe seines Körpers beurteilen ließ. Er war ein Gigant unter den Dämonen, ungeachtet seiner Größe.

Er hob die Hände. »Das werden wir sehen.«

»Was tust du?« Unbehagen verzerrte Berthes hässliches Gesicht. »Bleib zurück.«

»Hast du etwa Angst vor deinem armseligen, rückgratlosen Sohn, *maman?*«

»Ich habe dieses Spiel satt.«

Levet flatterte mit den Flügeln und war stolz, als sich das Licht in ihnen fing, sodass sie hell glitzerten und in roten und goldenen Farbtönen schimmerten.

»Dann bereite ihm ein Ende.«

Sie drückte sich mit geweiteten Augen gegen die Wand, als Levet direkt vor ihr anhielt.

Warum?

Hatte sie wirklich Angst vor seinen zweifelhaften Zauberkräften?

Das schien ihm … unwahrscheinlich.

Es musste an irgendetwas anderem liegen.

Aber woran?

Seine umherschwirrenden Gedanken wurden abrupt unterbrochen, als seine hoch über ihm aufragende Mutter wütend auf ihn herunterstarrte.

»Beende das, Levet.«

Er erstarrte, und sein Magen krampfte sich schmerzhaft zusammen. *»Mon Dieu.«*

»Was?«

»Das ist das erste Mal, dass ich meinen Namen auf deinen Lippen gehört habe.«

Sie spie ein wenig Feuer und versuchte ihre Angst hinter der vertrauteren Verachtung zu verstecken.

»Du wirst doch wohl nicht anfangen zu heulen, oder? Es wäre mir lieber, wenn du mich töten würdest, als gezwungen zu sein, noch länger deinem Geplärr zuzuhören.«

Levet schüttelte den Kopf und dachte an den Vampirclan, der die Nachkommen des Fürsten der Finsternis ohne Zögern aufgenommen hatte. Die Vampire hatten auf Leben und Tod gekämpft, um die Säuglinge zu beschützen, und würden das auch wieder tun. Und die Götter wussten, dass Salvatore, der König der Werwölfe, vor Aufregung Schaum vor dem Mund hatte, da der Tag der Entbindung seines Wurfes näher rückte.

Andererseits verspeisten Kiviet-Dämonen bei der Geburt alle bis auf die stärksten ihrer Nachkommen, also konnte es auch immer schlimmer kommen.

»Sag mir, *maman,* liebst du überhaupt irgendwelche deiner Kinder?«

»Liebe ist etwas für Schwächlinge«, höhnte sie. »Oder Menschen.«

Das war genau das, was Levet erwartet hatte. Und doch …

Er unterdrückte einen resignierten Seufzer.

»Warum hast du dich dann überhaupt fortgepflanzt?«

»Um meine Machtbasis zu stärken.«

Levet forschte eine ganze Weile in der Miene der Kreatur, die ihn auf die Welt gebracht hatte. Zum ersten Mal war er nicht von ihrer enormen Macht überwältigt. Und zum ersten Mal schreckte er nicht vor ihrer vernichtenden Missbilligung seines Mangels an Masse zurück.

Sie war immer noch groß. Immer noch Furcht einflößend. Und immer noch erfüllt von ihrem Hass auf ihn.

Aber nun sah er sie klar und deutlich, und sie wirkte … geringer.

»Weißt du, ich habe dich gehasst«, sagte er langsam. »Nun wird mir allerdings klar, dass ich dich bemitleide.«

Seine Mutter schnaubte, als sei sie ernsthaft empört über seine Worte. »Ich bin die Doyenne dieses Nestes«, zischte sie. »Der gefürchtetste Gargyle in ganz Europa.«

»Nein.« Levet schüttelte den Kopf. »Du bist eine einsame und verbitterte alte Frau, die nichts besitzt außer einem nichtssagenden Titel und dem Irrglauben, er würde ihr Bedeutung verleihen.«

Zorn flammte in ihren Augen auf, bevor der listige Ausdruck zurückkehrte. »Wenn du dir nichts aus mir machst, warum bist du dann hier?«

»Ich jage einem Schatten nach, wie es scheint.«

»Dann lass mich frei.«

Levet verdrehte die Augen. »Ein netter Versuch.«

»Ich werde dir zehn Minuten Vorsprung lassen, bevor ich dich zur Strecke bringe und töte.«

»Das klingt verlockend, aber … nein, ich glaube nicht.«

»Nun gut.« Sie kniff die Lippen zu einer dünnen Linie zusammen. Sollte das etwa ein Lächeln darstellen? *Sacrebleu.* »Ich werde dir eine Stunde Zeit lassen.«

Levet dachte nach. Er dachte wirklich und wahrhaftig nach. Vielleicht zum ersten Mal in seinem langen Leben.

Was wollte er überhaupt?

Offensichtlich würde er nie die Anerkennung seiner Mutter gewinnen. Oder es schaffen, die Verletzungen aus der Vergangenheit verheilen zu lassen. Oder … wie nannten es die Menschen? Einen Abschluss finden.

Aber er konnte etwas haben, das ihm geraubt worden war.

»Ich will das, was rechtmäßig mir gehört!«, erklärte er mit klarer, würdevoller Stimme.

Die grauen Augen verengten sich. »Einen nichtssagenden Titel?«

»Natürlich nicht«, sagte Levet verwirrt. Nur Frauen war es gestattet, die Position der Doyenne zu erben. »Claudine ist deine Erbin.«

»Aber du könntest ein Prinz sein.«

Früher einmal hätte er alles gegeben, um seinen königlichen Titel zurückzuerhalten. Aber nun zuckte er gleichgültig mit den Schultern.

»Nicht, wenn ich tot bin.«

Berthe wog stillschweigend ihre Optionen gegeneinander ab. Ihr schlaues Gehirn suchte nach einer Möglichkeit, ihn dazu zu bringen, sie von seinem Zauber zu befreien, ohne dass sie ihm tatsächlich im Gegenzug etwas Kostbares anbieten musste.

»Vielleicht können wir einen Waffenstillstand aushandeln«, räumte sie widerstrebend ein.

Levet verschränkte die Arme vor der Brust. »Das Einzige, das ich will, ist, meine Stellung in der Gilde zurückzuerhalten.«

Berthe stieß einen erstickten Laut aus. Sie war ehrlich schockiert über seine Forderung.

»Sei kein Idiot. Man würde dich niemals akzeptieren.«

»Doch, wenn du meinen Namen nur der Wand hinzufügst.«

Die Wand der Erinnerungen war unter den Abwasserkanälen von Paris verborgen. Wer sie erbaut hatte oder aus welchem Grund sie sich in den Abwasserkanälen erhob, verlor sich im Nebel der Zeit, aber wie von Zauberhand erschien der Name eines Gargylen dort, sobald er geboren war, womit er offiziell seine Stellung in der Gilde erhielt. Die gleiche Magie löschte seinen Namen wieder aus, wenn er starb.

Oder wenn er, wie es bei Levet der Fall war, seiner Stellung in der Gilde beraubt wurde.

Es kam selten vor, aber eine Doyenne oder ein Ältester waren imstande, einen Namen wieder an die Wand zu setzen.

»Niemals!«, stieß sie hervor.

Levet straffte die Schultern. »Oh, damit wir uns nicht falsch verstehen: Du wirst persönlich die Buchstaben eintragen.«

»Du kannst mich nicht dazu zwingen, deinen Namen zu schreiben«, ereiferte sich seine Mutter. »Das muss freiwillig geschehen.«

»Ich weiß durchaus, wie das funktioniert.«

Sie presste sich gegen die Wand. Ihre Miene drückte Argwohn aus, als Levet die Hände hob.

»Wie willst du mich also dazu zwingen, dich wieder in die Gilde aufzunehmen?«

Levet unterdrückte das verachtenswerte Gefühl, Freude daran zu haben, dass er Macht über seine Mutter besaß.

Hier sollte es nicht um bloße Rache gehen.

Es ging um Gerechtigkeit.

»Erlaube mir, es dir zu zeigen«, murmelte er und schickte seine Erinnerungen an seinen Kampf gegen den Fürsten der Finsternis direkt in ihr Gehirn.

Ihre Klauen gruben sich in den Fußboden, und ihre Haut nahm eine ungesunde kreidebleiche Färbung an.

»Sacrebleu.«

KAPITEL 5

Valla hatte gerade den letzten Teller abgespült und wischte soeben die Küchenarbeitsplatte ab, als ihr auffiel, dass die edle Schüssel aus Waterford Crystal-Kristallglas leer war.

»Oh, verdammt«, flüsterte sie, während gleichzeitig eine kribbelnde Erregung bei ihr eine Gänsehaut hervorrief.

Wie war es möglich, dass die eisige Berührung durch Elijahs Macht imstande war, sie mit einem Schwall sengender Hitze zu überschwemmen?

Es war so etwas wie die Erklärung dafür, dass Photonen gleichzeitig an zwei verschiedenen Orten sein konnten. Ein Mysterium.

»Valla.« In einem Tempo, das nicht aufhörte, sie zu erstaunen, kam Elijah zu ihr geeilt. Seine Anwesenheit war eine sexy, fast mit Händen zu greifende Kraft, die sie einhüllte. »Was gibt es?«

Sie bemühte sich inständig, ihr Herz, das mit einem Mal höherschlug, und ihren Magen, der sich vor Erregung zusammenzog, unter Kontrolle zu bringen. Ein Vampir konnte Erregung aus hundert Schritten Entfernung wahrnehmen.

»Wo ist Levet?«

Elijah legte den Kopf in den Nacken und untersuchte mit seinen Sinnen die Umgebung.

»Er ist verschwunden.«

»Und mein Amulett auch.«

Ein Stirnrunzeln zeigte sich auf dem auffallend schönen Gesicht. »Hast du es verloren, oder wurde es gestohlen?«

»Nicht gestohlen, sondern ausgeliehen«, korrigierte sie ihn. »Oder wenigstens nehme ich das an.«

Der Vampir war nicht beeindruckt. Zorn trat in seine dunklen Augen.

»Wenn dieser Gargyle ein Dieb ist, werde ich ihn zur Strecke bringen. Ich verspreche dir, dass er nicht zurückkehren wird.«

Valla unterdrückte einen Seufzer. Sicher würde sie Elijahs intensiven Wunsch, sie zu beschützen, immer zu schätzen wissen. Aber sie hatte genug davon, darauf zu warten, dass er sie als erwachsene Frau ansah, die mehr als fähig war, auf sich selbst aufzupassen.

Das tat sie immerhin schon sehr lange.

»Ich will aber, dass er zurückkehrt.«

»Quoi?«, fragte der Vampir mit deutlicher Ungeduld. »Er hat dir bereits dein Amulett gestohlen. Wer weiß, was er als Nächstes stehlen wird?«

»Das Amulett ist mir egal.« Sie kaute auf ihrer Unterlippe herum. »Ich mache mir Sorgen wegen des Grundes. Warum hat Levet es wohl genommen?«

Elijah zuckte die Achseln. »Er könnte es für ein kleines Vermögen versetzen. Niedere Dämonen stehlen oft für ihren Lebensunterhalt.«

»Hör auf, so ein Snob zu sein!«, schalt sie, während sie geistesabwesend eine goldene Locke um ihren Finger wickelte. Das war eine Gewohnheit, die sie als junges Mädchen angenommen hatte, als sie noch unschuldig daran geglaubt hatte, sie würde ihren Märchenprinzen finden und sich mit ihm häuslich niederlassen, um ein Dutzend kleine, blauäugige Nymphen aufzuziehen. Die Gewohnheit war das Einzige, was von diesem albernen, idealistischen jungen Mädchen noch geblieben war. »Levet ist aus einem bestimmten Grund nach Paris gekommen. Ich habe das Gefühl, er hat gehofft, dass das Amulett ihm beim Erreichen seines Ziels helfen würde.«

Elijah streckte die Hand aus, um die Locke von ihrem Finger zu ziehen, und strich sie ihr sanft hinter das Ohr.

»Wenn es dich nicht kümmert, dass das Amulett gestohlen wurde, weshalb bist du dann besorgt?«

»Ich mache mir Sorgen, dass Levet verletzt werden könnte«, antwortete sie leise und widerstand dem Drang, ihre Wange an seiner Hand zu reiben. Wie eine Katze, die verlangte, gestreichelt zu werden. »Als ich ihn am Eiffelturm gefunden habe, wurde er gerade von zwei großen Gargylen angegriffen, die ihn eindeutig nicht mochten.«

Die Temperatur sank, bis Valla hätte schwören können, dass sie ihren Atem sehen konnte.

»Mère de Dieu!«, knurrte Elijah und umfasste ihr Kinn mit seinen Fingern, sodass sie gezwungen war, ihm in die dunklen Augen zu sehen. »Du warst doch sicher nicht so töricht, dich einzumischen, oder?«

Ihre Muskeln spannten sich an, und ihre Augen verengten sich langsam.

»Töricht?«

Ihm entging der gefährliche Unterton in ihrer Stimme völlig. Der Clanchef mochte zwar ein schlaues, gefährliches Raubtier sein, das den größten Teil Frankreichs mit brutaler Gewalt regierte, aber er war trotzdem ein Mann.

Also ahnungslos.

»Valla, reinblütige Gargylen gehören nicht nur zu den gefährlichsten Dämonen auf Erden, sondern sie sind auch noch skrupellos und amoralisch und metzeln nur allzu gerne die Unschuldigen nieder.«

»Ich bin keine Idiotin, Elijah«, erwiderte sie, wobei sie die Worte sehr langsam und deutlich aussprach. »Ich weiß, dass Gargylen gefährlich sind.«

Seine Kiefermuskeln krampften sich zusammen, als kämpfe er gegen den Drang an, sie sich über die Schulter zu werfen und sie in sein Versteck zu schleifen, wo sie in Sicherheit wäre.

Das war vorherzusehen gewesen.

Er wäre nicht zufrieden, bis er sie eingesperrt hatte, sodass er sich keine Sorgen mehr um sie zu machen brauchte.

»Weshalb hast du dich dann in Gefahr begeben?«

»Ich habe ein Wesen gesehen, das in Not war; also habe ich das getan, was meiner Meinung nach richtig war.« Sie erwiderte seinen brennenden Blick, ohne mit der Wimper zu zucken. »Außerdem war ich nicht in Gefahr. Ich habe vom Gebüsch aus ein paar Pfeile abgeschossen.«

»Du denkst, ein Gebüsch hätte dich vor Gargylen schützen können?«

Sie stieß seine Hand weg, verärgert, dass sie sich nach der Berührung dieses Vampirs sehnte, selbst wenn sie wütend auf ihn war.

»Dieses Gespräch ist beendet.«

»Valla …«

»Nein.« Sie richtete den Finger auf sein unverschämt schönes Gesicht. »Ich bin kein Kind, dem gesagt werden muss, was es tun darf und was nicht.«

Die Kälte blieb, aber sie war nicht länger mit Verärgerung durchsetzt.

Stattdessen wirbelte eine viel gefährlichere Emotion durch die Luft, als Elijah sie mit einer unerschütterlichen Konzentration ansah, die ihr Herz heftig gegen ihre Rippen pochen ließ.

»Glaube mir, ich habe dich nie für ein Kind gehalten.«

Sie öffnete den Mund, um ihn darauf hinzuweisen, dass er

schon unzählige Male versucht hatte, sie zu verhätscheln, aber die Worte blieben unausgesprochen, als er ihr Gesicht mit festem Griff umfasste und sie küsste.

Oder, um genauer zu sein, sie verschlang.

Valla hob die Hände, um seine Unterarme zu umklammern, als seine Zunge zwischen ihre Lippen glitt und ihre Zunge umspielte, während er sie nach hinten drängte, bis sie gegen die Küchenarbeitsplatte gedrückt wurde.

Er schmeckte nach roher männlicher Macht und opulenter Sinnlichkeit. Es war ein Geschmack, der sie rasend schnell süchtig machte.

Ein Stöhnen entrang sich ihrer Kehle, als seine hart werdende Erektion sich gegen ihren Unterbauch presste. Seine Fangzähne waren voll ausgefahren. Hitze sammelte sich in ihrer Magengrube und breitete sich in ihrem Körper aus.

Oh … verdammt, sie schmolz dahin.

Und das war das Wunderbarste, was sie je empfunden hatte.

Elijah ließ den Kuss behutsamer werden. Er streifte mit seinen Lippen ihre gerötete Wange und ließ seinen Mund dann nach unten über ihren Hals gleiten, um die empfindliche Mulde direkt unter ihrem Schlüsselbein zu finden.

Ein Blitz durchzuckte Valla und ließ ihr Blut in Flammen aufgehen. Sie verspürte ein Verlangen, das sie nicht einmal im Traum für möglich gehalten hätte.

In ihrer Jugend hatte sie gedacht, Leidenschaft sei ein süßes, schwindelerregendes Gefühl. Sie hatte es oft genug bei den männlichen Nymphen gespürt, die für ihre Schönheit berühmt waren. Und dann war sie von den Sklavenhändlern gefangen genommen worden, und Begierde war zu etwas Düsterem, Hässlichem und Erschreckendem geworden.

Etwas, das um jeden Preis vermieden werden musste.

Aber jetzt …

Jetzt zeigte ihr dieser Vampir, dass körperliche Begierde aufregend und verzehrend und so intensiv sein konnte, dass sie unter der Macht der Gefühle, die sie durchpulsten, erbebte.

»Elijah!«, stieß sie krächzend hervor.

»Hmm.«

»Was machst du da?«

Er lachte leise und ließ seine Hände über ihren Rücken wandern, bevor sie unter ihr Oberteil glitten, um die angespannten Muskeln an ihrem Bauch zu liebkosen.

»Ich beweise dir, dass ich dich nicht als Kind betrachte.«

»Aber …« Sie vergaß, wie man sprach, als seine Hände nach oben glitten, um ihre nackten Brüste zu umfassen. Nymphen brauchten nie Büstenhalter zu tragen. »Oh.«

Er drückte seine Lippen direkt an ihr Ohr. »Gefällt dir das?«

Ob es ihr gefiel?

Ihr Atem entwich mit einem Mal aus ihren Lungen, als seine Finger die Spitzen ihrer Brustwarzen liebkosten, bis sie sich in steife Spitzen verwandelt hatten. Ihre Zehen krümmten sich in ihren Schuhen, und ihre Fingernägel bohrten sich durch die teure Seide seines Hemdes.

Lieber Gott. Es war nicht weniger als der Himmel auf Erden.

»Ich kann nicht denken«, keuchte sie.

»Bien.« Seine Lippen glitten an ihrer Kehle nach oben und an ihrer Kieferlinie entlang. »Fühle einfach nur, *mon ange.«*

Genau das war das Problem. Sie fühlte viel zu viel.

Die köstliche Berührung seiner Finger auf ihren empfindlichen Brüsten. Der unwiderstehliche Druck seiner Erektion gegen ihren Unterbauch. Das seidige Gleiten seiner Zunge über ihre Lippen.

Es war überwältigend.

Sie erschauderte. »Das ist Wahnsinn.«

»Der köstlichste Wahnsinn überhaupt«, murmelte er und

küsste sich an ihrem Gesicht entlang, auf die Seite ihres Gesichtes zu, das sie immer von ihm abwandte.

Augenblicklich wurde sie aus ihrer sinnlichen Benommenheit gerissen, und ein intensives Gefühl der Panik brachte sie dazu, die Hände gegen seinen Brustkorb zu stemmen.

»Nicht.«

Elijah hielt inne. Anscheinend war er auf ihre Reaktion nicht vorbereitet gewesen. Dann hob er langsam den Kopf.

»Valla, sieh mich an«, befahl er sanft.

»Ich kann nicht.«

»Vertraust du mir?«

Das war eine alberne Frage.

Sie wussten beide, dass er die einzige Person auf der ganzen Welt war, der sie vertraute.

Trotzdem war ihr bewusst, dass ihre Antwort wichtig war.

»Ja.«

»Dann sieh mich an!«, drängte er.

Es dauerte eine ganze Weile, bis sie all ihren Mut zusammengenommen hatte. Dann legte sie mit einem frustrierten Aufseufzen den Kopf in den Nacken und stellte fest, dass er sie mit ernster Miene ansah.

»Bist du jetzt zufrieden?«

Seine Hände veränderten ihre Position, um leicht ihren Hals zu streicheln, eine vampirische Geste der Beruhigung.

»Sage mir, was du siehst.«

»Bist du auf Komplimente aus?«, versuchte sie ihn zu necken.

»Ich will, dass du mir in die Augen siehst.«

»Warum?«

»Weil ich dich das sehen lassen will, was ich sehe.«

Valla stellte fest, dass sie in die dunklen, samtigen Tiefen seiner Augen starrte. Und zwar nicht, weil er es ihr befohlen hatte. Sie befolgte keine Befehle mehr, von niemandem. Vor allem nicht die, die ein arroganter, schöner, übermäßig besitzergreifender Vampir erteilte.

Sondern, weil es wirklich wichtig für sie war zu wissen, was er sah, wenn er sie anblickte.

Ein trauriges Opfer, das seiner ständigen Fürsorge bedurfte?

Eine Nymphe mit Narben, die er bemitleidete? Oder Valla, eine Frau, die er begehrte?

»Was siehst du?«, flüsterte sie.

»Eine starke, schöne Überlebende«, antwortete er mit einer gedämpften, hypnotisierenden Stimme. Das hatte nichts mit Gehirnwäsche zu tun, sondern war allein durch seinen Klang zutiefst unwiderstehlich. »Eine Frau, die ohne Weiteres hätte zerbrechen können, aber stattdessen gekämpft hat, um ihr Leben zurückzugewinnen.« Elijah schwieg einen Moment lang und ließ seinen Blick bewusst zu ihren silbrigen Narben gleiten, um sie prüfend anzusehen. »Ich bewundere dich mehr, als du jemals wissen wirst.«

Valla hob instinktiv die Hand, um ihr vernarbtes Gesicht zu berühren. »Sie …«, er ergriff ihre Hand und zog ihre Finger an seine Lippen, »sind ein Beweis für deinen Mut.«

Sie zitterte und drängte sich unbewusst noch enger an Elijahs harten Körper.

»Ich hasse sie.«

»Weil sie dein Gesicht verunzieren?«

Sie schüttelte den Kopf. »Weil sie eine Erinnerung sind an …«

»Valla?«, fragte er sanft nach, als sie plötzlich stockte.

»An die Männer, die mich verletzt haben.«

»Aber sie haben dir diese Narben nicht zugefügt.« Bevor sie ihn aufhalten konnte, beugte Elijah den Kopf nach unten, um die erhabenen Wülste mit seinem Mund nachzuzeichnen. »Sie stammen von deiner Flucht«, murmelte er an ihrer empfindlichen Haut. »Sie sind ein Ehrenabzeichen, *mon ange.* Trage sie mit Stolz.«

Valla erstarrte, aber sie entzog sich ihm nicht. Merkwürdig. Sie hatte noch nie jemandem erlaubt, ihr Gesicht zu berühren.

»Du hast leicht reden«, murmelte sie, eher, um irgendetwas zu sagen, als um ihn zu schelten.

Seine Reaktion war ... überaus heftig.

»Leicht reden?« Die eisige Macht kehrte zurück, aber dieses Mal zerschmetterte sie Vallas Kristallschüssel, als Elijah den Kopf nach hinten riss, um eine tödliche Macht zum Vorschein zu bringen, die in den dunklen Augen glühte. Seine Gesichtszüge wirkten schärfer, als sei die elfenbeinfarbene Haut mit einem Mal straffer über seine eleganten Knochen gezogen worden, und seine Fangzähne schimmerten blendend weiß. Dies war nicht der charmante Elijah, der eine Frau küssen konnte, bis sie sich ihm bedingungslos ergab. Dies war der Vampir, der Paris von einem Clanchef eingefordert hatte, der mehr als tausend Jahre über dieses Territorium geherrscht hatte. »Glaubst du etwa, dass mich das Wissen um das, was du erleiden musstest, nicht quält?«, stieß er hervor, und eine Vase auf dem Tisch zersprang. »Glaubst du, ich gäbe nicht alles her, was ich besitze, um die Uhr zurückzudrehen und dich vor diesem Albtraum zu beschützen?«

Sie leckte sich über die Lippen. »Elijah ...«

»Glaubst du, ich hätte nicht jeden einzelnen dieser Bastarde aufspüren und eliminieren lassen?«

Bei diesem emotionalen Geständnis sah sie ihn verwirrt an. Was sollte sie damit anfangen?

Eine bessere Frau wäre ohne Zweifel entsetzt gewesen.

Valla kannte Elijah gut genug, um zu wissen, dass seine Methode der Eliminierung ein langsamer, fürchterlich schmerzhafter Tod gewesen sein musste.

Aber das Wissen, dass die Scheißkerle, die sie so lange gefoltert hatten, tot waren … und dass sie gelitten hatten … nun ja, sie war ganz und gar nicht entsetzt.

Sie fühlte sich befreit.

»Das hast du für mich getan?«, fragte sie mit heiserer Stimme.

»Diejenigen, die ich finden konnte.« Ein grimmiges Lächeln bildete sich auf seinen Lippen. »Ich habe herausgefunden, dass Viper, der Chicagoer Clanchef, die meisten von ihnen beseitigen ließ, nachdem er seine Gefährtin auf einer der Auktionen gefunden hatte. Ich musste mich mit einer Handvoll Trolle und einem Ogermischling zufriedengeben.«

Valla setzte ein schwaches Lächeln auf, als sie den verärgerten Klang seiner Stimme vernahm. Elijah war nicht sonderlich erfreut darüber, dass er von einem anderen Clanchef um seine Rache betrogen worden war.

»Ich weiß nicht, was ich sagen soll«, meinte sie so leise, dass nur ein Vampir ihre Worte hören konnte.

Er beugte sich vor, bis seine Nasenspitze fast die ihre berührte, und seine Macht verlor ihre eisige Schärfe, um in einer sanften Liebkosung über ihre Haut zu streicheln.

»Sag, dass du so glücklich wie ich darüber bist, dass du überlebt hast«, murmelte er.

»Natürlich bin ich glücklich darüber.«

»Dann erfreue dich an dem Beweis für deine Flucht.« Er drückte seine Lippen auf ihre Narben. »Ich freue mich jedenfalls darüber.«

Elijah hatte die besten Absichten gehabt, als er in die Wohnung gekommen war.

Er hatte Valla in die Enge treiben und sie davon überzeugen wollen, dass er sicher nicht unter einem Erlöserkomplex litt, oder was für eine andere lahme Ausrede sie auch immer erfunden hätte, um die Barriere zwischen ihnen aufrechtzuerhalten.

Und dann hatte er ihr enthüllen wollen, was er wusste, seit er sie damals aus der Seine gezogen hatte.

Sie war seine Gefährtin.

Und falls notwendig, würde er den Rest der Ewigkeit damit verbringen, sie davon zu überzeugen, dass sie zusammengehörten.

Aber er war durch ihre Sorge um den verdammten Gargylen abgelenkt worden. Und dann war er auf eine weitaus köstlichere Weise abgelenkt worden, indem er dazu getrieben worden war, sie zu küssen.

Nun war er entschlossen, ihr zu beweisen, dass die Narben, die ihr Gesicht kennzeichneten, nur zu ihrer Schönheit beitrugen.

Und wenn ihm das mit Worten nicht gelang, war er gerne bereit, auch direktere Methoden einzusetzen.

Er würde sich beispielsweise gerne wieder den köstlichen Küssen widmen …

Das schien ihm jedenfalls ein guter Anfang zu sein.

Er presste seine Lippen auf das ungleichmäßige Stück Haut, welches durch einen Zauber zerfurcht worden war, der dazu bestimmt gewesen war, sie zu töten, und genoss die Hitze und den verlockenden Duft, die ihn in seinen Träumen schon viel zu lange verfolgten.

Valla versteifte sich, doch sie entzog sich ihm nicht. Sie atmete flach, als Elijah unablässig den körperlichen Beweis ihres Überlebens liebkoste. Er nahm sich Zeit dafür und ließ seine Lippen über ihre zarte Ohrmuschel gleiten, bevor er wieder zu ihrer Wange zurückkehrte.

Erst, als ihre angespannten Muskeln sich allmählich zu lockern begannen, dehnte er seine Erkundung auf ihre störrische Kieferlinie und ihren verführerisch langen Hals aus. Er erschauderte, und seine Hände glitten unter ihr Oberteil, um die sinnliche Fülle ihrer Brüste zu umfassen.

Mère de Dieu, er liebte das Gefühl ihrer Weichheit in seinen Händen.

Er kam zu der Überzeugung, dass er das Gefühl ihrer Brüste in seinem Mund sogar noch mehr lieben würde, und zog Vallas Oberteil noch höher, während er den Kopf senkte, um mit seinen Zähnen die Spitze ihres Nippels einzufangen, wobei er sorgsam darauf achtete, die zarte Haut nicht mit seinen Fangzähnen zu verletzen.

Er mochte bereit und begierig darauf sein, ihre Verbindung zu vervollständigen, doch er wollte nicht das Risiko eingehen, ein Band zu erschaffen, das zu akzeptieren sie nicht bereit war.

Im Lauf der Jahre waren ihr zu viele Dinge aufgezwungen worden.

Elijah schlang seine Arme um ihre schlanke Taille, als sie vor Wonne erzitterte, und neckte ihre empfindliche Brustwarze mit seiner Zunge. Beide stöhnten einstimmig auf.

Vallas Geschmack war himmlisch. Sie schmeckte so süß wie frische Pfirsiche. Und ihr Duft …

Sein Penis drohte zu explodieren, als ihre Erregung würzig die Luft erfüllte.

Elijah wünschte sich, ihr die Kleidung vom Leib zu reißen und sie auf der Küchenarbeitsplatte zu nehmen.

Oder vielleicht auch, sie auf den Esstisch zu legen und sich das nächste Jahrhundert lang an ihr gütlich zu tun.

Es war natürlich auch gut möglich, dass sie den Komfort ihres Bettes vorzog, dachte er insgeheim, als er den Kopf drehte, um ihren anderen Nippel zwischen die Zähne zu nehmen.

Eine weiche Matratze. Das Mondlicht, das sich über ihren sinnlichen Körper ergoss, während er sich zwischen ihren Beinen niederließ und tief in sie eindrang. Eine verschlossene Tür, um unwillkommene Eindringlinge draußen zu halten.

Oui. Das Schlafzimmer entwickelte sich rasch zu der besseren Option.

Er hob den Kopf und eroberte ihre Lippen mit einem Kuss, der langsam und intensiv war und alles verlangte, was sie zu geben hatte. Gleichzeitig gruben sich seine Finger in ihr seidiges, weiches goldenes Haar.

Keine Eile, ermahnte er seine schmerzende Erektion. Dies war nicht einfach nur Sex.

Hier ging es darum, Liebe zu machen, im besten Sinn.

Vallas Hände glitten nach oben, um krampfhaft seine Schultern zu umklammern, als seien ihre Knie plötzlich weich geworden. Aber als er sich soeben selbst zu ihrer süßen Kapitulation beglückwünschen wollte, wich sie ein Stück zurück, um zitternd Luft zu holen.

»Warte.«

Mit einem leisen Knurren zog er sie wieder an sich, sodass er sein Gesicht in ihre Halsbeuge graben konnte.

»Ich habe bereits zu lange gewartet, *mon ange.*«

Sie zitterte, aber trotz ihrer deutlichen Erregung schmolz sie immer noch nicht unter seiner unwiderstehlichen Berührung dahin.

Diese halsstarrige Frau.

»Ich mache mir Sorgen um Levet.«

»Du solltest nicht besorgt sein.« Er ließ sanft einen Fangzahn über den tiefen Ausschnitt ihres Oberteils gleiten und lachte leise, als sie ein ersticktes Stöhnen von sich gab. »Er kann auf sich selbst Acht geben.«

»Das weißt du nicht.«

»Ich weiß, dass sich niemand in Angelegenheiten einmischt, die die Gilde betreffen.« Elijah leckte über ihren rasenden Puls direkt unter ihrem Kiefer. »Es sei denn, er möchte tot enden.«

Valla stemmte die Hände gegen seine Brust. »Du hast doch wohl keine Angst vor den Gargylen, oder?«

»Willst du mich etwa herausfordern, *mon ange?«*

»Es ist nur eine einfache Frage.«

Widerstrebend hob er den Kopf, um ihr gerötetes Gesicht mit resignierter Belustigung zu betrachten.

Sie würde es nicht dabei bewenden lassen.

Und das bedeutete, dass es in seiner unmittelbaren Zukunft keine bequeme Matratze oder sinnliche weibliche Kurven geben würde.

Nicht, bevor er sie dazu gebracht hatte, Levet zu vergessen.

Er spürte allerdings, dass das leichter gesagt als getan war.

»Paris gehört mir, aber ich habe nicht den Wunsch, mit den Gargylen einen unnötigen Streit über Gebietsansprüche anzufangen«, erklärte er sanft, während sein Blick die spektakuläre Schönheit ihres vor Leidenschaft geröteten Gesichtes in sich aufnahm, das von einer Mähne aus goldenen Locken umgeben war. Aber es war der Blick aus ihren sanften blauen Augen, der ihm bis in sein nicht schlagendes Herz drang. Valla war durch die Hölle gegangen, aber ihrem Wesen war eine Reinheit eigen, die nichts zu schmälern vermochte. War es da ein Wunder, dass seine übersättigte Seele so fasziniert von ihr war? »Es wurde bereits genügend Blut vergossen, als ich Clanchef wurde.«

Sie sah ihn überrascht an. Er erzählte nur sehr selten etwas von seinem Leben als Clanchef. Weshalb sollte er sie mit den Schattenseiten seiner Position belasten?

»Du meinst, als du darum gekämpft hast, den Platz des früheren Anführers einzunehmen?«

»Oui, und dann die nächsten Jahrzehnte, nachdem ich Anspruch auf Paris erhoben hatte.«

Sie erbleichte. »Jahrzehnte?«

Er verzog das Gesicht zu einer Grimasse. Während dieser düsteren Zeit hatte er sich oft gefragt, ob er von einer Nacht auf die nächste überleben würde.

»Es ist üblich, dass jede Dämonenspezies versucht, den neuen Anführer der Vampire zu töten.«

»Warum?«

»Teilweise, weil ihnen jeder Vorwand recht ist, um den Versuch unternehmen zu können, einen Vampir zu töten, aber der ausschlaggebende Grund besteht darin, dass sie sich vergewissern wollen, dass ein Clanchef stark genug ist, um die Kontrolle über sein Territorium zu behalten«, erklärte er. »Ein schwacher Clanchef bedeutet eine Einladung zu fortwährendem Aufruhr, nicht nur innnerhalb des Clans, sondern auch, was Bedrohungen von außerhalb betrifft. Frieden kommt von Stärke.«

»Und jetzt?«

Er wölbte eine Augenbraue, als er mit einiger Verspätung die Anspannung bemerkte, die ihr Körper erkennen ließ.

»Jetzt?«

»Bist du in Sicherheit?«

»Ein Clanchef ist stets eine Zielscheibe«, gestand er, nicht imstande, der Versuchung zu widerstehen, ihre Lippen mit seiner Fingerspitze nachzuzeichnen. »Entweder durch einen ehrgeizigen Vampir, der mich wegen meiner Position herausfordern will, oder durch alle möglichen Dämonen, die ich im Lauf der Jahrhunderte gegen mich aufgebracht habe.«

»Das glaube ich dir gerne«, murmelte Valla, auch wenn ihre Worte nicht die Besorgnis kaschieren konnten, die ihre Augen verdunkelten.

»Die meisten sind überzeugt davon, dass es außerordentlich zur Verbesserung der Welt beitrüge, wenn sie meinen Kopf von meinem Körper trennen könnten.«

Aufkeuchend presste Valla mit einem gequälten Gesichtsausdruck ihre Hand gegen seine Lippen.

»Sag das nicht.«

Ein intensives Gefühl der Genugtuung durchdrang seinen Körper, als sie ihre Bitte aussprach. Sanft löste er ihre Finger von seinen Lippen.

»Sei vorsichtig, Valla«, neckte er sie. »Sonst könnte ich noch denken, du würdest dich um mich sorgen.«

»Natürlich sorge ich mich um dich«, sagte sie, ohne zu zögern. »Ich will nicht, dass du verletzt wirst.«

Er drückte einen Kuss auf ihre Handfläche und streichelte mit dem Daumen die Innenseite ihres Handgelenks.

»Dann verstehst du endlich, weshalb ich so darauf bedacht bin, dich zu beschützen.«

Sie kniff die Lippen zusammen, als er damit geschickt den Spieß umdrehte. »Vielleicht. Aber …«

Hmm. Vielleicht hatte er den Spieß doch nicht umgedreht, ob nun geschickt oder nicht.

»Ich glaube nicht, dass mir gefallen wird, was du sagen willst.«

Sie befreite ihre Hand, um sein Gesicht zu berühren. Die leichte Liebkosung sorgte dafür, dass heftige Blitze der Erregung seinen Körper durchzuckten.

Er konnte die Male, die sie ihn je absichtlich berührt hatte, an einer Hand abzählen. Und niemals zuvor hatte sie dies mit solch einer sehnsüchtigen Vertrautheit getan.

»Es macht mir Angst zu wissen, dass deine Position dich zu einer ständigen Zielscheibe werden lässt«, flüsterte sie.

Er hielt ihren besorgten Blick mit den Augen fest. »Es ist meine Pflicht.«

»Ja«, stimmte sie ihm mit einem Nicken zu. »Und obwohl ich die Vorstellung hasse, dass du in Gefahr bist, würde ich nie versuchen, dir im Weg zu stehen.«

Der Volltreffer erfolgte ohne Vorwarnung und führte dazu, dass Elijah sie mit offenem Mund verwirrt anstarrte.

Von den eigenen Waffen geschlagen, dachte er trocken und erinnerte sich daran, wie oft er versucht hatte, sie davon abzuhalten, auch nur ihre Wohnung zu verlassen, ohne dass er bei ihr war.

Damals hatte er gedacht, er zeige ihr damit, wie ungemein viel ihm an ihr lag. Aber nun …

»Glaubst du, das ist es, was ich zu tun versuche?«

Ihre Finger glitten hin zu seinen Lippen und berührten sie leicht. Ihre Miene war ernst.

»Ein Partner sollte dich stärker machen, nicht schwächer.«

Sie hatte recht. Natürlich hatte sie recht.

Sosehr er es auch hasste, es zuzugeben – bei seinem inständigen Bedürfnis, sie zu beschützen, ging es eher darum, dass er sich ständig in Erinnerung rief, wie nahe sie dem Tod gewesen war, bevor sie sich überhaupt begegnet waren, als darum, sie glücklich zu wissen.

Das war selbstsüchtig, selbst für seine Begriffe.

»Oh … *merde!*«, knurrte er resigniert.

Sie beäugte ihn vorsichtig, als er ein Stück zurückwich, um ihr Oberteil wieder zurechtzuzupfen. Sein ganzer Körper bebte frustriert im Angesicht der Erkenntnis, dass ihm in nächster Zeit keine sexuelle Befriedigung beschert sein würde.

»Elijah?«

Er nahm ihre Hand und zog sie zur Tür hin. »Lass uns gehen und nach diesem lästigen Gargylen suchen.«

KAPITEL 6

Levet bebte, als er fortfuhr, seine Erinnerungen in den unwilligen Verstand seiner Mutter zu projizieren. Er war der völligen Erschöpfung schon gefährlich nahe.

Sacrebleu. Wie viel länger noch konnte er diesen Zauber aufrechterhalten?

Seine Sorge hatte kaum Zeit, Gestalt anzunehmen, als Berthe auch schon ein leises Stöhnen ausstieß und die Augen aufriss, um ihn mit einem bösartigen Blick zu durchbohren.

»Das reicht.«

Levet stoppte die Erinnerungen, aber behielt die Kontrolle über das magische Netz, das seine Mutter gefangen hielt.

Sie sah nicht annähernd so beeindruckt aus, wie er gehofft hatte.

»Hast du gesehen, was ich getan habe?«

»Oui.«

»Und du gibst zu, dass ich meinem Feind mutig entgegengetreten bin?«

Sie zog die Lippen zurück, um ihre riesigen Hauer hervorzuheben. »Ich gebe zu, dass du nicht geflohen bist wie ein Feigling.«

Levet kniff die Augen zusammen. »Vielleicht sollten wir noch einmal anfangen.«

»Non!«, stieß Berthe hervor, als die Hitze ihrer Wut die Luft erfüllte. »Du hast dich … mutig verhalten.«

Levet runzelte die Stirn. Er hatte vor der bösesten Kreatur gestanden, die je existiert hatte, und sich geweigert zu weichen.

Wie viele Dämonen konnten sich einer solchen Großtat rühmen?

Kein einziger.

Er schnitt eine Grimasse. *Non.* Das stimmte nicht ganz. Es hatte andere gegeben. Aber keine Gargylen, versicherte er sich hastig selbst.

Er allein hatte seine Spezies repräsentiert.

Und das machte ihn zu etwas ganz Besonderem.

»Warum fällt es dir so schwer, das zuzugeben?«, fuhr er seine Mutter an.

Berthe blickte ihn finster an, die massige Stirn gefurcht. »Ich will dich nicht wieder in der Gilde wissen.«

Levet blinzelte. Nun, das war … direkt.

»Warum? Denkst du, dass ich auf irgendeine Weise dein kostbares Nest verseuchen könnte?« Er rümpfte verächtlich die Schnauze. »Ich kann dir versichern, dass ich nicht die Absicht habe, in den Schoß meiner Problemfamilie zurückzukehren.«

Sie stieß einen schockierten Laut aus, als könne sie sich kein Wesen vorstellen, das sich nicht danach sehnte, zu ihrer Gemeinschaft zu gehören.

»Warum bestehst du dann darauf, wieder in die Gilde aufgenommen zu werden?«

Levet lächelte. Als er nach Paris gekommen war, hatte er noch nicht so genau gewusst, was ihn antrieb.

Nun war es ihm vollkommen klar.

»Es ist mein Recht«, antwortete er mit klarer Offenheit. »Und nun sage mir, warum du dich dermaßen sträubst, meinen Namen an die Wand zu setzen.«

Berthe spannte den Kiefer an. Offenbar widerstrebte es ihr, die Wahrheit zu gestehen. Aber dann, vielleicht weil sie spürte, dass Levet stur genug war, sie gefangen zu halten, bis sie es ihm verriet, stieß sie einen leisen Fluch aus.

»Weil du mich … geringer machst.«

»Geringer?«

Sie drehte den Kopf weg, als sei sie nicht willens, Levets verwirrten Blick zu erwidern.

»Während du verbannt bist, bist du bei meinem Volk vergessen. Aber wenn dein Name wieder an der Wand prangt, wird man sich daran erinnern, dass du mein Sohn bist. Dann werde ich verspottet werden, weil ich eine …«

»Eine was?«, fragte Levet nach, als seine Neugierde die Oberhand über seinen Selbsterhaltungstrieb gewann.

Das kam häufig vor.

»Eine Missgeburt zur Welt gebracht habe«, antwortete sie schaudernd.

Er zuckte zusammen und ein Gefühl bemächtigte sich seiner, als sei er geschlagen worden.

Aber warum?

Seine Mutter hatte ihm seine gesamte Kindheit über auf seine zahlreichen Mängel hingewiesen. Bis er selbst fast davon überzeugt gewesen war, deformiert zu sein.

Aber jetzt nicht mehr.

»Ich mache dich nicht geringer, meine liebe Rabenmutter. Du wurdest ohne Seele geboren«, berichtigte er sie. Seine Stimme war klar und vollkommen fest. »Und ich danke den Göttern, dass ich mich von dir unterscheide. Mein Leben ist von Bedeutung. Es bedeutet wirklich etwas. Du wirst niemals imstande sein, das Gleiche von dir zu behaupten.«

Berthe blinzelte, fast so, als hätten seine Worte einen Nerv getroffen. Aber als er sich gerade vorbeugte, um den kurzen Sieg zu genießen, verzerrten sich ihre hässlichen Züge zu einem Stirnrunzeln.

»Lass mich frei!«, kommandierte sie.

»Und du wirst mir das geben, was ich verlangt habe?«

Ein leises Knurren versetzte die Luft in Schwingungen. *»Oui!«*, stieß sie schließlich hervor.

»Großes Indianerehrenwort?«

»Levet.«

Er verzog das Gesicht zu einer Grimasse. Er hatte keine andere Wahl, er musste ihr glauben. Noch eine weitere Sekunde, dann wäre er zusammengebrochen. Da war es weitaus besser, sie glauben zu lassen, er schenke ihr aus reiner Herzensgüte die Freiheit.

»Bien. Gehen wir«, sagte er und ließ die Hände sinken, als die Zauberfäden sich auftrennten und sich dann mit einem hörbaren Zischen auflösten. Kaum war es ihm gelungen, erschöpft Luft zu holen, als seine Mutter auch schon von der Mauer wegpreschte und seinen Flügel mit ihren Klauen packte. *»Mon Dieu!«*, quiekte er, als sie sich kraftvoll mit den Beinen abstieß, um mit Levet krachend durch die Decke zu schießen. »Langsamer!«

»Tais-toi!«, knurrte Berthe und breitete die Flügel aus, um in beeindruckendem Tempo über Paris hinwegzugleiten.

Levet, der unbeholfen von ihrer Hand herabbaumelte, stieß einen resignierten Seufzer aus.

Wann würde er endlich wie ein Held behandelt werden?

Dies alles war äußerst ärgerlich.

Innerhalb weniger Minuten landeten sie an einem abgeschiedenen Nebenfluss der Seine. Da gab es einen längst vergessenen Zugang zur Kanalisation, der durch einen machtvollen Illusionszauber getarnt war. Berthe stapfte hindurch, ohne sich dabei die Mühe zu machen, Levet auch nur einmal anzusehen.

Er streckte ihr die Zunge heraus und folgte ihr langsam durch den Tunnel.

Es machte ihm große Freude zu beobachten, wie seine Mutter sich den Kopf an der Decke stieß, als sie ihre große Gestalt durch den Eingang zwängte, der das Allerheiligste schützte. Er watschelte hinter ihr hinein.

Die Höhle war groß, aber leer, bis auf mehrere Fackeln, die einen sanften Lichtschein auf das graue Gestein und den Schreibtisch warfen, der dicht an der Tür stand.

»Doyenne.« Ein Gargyle, der mehrere Zentimeter kleiner war als Berthe und sehr viel schlanker gebaut, erhob sich von seinem Platz hinter dem Tisch und eilte auf sie zu.

Levet sprang aus dem Weg, als Emery sich verneigte, Levets Anwesenheit absichtlich ignorierend.

Ah … die Freuden der Verbannung.

Auch wenn es nicht unbedingt Levets innigster Wunsch war, dass der pedantische Bürokrat, der sich immer benahm, als stecke ein Stock in seinem *derrière,* Notiz von ihm nahm.

»Emery.« Berthe wartete, bis der Beschützer der Wand sich wieder aufgerichtet hatte. Ihre Miene drückte Ungeduld aus. »Ich habe eine offizielle Erklärung abzugeben.«

Der Gargyle blinzelte und flatterte plötzlich aufgeregt mit den Flügeln.

»Aber … die Ältesten …«

Berthe packte ihr Gegenüber am Horn und zog es zu sich heran, bis sich ihre Schnauzen beinahe berührten.

»Stellst du mein Recht infrage, dieses Nest zu regieren?«

»*Non,* Doyenne«, antwortete der Diener ängstlich.

»Dann tritt zur Seite.«

Emery eilte hastig zu seinem Schreibtisch zurück, die lederartigen Flügel eng an den Körper gepresst, als er versuchte, sich so klein wie nur möglich zu machen.

Levet kannte das Gefühl.

Seine Mutter war Expertin darin, einen Mann den Mut verlieren zu lassen.

Mit einer angemessen dramatischen Geste drehte sich Berthe um, um sich der anderen Seite des Raumes zuzuwenden. Sie machte eine Handbewegung, wodurch die Fackeln höher aufflackerten, sodass die glatte Wand zum Vorschein kam.

Levet spürte, wie ihn, wie immer beim Anblick des uralten Artefaktes mit seiner uralten Macht, eine ehrfurchtsvolle Erregung überkam.

Die Wand der Erinnerungen war ein magischer Gegenstand und widersprach allen Naturgesetzen, indem sie sich durch die Decke hinweg in eine endlose Finsternis erhob. Auch wenn Levet nicht nach oben blickte. Die Unendlichkeit ließ ihn immer schwindelig werden.

Die Namen, die auf dem Stein prangten, schimmerten im Licht und pulsierten wie im Takt zum Herzschlag eines jeden Genannten.

Berthe winkte mit der Hand, und die Namen veränderten sich, als habe sie eine Seite umgeblättert.

Ein weiteres Winken, und eine neue Seite wurde aufgeschlagen.

Stille erfüllte die Höhle, als Berthe fortfuhr, die Namen zu durchsuchen. Schließlich ballte sie die Hand zur Faust, um die Wand erstarren zu lassen.

Dann schritt sie darauf zu und deutete mit der Klaue auf eine leere Stelle auf dem Stein.

»Ich, Doyenne des Ascaricus-Nestes, hole hiermit Levet, Berthes Sohn, aus der Verbannung und in die Gilde der Gargylen zurück. Von dieser Nacht an soll er innerhalb der Gilde mit allen Privilegien und Stimmrechten akzeptiert werden.«

Emery keuchte leise und ungläubig auf, aber Levets Aufmerksamkeit war auf die Wand gerichtet, als eine unsichtbare Macht über den Stein glitt und seinen Namen in einer eleganten Schrift hinterließ.

Ihm schwoll die Brust, als Stolz sein Herz erfüllte, bis es beinahe überlief.

Er mochte ja unterentwickelt sein. Seine Zauberkräfte mochten … unberechenbar sein.

Und er mochte psychologische Hilfe benötigen, wenn es darum ging, dass Yannah ihn in den Wahnsinn trieb, aber er hatte das Unmögliche erreicht.

Er war erneut ein richtiges, im wahrsten Sinn des Wortes eingetragenes Mitglied der Gargylen-Gilde.

Das Leben war schön.

Valla erlaubte es Elijah mit gemischten Gefühlen, sie zurück zu ihrer Wohnung zu begleiten.

Einerseits war sie enttäuscht, dass sie Levet nicht hatten finden können. So gut Elijah auch im Spurenlesen sein mochte – er konnte nicht fliegen, und obwohl sie auf die meisten der üblichen Gargylen-Treffpunkte gestoßen waren, war es ihnen nicht gelungen, Levets Fährte aufzunehmen.

Sie machte sich verzweifelte Sorgen um den winzigen Gargylen.

Andererseits fühlte sie sich schwindelig und atemlos von der Verwandlung, die in Elijah vorgegangen war.

Sie wusste nicht, wie oder warum, aber zum ersten Mal schien er sie wirklich als Frau zu sehen, nicht als Opfer. Und nicht nur in einem physischen Sinn, obwohl seine entschlossene Verführung überaus wundervoll gewesen war.

Er hatte ihr tatsächlich zugehört, als sie sich beschwert hatte, dass er sie wie ein Kind behandeln würde. Und er hatte sich sogar jedem Instinkt, den er besaß, widersetzt, indem er ihr erlaubt hatte, die schäbigeren Teile der Stadt zu betreten, weil sie Levet dort suchen wollte.

Oh, sie war keine Idiotin.

Sie wusste, dass er die Intensität ihrer Gefühle nie erwidern konnte.

Er mochte sie ja ernsthaft begehren, aber sie würde für ihn nie mehr als eine flüchtige Zerstreuung sein, die schnell wieder vergessen wäre, wenn eine neue Geliebte seine Aufmerksamkeit gewann, oder gar seine wahre Gefährtin.

Valla ignorierte den Schmerz, der ihr Herz durchbohrte.

Sie hatte eine ungeheuer lange Zeit darauf gewartet, dass Elijah sie auch nur als Frau wahrnahm.

Warum sollte sie die Zeit nicht einfach genießen, die ihr geschenkt wurde?

Als sie gerade den Boulevard erreicht hatten, der an ihrer Wohnung vorbeiführte, packte Elijah Valla am Ellbogen, damit sie stehen blieb.

»Valla.«

Sie legte den Kopf in den Nacken, um forschend sein blasses, perfektes Gesicht zu betrachten.

»Was ist los?«

Er hielt inne, wie um über seine Worte nachzudenken. »Es wird allmählich spät.«

Valla sah ihn stirnrunzelnd an. Sie verfügte nicht über die überlegenen Sinne eines Vampirs, aber sie war imstande, die Zeit zu erkennen.

»Es sind noch ein paar Stunden bis zum Sonnenaufgang.«

»Das ist wahr, aber …«

Hmm. Irgendetwas Seltsames ging hier vor. Aber was?

»Elijah, stimmt irgendwas nicht?«

Er machte einen Schritt auf sie zu und nahm ihr Gesicht sanft in seine Hände, um sie das Verlangen sehen zu lassen, das wie ein Flammenmeer in seinen Augen brannte.

»Wenn ich in deine Wohnung zurückkehre, werden es mehr als nur ein paar Stunden sein, bevor ich bereit bin, wieder zu gehen.«

Eine rohe, primitive Erregung durchströmte sie. »Oh.«

»Oui.« Geistesabwesend strich er mit dem Daumen über die raue Haut ihrer Wange, den Blick auf ihre Lippen gerichtet. »Oh.«

Valla zögerte nicht. Irgendwann würde ihr zwangsläufig das Herz gebrochen werden, aber wenn sie etwas gelernt hatte, dann dass sie das Glück beim Schopf packen musste, wenn es sich ihr bot.

»Die Wohnung ist so gebaut, dass Vampire vor der Sonne geschützt sind«, sagte sie mit heiserer Stimme. »Du wärst dort in Sicherheit.«

Er erschauderte, und seine Fangzähne glitzerten im Licht der Straßenlaterne. »Verstehst du, was ich dir sagen will?«

Eine schüchterne Röte stieg ihr in die Wangen. »Du willst mein Liebhaber werden.«

Er schloss die Hände fester um ihr Gesicht, und seine Miene war starr, als habe ihn eine intensive Emotion in ihrer Gewalt.

»Viel mehr als nur dein Liebhaber, *mon ange* …«, begann er, nur um gleich wieder innezuhalten. Er legte den Kopf in den Nacken und witterte. *»Merde.«*

»Irgendeine Gefahr?«, flüsterte Valla und suchte mit dem Blick die Dunkelheit nach einem Eindringling ab.

»Ich rieche einen Gargylen«, murmelte er.

»Levet?« Sie riss sich von Elijah los und seufzte erleichtert auf. »Wo ist er?«

Elijah, der deutlich weniger begeistert war, deutete mit dem Kopf zu der schmalen Gasse, die zwischen die Gebäude führte.

»Er ist soeben im Hof gelandet.«

Valla achtete nicht weiter auf Elijahs Murren, sondern drehte sich um, um durch die Gasse zu eilen.

»Gott sei Dank.«

Als Levet mitten auf dem Hof landete, war er verblüfft, Vallas Geruch auf der Straße wahrzunehmen statt aus ihrer Wohnung.

Einen Moment lang erfasste Angst sein Herz bei der Vorstellung, dass die verletzliche junge Nymphe allein auf den gefährlichen Straßen unterwegs gewesen war, doch dann überzeugte ihn die eiskalte pulsierende Macht, die er deutlich wahrnahm, davon, dass sie weit davon entfernt war, allein zu sein.

Als er den Hof betrat, kam ihm die hübsche Frau entgegengeeilt. Ihr Lächeln war so strahlend wie das Licht der Laternen, die die Champs-Élysées säumten.

»Da bist du ja«, keuchte sie. »Ich habe mir Sorgen gemacht.«

»Vergib mir, *ma belle«*, entgegnete Levet mit echtem Bedauern. Es war wirklich nicht seine Absicht gewesen, seine neue Freundin aufzuregen. »Ich hatte eine längst überfällige Verabredung mit meiner Mutter.«

»Bist du okay?«

Er lächelte und flatterte freudig mit den Flügeln. »Ich bin perfekt.«

»Das ist Ansichtssache«, murmelte Elijah, als er zu Valla trat und ihr in einer eindeutig vertraulichen Geste einen Arm um die Taille legte.

Ah. Das war eine neue Entwicklung.

Levet streckte dem Vampir die Zunge heraus. »Nicht einmal du kannst mir meine Laune verderben, Blutsauger.«

Valla beugte sich zu ihm hinunter, sodass sie in seine zufriedene Miene blicken konnte. Ihr Haar schimmerte im Mondlicht wie das reinste Gold.

»Was ist passiert?«

»Ich bin wieder offiziell in die Gargylen-Gilde aufgenommen worden!«, verkündete er würdevoll.

Sie sah ihn irritiert an. »Und das ist … etwas Gutes?«

»Aber natürlich!«

»Dann freue ich mich für dich.«

Sie beugte sich vor, um ihm einen sanften Kuss auf den Kopf zu geben. Ihre Lippen berührten kaum die Stelle zwischen seinen Hörnern, bevor Elijah sie entschlossen wieder an sich zog.

»Wenn es dir gelungen ist, deine Angelegenheiten zu klären, solltest du dich vielleicht wieder auf den Weg machen«, knurrte der Vampir. Offensichtlich war er eifersüchtig.

Dazu hatte er auch allen Grund, dachte Levet selbstgefällig.

Immerhin wirkte er wie ein Magnetron auf schöne Frauen.

Oder hieß es »Magnet«?

Wie auch immer.

»Wirklich, Elijah!«, schalt Valla sanft.

»*Oui,* wirklich, Elijah«, echote Levet, die Hände in die Hüften gestemmt.

Elijahs ausgesprochen attraktive Züge ließen erkennen, dass er am Ende seiner Geduld angelangt war, aber bevor er reagieren konnte, war das unverkennbare Geräusch schlagender Flügel aus der Luft zu hören.

Levet blickte unmittelbar nach oben, und sein Schwanz zuckte. »Auweia.«

»Was ist los?«

»Ich rieche, rieche den Gestank von Gargylen-Abschaum«, murmelte Levet.

Das ausgeprägte Aroma muffigen Granits lag in der Luft, bevor Claudine und Ian von den Dächern herunterschwebten, um mitten im Garten zu landen, wobei sie den Marmorspringbrunnen unter ihren Füßen zermalmten.

»Mon Dieu!«, bellte der Vampir und funkelte die beiden Gargylen zornig an, die mit ihren grauen, massiven Körpern den ganzen Hof ausfüllten.

»Elijah!«, keuchte Valla. »Tu irgendwas.«

»Ich kann das nicht glauben.« Kopfschüttelnd trat Elijah vor. »Bleibt sofort stehen, Gargylen.«

Levet ließ es zu, dass der wutschnaubende Vampir seine unwillkommenen Verwandten ablenkte.

Dass er ein Held war, bedeutete nicht, dass er dumm war.

Und er war noch immer geschwächt durch die Begegnung mit seiner Mutter.

Außerdem war es eindeutig nötig, den beiden Dummköpfen Manieren beizubringen. Und Elijah war genau der richtige Vampir, um sie zu lehren, keine unangekündigten Besuche zu machen.

Claudine, die zu begriffsstutzig war, um zu bemerken, in welcher Gefahr sie schwebte, trat vor. Ihre massige Gestalt nahm trotz der gefalteten Flügel einen großen Teil des Hofes ein.

»Clanchef.« Ihre Stimme wurde von den Gebäuden zurückgeworfen. »Mit Euch befinden wir uns nicht im Streit.«

Elijah verschränkte die Arme vor der Brust. »Dann dreht Euch um und verschwindet.«

Claudine blickte ihn finster an. Es gab nicht viele Dämonen, die bereitwillig einem ausgewachsenen Gargylen die Stirn boten.

»Wir sind wegen meines Bruders gekommen.«

Elijah warf einen gelangweilten Blick in Levets Richtung. »Er scheint nicht an noch einem weiteren Familientreffen interessiert zu sein.«

»Oui«, stimmte Levet ihm zu. Er fuchtelte mit den Händen, wie um die anderen Gargylen zu verscheuchen, während er sich nachdrücklich ins Gedächtnis rief, dass er nicht länger Angst vor den bösartigen Kreaturen hatte, die ihn seine ganze Kindheit über gequält hatten. »Also verschwindet.«

Eine kleine Dampfwolke stieg aus Claudines Nasenloch. Sie konnte kein Feuer speien wie ihre Mutter, aber sie konnte eine übel riechende Rauchwolke ausstoßen.

»Ich weiß nicht, wie es dir gelungen ist, deinen Namen wieder an die Wand setzen zu lassen, aber ich warne dich. Ich werde nicht zufrieden sein, bis du wieder verbannt bist!«, knurrte sie.

»Also beantragst du, dass Mutters direkter Erlass aufgehoben wird?«, fragte Levet spöttisch. »Vielleicht bist du sogar zu dem Schluss gekommen, dass es an der Zeit sei, sie herauszufordern, um selbst Doyenne zu werden?«

Ian machte hastig einen Schritt von Claudine weg. Als habe er Angst, sich zu vergiften.

Dies war eine berechtigte Angst.

Berthe würde jeden vernichten, der Meuterei auch nur andeutete.

Claudine schüttelte ihren massigen Kopf. »Mutter hätte deine Verbannung nie widerrufen.«

»Ich versichere dir, dass sie es getan hat.«

Die grauen Augen verengten sich misstrauisch. »Und wie?«

Levet wedelte erneut mit den Händen. »Geh zu ihr, und frage sie.«

»Ich frage aber dich.«

Levet rollte mit den Augen. Er hatte nichts anderes angenommen, als dass die Nachricht von seiner Rückkehr in die Gilde seine Familie nicht gerade glücklich machen würde, aber er war nicht in der Stimmung zu einer weiteren *répugnante* Auseinandersetzung.

»Ich habe sie einfach meine Rolle bei der Rettung der Welt vor der völligen Vernichtung erkennen lassen. Wie könnte sie einen solchen Helden nicht in die Gilde aufnehmen?«

»Du Lügner!« Claudine stampfte mit dem Fuß auf, wodurch sie den Boden zum Beben brachte. »Du bist ein erbärmlicher Schwächling, der nichts als Schande bringt.«

Levet stieß einen resignierten Seufzer aus. »Wie ich schon sagte: Geh zu ihr, und frag sie selbst.«

»Non.« Ein gefährlicher Ausdruck verzerrte das hässliche Gesicht seiner Schwester. Es gefiel ihr nicht, wenn ihr jemand einen Strich durch die Rechnung machte. Insbesondere nicht, wenn es sich bei diesem Jemand um ihren deformierten, zu kurz geratenen Bruder handelte. »Du magst Mutter durch Täuschung dazu gebracht haben, dich wieder in die Gilde aufzunehmen, aber ich werde dafür sorgen, dass das nicht von langer Dauer ist.«

Levet breitete seine Flügel aus und widerstand dem Drang, noch dichter an den Vampir heranzurücken.

Er war ein Held. Hört ihn brüllen.

»Du verfügst nicht über die Macht, mich zu verbannen.«

Claudine zog ihre Lippen zurück, um drohend ihre Reißzähne zu entblößen.

»Das mag sein, aber ich verfüge über die Macht, dich zu töten.«

Levet starrte sie schockiert an. Es verstieß gegen das Gargylen-Gesetz, einen anderen Gargylen zu töten, sofern dieser nicht verbannt war.

Oder keine vorschriftsmäßige Anfechtung ausgestellt worden war. Aber wirklich, wer wollte sich schon mit dem Papierkram herumschlagen?

»Ich bin ein Mitglied der Gilde!«, rief er seiner wahnsinnigen Schwester in Erinnerung.

»Nicht mehr lange.«

Claudine hob die Hände, an denen sich Klauen befanden, die lang genug waren, um Levet aufzuspießen, und trat vor, widerstrebend gefolgt von ihrem Komplizen Ian.

Levet straffte die Schultern und nahm die letzten Reste seiner dahinschwindenden Kraft zusammen.

»Merde!«, fauchte Elijah, der eindeutig am Ende seines Geduldsfadens angekommen war. »Ich habe gesagt, Ihr sollt zurückbleiben.«

»Hier geht es um eine Angelegenheit der Gilde, Vampir!«, knurrte Ian. »Ihr solltet Euch nicht einmischen.«

»Ich will mit der Frau allein gelassen werden, die ich liebe«, teilte Elijah ihnen mit. Als Valla erschrocken aufkeuchte, kräuselte ein Lächeln seine Lippen. »Und wenn das bedeutet, dass ich Euch töten muss, um dieses Ziel zu erreichen, dann werde ich das tun.«

»Liebe?«, quiekte Valla, die Hände auf ihr Herz gepresst. »Hast du gerade gesagt, dass du mich liebst?«

Elijah drehte sich um, um die verwirrte Nymphe in die Arme zu schließen, obwohl die beiden Gargylen noch einen weiteren Schritt vorwärts machten.

»Ähh … vielleicht können wir das später besprechen?«, fragte Levet. Er war entzückt, dass der törichte Vampir Valla endlich seine Gefühle gestanden hatte, aber er wünschte sich, er hätte sich dafür eine passendere Zeit und einen passenderen Ort ausgesucht.

Trotz all seines neu entdeckten Selbstvertrauens war er sich ziemlich sicher, dass er es nicht mit zwei ausgewachsenen Gargylen gleichzeitig aufnehmen konnte.

Selbst Batman hatte einen Helfer.

Gleichgültig gegenüber der Gefahr, forschte Elijah mit unverhohlener Hingabe in Vallas nach oben gewandtem Gesicht.

»Natürlich liebe ich dich, du störrische Frau«, sagte er mit heiserer Stimme. »Was glaubst du wohl, was ich dir seit sechs Stunden mitzuteilen versuche?«

Sie errötete. »Ich dachte, du wolltest, dass ich deine Geliebte werde.«

Er schüttelte den Kopf. »Nicht meine Geliebte. Meine Gefährtin.«

»Gefährtin?« Ihre blauen Auen weiteten sich schockiert. »Bist du sicher?«

»Weshalb habe ich mir wohl sonst die albernsten Gründe gesucht, um auf deiner Türschwelle zu erscheinen? Weshalb habe ich wohl sonst beinahe meine Verpflichtungen ignoriert, um Zeit mit dir zu verbringen? Weshalb sonst habe ich zwanzig verschiedene Köche eingestellt, bis ich endlich einen gefunden hatte, der deine Lieblingshimbeertörtchen so backen kann, wie du sie haben willst?«

»Oh.« Sie blinzelte und hob ihre bebenden Hände, um sein Gesicht zu berühren. Als wolle sie sich vergewissern, dass er wirklich real war. »Ich dachte, du wärst nur besorgt um mich.«

»Ich bin besorgt um *mich*«, knurrte er. »Ich kann nicht ohne dich leben.«

»Oh, Elijah«, flüsterte sie und legte den Kopf in den Nacken, als er ihre Lippen mit einem glücklichen Kuss eroberte.

Levet zog an der Hose des Vampirs, als Claudine ihren riesigen Fuß hob und offenbar seinen Kopf anvisierte.

»*Oui*. Das ist alles sehr ergreifend«, meinte er. »Aber wir werden gleich wie Käfer zertreten.«

Elijah hob den Kopf und richtete eine Hand auf den weiblichen Gargylen.

»Denkt nicht einmal daran.«

Widerstrebend senkte Claudine ihren Fuß, und der Boden bebte, als ihre Macht die Luft erfüllte.

»Übergebt mir den Gargylen, Vampir, oder bezahlt den Preis.«

Eine Bank in der Nähe zerfiel zu einem Haufen Marmorstaub, als Claudine eine kleine Menge ihrer Zauberkräfte freisetzte. Elijah runzelte die Stirn.

»Ihr beginnt mich zu verärgern.«

Ian warf sich in die Brust. »Dann übergebt uns den Gargylen.«

Der Vampir schob seine goldhaarige Begleiterin hinter sich, und die Temperatur fiel um mehrere Grade.

Elijah hatte eindeutig genug von diesem Spiel.

»Nein.«

»Warum?«, fuhr Claudine ihn an. »Er kann Euch doch wohl nichts bedeuten.«

»Er hat mir gezeigt, wie blind ich gewesen bin.« Elijah lächelte. Damit bot er nicht unbedingt den beruhigendsten aller Anblicke, angesichts seiner riesigen Fangzähne, die im Mondlicht schneeweiß funkelten. »Das genügt mir.«

»Na schön.« Claudine hob die Hand. »Dann werdet Ihr meinen Zorn zu spüren bekommen.«

»Sacrebleu.« Levets Flügel zuckten verärgert. »Was für ein Langmaul du doch bist.«

Der Blick aus den kleinen grauen Augen richtete sich auf ihn. »Langmaul?«, krächzte die Frau.

Valla räusperte sich. Sie stand immer noch hinter Elijah. Das war eine kluge Entscheidung. Wenn ihr auch nur ein einziges ihrer wundervollen goldenen Haare gekrümmt werden würde, würde der Vampir explodieren.

»Ich glaube, er meint ›Großmaul‹«, erklärte sie.

»Wie kannst du es wagen?«, kreischte Claudine. »Ich werde dich in einen …«

»Oh, halt den Mund.« Levet hob die Hände, um einen Magieblitz direkt auf den schwesterlichen Nagel zu seinem Sarg zu richten, erstaunt, dass er nicht gleich im Ansatz erstarb.

Immerhin war er erschöpft bis auf die Knochen.

Ein knisterndes Geräusch war zu hören, bevor Claudine einen Schmerzensschrei von sich gab, nach hinten geschleudert wurde und zwei Bänke und einen Laternenpfahl erledigte, bevor sie gegen das Gebäude hinter sich prallte.

»Guter Schuss«, murmelte Elijah und glitt vorwärts, um Ians massive Faust zu blockieren, die auf Levets Kopf zielte.

»Merci«, bedankte sich Levet und erschauderte, als Elijah so hart zudrückte, dass die Knochen in Ians Hand brachen.

»Non … bitte!«, keuchte Ian, und seine winzigen Augen traten vor Schmerz hervor, als sich seine graue, geschuppte Haut mit einer Eisschicht überzog und blau verfärbte.

»Seid Ihr fertig mit Eurem Spiel?«, fragte Elijah leise.

»Oui.«

Elijah ließ die Hand des Gargylen fallen. »Dann kümmert Euch um Eure Begleiterin, und verschwindet von hier.«

Ian bewegte sich langsam rückwärts, ohne den Blick von dem tödlichen Clanchef abzuwenden. Dann packte er Claudine am Arm und zog sie auf die Beine.

Der weibliche Gargyle schüttelte benommen den Kopf und presste eine Hand auf seinen verletzten Brustkorb, während er Levet zornig anfunkelte.

»Es ist noch nicht vorbei, Bruder!«, zischte Claudine.

Elijah machte einen Schritt auf sie zu, und seine Macht peitschte mit so viel Wucht durch die Luft, dass die beiden riesenhaften Gargylen vor Schmerz erzitterten.

»Es ist nicht nur vorbei, sondern ich warne Euch außerdem. Wenn Ihr es wagen solltet, Levet Schaden zuzufügen, während er sich in meinem Territorium aufhält, werde ich dafür sorgen, dass die gesamte Gilde bestraft wird«, sagte er. Der Klang seiner Stimme ließ eine Tauelfe, die sich in der Nähe verbarg, vor Angst fliehen. »Habe ich mich klar genug ausgedrückt?«

»Aber …«

»Oui«, unterbrach Ian Claudines Wimmern und zog sie in die Mitte des Gartens. »Ihr habt Euch sehr klar ausgedrückt.«

»Bien. Und nun verschwindet«, befahl Elijah.

Die beiden Gargylen begannen mit ihren lederartigen Flügeln zu schlagen und erhoben sich in die Luft, um zwischen den Ziegeldächern zu verschwinden.

Levet lächelte. Es war Jahre her, seit er gezwungen gewesen war, diese Stadt zu verlassen, die er so innig liebte.

Nun wurde ihm klar, dass er sich von seiner Angst hatte fernhalten lassen. Es war, anders als er es sich immer eingeredet hatte, nicht die Angst vor seiner Familie gewesen, sondern die Angst vor seinen eigenen Unzulänglichkeiten.

Er würde nicht zulassen, dass sie ihn noch einmal von Paris fernhielten.

Als Levet bemerkte, dass Elijah Valla wieder in den Armen hielt und sie mit offenkundiger Lust anblickte, verkniff er sich ein Lächeln.

»Ich glaube, es ist an der Zeit für mich, ebenfalls zu verschwinden«, murmelte er.

Die beiden lösten sich voneinander, sodass Elijah den Kopf majestätisch neigen konnte.

»Ich stehe in deiner Schuld, Gargyle.«

Levet hob die Hände. »Das gehört alles zum Tagewerk eines Ritters in glänzender Rüstung.«

Valla ging auf ihn zu. Die alten Verletzungen, die früher in ihren blauen Augen zu erkennen gewesen waren, waren einem hoffnungsvollen Glänzen gewichen.

»Ich hoffe, du findest das, wonach du suchst«, sagte sie mit sanfter Stimme.

»Manchmal muss ein Mann einfach die Jagd genießen«, murmelte Levet und verbeugte sich tief. »*Au revoir.*«

Mit einem Lächeln breitete er die Flügel aus und flog auf die Sterne zu.

Diana Verlag

ALEXANDRA IVY

Guardians of Eternity

Die Mystery-Erfolgsserie im Diana Verlag

»Alexandra Ivy ist ein Geschenk für die Leserinnen von Vampirromanen.« *Romantic Times*

978-3-453-35421-0

978-3-453-35788-4

Der Nacht ergeben
Der Kuss des Blutes
Nur ein einziger Biss
Im Bann der Nacht
Im Rausch der Dunkelheit
Wächterin des Blutes
Fesseln der Finsternis
Der Dunkelheit versprochen
Gejagte der Nacht
Gefährtin der Ewigkeit
Sehnsucht der Dämmerung

Alle Bände der Serie auch als E-Book erhältlich

Leseproben unter diana-verlag.de